Für Teresa

Heike Hodl

Die Buschfrau

Das abenteuerliche Leben einer afrikanischen Heilerin

Bibliografische Information der Deutschen Bibliothek

Die Deutsche Bibliothek verzeichnet diese Publikation in der Deutschen Nationalbibliografie; detaillierte bibliografische Daten sind im Internet über http://dnb.ddb.de abrufbar.

ISBN 978-3-941317-09-3

www.schwedhelm-verlag.de
Druck: Druck-Team KG, Regensburg

Printed in Germany

Sie rannte, so schnell ihre Füße sie tragen konnten, achtete nicht darauf, wo sie hinlief. Nur fort, weit weg, so weit wie nur möglich. Die Bäume schlossen sich hinter ihr wie eine grüne Mauer. Sträucher peitschten ihre Beine, Dornen bohrten sich in ihre Fußsohlen. Vögel, aufgeschreckt kreischend, beruhigten sich wieder und setzten sich auf einen Ast nieder, um sich ihr Gefieder zu putzen. Eine alte Eule schlug langsam ihre großen Augen auf, verdrehte sie kurz, um sie wieder zu schließen und den Geräuschen des Waldes zu lauschen, wie sie es seit langer Zeit tat. Ein Menschenkind lief durch den Wald. Man konnte seine Angst förmlich riechen.

Weit abseits der Zivilisation hatte Mama Fatuma vor langer Zeit sich ein Haus aus Lehm, einigen Korallensteinen und dem dünnen Holz der Casurina-Bäume errichtet. Zuerst wurden die Stämme des Casurina-Baumes als Gerüst wabenähnlich, mit den Fasern der Sisal-Pflanze zusammengebunden. Danach konnten in die Zwischenräume Lehm und die vorhandenen kleineren Korallensteine gefüllt werden. Denn der Boden bestand größtenteils aus Korallenstein. Später wurde alles mit Wasser in die richtige Form gebracht. Das Dach war, wie üblich, mit dem Geflecht der Palmwedel wasserdicht gedeckt – Makuti nannte man es auf Kisuaheli. Die Innenwände und der Fußboden ebenfalls aus rotbraunem Lehm gestampft.

Die Einrichtung bestand aus einfach geschnitzten Möbeln des alten Mwulebaumes, (ein Hartholzbaum in Ostafrika, der fast ausgestorben ist), dieser war damals in einer stürmischen Gewitternacht umgefallen und hatte sein Leben ausgehaucht. Kein anderer Dorfbewohner getraute es sich, dieses Holz zu benutzen. Es war ein kräftiger Baum – mehr als zweihundert Jahre alt.

Die Alten des Dorfes konnten noch viele Geschichten über seine Baum-Geister erzählen. Und manchmal, wenn der Mond im richtigen Zeichen stand und sie sich den Palm-Wein schmecken ließen, erzählten sie davon, im Licht des nächtlichen Feuers.

Mama Fatuma kannte viele dieser Geschichten noch aus ihrer Kindheit.

Niemand machte sich die Mühe, diese aufzuschreiben, sie wurden schon seit Urzeiten von Generation zu Generation von Großeltern an die Kinder des Dorfes weitergegeben.
Nicht jedes Kind, nicht jeder Erwachsene interessierte sich dafür.
So lange Mama Fatuma sich zurückerinnern konnte, immer lauschte sie gespannt diesen Erzählungen, sog sie in sich auf und erfasste alles mit jeder Faser ihres Körpers, speicherte es in dem Teil ihres Kopfes, der dafür zuständig war. Sie merkte sich jede Einzelheit, hatte schon immer das Gefühl, dass all diese Geschichten und alten Wahrheiten später einmal wichtig sein könnten.
Es war damals nur ein unklares Gefühl. Aber sie wollte leben im Einklang mit den Ahnen, bewusst nicht ein modernes Leben führen, ausserhalb der uralten Traditionen, wie es so viele junge Leute aus dem Dorf taten. Das sogenannte moderne Leben war ihr zuwider. Irgendjemand musste ja die alten Riten wahren und bewahren, auch wenn es schon Anfang der neunziger Jahre des zweiten Jahrtausends war.
Obwohl Fatuma eigentlich keine Frau war, die sich allzu viel von Gefühlen leiten ließ.
Sie hatte sich für diese Art zu leben freiwillig, natürlich mit der Zustimmung der Dorfältesten und somit auch der Götter, entschieden. Eigentlich war sie sehr zufrieden mit ihrem Leben. Sie liebte es, die einsamen Sonnenaufgänge von ihrer Hütte aus zu beobachten, dem Spiel der Palmwedel zuzuhören, wenn die einzelnen Wedel sanft im Wind rauschten. Ein leises Geräusch, was sich für Nichteingeweihte wie Landregen anhörte.
Sie beobachtete, wie das Farbspiel der Sonne mit den wenigen Wolken, die sich am Himmel befanden, seinen Reigen tanzte. Eine angenehme Ruhe breitete sich in ihr aus. Sie konnte den kommenden Tag und ihre Vergangenheit überdenken. Ein raues Murmeln entschlüpfte ihrer Kehle, Laute des Nachdenkens.

Vor vielen Monden war sie, nicht weit entfernt von ihrer eigenen Hütte, geboren worden. An ihre Mutter konnte sie sich noch genau erinnern. Die Götter hatten sie zu sich geholt, als Fatuma zehn Jahre alt war.

Fatuma konnte noch immer die Schmerzen im Inneren ihres Bauches spüren, als Onkel Katana ihr erklärte, dass sie jetzt mit ihm gehen müsse, denn ihre Mutter sei nicht mehr auf dieser Welt, und er würde sich jetzt um sie kümmern.
Einen Tag danach gab ihr der Onkel einen Zeitungsausschnitt, in dem etwas über ihre Mutter geschrieben stand. Sie konnte es nicht richtig verstehen, damals. Zärtlich strich sie das Zeitungspapier glatt und steckte es zwischen die Seiten eines alten Buches. Sie konnte sich noch gut an die warmen Hände ihrer Mutter erinnern, die sie streichelten, wenn die Jungen des Dorfes sie einmal wieder geärgert und herumgestoßen hatten.
Die kleine Fatuma hatte Glück. Katana war der Medizinmann des Dorfes, gut befreundet mit den Dorfältesten und somit auch den Göttern. Ein im Grunde seines Herzens freundlicher Mann, der keine Familie mehr hatte, der nie verheiratet war, denn das stand ihm als traditioneller Heiler nicht zu. Aber er war der Bruder ihrer Mutter, blutsverwandt und auch einflussreich. Er war recht klein gewachsen und hatte wie alle Afrikaner in dieser Gegend starkes, krauses Haar, welches immer noch schwarz war und kaum von grauen Fäden durchzogen. Seine Haut war schwarz wie die Nacht, Falten hatte er für sein Alter recht wenig. Er lief immer aufrecht und sein Körper wirkte drahtig, ja fast sportlich.
Aber auch Fatuma hatte nun niemanden mehr. Ihren Vater hatte sie nie kennen gelernt, die Mutter wollte nicht über ihn sprechen. Geschwister gab es keine. Sie hatte das nicht als so schlimm empfunden, denn alle Frauen des Stammes kümmerten sich, je nachdem, wie viel Zeit sie hatten und ob sie nicht gerade selbst hochschwanger waren, um die Kinder der Sippe. Fatuma hatte von je her so viele Tanten und Onkel, Schwestern und Brüder. Einsamkeit kannte sie bis jetzt nicht. Nur fröhliches Lachen, unbeschwertes Spielen und natürlich das Lernen in der Schule. Immer war die Mutter da, die Kasawa, (eine Maniokwurzel, die man auf verschiedene Weise zubereiten kann) anbaute oder Mais, auf einem kleinen Feld, nicht weit von ihrer Hütte entfernt. Auch Kräuter säte und erntete sie. Das machte der Mutter großen Spaß. So bekamen ihre Suppen auch immer einen besonderen Geschmack. Und sie war berühmt für ihre Kochkunst. Liebevoll bereitete sie die Gerichte, und oft kam jemand vom Dorf, um sich eine Mahlzeit für sich oder seine Familie zu holen. Im

Gegenzug bekam Fatumas Mutter dann einen Kanga (ein buntes, traditionelles Baumwolltuch, welches man als Kleidungsstück binden kann oder auch als Tischdecke usw. verwendet) oder irgendetwas anderes, was sie gerade benötigte. So ging es ihnen gut. Sie hatten genug zu essen und auch etwas zum Anziehen, und ein paar Kenya-Schillinge hatten sie auch immer zur Verfügung. Aber all das war nun vorbei. Viel von dem was sie gesehen hatte war nicht in ihrem Kopf haften geblieben. Ihre Mutter war verbrannt worden. Sie hatte noch den Geruch des süsslichen Menschenfleisches in der Nase. Ihre Mutter war aus Neid ermordet worden, da war sich Fatuma sicher. Sie rannte fort. Und es gab nur einen an den sie sich wenden konnte, das war Onkel Katana aus dem dritten Dorf, rechts nach dem alten Baoboabbaum.

Das Leben mit ihrem Onkel war eine große Veränderung für Fatuma. An verschiedenen Tagen des Monats sammelte er bestimmte Heilpflanzen. Er wusste genau, wo diese wuchsen und zu welchem Zeitpunkt sie geerntet werden konnten. Am besten war die Zeit des Vollmondes. Die meisten Pflanzen hatten dann ihre stärkste Heilkraft, und der Mond beleuchtete des Nachts den Weg, um die Plätze zu finden, an denen sie wuchsen. Überallhin nahm Onkel Katana sie mit.
Schon bald fing er an, ihr die einzelnen Pflanzen zu erklären. Nicht zu viel zum Anfang, denn so viel auf einmal konnte sie nicht verstehen.
Fatuma war schon vier Jahre zur Schule gegangen, konnte dadurch gut schreiben und lesen, was ihr nun eine große Hilfe war.
Onkel Katana war ein gutmütiger, kluger Mann. Sein Wissen hatte er von seinem Onkel übernommen. Stück für Stück hatte dieser ihn in der Kunst des Heilens und Sehens unterrichtet.
Zu heilen heißt erst einmal sehen. Das war seine erste Lektion. Sehen kann man nicht nur mit den Augen. Sondern mit dem ganzen Körper. Er lernte mit den Fingerspitzen zu sehen, indem er eine Pflanze vorsichtig betastete, die unterschiedliche Dicke und Frische der Blätter, den Wachstumsabschnitt der letzten Regenzeit, die kleinen Verdickungen am Stiel. Seine Aufmerksamkeit war so stark geschult, dass er Dinge sah, die kein anderer beobachtete. Veränderungen spürte er, noch ehe sie eingetreten waren, manchmal Monde im Voraus. Er stand in Verbindung mit den

Göttern, wenn sie ihn riefen und er sich nur richtig konzentrierte. Sie wiesen ihm oft den Weg. Katanas Götter waren die verstorbenen Seelen seiner Ahnen, deren angehäuftes Wissen, die Erfahrungen der Urzeiten, die Ströme und Schwingungen der Zeit.

Später lernte er auf die Stimme des Waldes zu reagieren, und manchmal kam es ihm so vor, als ob die Tiere Seelen hätten.

Eigentlich wollte er sein Wissen, seine Kunst an einen männlichen Stammesangehörigen weitergeben, aber es gab keinen, der sich für diese Kunst interessierte, keinen, der auch nur ansatzweise entsprechende Fähigkeiten besaß.

Bis er sich der kleinen Fatuma annahm. Er kannte sie – wie alle im Dorf sich untereinander kannten. Natürlich kannte er auch ihre Mutter und sogar ihren Vater, den allerdings nur flüchtig.

In Fatuma hatte er eine außerordentlich begabte Schülerin gefunden. Sie war talentiert, hatte eine ungewöhnliche, natürliche Intuition und war auch nicht zu feige, diese zu artikulieren. Ihre Sinne waren gleichmäßig stark ausgebildet. Es war, als ob sie durch Lernen vergessen wollte. Sie musste sich aus ihrem Schmerz heraus an irgendetwas festhalten.

Katana erahnte den Grund ihrer Wissbegier. Als er sich bewusst wurde, dass aus dem einstigen, in sich gekehrten Mädchen schon fast eine Frau geworden war, hatte er ihr schon so viel Wissen und Weisheit vermittelt, dass es für ihn kein Zurück mehr gab.

Fatuma war eine Heilerin geworden. Sie wusste es nur noch nicht.

Er musste die Götter um Rat fragen. Eines Nachts im April setzte er sich unter einen Baobabbaum und konzentrierte sich auf die Götter, dass sie ihm ein Zeichen geben – ein Zeichen ihrer Zustimmung oder Ablehnung – irgendeinen Hinweis, der es Katana ermöglichen würde, Fatuma offiziell als Heilerin einzusetzen – dass sie seine Nachfolge antreten konnte. Er musste sie auf feste Fundamente setzen, anders hatte sie keine Chance, ihrer Berufung und Begabung zu folgen.

Katana, der gutmütige, hilfsbereite alte Mann, hatte sich unbewusst und aus der Situation heraus darauf eingelassen, eine Frau auszubilden, nun musste er mit den Folgen leben. Sein eigenes Ehrgefühl spornte ihn an, etwas für die junge Fatuma zu tun – weniger seine innere Einstellung. Er tat das mehr für sich als für sie. Sollten all die Jahre des Lehrens vergebens

gewesen sein, all die gemeinsamen Stunden? Nur weil er sie an eine Frau vergeudet hatte? Wie hatte er das vergessen können? Die Götter würden ihm helfen und eine Lösung finden. Er war fest davon überzeugt.
Lange Stunden blieb er unter den ausladenden Zweigen des alten Baobab sitzen. Irgendwann stand er auf und legte sich in seine Hütte. Es begann zu regnen. Die Götter hatten gesprochen. Regen bedeutet Fruchtbarkeit, die Weiterführung des Lebens.
Er musste mit Fatuma reden – die Entscheidung lag bei ihr. Aber eigentlich doch nicht, denn er, Katana – der Mann, hatte schon entschieden, und sie würde ihm folgen.
Am Morgen rief er Fatuma zu sich.
„Fatuma, wie stellst du dir dein Leben vor?"
Sie antwortete mit ihrer ruhigen, etwas zu tiefen Stimme: „Aber Onkel Katana, das weißt du doch. Ich will Heilerin werden, eine Mganga so wie du."
Katana runzelte die Stirn und fuhr Fatuma an: „Und wie stellst du dir das vor? Du bist schließlich nur ein primitives Weib. Seid wann können Weiber heilen, he?"
Ein Stich durchfuhr Fatuma, sie spürte ihren Herzschlag. Würde Onkel Katana sie verraten? Das könnte gefährlich für sie werden, denn wenn er sie nicht offiziell anerkannte, wenn er jetzt nicht zu ihr stand, war sie verloren. Der Stamm konnte sie als Hexe verbrennen oder steinigen. Sie hatte es oft von den Älteren gehört und einmal sogar miterlebt.
Vor vielen Monden. Sie konnte sich noch gut an den süßlichen Geruch des verbrannten Fleisches und an die gellenden Schreie der Frau erinnern, die als Hexe verbrannt wurde. Sie rannte damals davon, in die Hütte von Onkel Katana und versteckte sich unter dem Bett, zitternd am ganzen Leib.
Aber sie kannte ihren Onkel auch. Er war kein Unmensch. Er war nicht so wie andere Männer des Stammes. Er war ruhig und besonnen. Was wollte er? Nun flößte er ihr doch etwas Angst ein. Sie nahm all ihren Mut zusammen. „Onkel Katana, ich will Heilerin werden und nichts anders auf der Welt, wenn du mich nicht dazu ausbildest, würde ich lieber sterben. Ich kenne das Kraut und weiß, wie ich es zubereiten muss, um die Lebensgeister auszuhauchen."

Nachdenklich schaute Katana sie an.
„Nicht du bist hier diejenige, welche die Entscheidung trifft! Ich bin der Mann, und du wirst tun, was ich dir sage, vorlaute Göre! Wie kannst du es wagen, so mit mir zu sprechen? Ich bestimme, was aus dir wird! Und du wirst dem folgen."
So hatte er noch nie mit ihr gesprochen. Fatuma schossen die Tränen in die Augen. Sie presste die Lippen fest aufeinander und sagte innerlich zu sich selbst … nicht weinen … nichts zeigen, nichts anmerken lassen. Sie wusste in diesem Moment nicht, war Katana ihr Freund und Onkel, das einzige Familienmitglied, das sie noch hatte, oder war er Feind, versponnen in der traditionellen Rolle des Mannes und Tyrann.
Eines wusste sie, jede Gemütsregung, die sie zeigen würde, könnte gegen sie verwendet werden. Zeige dem Gegner nie deine Emotionen, kontrolliere dich selbst! Eine der Lektionen, die Katana selbst ihr beigebracht hatte. Auch ihre Verwirrung durfte sie nicht zeigen, denn bis vor Kurzem hatte sie gedacht, Onkel Katana wolle nur Gutes für sie. Er war ihr Freund, ihr Lehrer. Sie fand sich in einer völlig neuen Situation. Fühlte sich einsam und auf sich alleine gestellt. Was sollte sie tun? Im Moment erst einmal gar nichts! Abwarten. Ihr Herz klopfte, dass sie es im Hals spürte.
Katana stand vor ihr und sah, wie ihre Pupillen sich zu winzigen Punkten verengten, aber keine Reaktion sah man in ihrem Gesicht. Gut gelernt, dachte er, aber noch lange nicht perfekt. Im Grunde seines Herzens siegte seine Gutmütigkeit – die eigentlich nicht typisch für einen Mann des Sokokewaldes war. (Der Sokokewald befindet sich südlich der kenyanischen Küstenstadt Malindi und beherbergt viele unter Naturschutz stehende Pflanzen und Tiere.)
Er würde sie für einen Mond wegschicken müssen, würde ihr einen Platz geben, fernab der Menschen. Sie musste alleine sein mit ihrer Seele, einen Mond lang, achtundzwanzig Tage und Nächte. Dann würde er weitersehen. Vielleicht erledigte sich sein Problem von alleine. Er wischte sich mit seiner linken Hand über den Mund, so wie er es oft machte, wenn er sich angespannt fühlte.
Fatuma riss die Augen weit auf, als sie hörte, was Onkel Katana mit ihr vorhatte.

Er wollte sie in die Einsamkeit schicken. Warum nur? Was sollte das nützen? Sie sollte keine Menschenseele sehen, geschweige denn sprechen. Oh nein! Gedanken rasten durch ihren Kopf, und ein ungutes Gefühl breitete sich aus. Zwei Fragen formten sich klar in ihrem Kopf. Warum tat er ihr das an und, zweitens, welchen Nutzen sollte es haben? Sie wollte nicht alleine sein ohne Essen und Trinken, ohne einen anderen Menschen zum Reden. Nicht einmal Nahrung sollte ihr jemand bringen. Am liebsten wäre sie weggerannt. Aber wohin? Und dann müsste sie auch alleine sein.
Sie zwang sich, in ihrer Panik, zur inneren Ruhe, ging in ihre Ecke, wo der alte Holzkohlenkocher stand, stellte ihn vor die Tür ihrer Behausung. Langsam ging sie hinter die Hütte, um die Holzkohle zu holen, goss aus dem gelben Plastikbehälter, der früher einmal ein Ölbehälter gewesen war, Wasser in den Sufria (traditioneller afrikanischer Topf). Mit etwas Papier und ein paar groben Holzspänen schaffte sie es endlich, die Holzkohle zum Glühen zu bringen, stellte den verbeulten Topf darauf und brachte das Wasser langsam zum Kochen. Im hinteren Winkel ihrer Hütte hatte sie ein Schraubglas versteckt, wo sie etwas Zucker aufbewahrte, und in einer braunen Papiertüte besaß sie noch etwas von dem guten Tee aus dem Hochland. Ein Tee mit Zucker würde ihnen beiden gut tun. Denn seit einiger Zeit saßen sie gemeinsam schweigend vor der Hütte.
Katana schaute vor sich hin, ohne auch nur eine Gemütsregung zu zeigen, und Fatuma konnte mit ihrer Geschäftigkeit ihre innere Unruhe ein klein wenig bezwingen.
„Wann wirst du mich fortschicken?“, fragte sie mit belegter, heiserer Stimme.
Katana antwortete nicht gleich. Dann sagte er, mehr zu sich selbst: „Ich muss einen Platz für dich aussuchen und will mit den Dorfältesten reden.“ Lauter sagte er: „Du bereitest Ugali (ein Brei aus Maismehl, der von den Afrikanern mit den Händen gegessen wird) für den Abend vor!“
Eigentlich hätte er ihr das gar nicht sagen brauchen, denn sie tat das ja jeden Abend. Wer würde, wenn sie in ihrer Einsamkeit war, für den alten Katana kochen? Schweigend betrachtete sie ein großes, welkes Blatt des wilden Mandelbaums, wie es von einem Windstoß davongetragen wurde. Leise vor sich hinsummend, bereitete sie sich innerlich auf ihr Schicksal vor. Er schickte sie fort, sie würde sich beugen, wie ein junger Ast eines Baumes.

Die Sonne hatte ihren alltäglichen Weg am Horizont fast hinter sich. Fatuma sah es und machte sich an die Vorbereitung des Abendessens.
Mit der Kraft einer jungen Frau sprang sie auf, lief ein Stückchen auf dem rötlichen Weg entlang, um einen Kohlkopf zu ernten. Sie riss ihn aus dem trockenen, harten Boden, die Lehmbrocken hingen wie kleine, stumme Glöckchen an den Wurzeln. Mit einem kurzen Ruck schüttelte sie den Sand ab und wusch den Kohlkopf im Ganzen in der halbvollen Regentonne, die an ihrer Hausecke stand. Dann holte sie sich etwas frisches Wasser und wusch jedes Blatt einzeln, schnitt den Kohl in schmale Streifen und legte alles auf ein Stück ausgebreitetes Zeitungspapier. Aus dem Haus brachte sie ihren Kochtopf, der die gleiche verbeulte Form hatte wie ihr etwas kleinerer Wassertopf. Nachdem sie zwei Brocken Holzkohle nachgelegt hatte, holte sie eine schmierige Glasflasche mit Öl aus dem Inneren ihrer Hütte, goss das Öl in den Sufria. Dann schälte sie eine der weinroten saftigen Zwiebeln, die Katana gestern Abend von irgendwoher mitgebracht hatte, schnitt sie in Streifen und warf diese schnell in das heiß gewordene Öl, das zischend zu brutzeln anfing. Als die Zwiebeln einen glasigen Schimmer annahmen, gab sie den Kohl hinein, rührte einmal kräftig um und bedeckte den Topf mit einem tellerähnlichen Deckel. Festen Schrittes ging sie in die Hütte und betrachtete ihre Gewürze, die ordentlich aufgereiht in einem einfachen Holzregal standen. Etwas Salz und Pfeffer benötigte sie. Mit einem Handgriff hatte sie beide Gewürze und nahm sie mit an ihre Feuerstelle.
Kurz entschlossen trat sie hinaus und ging auf den nicht weit entfernten großen alten Tamarindebaum zu. Einige Äste hingen nicht so hoch, und sie konnte diese nacheinander greifen, schütteln und ein paar der kleinen dunkelgrünen Blätter abstreifen sowie die heruntergefallenen Samenkapseln sammeln. Einige der umherliegenden Kapseln hatten kleine, runde Löcher. Insekten hatten sie angefressen. Diese waren für Fatuma nutzlos, und sie warf sie weg. Auf dem Rückweg zu ihrem Feuerplatz bildete sich eine steile Falte auf ihrer Stirn, genau zwischen den Augenbrauen – ein Zeichen dafür, dass sie angestrengt nachdachte. Ihr schönes, ebenmäßiges Gesicht sah viel älter aus. Sie war von schmaler Gestalt und hatte etwas hellere Haut als viele andere des Stammes – eine schöne junge Frau mit wachen Augen, deren Glanz im Moment verschwunden war.

Neben ihrer Feuerstelle angekommen, hockte sie sich hin und öffnete die Tamarindensamen und holte die kleinen schwarzen Körnchen hervor. Später zerkleinerte sie die Tamarindenblätter mit einem Messer in winzig kleine Stücke und gab alles in den Topf. Mit etwas Zucker würde der Kohl einen leicht süß-säuerlichen Geschmack annehmen, so wie sie es gern hatte. Nachdem Fatuma alles noch einmal gründlich umgerührt hatte, bedeckte sie den Topf wieder, schaute auf den kochenden Ugali im anderen Sufria und ging schnellen Schrittes zurück in die Hütte, wo sie den Tisch deckte.
Katana kam, und sie verbrachten einen schweigsamen, stillen Abend ohne viele Worte. Auch die nächsten Tage verliefen außergewöhnlich ruhig, wie die Windstille vor einem aufkommenden Sturm. Sie redeten wenig miteinander. Katana war oft den ganzen Tag verschwunden, ohne sie mitzunehmen, ohne ihr zu sagen, wo er hingehen würde. Manchmal brachte er ein paar Kräuter mit, aus denen sie eine der heilenden Tinkturen herstellten. Andere Kräuter breiteten sie zum Trocknen aus.
Eines Morgens sagte Katana, als sie ihren Tee tranken: „Wir werden morgen beide fortgehen. Der Mond steht richtig. Halte dich bereit."
Fatuma reinigte die Hütte mit einem Besen, welcher typisch war für diese Gegend. Ein alter Mann im Dorf stellte diese Besen her. Er sammelte oft stundenlang das lange Gras, um es dann zu trocknen und in Bündeln gleichmäßig um einen schmalen Ast, der so gerade wie möglich sein musste, anzubringen. Mit einem alten, auseinandergerissenen T-Shirt, das Kahindi, ein alter Freund von Onkel Katana, irgendwann einmal aus der Stadt mitgebracht hatte, wischte sie die Regale aus. So verbrachte sie den Tag bis kurz vor Sonnenuntergang. Von Onkel Katana war einmal mehr wieder nichts zu sehen und zu hören. Fatuma hatte die Angewohnheit, wenn ihr etwas nicht gefiel, dann fing sie an zu putzen, die Pflanzen in der Nähe ihrer Hütte zu jäten – irgend etwas Sinnvolles zu tun, um sich abzulenken oder vielleicht auch, um Wege zu finden, wie man die Dinge anders machen könnte.
Nachdem sie sich nach allen Seiten umgesehen hatte und weit und breit nichts von Katana zu sehen war, ging sie zurück in die Hütte.
Aus vergilbtem Zeitungspapier formte sie kleine Tüten, in die sie jeweils Zucker, Maismehl und Tee füllte. In kleinere Tüten schüttete sie etwas

Salz, Pfeffer und einige ihrer getrockneten Kräuter. Im untersten Fach des Regals fand sie eine leere ehemalige Ölflasche. Hinter der Hütte in der alten Tonne wusch sie diese, so gut es ging, aus und füllte etwas Öl hinein. In ungewöhnlicher Eile packte sie alles in ihre Basttasche und trug es hinaus. Einen Moment verweilend, dann aber zielstrebig, machte sie sich auf den Weg zu ihrem alten Lieblingsplatz hinter den drei großen Mangobäumen. Sie musste durch hohes Gras stapfen und hart auftreten, um die Schlangen zu verscheuchen, die sich an diesen Stellen des Waldes besonders gerne aufhielten. Außerdem war sie sehr in Eile, denn sie wollte keinesfalls entdeckt werden. Um diese Zeit kochten die meisten Frauen vor ihren Hütten, die Männer saßen in friedlicher Eintracht auf den großen Baumstämmen des Dorfplatzes und gingen ihren Gesprächen nach. Kinder sprangen in der Nähe herum, um einige Gesprächsfetzen aufzuschnappen, aber dann von den Älteren verscheucht zu werden. Sie verschnürte ihre Basttasche am oberen Ende, riss ein großes, saftiges Blatt des Elefantenohrs ab, was in der Nähe wuchs, und bedeckte die Tasche damit. Wenn sie Glück hatte, würde sie diese in ein paar Tagen kurz vor Einbruch der Dunkelheit von dort ungesehen abholen können.
So – der erste Schritt war getan. Sie würde sich auf ihre Art zu wehren wissen.
Schnell eilte sie in Richtung ihrer Hütte zurück. Schon von Weitem sah sie Katana davor stehen. All ihren Mut zusammennehmend, schritt sie aufrecht auf ihn zu.
„Wo bist du gewesen?“, fragte er barsch.
„Ich war hinten, meine Notdurft verrichten“, schwindelte sie, ihm dabei in die Augen schauend, ihn an. Er machte den Ansatz, etwas zu erwidern, drehte sich aber dann langsam von ihr weg. Das Abendessen verlief schweigend. Es war also beschlossene Sache, am nächsten Morgen sollte Fatuma ihr gewohntes Zuhause verlassen, um für eine Weile ganz alleine für sich zu leben. Der Ältestenrat hatte zugestimmt.
Mit dem Sonnenaufgang und nach einer schlaflosen Nacht hatte Fatuma ihr Bündel gepackt. Katana war verschwunden, kam aber, kaum dass sie den Kopf hob, hinter den drei alten Mangobäumen hervor und brachte ihr die Basttasche, welche sie am Vorabend in aller Eile vorbereitet und dort versteckt hatte. „Das hast du vergessen“, sagte er, und kleine Fält-

chen umspielten die dunkle Haut um seine Augen, die sich zu schmalen Schlitzen zusammenzogen. Etwas verschämt nahm sie wortlos die Tasche und folgte Katana.

Katana und Fatuma lebten an der Ostküste Afrikas, nördlich von Mombasa im Gebiet des letzten tropischen Küstenwaldes. Dort, wo ihre Hütte stand, war der Sand weiß. Sie nannten diesen Boden Sosoni. Die Alten sagten, dass früher, unzählig viele Monde früher, dort ein Korallenriff gewesen sein musste, in dessen Lagune sich die Ablagerungen des in der Nähe fließenden Mida Creeks festgesetzt haben mussten.

Fatuma beobachtete ganz genau, wohin sie gingen – in Richtung Westen. Sie wusste, dass der Wald dort dichter werden würde, die Vegetation noch artenreicher. Sie liefen schon seit Stunden. Langsam konnte sie feststellen, wie der weiße Boden immer rötlicher wurde, bis er endlich aussah wie das rote Fell einer Antilope. Der Weg war schmal und stieg etwas an. Der Wald wurde immer dichter, und die großen Baumkronen ließen kaum noch Sonnenstrahlen hindurch. Ein Masaispecht hämmerte in einen Baum, hielt inne, um dann gleich wieder weiterzumachen, als hätte er die beiden Gestalten, die fast lautlos durch das Dickicht des Waldes liefen, nicht bemerkt. Als Fatuma einen Blick in Richtung Baumkronen warf, sah sie ein Rotschwanz-Buscheichhörnchen an einer Frucht knabbern.

Alles strahlte eine ungewöhnliche Friedlichkeit aus, die sich langsam auch in ihr breitmachte. Sie wunderte sich über die Vertrautheit, die sie plötzlich mit diesem Wald verband. Das stille Einvernehmen. Diese köstliche Ruhe, die sich von außen langsam wie eine warme Welle in ihr Inneres wälzte und sich als angenehmes Gefühl in ihrem Bauch bemerkbar machte.

Heimlich schaute sie Katana von der Seite an. An seinem Gesicht konnte man, wie so oft, keine Regung erkennen. Sie betrachtete ihn, als ob sie ihn zum ersten Mal sah. Er war ein hagerer Mann, aber doch kräftig. Auch seine Haut war nicht ganz so dunkel wie die der meisten Afrikaner in dieser Gegend, genau wie Fatumas. Er hatte ein freundliches Gesicht mit lustigen Augen, die tiefbraun, ja fast schwarz waren. Irgendwie spiegelte sich Gutmütigkeit, aber auch tiefes Wissen in ihnen wider. Das Interessanteste an ihm aber waren seine Hände. Lange, schmale Finger, die

mit länglichen, immer kurzen Fingernägeln endeten. Dicke Adern traten auf der Oberfläche der Hände hervor, und die Innenseite war fast weiß. Seine Bewegungen waren rhythmisch und fließend.
Unversehens wurde der Cynometrawald dichter. Einem Wildwechsel folgend, drangen sie mehr und mehr in das Gewirr aus Ästen ein. Fatuma bewegte sich mit der Geschmeidigkeit einer Wildkatze lautlos durchs Dickicht. Im Wald war es nun totenstill. Ab und zu blieb Katana stehen, schaute sich um und imitierte den Ruf einer Sokokeeule, um ein revierbesitzendes Männchen zur Antwort zu bewegen. Fatuma war erstaunt, von dieser starken Naturverbundenheit ihres Onkels.
Die Dämmerung in den Tropen brach rasch herein, Fatuma wusste, dass das Ziel ihrer Reise durch den afrikanischen Wald nicht mehr weit sein konnte. Seit dem Morgen hatten sie nicht miteinander gesprochen. Fatuma schämte sich immer noch etwas wegen der versteckten Tasche. Andererseits war sie wütend auf ihren Onkel, weil er sie wegschickte, ohne viele Worte darüber zu verlieren. Also ging sie weiterhin schweigend neben ihm her. Plötzlich gab Katana ihr ein Zeichen, dass sie bleiben sollte, wo sie war. Er verschwand im dichten Gebüsch und in der Dunkelheit, die jetzt hereinbrach. Fatuma beschlich ein unbehagliches Gefühl. Hier lebten die afrikanischen Buschelefanten! Sie befand sich, das wusste sie, auch im Gebiet der Schwarznacken-Speikobra, deren Gift tödlich wirken konnte und, ins Gesicht gespritzt, blind machte. Der Schweiß ließ den Kanga an ihrem Körper kleben, und sie konnte deutlich ihren Herzschlag spüren. Nichts bewegte sich um sie herum – Stille. Plötzlich stand Katana wieder neben ihr. Seine weißen Zähne blitzten in der einbrechenden Dunkelheit. Froh, ihn wieder neben sich zu haben, fragte Fatuma ihn: „Sind wir bald da?“ In seiner gewohnt ruhigen Art antwortete er: „Ja, mein Mädchen, gleich – komm!“ Sie krochen mehr auf allen Vieren, als dass sie aufrecht gingen, Katana imitierte wieder den Ruf einer Eule. Scheinbar weit entfernt, kaum wahrnehmbar, antwortete ein Vogel.
Und für Fatuma ganz unerwartet, ohne dass sie es vorher sah, traten sie auf eine Lichtung. Einige durch Regen und Wind verknöcherte Bäume umsäumten den Rand des Waldes. Und wie von unsichtbarer Hand geteilt, öffnete er sich, wurde für ein kleines Stück zur Steppe, um sich dann weiter hinten wieder zu einer dunklen Mauer zu schließen.

Dort, mitten drin, stand eine Hütte, groß und geräumig, gebaut im traditionellen Stil aus Korallenstein mit einem Dach aus getrockneten Palmwedeln.
Einladend öffnete Katana mit einem fast unscheinbaren Lächeln auf dem Gesicht die Tür und hieß sie willkommen. Damit hatte Fatuma nicht gerechnet.
„Das ist nun erst einmal dein neues Zuhause, gefällt es dir?“ Tränen traten ihr in die Augen. Sie drückte ihm die Hand und seufzte nur: „Onkel.“
„Wenn du eine richtige Medizinfrau werden willst, brauchst du diese Zeit, um dich zu entscheiden. Du darfst keine Kinder haben, keinen Mann. Weißt du das?“
„Ja, Onkel, ich weiß.“
Lächelnd drückte Katana ihren Arm. „Wir waren immer eine ungewöhnliche Familie. Fatuma, wenn du wirklich Medizinfrau werden willst, musst du auf viele weltliche Dinge verzichten. Dein Verstand muss scharf sein. Aber auch deine Intuition. Du musst lernen, im Kontakt mit unseren Göttern zu sein. Die Gerechtigkeit muss in dir wohnen und sei bedingungslos ehrlich – oder schweige wie ein Grab. Bist du dazu bereit?“
„Ja, Onkel, das bin ich!“
„Siehst du, deswegen habe ich dich hierher geführt. Es ist immer noch recht ungewöhnlich, eine Kaya-Frau als Heilerin zu haben. Du wirst auf viel Boshaftigkeit und Unverständnis stoßen, und bist du erfolgreich, wirst du Neider haben. Du musst innerlich wachsen und stark werden, das musst du üben und damit fangen wir jetzt an! Und, mein Kind, du wirst auf dich allein gestellt sein, keinen Menschen haben, der neben dir ist, um vor allem das Leid mit dir zu teilen, um dich in die Arme zu nehmen, wenn es dir schlecht geht, um dir einen Tee mit viel Zucker zu kochen, wenn du Bauchschmerzen hast. Du wirst keine Kinder haben dürfen, welche du heranwachsen siehst, keinen Ehemann, dessen Nähe du genießen darfst – Einsamkeit und Anerkennung, das wird dein Brot sein.“
„Ja, Onkel.“
Langsam drehte sich Katana in die Dunkelheit und sagte: „Dann koche uns einen Tee. Das Holz liegt hinter der Hütte, und den Tee hast du ja in deiner Basttasche. Ich werde uns Wasser holen.“

Ihr Onkel hatte an alles gedacht. In der Hütte fand sie eine Kerosinlampe, die sie mit einem langen Span entzündete. Nun sah sie, dass die Hütte vollständig eingerichtet war. Ein großes Bett stand in einer Ecke. Seitlich daneben befand sich ein Regal, und darauf sah sie ein Dutzend Gläser und Plastikflaschen, noch waren alle leer. Aber Fatuma wusste, dass es sich um eine unausgesprochene Aufforderung handelte. Nun war sie es, die Kräuter zum richtigen Zeitpunkt sammeln sollte, aber diesmal ganz auf sich allein gestellt. In sich versunken, spürte sie einen warmen Lufthauch. Er umschmeichelte kurz ihren Körper, wie ein zarter Kuss der Natur. Geschwind drehte sie sich um, nahm den Tee und die selbstgedrehte Tüte mit dem Zucker aus ihrer Basttasche und ging nach draußen. Vorsichtig stellte sie die Lampe ab. Hinter der Hütte fand sie, wie von Onkel Katana beschrieben, das Holz. Sie brach es in Stücke, legte etwas Holzkohle darauf und entfachte mit geübten Händen das Feuer. Schnell schichtete sie ein paar Steine darum, die zu diesem Zwecke vor der Tür lagen. Sie sah nicht, wie und woher er gekommen war, aber plötzlich stand Katana wieder schemenhaft in der Dunkelheit vor ihr und reichte ihr einen Eimer mit Wasser.

Wie er nur kommen und gehen konnte, ohne dass man ihn bemerkte? Sie schüttete etwas von dem Wasser in den Topf, gab ein paar getrocknete Teeblätter dazu, holte eine kleine Ingwerwurzel, hackte ein Stückchen davon in klitzekleine Würfel und warf auch diese ins Wasser. Nun ging sie erneut in die Hütte, um nachzusehen, ob sie nicht ein paar Kardamomkapseln finden würde. Die konnte man öffnen, und die kleinen, schwarzen Samen dieser Pflanze mit den schönen Blättern würden den Tee angenehm würzig schmecken lassen. Sie fand die grüngrauen Kapseln in einer Glasflasche. Still dankte sie Onkel Katana, der alles so gut vorbereitet hatte. Er saß schon auf einem dreibeinigen Hocker neben der glühenden Holzkohle, als Fatuma schweigend neben ihn trat, den Duft des würzigen Tees einsaugend. Er zog den zweiten Hocker heran und sagte: „Setz dich und lass uns miteinander reden. Viel Zeit haben wir nicht mehr."

„Fatuma, du wirst jetzt auf dich alleine gestellt sein", begann er in seiner ruhigen Art. „Du musst nun deinen ungewöhnlichen Weg finden, lange genug Zeit, darüber nachzudenken, hattest du ja. Ich habe dir alles, was ich weiß, beigebracht. Trotzdem musst du versuchen, jeden Tag etwas

Neues dazuzulernen. Schaue auf alles Sichtbare und vor allem auf das Unsichtbare. Schaue auf die Hintergründe der Sprache, aber schaue in erster Linie auf das, was die Menschen tun."
„Ja, Onkel."
„Hör mir zu, ich bin noch nicht fertig!", sagte er. „Ich will dir noch möglichst viel von meinem Wissen und dem unserer Ahnen mitgeben. Denn meine Tage sind wohl gezählt." Ergriffen nahm sie seine Hand in ihre und schaute ihn an. Nur die Glut der Holzkohle und der Schein der Kerosinlampe erleuchteten sein Gesicht. Es war zu dunkel, um irgendeine Regung zu erkennen.
„Krankheit wurzelt, genau wie der Tod, sehr tief im menschlichen Sein. Begreife die große Würde von Krankheit und Tod. Setzt sich im Körper eines Menschen eine Krankheit fest, dann zieht diese die Aufmerksamkeit desjenigen Menschen auf sich, der, aus welchem Grund auch immer, krank geworden ist. Meist geht dem Krankwerden eine Ursache voraus. Wenn du gut bist, kannst du es vorhersehen. Sie, also die Krankheit, unterbricht dann oft die Gleichmäßigkeit des Lebensweges des Betroffenen. Eine Krankheit ist ein Zeichen, das Aufmerksamkeit, Interesse und Energie auf sich lenkt. Versuche vor allem, die wirkliche Ursache der Krankheit zu erkennen, und behandele in erster Linie sie. Begib dich auf die Reise durch den Körper deines Patienten und – durch sein Bewusstsein. Deine Hilfsmittel sind bildhaftes Denken und Fantasie, auch Ironie, aber nur, wenn sie wirklich angebracht ist.
Die Pfade des menschlichen Bewusstseins sind verschlungen. Schaffe für den Kranken ein Bezugssystem, Familie, Götter, Riten. Vergiss nie, dass die Medizin, von wem und wo sie auch ausgeübt werden mag, immer vom praktischen Handeln lebt und dem Glauben an die Heilung. Teilerfolge müssen dir manchmal ausreichen. Ein letztes Mal im Leben die Sonne sehen, noch einmal den geliebten Sohn treffen. Hast du das begriffen, mein Kind?"
„Aber das hast du mir doch schon alles erklärt, Onkel Katana."
„Ja, mein Kind, aber begreife es auch und erfasse auch die Krankheit in ihrer Ganzheit, ertaste sie, rieche, schmecke, fühle sie. Sie ist nicht dein Feind, sondern dein Wegweiser!"

Er schlürfte von seinem süßen, würzigen Tee, ließ ihn langsam die Kehle hinunterlaufen und genoss jeden Tropfen. Fatuma begriff die Feierlichkeit des Augenblicks. Warum hatte sie nur das Gefühl, dass er ihr noch etwas anderes sagen wollte? Langsam erhob sich Katana.
„Nun bleibt mir nur noch eines zu sagen, bevor ich mich auf den Heimweg mache. Du musst einen Mond lang alleine sein, darfst mit niemandem reden und keine menschliche Gesellschaft suchen. Hast du mich verstanden?"
„Ja, Onkel Katana, das habe ich, aber willst du dich wirklich jetzt noch auf den Weg machen?"
„Fatuma, das muss ich. Wir dürfen beide nicht mehr zusammen in einer Hütte übernachten. Mach dir keine Gedanken, mir ist dieses Gebiet so vertraut wie die Namen unserer Ahnen."
Langsam erhob er sich und schaute sich nochmals unschlüssig um. Stumm drückte er Fatuma. Noch bevor die Dunkelheit ihn ganz verschluckte, drehte er sich um und sagte zu ihrer Beruhigung: „Heute in achtundzwanzig Nächten bin ich wieder da. Pass auf dich auf, Fatuma."
Mit Tränen in den Augen, löschte Fatuma die Reste der glühenden Holzkohle, nahm die Kerosinlampe und ging in ihre Hütte. Leise schluchzend legte sie sich auf ihr Lager. Von Ferne hörte sie den Ruf einer Eule, dann wurde es still, und endlich schlief Fatuma ein.
Am anderen Morgen wurde sie mit den ersten Sonnenstrahlen, die durch den Türspalt lugten, wach. Mit wehmütig klopfendem Herzen stand sie auf und ging hinaus, um sich umzuschauen. Der Platz war heller, als sie vermutet hatte. Hinter ihrem Haus stand eine Tonne, die den Regen auffangen konnte, falls es einmal regnete.
Diese Tonne war halb voll Wasser. Daneben stand ein ausgedienter, gelber Ölbehälter, groß wie ein Eimer, der zum Wasserholen diente. An der Hausecke lehnte ein aus festem Gras und einem geraden Ast zusammengebundener Besen. Einige Fledermäuse hingen unter dem Dachüberstand wie zusammengerollte Blätter. Im Inneren der Hütte fand sie alles, was sie nach ihrer Meinung für die nächste Zeit benötigte.
Doch sie musste sich umschauen, was es Essbares in der Gegend gab, denn die Vorräte würden nicht für immer reichen.

Die großen Mangobäume mit ihren gelbroten, reifen Früchten hatte sie schon entdeckt. Aber sie benötigte auch Kasawa und Bohnen. Auf dem Weg zu ihrem neuen Zuhause hatte sie auch einige Cashewnussbäume gesehen. Die drolligen, nierenförmig gekrümmten Nüsse wurden auch Elefantenlaus genannt. Einige Ältere aus ihrem Stamm hatten vor vielen Jahren ein paar dieser Bäume mit den ledrig-dicken Blättern angepflanzt. Sie kommen mit wenig Wasser aus und sind dem heißen Klima gut angepasst. Verwertet wird nicht nur die Nuss, sondern auch der fleischige Cashew-Apfel. Der ist eigentlich keine Frucht, sondern ein verdeckter Fruchtstiel. Und außen auf dieser Frucht sitzt dann sozusagen huckepack die Nuss, die aber im eigentlichen Sinne eine Steinfrucht ist. Die Nuss selbst steckt in der Huckepackfrucht, die mit dem richtigen Fruchtapfel verbunden ist.

Um die Nüsse zu gewinnen, muss die harte Schale der richtigen Frucht erst geröstet und dann geknackt werden. Das Rösten erfolgt in einem pfannenähnlichen Gefäß über dem Feuer. Dabei entstehen starke Dämpfe, die allerdings nicht gut für die Menschen sind.

Der Fruchtapfel schenkt den Menschen einen schmackhaften Saft, der auch zu einer Art Marmelade verarbeitet werden kann. Die Kinder lieben diesen Brei.

Das Cashewnussöl wird in einer bestimmten, geheimgehaltenen Prozedur gewonnen und von den Kayas (Stammesgruppe, die in Ostafrika lebt) seit Urzeiten als Heilöl verwendet. Fatuma hatte das Rezept von Onkel Katana.

Man sagt den Cashewnüssen eine stärkende Wirkung nach. Insbesondere Menschen mit Magen- oder Darmgeschwüren sollten diese heilenden Nüsse langsam, immer wieder über den Tag verteilt, gut gekaut essen. Auch Menschen, die an Erschöpfung und Nervosität litten, taten diese Nüsse, täglich gegessen, gut. Fatuma konnte ein sehr wirksames Mittel gegen Hautausschläge, juckende Ekzeme und Gürtelrose daraus zubereiten. In Onkel Katanas Dorf hatte sie gute Erfolge damit erzielt.

Einige Ältere wussten auch, wie man ein Öl zubereiten muss, um das Holz vor Parasiten oder anderen Schädlingen zu schützen.

So dachte Fatuma über die heilende Wirkung dieser Früchte nach.

Doch dann beschäftigte sie nur noch die Sorge, zu überleben. Sie benötigte genug Nahrung und natürlich täglich frisches Wasser. Denn ihr war jeder Umgang mit anderen Menschen verboten worden. Aus welchem Grund auch immer. Es war ein uraltes Ritual, dem sie folgen wollte, eine Prüfung, die es zu bestehen galt.
Also nahm sie ihre Basttasche, riegelte ihre Hütte mit einem dicken Schloss ab, welches Katana ihr noch bereitgelegt hatte. Den Schlüssel band sie sich mit einer Schnur aus Sisal (eine Pflanze, aus der Schnur und Bast hergestellt werden können) um den Hals und versteckte ihn unter ihrem Kanga. Sie schaute auf den Stand der Sonne und die Länge der Schatten, welche die Bäume warfen, und machte sich auf dem Weg. Ihre Nase, die ohnehin schon recht breit war, blähte sich auf wie die Nüstern eines Pferdes. Sie wollte eine Wasserstelle finden. Wenn sie Glück hatte, konnte sie es riechen. Außerhalb ihrer Lichtung nahm das Dickicht zu, und sie musste aufpassen, dass sie sich nicht verlief. Ja, eine Wasserstelle wäre genau das Richtige, denn dort würde sie wahrscheinlich auch Fische finden, die sie angeln könnte. Ein Ende Sehne und einen gebogenen Metallhaken sowie ein paar Brotkrumen hatte sie mitgenommen. Sie wollte sich keine Chance entgehen lassen, etwas Essbares mit nach Hause zu bringen. Und einen Fisch konnte sie ohne Probleme selbst ausnehmen, säubern und zubereiten.
Es gab auch jede Menge Vögel in dieser Gegend, auch die könnte man im Notfall essen. Aber Fatuma mochte diese wunderbaren, oft buntgefiederten, lustigen Gesellen nicht töten. Das erschien ihr zuwider. Zumal diese geschäftigen Tierchen auch Mücken und Insektenlarven vertilgten, also wirklich sehr nützlich waren. Insekten konnten immer wieder böse Krankheiten übertragen, das hatte sie oft genug gesehen. Und dann diese niedlichen Vögel rupfen, nachdem man ihnen den Kopf umgedreht hatte, nein, das wollte sie wirklich nicht. Früchte, Wurzeln und Blätter würden es vielleicht auch tun. Auf ihrem Weg durch das Gestrüpp entdeckte sie hin und wieder eine essbare Wurzel, die sie vorsichtig von der Pflanze abtrennte und in ihre Basttasche legte. Sicher nicht das Schmackhafteste, aber genug, um sich den Magen zu füllen. Bei ihrem Weg durch den Busch musste sie aufpassen, denn schon waren ihre Arme zerkratzt von zurückschnellenden biegsamen Ästen oder Dornen. Diese Hautabschür-

fungen konnten sich schmerzhaft entzünden. Die Sonne stieg höher, und obwohl man sie durch die Baumkronen fast nicht sehen konnte, spürte Fatuma doch die stickige Schwüle mehr und mehr. Sie hielt kurz inne und ärgerte sich nun, dass sie kein Trinkwasser mitgenommen hatte. Das war dumm und unachtsam von ihr, denn bei dieser Hitze war ihr schlanker Körper schnell ausgemergelt und die Kräfte ließen nach. Sie würde also nicht so weit gehen können, wie sie es sich eigentlich vorgenommen hatte.

So beschloss sie, es für heute bei der Erkundung der näheren Umgebung zu belassen. Umso aufmerksamer wollte sie sich die Pflanzen ansehen und schauen, was sie an Heilpflanzen ausmachen konnte. Auf einer Blüte sah sie einen Schwalbenschwanz sitzen. Mit Freude beobachtete sie seine schöne Zeichnung im gleichmäßig rhythmischen Schlag seiner Flügel. Zwei Dinge fielen ihr ein, wo Schmetterlinge sind, ist meist auch Wasser, zumindest aber feuchte, mineralhaltige Stellen im Erdboden. Wo fruchtbarer Boden ist, findet man auch genügend Pflanzen. Heilpflanzen und möglicherweise auch Essbares. Und genau so war es auch. In kurzer Zeit füllte sich ihre Basttasche mit Blättern, Wurzeln und Früchten. Einiges essbar, anderes musste noch weiterverarbeitet werden, um es dann bei Bedarf als Medizin anzuwenden. Sie musste es haltbar machen, denn vieles verdarb bei der Hitze und der hohen Luftfeuchtigkeit auch schnell. Langsam schaute sie sich nochmals um und begab sich auf dem Heimweg. Wie erwartet, fand sie den Rückweg, denn sie hatte sich nicht allzu weit von ihrer Hütte entfernt. Die Sonne senkte sich langsam, aber der Boden strömte noch die Wärme des Tages aus. Es roch nach Erde und Laub. Als sie aus dem Dickicht hervortrat und zu der Hütte herübersah, war ihr, als wenn sie einen Schatten um die Ecke gehen gesehen hätte, aber sie konnte sich auch täuschen. Den ganzen Tag hatte sie mit niemandem gesprochen, nichts gegessen und getrunken. Möglicherweise lag es daran. Im gleichen Moment streifte sie durch eine Unachtsamkeit einen dornigen Ast und zerkratzte sich den Arm mit einer blutigen Schramme. Mit wenigen Schritten war sie bei ihrer Hütte.

Bevor die Dunkelheit anbrach, wollte sie ein Feuer entzündet haben. Nicht nur, um Nahrung und Heilkräuter zubereiten zu können, sondern

auch zum Schutz vor Tieren. Und sie fühlte sich dann einfach aus Mangel an menschlicher Nähe etwas geborgener.
Schnell holte sie etwas Brennholz zusammen. Und wieder einmal dankte sie im Stillen Katana für seine Fürsorge. Mit einem in Harz getränkten dünnen Span zündete sie die trockenen Hölzer an, holte ihren Sufria, um sich erst einmal einen stärkenden Tee zu kochen. Dann setzte sie sich neben die Feuerstelle und säuberte die mitgebrachten Wurzeln, würzte sie mit kleingehackten Tamarindenblättern und etwas von deren Samen. Als der Tee fertig war, begann sie die Wurzeln in etwas Wasser zu kochen und dachte über ihren ersten Tag in der Verbannung, so nannte sie im Stillen diese Zeit, nach. Viel geschafft hatte sie noch nicht. Die größte Sorge bereitete ihr aber, dass sie noch keine Wasserstelle gefunden hatte. Nun wollte sie die verbleibende Zeit nicht tatenlos verbringen. Sie holte sich etwas von dem Schweineschmalz aus der Hütte und wollte eine kleine Portion Wundsalbe mit ihren gesammelten Blüten und Blättern ansetzen. Das konnte man immer gebrauchen, außerdem wollte sie ihren zerschrammten Arm einreiben, damit sich keine Entzündung bilden würde. Die Blüten und Blätter wurden in einem Mörser zerrieben und mit einer kleinen Menge des Schmalzes vermengt, dann wurde alles kurz aufgekocht und zum Abkühlen in ein Glas gefüllt. Andere Kräuter schnitt sie klein, um diese dann am nächsten Tag im Halbschatten zu trocknen. So hatte sie wenigstens das Gefühl, schon etwas geschafft zu haben. Nachdem sie ihren Brei aus Wurzeln gegessen hatte, der gar nicht so schlecht schmeckte, und noch eine Tasse von ihrem köstlichen Tee getrunken hatte, löschte sie gewissenhaft das Feuer. Dann begab sie sich in ihre Hütte zum Schlafen.
Wieder konnte sie keine Ruhe finden. Sie vermisste die vertrauten Menschen in ihrer Umgebung. Nachdem sie sich ständig hin und hergewälzt hatte, war sie endlich eingeschlafen. Plötzlich wachte sie auf. Waren da nicht Schritte vor ihrer Hütte zu hören? Ihr Herz fing an zu pochen. Ihr war, als stecke ein dicker Kloß in ihrem Hals. Da, schon wieder ein leises Scharren, jetzt direkt vor ihrer Tür. Oder bildete sie sich das nur ein? Sie hatte keine andere Wahl, sie musste aufstehen und nachsehen und dann die Hütte von innen verriegeln. Leise, ganz leise erhob sie sich aus ihrem Bett. Auf Zehenspitzen schlich sie sich zur Tür. Durch den kleinen Spalt

sah sie nur die dunkle Nacht. Doch sie spürte, dass da draußen irgendetwas, irgendjemand war. Was sollte sie nur tun? Sie konnte niemanden um Hilfe rufen. Ganz vorsichtig öffnete sie die Tür, denn sie musste Gewissheit haben. Huschte da nicht wieder ein Schatten davon? Oder war es nur Einbildung? Zitternd vor Angst trat sie einen zaghaften Schritt heraus. Nichts! Weit und breit nichts zu sehen. Sie nahm das große Schloss, welches sie unachtsam draußen liegen gelassen hatte und verriegelte die Tür von innen notdürftig. An Schlaf war nicht zu denken.
Morgens stand sie auf und fühlte sich müde und schlapp. Auch hatte sie am Tag zuvor viel zu wenig getrunken. Sie bereitete Feuer, um sich einen frischen Tee zu kochen und die restlichen Wurzeln aufzuwärmen, damit sie wenigstens etwas im Bauch hatte, bevor sie sich erneut auf die Suche nach einer Wasserstelle machte. Irgendwie fühlte sie sich heute nicht so wohl. Und sie hatte niemanden, mit dem sie sprechen konnte. Es war, als ob ein Tuch ihr die Kehle zuschnürte. Sie dachte, dagegen solle sie etwas tun. Schnell aß sie ihr Frühstück, steckte dieses Mal eine Flasche Wasser ein und auch ein Stück Brot. Das hatte Katana ihr noch dagelassen. Sorgfältig schloss sie die Hütte ab, und etwas schwermütig machte sie sich auf dem Weg.
Wieder war es die Natur, die sie etwas aufheiterte. Sie hörte das Gezwitscher der Vögel und versuchte sie anhand ihrer Stimmen auszumachen. War das nicht eine Nataldrossel, ein Zugvogel aus Tansania, der sich außerhalb der Brutzeit im Sokokewald aufhält? Dann hörte sie den wunderbaren Gesang der Streitkopf-Häckersänger. Durch die kühlere Morgenluft konnte sie die Vogelgesänge von viel weiter her hören, als das in der Hitze des Tages möglich war.
Dann entdeckte sie eine Sandeidechse. Sie erkannte das Reptil an seinem langen, rostfarbenen Schwanz. Es erstaunte sie, dass der kleine Kerl sie nicht bemerkt hatte, und so schaute sie ihm eine Weile bei seinem Müßiggang zu.
Wenn sie doch nur eine Wasserstelle finden würde, die nicht so sehr weit von der Hütte entfernt wäre! Eigentlich hätte Onkel Katana das beim Bau der Hütte bedenken müssen. Oder hatte er die Hütte, die so einsam auf der kleinen Waldlichtung stand, gar nicht selbst gebaut? Sollte sie nicht doch heute noch einmal von allen Seiten die nähere Umgebung der Hütte

nach einer Wasserstelle absuchen? Ihr Wasservorrat reichte sicher noch zwei bis drei Tage, wenn sie sehr sparsam damit umging, vielleicht sogar vier oder fünf Tage. Irgendetwas musste sie tun. Da ihr nichts Besseres einfiel, machte sie sich wieder auf den Weg, um ihre kostbare Zeit nicht zu vergeuden. Und sie wollte einfach auch lernen, sich in ihrer neuen Umgebung besser zurechtzufinden. Sie musste die Plätze kennen, wo ihre Heilpflanzen wuchsen, denn sie konnte die Medizin nicht lange aufbewahren und brauchte oft Nachschub. Aufmerksam schaute sie sich überall um, damit ihr auch nichts entging. Alles prägte sich in ihr Gedächtnis ein, denn es konnte eines Tages sehr wichtig für sie werden.
Plötzlich hörte sie menschliche Laute. Wo kamen sie her? Fatuma horchte kurz auf und wendete sich in die Richtung, wo sie Stimmen vermutete. Einige Meter weiter links sah sie einen wildwechselähnlichen Pfad. In geduckter Haltung, einem lauernden Tier ähnelnd, schlich sie weiter. Eigentlich wusste sie selbst nicht, warum sie sich wie ein Dieb versteckte. Aber die Abgeschiedenheit und die Erlebnisse der letzten Nacht verunsicherten sie. Und reden durfte sie ja sowieso nicht. Das fing an, sie zu stören. Nun sah sie es. Wie gerne hätte sie mit den Frauen unter dem großen Mangobaum gesessen, der dort mitten auf dem Dorfplatz Schatten spendete. Einige der Frauen waren traditionell in einen Kanga gekleidet. Sie saßen auf einen Baumstamm im Schatten der ausladenden Zweige des alten Baumes und unterhielten sich angeregt. Fatuma wäre so gerne zu ihnen gegangen, hätte mit ihnen gesprochen und sich vorgestellt, aber das durfte sie nicht. Sie wollte unbedingt das Gelübde, welches sie ihrem Onkel gegeben hatte, einhalten, um jeden Preis. Nun hockte Fatuma verborgen hinter den dichten Blättern eines herunterhängenden Zweiges und überlegte, was sie denn tun sollte. Sie beobachte wie gebannt den Dorfplatz. Einige Kinder sprangen herum. Ein größeres Mädchen kümmerte sich um zwei jüngere Kinder. Sie wischte ihnen nacheinander mit einem großen Blatt den Rotz aus dem Gesicht. Weiter seitlich hatte eine ältere Frau eine Bastmatte aus geflochtenen Sisalfasern ausgerollt. Darauf stand ein großer hölzerner Mörser, und mit einem eigens dafür gearbeiteten Stößel zerkleinerte sie Mais darin. Zwischendurch hielt sie inne und wischte sich den Schweiß von der Stirn, um dann im gleichmäßigen Rhythmus weiterzustampfen. Ein Stück daneben saß ein kleiner

Junge, der mit Steinchen spielte. Er ließ sie immer wieder durch seine Hände rieseln, mal die linke, dann wieder die rechte. Eine andere Frau wusch rotes, blaues und weißes Plastikgeschirr in einer gelben Schüssel. Ein friedliches, harmonisches Bild. Satzfetzen flogen durch die Luft. Fatuma konnte nicht alles verstehen. Sie war zu weit weg, aber sie genoss es, ihnen zuzuschauen und auf diese Weise am Dorfleben teilzuhaben. Wie sehr hätte sie sich gewünscht, mit den Frauen zu scherzen und gemeinsam mit ihnen die Hausarbeiten zu verrichten. Aber sie durfte mit niemandem sprechen. Wie sollte sie die Menschen dort um Wasser bitten? Denn wo ein Dorf war, gab es meistens auch Wasser. Und wenn sie sich nicht irrte, sah sie hinter dem großen Mangobaum sogar eine Wasserleitung. Sie wusste, dass diese Art von Wasserleitungen oft von Weißen gelegt wurde. Auch in der Nähe von ihrem Dorf hatten Deutsche vor einigen Jahren einen Brunnen gebaut und Wasserleitungen dazu geschraubt. So mussten die Dorfbewohner nicht mehr so weit mit ihren unhandlichen, gelben Behältern laufen, um das Wasser zu schöpfen. Allerdings waren in ihrem Dorf nach und nach die Metallrohre kaputtgegangen oder verstopft, so dass sie kurze Zeit, nachdem die Weißen weg waren, doch wieder die ewigen Fußmärsche zu den alten Wasserstellen in Kauf nehmen mussten. Hier gab es anscheinend noch Wasser aus der Leitung.
Lächelnd erinnerte sie sich an die Vorrichtung am Ende der Rohre, mit denen man diese öffnen und verschließen konnte.
Was nun? Sollte sie hingehen und sich einfach Wasser nehmen? Sollte sie in Zeichensprache danach fragen, so tun, als ob sie nicht sprechen konnte? Nein, das wollte sie nicht! Vielleicht wäre es doch besser, weiter zu suchen und eine eigene Wasserstelle zu finden. Bevor ihren Gedanken Taten folgen konnten, packte sie eine starke Hand an der Schulter und riss sie fast um. Entsetzt sah sie einem in Zorn verzerrtem Männergesicht entgegen. Schräg über ihr lehnte ein großer Mann, der sie mit einer Hand erbarmungslos packte und aufrichtete. Vor Schmerz traten ihr Tränen in die Augen, und sie durfte nicht sprechen.
Er war groß und schlank, fast etwas schlaksig, seine Gesichtszüge waren zu einer ekelhaften Grimasse entstellt. Er hatte äußerst kräftige Hände, die wie Pranken wirkten.

„Was machst du da, du Diebin?“ Fatuma sah ihn an und schwieg. Eine heiße Träne lief ihr über die linke Wange. Der Mann brüllte sie nochmals an: „Ich will wissen, was du hier treibst, du Weib! Warum verbirgst du dich hier? Was willst du von uns?“ Taumelnd stand Fatuma vor ihm. Mit einem stummen Blick flehte sie ihn an. Da holte er schon zu einem kräftigen Schlag aus. Es klatschte, ein Blitz züngelte durch ihren Kopf, und sie fiel hin. Sie schwieg. Er trat nach ihr, traf zum Glück nur ihre Rippen. Sie krümmte sich vor Schmerz wie ein Wurm im Dreck. Durch den Tumult aufmerksam geworden, kamen einige Frauen aus dem Dorf und zwei alte Männer zu ihrem Versteck. Einer der Alten gebot dem jungen Mann, der Chiti genannt wurde, Einhalt. Nun befragte er Fatuma: „Wer bist du und wo kommst du her, und vor allem, was machst du hier? Warum versteckst du dich wie eine Diebin? Ich habe dich noch niemals vorher hier gesehen!“

Sie schaute dem Alten ins Gesicht, alle Furcht, Angst und Schmerz sprach aus ihren Augen. Aber sie blieb still. Stutzig geworden, schaute der Alte sie an.

„Was ist mit dir? Hat es dir die Sprache verschlagen, Weib? Rede endlich!“ Fatuma richtete sich auf und klopfte sich die Erdklumpen von ihrer Kleidung. Leise, vor Salz klebrige Tränen quollen aus ihren Augen. Die linke Gesichtshälfte brannte, als ob eine Qualle daran geklatscht wäre. Ein dicker Kloß saß ihr in der Kehle. Sie schaute ihm geradewegs ins Gesicht, blieb aber stumm. Chiti riss ihre Basttasche an sich, nahm das Stück Brot und die Wasserflasche heraus.

„Was soll das?“, schrie er sie herrschsüchtig an. „Hast du das irgendwo geklaut?“ Erneut holte er aus, da sie nicht antwortete. Diesmal war sie auf den Schlag gefasst, drehte sich fast unmerklich leicht weg, so dass er sie nicht mit voller Wucht erwischte. Sie biss die Zähne zusammen. Fassungsloser Hass kam in ihr auf. Warum schlug er sie ohne Grund? Und alle schauten zu.

Eine alte Frau kam langsam angehumpelt und drohte Chiti mit dem Stock. Der zog eine Grimasse, trat aber einen Schritt zurück. Die alte Frau schaute Fatuma in die Augen. Sie sagte nichts, drehte sich um und ging langsam wieder auf den Dorfplatz zu, der jetzt leer war, denn alle

Bewohner die anwesend waren, standen in einem Halbkreis um Fatuma herum.
Weil Fatuma nicht weiter wusste, zeigte sie auf ihr leeres gelbes Ölgefäß, welches normalerweise von allen Küstenbewohnern, nachdem es leer war, zum Wasserholen verwendet wurde. Sie machte eine Handbewegung, die Wasserschöpfen andeuten sollte. Einer aus der Runde sagte: „Die will unser Wasser."
Chiti drängelte sich wieder dicht an sie heran, ein Stück ihres Brotes kauend. „Das kostet aber etwas!" Er wirkte wirklich bedrohlich und strahlte eine unangenehme Aggressivität aus. Fatuma hatte so etwas noch nie erlebt, sie war sprachlos, aber durfte ja sowieso nicht sprechen.
Unbemerkt war die humpelnde Alte wieder näher gekommen.
„Gebt ihr Wasser und lasst sie in Ruhe. Sie hat nichts gestohlen. Was sie hier will, weiß ich noch nicht. Aber gebt ihr das Wasser und schickt sie wieder fort. Sie ist eine Kaya, eine von uns!"
„Und warum hat sie uns hinter Sträuchern kniend beobachtet?", fragte Chiti. „Das macht doch kein normaler Mensch!", brüllte er.
„Chiti, nun ist es genug, sie hat nichts gestohlen und wird ihre Gründe dafür haben", antwortete einer der beiden alten Männer. „Ihr habt doch gehört, was Mama Mboga gesagt hat. Also lasst sie gehen."
Langsam öffnete sich der Halbkreis an der vom Dorf abgewandten Seite. Doch Fatuma zeigte stumm auf ihren Wasserbehälter und hob die Augen fragend zum Alten. Der nickte und ging mit ihr in Richtung Dorfplatz. Einige größere Kinder fingen an zu tuscheln. Die Frauen des Dorfes steckten ihre Köpfe zusammen.
Vor einer der größeren Hütten, etwas abseits des Dorfplatzes, sah Fatuma jetzt die alte Mama Mboga sitzen, die friedlich geradeaus sah und sie gar nicht zu beachten schien.
Fatuma drehte den Wasserhahn auf. Sie ließ den frischen Strahl des köstlichen Wassers in ihren gelben Behälter rinnen, bis er so voll war, dass sie ihn gerade noch auf dem Kopf tragen konnte. Sie stellte das volle Gefäß etwas seitlich ab, ging zu Mama Mboga, stellte sich direkt vor sie, so dass diese nicht an ihr vorbeisehen konnte und bedankte sich mit einem leichten Kopfnicken. Dann drehte sie sich ihren mitgebrachten Kanga als Unterlage für den Wasserbehälter und stellte sich diesen, nachdem sie den

Kanga drapiert hatte, auf dem Kopf. Sie lief ein paar Schritte, hob ihre Basttasche auf, stellte die Wasserflasche, die sie von zu Hause mitgebracht hatte wieder hinein und ging den Weg zurück, den sie gekommen war. Jetzt ging sie stolz und aufrecht. Ohne sich noch einmal umzudrehen und ohne eine ersichtliche Reaktion zu zeigen. Sie hatte Wasser, ja, aber zu was für einem Preis! Nun hatte sie sich die Dorfbewohner durch ihr ungewohntes Verhalten zum Feind gemacht.
Der Rückweg erschien ihr doppelt lang. Zum einen wegen der Last, die sie auf dem Kopf trug, zum anderen wegen ihrer schmerzenden Rippen und dem zugequollenen linken Auge. Sie fühlte sich nicht ganz schuldlos. Wie konnte sie nur gedacht haben, dass sie nicht entdeckt werden würde. Was machte es wohl für einen Eindruck, wenn sie den Dorfplatz aus einem Versteck beobachtete und dann noch die Stumme spielen musste? Wie dumm von ihr!
Und sie wollte nur menschlichen Kontakt, teilhaben am Dorfleben. Sie bemerkte innerlich, wie sehr sie doch die Gesellschaft anderer Menschen brauchte, wie stark ihre Sehnsucht nach Nähe war. Eine Weisheit, die von Onkel Katana kam. Sie musste es am eigenen Leib spüren. Das würde sich wie eine Narbe bis an ihr Lebensende in ihre Seele einbrennen. Sie sollte daraus lernen. Nicht nur für sich selbst. Auch für die anderen.
Es bedeutete, auch für Kranke die totale Isolation zu vermeiden. Denn vertraute Gesellschaft macht gesund.
Was hatte Onkel Katana gesagt, sie solle sich vor zu starken Gefühlen hüten, sie würden die Seele beschmutzen wie ein Stück Aas. Also musste sie Chiti und seine Brutalitäten aus ihren Gedanken streichen, was ihr, ehrlich gesagt, im Moment nicht leichtfiel.
Endlich war sie zu Hause angekommen. Müde und traurig stellte sie den Wasserbehälter in der Hütte ab. Sie wollte lieber vorsichtig sein und nicht alles Wasser, was so lebenswichtig war, am gleichen Platz lagern. Eine völlig neue Erfahrung. Nie hatte sie über Vorratswirtschaft nachgedacht. Das musste sie früher auch nicht. Denn jeden Tag schien die Sonne. An jedem Tag gab es normalerweise neue Früchte und Nüsse an den Bäumen. An jedem Tag wuchsen neue Bohnen oder Kasawa-Wurzeln. Auch der Wasserhahn, welcher schon das zweite Mal wieder repariert worden

war, ließ sich jeden Tag aufs Neue öffnen, und klares Wasser sprudelte wunderbarerweise heraus.
Jetzt empfand sie das alles irgendwie anders, obwohl sich an der Natur nichts geändert hatte.
Das Beste war, sie kochte sich einen süßen Tee. Dieses Getränk hatte ihr schon immer gut getan.
Wie immer suchte sie sich das Holz für das Feuer hinter ihrer Hütte, setzte den Topf mit dem köstlichen Wasser auf, gab einige getrocknete Teeblätter hinein, etwas Kardamomsamen und ein Stückchen kleingehackten Ingwer. Der Tee kochte sprudelnd auf. Dann nahm sie den Sufria kurz von der Feuerstelle, um ihn aber gleich wieder hinzustellen. Aus der Hütte holte sie etwas Zucker. Wie sehr sie doch den süßen Tee liebte. Dieses Getränk brachte Gelassenheit in den Körper und, was viel wichtiger war, damit auch Frieden für ihre Seele.
Nun, da sie zur Ruhe gekommen war, spürte sie auch wieder die Schmerzen im Gesicht und im unteren Brustbereich. Vorsichtig tastete sie die Stellen ab, die ihr so sehr weh taten. Sie spürte, dass sich Schwellungen gebildet hatten. Instinktiv wusste sie aber, dass sie nicht ernsthaft verletzt war. Trotzdem hob Fatuma zaghaft den Kanga, um ihre gemarterten Körperteile zu betrachten, die schwarze Haut schimmerte noch dunkler, als sie ohnehin schon war. Ihr Körper war aber gekräftigt durch die viele Bewegung, die sie ja täglich hatte, auch in der Zeit mit Onkel Katana. Sie hatte schöne Hände, schmal und sehr beweglich. Ihr Hals war eher etwas zu lang geraten, ihre Augen waren wie zwei schwarze Knöpfe und leuchteten meist sehr lebhaft. Diese Augen wirkten auf manche magisch. Man behauptete, sie seien die Fenster zur Seele. Insgesamt hatte sie eine sehr warme, starke Ausstrahlung.
Sie ging in die Hütte, um sich einen lindernden Umschlag anzulegen. Es würde Tage dauern, bis ihr Schmerz nachlassen, seine eiserne Klaue von ihr nehmen würde.
Noch war es nicht so spät und die Dunkelheit hatte auch noch nicht ihr schwarzes Kleid der Nacht angelegt. Sie wollte schauen, ob noch ein paar Nüsse und Früchte in der Umgebung zu finden waren. Beides war wichtig für die Verdauung und den Ausgleich der Stoffe, die sich im Körper befanden.

In Sichtweite ihrer Hütte befand sich ein herrlicher Cashewnussbaum. Sie angelte einige seiner Früchte herunter, welche in ihrem Inneren die nahrhaften Cashewnusskerne bargen. Ein Stückchen weiter entdeckte sie noch einen – für dieses Gebiet ungewöhnlichen – Apfelmangobaum. Sie erntete zwei von den köstlichen Früchten, die gerade reif waren. Der Mangobaum ist einer der wenigen Bäume, welche gleichzeitig Früchte und Blüten tragen können. Die Alten sagten auch, wenn du die Seele dieses Baumes verletzt, wird er sieben Jahre keine Früchte tragen. Nun, diesem Baum schien es gut zu gehen.
Fatuma wollte unbedingt Gemüse anbauen. Das hatte sie sich auf dem Weg vom Dorf zu ihrer Hütte überlegt. Wenn sie nicht die Ernte genießen konnte, sollten es zumindest die Menschen vom nahe gelegenen Dorf, denn schließlich hatte sie auch kostenlos Wasser von ihnen erhalten. Was unter den gegebenen Umständen nicht unbedingt normal war.
Für morgen nahm sie sich vor, nach mehr Heilkräutern zu suchen. Sie hatte heute viel entdeckt, was es wert war, getrocknet und als Heilsalbe oder Tinktur verarbeitet zu werden.
Es war immer noch hell. Fatuma wollte, bevor es dunkel wurde, noch ihre Hütte reinigen.
Als sie damit fertig war, nahm sie den Besen und fegte sehr gründlich vor der Hütte und um sie herum. Falls sie über Nacht nochmals ungebetene Besucher haben würde, hoffte sie auf diese Weise, den Tätern auf die Spur zu kommen.
Für einen Moment der inneren Ruhe setzte sie sich vor ihre Hütte auf den dreibeinigen Hocker und streckte die Beine weit von sich. Diese Kyriatiden-Hocker wurden in Afrika nur von Frauen benutzt und waren manchmal wunderschön kunstvoll geschnitzt, manchmal ganz einfach nur einer weichen weiblichen Form nachgebend von den berühmten Schnitzern der Umgebung gearbeitet. Sie spürte, dass mehr Wind aufkam. Es würde bald Regen geben. Sie musste sich beeilen, wenn sie etwas Gemüse und vielleicht auch ein paar Kräuter anbauen wollte. Der Zeitpunkt war genau richtig.
Was wohl Onkel Katana gerade machte? Sie vermisste ihn sehr. Und ihr Herz zog sich ein wenig zusammen und schmerzte.

Den zweiten Tag hatte sie hinter sich gebracht. Für den morgigen hatte sie sich viel vorgenommen. Was für ein Gefühl!
Sie stand auf und ging in die Hütte. Dort nahm sie die Plastikschüssel, genau so eine, wie sie am Tag im Dorf gesehen hatte, füllte diese mit dem Wasser aus der Tonne, die hinter ihrem Haus stand. Als sie zurück war in ihren eigenen vier Wänden, zündete sie die Kerosinlampe an und verschloss die Hütte von innen. In der hinteren Ecke musste ein Stück Seife liegen. Sie begann sich gründlich zu waschen, trocknete sich mit einem bereitgelegten Kanga ab. Aus dem Regal nahm sie ein sauberes T-Shirt und zog es an. Sie hatte es vor einiger Zeit gegen eine selbsthergestellte Salbe getauscht. Einen zweiten Kanga wickelte sie sich als Rock um die Hüfte. So wie die meisten Afrikanerinnen es taten. In der Seifenlauge, die sich noch in der gelben Plastikschüssel befand, wusch sie nun ihre Unterwäsche und die beiden beschmutzten Kangas.
Sie schloss die Hütte wieder auf und ließ den Nachtwind hinein. Unter dem kleinen Dachüberstand spannte sie eine Schnur und hängte die nasse Wäsche darüber. Ihre Unterwäsche wollte sie in der Hütte trocknen. Es wäre ihr peinlich gewesen, wenn einer der Dorfbewohner diese Wäschestücke gesehen hätte. Leise vor sich hinsummend, um sich selbst aufzuheitern, nahm sie die Schüssel mit der Seifenlauge und gab den umliegenden Bäumen jeweils ein paar Tropfen Wasser. Nicht zu viel, denn die meisten Pflanzen mochten die Seifenlauge nicht. Trotzdem wollte sie das Wasser nicht verschwenden und nutzlos auskippen. Der Regen würde die Laugetropfen verteilen und sie sogar in Dünger verwandeln.
Langsam drehte sie sich um und ging zurück zu ihrer Hütte, stellte die Schüssel ab. Nach kurzer Überlegung holte sie das Schloss und verriegelte ihr neues Zuhause von innen. Im Schimmer der Kerosinlampe suchte sie ein Kraut in den Flaschen von Onkel Katana. Sie wollte ein aus Pflanzen gewonnenes Schlafmittel einnehmen, denn sie fürchtete sich vor der Nacht. Aber sie fand nichts. Also drehte sie das Licht der Lampe aus und legte sich auf ihr Nachtlager, schaute in die Dunkelheit. Sie wollte an morgen denken, wenn sie sich ihre Kräuter suchen würde. Optimistisch sein für den nächsten Tag, doch um ihr Herz klammerte sich eine eiserne Kralle. Und wieder lag sie schlaflos da und konnte sich nicht dagegen

wehren. Sie lauschte in die Nacht und hörte die Stimmen der Wildnis. Der Schlaf kam nicht. Ihr Körper schmerzte.
Sehr früh am Morgen stand sie auf, wusch sich kurz das Gesicht. Sie konnte die Schwellung der linken Gesichtshälfte spüren. Ihr Auge war fast zugequollen. Unglücklich suchte sie sich etwas zu essen und kochte ihren Tee in der Morgendämmerung.
Der Himmel war erst grauviolett und färbte sich dann langsam blau. Einige Wolken waren schon zu sehen, aber sie würden noch nicht ausreichen, um den Regen zu bringen.
Plötzlich hörte sie einen Laut. War es ein Rufen oder ein Weinen? Dann war wieder Stille. Spielten ihre überreizten Sinne ihr einen Streich?
Da war es wieder. Es hörte sich an wie ein Gurren. Langsam bewegte sie sich in die Richtung, aus der diese Laute kamen. Hinter dem riesigen Mangobaum, etwas abseits im Dickicht, sie konnte ihren Augen nicht trauen, lag ein frisch geborenes Halbaffenbaby und daneben seine tote Affenmutter, es war ein grüne Meerkatze. Diese Halbaffenart hat sehr viel Ähnlichkeit mit den Menschenbabys. Das Kleine rief, schrie und gurrte zur gleichen Zeit. Die Mutter war tot. Fatuma wusste nicht recht, was sie tun sollte. Onkel Katana sagte in solchen Fällen immer: „Lass der Natur ihren Lauf!" Aber sie konnte doch nicht das Affenbaby einfach liegen lassen. Früher oder später würde eine Servetkatze kommen und es fressen. Oder es würde einfach verdursten. Sie verspürte ein Ziehen in ihrer Brust. Ein kleines Wesen, welches Hilfe brauchte, das niemanden mehr hatte.
Es hieß ja nur, sie solle keinen Kontakt zu Menschen haben. Von Tieren hatte Onkel Katana nichts gesagt. Außerdem wäre es doch unmenschlich gewesen, das Neugeborene dem sicheren Tod zu überlassen.
Vorsichtig hob sie den kleinen Schreihals auf. Es war ein Affen-Mädchen. Durch das lange Schreien schlug ihr kleines Herz so schnell und sie hatte Tränen in den Augen.
„Liebes", flüsterte Fatuma, „weine nicht mehr. Ich bin ja da und werde auf dich achtgeben. Nun müssen wir dir aber erst einmal etwas zu essen suchen." Sie schaute nochmals auf die Affenmutter. Sie war schon steif. Fatuma musste sie schnell eingraben, denn sonst würde der Gestank die Luft verpesten und die wilden Schweine anlocken.

Doch zuerst musste sie das schreiende Kleine versorgen. Es brauchte dringend Milch, doch Fatuma hatte weder Kuh- noch Ziegenmilch. Wie schrecklich! Aber sie hatte noch warmen, zuckersüßen Tee. Nur wie sollte sie es der Kleinen einflößen? Ein Fläschchen hatte sie nicht, auch kein Geld, um eines zu kaufen. Sie wiegte das Kleine im Arm und stippte ihren rechten Zeigefinger in den süßen Tee und dann in den Mund des Äffchens. Es saugte sofort. Natürlich reichte der Tropfen Tee am Finger überhaupt nicht aus, und sie begann gleich wieder erbärmlich zu schreien.
„Warte, meine Kleine."
Fatuma ging in die Hütte und fand einen Löffel, den sie gestern entdeckt hatte. Damit löffelte sie dem Affenkind vorsichtig die Flüssigkeit ein. Langsam schloss das Halbaffen-Baby die Augen. Es war so müde vom vielen Schreien. Und wieder verspürte Fatuma ein Ziehen in der Brust. Sie wollte das Kleine nicht aus dem Arm legen. Es war, als gehörte es zu ihr. Eigentlich hatte sie nun ein Problem mehr. Sie brauchte Nahrung für das Affenbaby. Noch dazu Nahrung für sich selbst und Kräuter zum Heilen.
Der Säugling bekam einen Schluckauf. Vorsichtig richtete Fatuma ihn auf, lehnte ihn sich an die Brust und tätschelte seinen Rücken. Mit dem Daumen im Mund schlief das Meerkatzenjunge wieder ein.
Was für eine Aufregung! Aber Fatuma hatte keine Zeit für Müßiggang. Sie hatte einiges zu erledigen, und wenn sie es richtig bedachte, nun sogar mehr. Beschwingten Schrittes ging sie in ihre Hütte und holte sich einen Kanga. Damit band sie den Affensäugling schräg über ihren Bauch fest.
Sie musste noch schnell ein Loch graben für die arme Affenmutter. Warum sie wohl gestorben war? Ungewöhnlich, dass kein anderes Affenweibchen sich der Kleinen angenommen hatte. Die Erde war durch die lange Trockenheit hart. Wie eine dicke, feste Kruste. Fatuma musste sich anstrengen, um ein Loch zu schaufeln, welches auch tief genug war, damit nicht ein anderes Tier den Kadaver wieder ausgraben konnte. Endlich hatte sie es geschafft. Mit ein paar Steinen, die sie in der Nähe gefunden hatte, beschwerte und markierte sie das Grab.
Dann nahm sie ihre Basttasche und die Flasche Wasser und machte sich auf den Weg, um Kräuter zu sammeln und Nahrung zu suchen. Mit der

linken Hand kraulte sie unablässig das Kleine, das inzwischen fest eingeschlafen war.
Unerwartet schnell fand sie einige Kräuter, die sie bei Tageslicht sammeln konnte, auch ein paar essbare Wurzeln.
Nun schaute sie sich um nach einem Kokosnussbaum, denn mit dem geraspelten Fruchtfleisch und vor allem der Kokosnussmilch könnte sie Toto, so nannte sie das Affenbaby im Stillen, ernähren. Toto war das Suaheli-Wort für Kind. Etwas anderes fiel ihr nicht ein. Und sie hatte weder Zeit noch das Bedürfnis, sich darüber weitere Gedanken zu machen. Vielmehr ging es ihr um das Überleben des jungen Tieres.
Sie wusste, dass die Kokospalmen etwas weiter östlich standen, und lenkte ihre Schritte dorthin. Das Kleine gab ihr Kraft und Zuversicht.
Plötzlich hörte sie menschliche Stimmen. In ihrer ersten Reaktion wollte sie sich hinter einem dichten Gebüsch verstecken. Doch dann dachte sie an den Vortag, schlang den Kanga, der den Affen trug, dichter an ihren Körper und ging aufrecht und erhobenen Hauptes weiter. Noch einmal sollte ihr der gleiche Fehler nicht passieren.
Nicht weit von ihr entfernt in östlicher Richtung sah sie nun ein Wasserloch, in dem Kinder sich tummelten. Frauen saßen am Rand und unterhielten sich, einige wuschen Wäsche, andere wateten durch das kühle Nass einer kleinen Erfrischung wegen. Als sie Fatuma sahen, verstummen sie sofort und schauten sie gespannt an. Fatuma grüßte mit einem schnellen, freundlichen Kopfnicken herüber und ging weiter in Richtung der Kokospalmen, die sie von Weitem sehen konnte. Die Frauen wandten sich ab und gingen wieder ihrer Beschäftigung nach. Die Kinder hatten sie kaum bemerkt.
Ein Stückchen weiter erblickte sie einen ungewöhnlich dicken Baobabbaum. Sein Stamm hatte einen Umfang von mindestens fünf Metern. Die Äste machten einen kräftigen Eindruck. Aber was das Beste war, der Baum hatte reife Früchte, die sich zu köstlichem Saft und einem fiebersenkenden Mittel verarbeiten ließen. Flink angelte sie ein paar der bräunlichen, brotähnlichen Früchte, vier, fünf Stück verschwanden in ihrer Tasche, die nun fast überquoll, da sie ja schon viele verschiedene Kräuter gesammelt hatte.
Etwas Platz brauchte sie noch für die Kokosnüsse.

Endlich war sie bei den weithin sichtbaren Kokospalmen angekommen. Zwei fast schon vertrocknete Kokosnüsse lagen unten. Aber sie brauchte die frischen, die mit der Milch drin. Wie sollte sie diese aber von den hohen Bäumen bekommen? Normalerweise gab es nur ganz bestimmte Menschen aus dem Stamm, denen es von der Natur und den Göttern erlaubt war, die Palmen zu erklimmen und diese Nüsse, Blätter oder den so begehrten Palmwein zu ernten. Natürlich, jetzt, wo sie so eine Person brauchte, war keine da. Aber sie hatte nicht viel Zeit zum Überlegen, denn das Kleine würde bald aufwachen und nach Nahrung verlangen. Kurz entschlossen versteckte sie das kleine Bündel mit dem Affen im Dickicht eines Lanthanastrauches. Dann band sie sich einen gedrehten Kanga um die Fußfesseln, wie sie es bei anderen gehen hatte, und versuchte, mit dieser Kletterhilfe den Baum hinaufzukommen. Es gelang ihr nur langsam und unter äußerster Anstrengung. Sie war schon einige Meter geklettert und wurde sicherer. Je höher sie kam, desto mehr bewegte sich die Palme, aber sie war noch weit von den Nüssen entfernt. Aufgeben konnte sie nicht, das Kleine wartete unten auf Nahrung, auch wenn es jetzt noch schlief. Das würde sich bald ändern.
Die Milch der Kokosnüsse ist reichhaltig an Vitamin A und E, schwemmt Giftstoffe aus dem Körper und ist aufgrund ihres Eiweiß- und Fettgehaltes außergewöhnlich nahrhaft.
Endlich war sie in Höhe der Nüsse angekommen Da fiel ihr auf, dass sie ihr Panga, das afrikanische Buschmesser, vergessen hatte mitzunehmen. Nun war es äußerst schwierig, die Kokosnüsse von ihren festen Stielen zu trennen. Außerdem schwankte die Palme im Wind gewaltig, das hatte sie von unten überhaupt nicht bemerkt. Mit der bloßen Faust versuchte sie die Nüsse abzuschlagen, was ihr aber nicht gelang, da sie einfach nur zur anderen Seite auspendelten. Vorsichtig klemmte sie mit der linken Hand den Stiel einer Nuss fest und riss mit der anderen an der Nuss. Fast verlor sie das Gleichgewicht, als sie die erste Nuss abgeschlagen hatte. Ach, hätte sie doch nur ein Panga mitgenommen! Aber das half jetzt nichts. Dringend benötigte sie noch ein paar mehr Nüsse, was ihr nach langen Versuchen auch gelang. Vorsichtig ließ sie sich nach unten gleiten. Ihre Hände und Füße schmerzten von der ungewohnten Anstrengung. Sie bemerkte es kaum, raffte schnell die paar Nüsse zusammen, die sie abgeschlagen

hatte, und machte sich schleunigst auf den Heimweg, denn ihr Baby fing an, sich zu rekeln, und würde sicher gleich wieder beginnen zu schreien. Das Letzte, was Fatuma wollte, war, die Aufmerksamkeit der Dorfbevölkerung auf sich und das Halbaffenjunge zu ziehen. So schnell, wie ihre Füße sie tragen konnten, rannte sie nach Hause.
Mit dem großen Buschmesser (Panga), welches sie hinter ihrer Hütte an einen Baum gelehnt fand, schlug sie mit gekonnten Bewegungen die erste Kokosnuss auf. Aber es war nur festes Fruchtfleisch darin, keine Milch. Auch in der zweiten fand sie nur das feste, weiße Fleisch der Nuss. Es war zum Verzweifeln. Endlich, in der dritten fand sie die ersehnte Milch, füllte sie in einen Becher und stellte diesen in warmes Wasser, dass ihr kleiner Liebling sie nicht kalt trinken musste.
Das restliche Wasser brachte sie zum Kochen, um für sich selbst ihren geliebten Tee zu bereiten.
Das Kleine mochte die Kokosnussmilch nicht, damit hatte sie überhaupt nicht gerechnet. Vergeblich reckte das Affenkind ihr seine kleinen Ärmchen entgegen. Es suchte mit seinem Mund die mütterliche Brust, um zu trinken. Fatuma war verzweifelt. Was sollte sie tun? Sie liebkoste das Kleine, als ob es ihr eigenes Kind wäre. Aber es brauchte dringend Nahrung. Für seine Beruhigung kochte Fatuma dem Kleinen erst einmal einen Kräutertee, den sie mit viel Zucker anrührte. Sie musste ihm dringend Flüssigkeit zuführen.
Das würde aber als Nahrung nicht ausreichen. Sie wiegte ihr Toto beruhigend in ihren Armen. Es winselte leise vor sich hin. Wenn sie sich nicht bald etwas einfallen lassen würde, hatte das Kleine keine Chance zu überleben.
Die Sonne hatte schon den Horizont überschritten, immer mehr Wolken zogen auf.
Fatuma musste ihre Kräuter und Früchte in die Hütte bringen und beginnen, einige zu verarbeiten, denn während des Regens würde sie kein Feuer entfachen können. Also schnürte sie ihren Kanga wieder fester und entfachte ein Feuer. Dieses Mal verlagerte sie die Feuerstelle etwas weiter von der Hütte weg, denn Wind war aufgekommen, und sie wollte keinesfalls, dass sich das Makutidach (ein Dach, hergestellt aus den getrockneten Fasern und Blättern der Palmen) ihrer Hütte durch einen Funken entzün-

den konnte. Das Kleine hatte sie sich wieder vor den Bauch gebunden, so wie Mütter ihre Babys tragen.
Sie würde als erstes versuchen, etwas von dem nahrhaften Kokosnussfleisch zu raspeln und als dicke Soße zu den Wurzeln, die sie gesammelt hatte, anzurichten. Vielleicht würde ihr Toto etwas davon mögen. Auf die eine oder andere Art und Weise musste sie ihm Nahrung geben und Flüssigkeit zuführen. Wenn ihr das nicht innerhalb des nächsten Tages gelingen würde, wusste sie, dass das Kleine dem Tod geweiht war. Fatuma spürte schon, wie seine Kraft nachließ. Der ohnehin kleine Bauch des Tieres wirkte eingefallen, und die Haut an den Ärmchen erschlaffte zusehend.
Sie zwang sich innerlich, die Ruhe zu bewahren. Was ihr während des Kochens auch gelang.
Nebenbei versuchte sie ständig, ihr kleines Toto zu füttern oder ihm zumindest etwas Flüssigkeit einzuflößen. Immer suchte es mit seinem kleinen Mund die mütterliche Brust. Da, ohne selbst richtig zu merken, was sie tat, schob sie das Kleine unter ihr T-Shirt und gab ihm zur Beruhigung die Brust, um daran zu nuckeln. Sie empfand einen angenehmen, ziehenden Schmerz, als das Kleine unbeholfen zu saugen begann. Es lag zitternd in ihrer linken Armbeuge, und sie konnte spüren, wie es sich anstrengte, um etwas Milch aus ihrer Brust zu bekommen. Fatuma hatte das Gefühl, als ob sich das Affenbaby etwas zu beruhigen begann, auch wenn es immer noch keine Nahrung zu sich genommen hatte. Sie nahm etwas von den breiigen, lauwarmen Kokosnussraspeln und schmierte sie sich um die Brustwarze, damit das Kleine sie vielleicht so aufnehmen würde. Abwechselnd fiel es in den Schlaf, und dann versuchte es wieder angestrengt zu saugen. Fatuma dachte überhaupt nicht darüber nach, dass es ein kleines Halbaffenbaby war, das da an ihr saugte und um sein Leben kämpfte. In ihrer Einsamkeit war sie so froh, etwas zu haben, das bei ihr war und zu ihr gehörte. Sie hatte nur einen Wunsch. Das Affenbaby sollte überleben. Es war ihr, als ginge es um ihr eigenes Überleben. Wieder brachte sie ihr Toto in die richtige Position und gab ihm ihre Brust. Sollte es nur saugen. Es würde zumindest die Geborgenheit wie bei seiner richtigen Mutter fühlen. Das Kleine schmatzte.

Fatuma hantierte in der Zwischenzeit mit ihren Kräutern herum, um einige davon zu einer heilenden Paste zu verarbeiten, andere zu einer bitteren Tinktur. Alles, um menschliches Leiden lindern zu helfen. Für die menschliche Seele hatte sie noch keine Tinktur gefunden. Aber ein Streicheln, ein freundliches Wort, Verständnis.
Die Wolken zogen sich mehr und mehr zusammen. Sie musste sich beeilen, um fertig zu werden, bevor der Regen eintraf. Von ferne hörte sie schon das Grummeln eines Gewitters. In den alten Zeiten hatten die Menschen geglaubt, es wären die Götter, die zürnten und Feuer spuckten. Die Vögel hörten auf zu singen und suchten sich einen Unterschlupf, die ersten dicken Regentropfen prasselten auf die ausgedörrte Erde.
Schnell räumte Fatuma all ihre Sachen zusammen, nahm die Kangas von der Schnur und verstaute alles in ihrer Hütte, die nur aus einem Zimmer bestand. Es gab auch größere Hütten, die hatten zwei oder auch mehr Schlafzimmer, einige sogar einen extra Raum für eine Kochecke. Irgendwann einmal wollte Fatuma auch so eine Hütte haben. Denn falls es nun tagelang regnen würde, bekäme sie Schwierigkeiten, ein Feuer draußen zu entfachen. Nun, sie wollte es abwarten.
Die junge Frau hatte wieder einen aufregenden Tag hinter sich. Sie setzte sich jetzt auf ihren dreibeinigen, runden Kyriatiden-Hocker, um in aller Ruhe die gekochten Wurzeln der Kasawa-Pflanze in der stark nach Kokosraspeln schmeckenden Soße zu genießen. Sie hatte sich auch wohlweislich noch etwas Ugali zubereitet. (Ugali ist ein aus Maismehl traditionell hergestellter nahrhafter Brei, den man auch kalt noch essen konnte.) Genüsslich stippte sie den Ugali in die fette Soße. Langsam, wie in der langen Amplitude einer Welle, breitete sich eine ungewohnte Zufriedenheit in ihr aus.
Sie spürte das Herz des jungen Tieres an ihrer Brust schlagen. Draußen stürmte es, und der tropische Regenguss klatschte an ihr Haus. Vorsichtig, um das Kleine nicht zu wecken, stand sie auf und schaute hinaus. Der Regen war so heftig niedergegangen, dass die Erde dieses Nass gar nicht auf einmal aufnehmen konnte. Ein kleiner Bach floss nun unweit ihrer Hütte. Das braune Rinnsal suchte sich seinen Weg durch die Krumen und Furchen der Erde bis hin zum Waldrand, wo es versickerte.

Dankbar dachte sie einmal wieder an Katana, der diese Hütte etwas erhöht gebaut hatte. Oft hatte sie miterlebt, wie in der Regenzeit einzelne Hütten weggeschwemmt wurden, durch andere quoll das Wasser von unten und von oben. Ihre Hütte war zwar klein, aber sehr solide und durchdacht gebaut.
Wüsste sie nur, wie sie ihr Affenbaby füttern konnte! Aber da musste ihr auch noch etwas einfallen. Woher diese innere Stärke und Sicherheit kam, wusste sie nicht. Es war nur so ein Gefühl, an das sie glaubte. Und sie wusste, dass es die Gefühle und Gedanken waren, aus denen dann, zum richtigen Zeitpunkt, die Realität entstand.
Vorsichtig band sie den Kanga mit dem Baby ab und legte es neben sich in die Basttasche und stellte diese vor ihrem Bett ab. Sie hatte den Boden mit trockenen Gräsern gefüllt, so dass das Kleine ein weiches Nachtlager hatte. Es grunzte kurz auf, öffnete seine putzigen Babyaugen, um dann aber gleich wieder, am Daumen nuckelnd, einzuschlafen. Fatuma wusch sich gründlich, denn, das hatte Katana ihr gesagt und sie hatte es in der Schule gelesen, es würde sie vor Krankheiten schützen. Außerdem sollte man am Abend immer die Sorgen des Tages von seinem Körper waschen, das sagten schon die Alten. Viele Gleichaltrigen belächelten die Weisheiten und Ratschläge der Alten. Fatuma tat das nie. Immer hatte sie ihnen gespannt zugehört. Anfangs mehr aus Neugier, später aus Wissbegier.
Behutsam salbte sie ihren geschundenen Körper mit einer der selbst hergestellten Pasten ein, damit die Schwellungen und Schmerzen endlich nachlassen würden. Am Tag hatte sie die Schmerzen gar nicht so gespürt, aber jetzt, wo sie zur Ruhe kam. Hinzu kam nun auch noch ein Ziehen und Brennen in ihren Arm- und Beinmuskeln, wohl wegen dem ungewohnten Baumklettern. Auch hatte sie sich bei einer Unachtsamkeit, als sie abgerutscht war, einige Hautabschürfungen an den Waden zugezogen, die sie nun fachkundig versorgte. Denn bei der hohen Luftfeuchtigkeit, die herrschte, konnte sich das schnell entzünden und schlimme Ausmaße annehmen. Sie hatte es vor einiger Zeit bei der alten Choga gesehen. Das Bein mit den offenen Wunden war ihr praktisch am lebendigen Körper abgefault.
Der Gestank, an den sie sich nur zu gut erinnerte, war bestialisch gewesen. Nicht mal Onkel Katana konnte ihr helfen. Zum Schluss gab er ihr

nur noch stark schmerzlindernde Mittel, die auch das Bewusstsein beeinflussten und die Seele der alte Choga in die eines Kindes verwandelte. Sie sabberte nur noch vor sich hin und machte unter sich. Nun, daran wollte Fatuma sich jetzt nicht erinnern. Möge Choga in Frieden bei den Göttern ruhen.

Fatuma hatte andere Aufgaben, und um diese bewältigen zu können, brauchte sie dringend Schlaf.

Vorsichtig stand sie auf, um die kleine Toto nicht durch einen unachtsamen Laut zu wecken, schloss die Tür und verriegelte sie. Das war ihr schon Gewohnheit geworden. Doch eigentlich erwartete Fatuma bei diesem Regen keinen unangemeldeten Besuch.

Müde legte sie sich auf ihr Bett und war vor Erschöpfung fast im selben Augenblick eingeschlafen. Sie schlief tief und fest, bis Toto sich meldete. Fast im Halbschlaf zog sie das kleine Bündel auf das Bett und legte es an ihre Brust. Sofort begann es zu nuckeln, ein angenehmer, ziehender Schmerz durchzog Fatumas Brust, ihr war fast, als ob die Kleine etwas Milch zu trinken bekam. Aber über diesen Gedanken waren beide schon wieder eingeschlafen.

Gegen Morgen wurde Fatuma wach. Der Regen hatte sich gelegt. Es war angenehm frisch. Vorsichtig legte sie Toto wieder in ihre Basttasche und ging zur Tür, um sie aufzusperren. Es war ein klarer Morgen, die Wolken hatten sich für das Erste verzogen. Die Blätter an den Bäumen glänzten, als ob sie poliert wären. Aller Staub der vorherigen Wochen war weggewaschen. Lilien reckten ihre frischen Blätter aus dem Boden. Diese Pflanzen gab es nur zu bestimmten Zeiten des Jahres, und Fatuma musste abwarten, bis die Inhaltsstoffe am kräftigsten waren, um sie dann zu ernten und weiter zu verarbeiten. Sie brauchte diese Pflanzen zur Behandlung von schwachen Herzen. In sehr hohen Dosierungen konnten sie eine Übelkeit erzeugen, ja sogar den Tod bringen.

Fatuma atmete mit voller Lunge den wunderbar frischen Duft ein. Die erste Nacht in fremder Umgebung, die sie fest geschlafen hatte. Sie wollte ein Feuer entfachen, um sich Tee und einen Brei aus Maismehl zu kochen. Zum Glück lag das Feuerholz gut verstaut unter dem Dachüberstand und hatte von der Feuchtigkeit der letzten Nacht nicht so viel abbekommen. Mit schnellen, sicheren Handgriffen hatte Fatuma ein Feuer angezündet, setzte den mit Wasser gefüllten Topf darauf und machte sich daran, einen Brei vorzubereiten. Die Regentonne war aufgefüllt mit Regenwasser. Für die nächsten Tage hatte sie eine Sorge weniger. Frisches Wasser war für Mensch und Tier vorhanden.

Irgendwie hatte sie das Gefühl, dass ihre Brust angeschwollen und auch fester geworden war. Komisch. Es schmerzte fast.

Aus der Hütte hörte sie das leise Quengeln von Toto. Natürlich, das Affenkind musste ja Hunger haben. Sie lief zu ihm, reinigte sein Gesicht und den kleinen Po und nahm das kuschelige Tier mit seinen fragenden Kulleraugen auf den Arm, um es zu streicheln. Sein Gesichtchen war noch sehr hell und würde sich langsam in den nächsten Tagen immer dunkler färben.

Die Basttasche hatte sie vor die Hütte gestellt. Instinktiv schob sie den Säugling unter ihren Kanga, wo er sofort an ihrer Brust zu saugen begann. Fatuma spürte nun, dass sie Milch hatte. Sie war zur gleichen Zeit erfreut und erschrocken. Sie säugte eine Grüne Meerkatze. Was würden die Götter dazu sagen?

Oft sah sie Affen-Gruppen durch den Wald toben. Als Kind hatte sie an ihrem possierlichen Spiel Freude gehabt und konnte oft stundenlang zuschauen, wie die Kleinen miteinander rauften. Allerdings wurden diese Gemüsefresser oft von den Dörfern verjagt, manchmal sogar getötet, denn sie lieben Gemüse und haben keine Scheu, es von den kleinen Farmen zu stehlen. Einige aus dem Dorf bezeichneten sie als Feinde, da sie auch Früchte naschten, andere kümmerten sich nicht darum.

Das Kleine schmatzte zufrieden an ihrer Brust. Sie wusste, dass seine Mutter es ungefähr einhundertundsechzig Tage getragen hatte. Dann durfte sie nicht einmal ihr Baby sehen. Die Natur konnte erbarmungslos sein. Und wieder fragte sich Fatuma, woran sie wohl gestorben war. Arme Affenmutter.

Wie jeden Morgen genoss sie ihren Tee und dachte über ihr Leben nach. Die Isolation strengte sie auf eine neue Art an. Obwohl sie wusste, dass es zur Stärkung ihres Selbst notwendig war. Es war wohl auch ein Schritt in ihre Unabhängigkeit. In erster Linie Unabhängigkeit von einem Mann, aber auch von ihrer Sippe, ihrer Familie. Ein kleiner Trost war ihr Toto. Was wohl Onkel Katana dazu sagen würde? Ganz wohl war ihr bei dem

Gedanken nicht. Nun, sie wollte die Zeit nutzen, um Kräuter zu sammeln, sich einen kleinen Vorrat zu schaffen. Mehr konnte sie im Moment nicht tun. Beim nächsten Neumond würde sie mehr wissen, denn dann sollte Onkel Katana sie abholen.

Inzwischen war auch ihr Brei fertig. Eigentlich hatte sie für Toto auch etwas übrig gelassen, aber sie schlief schon wieder und hatte sich in Fatumas Armbeuge eingekuschelt.

Fatuma würde sie mit einem Kanga an ihrem Bauch befestigen, so wie es auch mit Menschenkindern seit Jahrhunderten gemacht wurde. Das würde sie nicht beim Gehen oder Zubereiten von Nahrung und Medizin stören. Das Kleine hatte Körperkontakt, spürte die Bewegungen, die Wärme und den Herzschlag der neuen Mutter.

Schnell räumte Fatuma alles zusammen. Sie wollte wieder die nähere Umgebung ihrer Hütte erkunden. Langsam verschwand auch die Sonne hinter einigen Wolken, wer weiß, ob es nicht wieder Regen geben würde, dann wollte sie nicht so weit von zu Hause entfernt sein. Doch zuvor musste alles noch gereinigt werden. Mit flinken Händen erledigte sie die anfallenden Hausarbeiten. Sie bemerkte, dass sie viele Dinge bewusster tat als früher. Wahrscheinlich, weil sie so wenig von Gesprächen und anderen Menschen abgelenkt war. Sorgfältig verschloss sie ihre Hütte und machte sich auf den Weg.

Auf Kokosnussbäume konnte sie heute nicht klettern. Die Stämme waren vom Regen noch viel zu feucht und glitschig. Die Gefahr, dass sie abrutschen konnte, war zu groß. Zum Glück ernährte sie ihr Affenbaby im Moment selbst, und wenn es etwas größer war, würde es Brei und Gemüse bekommen.

An diesem Tag war es nicht so heiß, und das Laufen fiel ihr leicht. Auch taten ihre geschundenen Stellen am Körper nicht mehr so weh. Sie hatte genügend Wasser für die nächste Woche. Was wollte sie mehr?

Aufmerksam sah sie sich nach Kräutern um. Vieles konnte sie nicht ernten, weil es zu feucht war und schnell verderben würde. Aber sie hatte die Möglichkeit, sich die Stellen zu merken, wo es wuchs, und konnte bei Bedarf frisch ernten. Dann wirkten die Inhaltsstoffe in den meisten Fällen stärker. War das nicht der Duft von reifen Mangos, der ihre Nase kitzelte? Ja, richtig, dort vorne stand ein mittelgroßer Baum mit einigen herrlich reifen Früchten. Zum Glück hatten die Affen ihn noch nicht entdeckt. So konnte Fatuma einige der leckeren Früchte ernten. Sie pflückte verschiedene Reifegrade. Die weichen würde sie heute und morgen essen, die anderen zu einem würzigen Chutney verarbeiten. Die scharfen Gewürze waren von Zeit zu Zeit nützlich gegen Parasiten und Würmer, die sich gerne im Magen oder Darm des Menschen einnisteten. Mit einem scharfen Chutney konnte man sie nach einiger Zeit gut vertreiben, zumindest aber vorbeugen. Mango, die Frucht mit den Vitaminen A, E und B. Sie hilft bei der Blutbildung und ist auch gut beim Auskurieren von Nierenleiden. Dazu noch sehr schmackhaft.

Fatuma wusste, wie wichtig eine ausgewogene Ernährung war. Die Schäden der einseitigen Ernährung bzw. des Eiweißmangels hatte sie nur zu oft gesehen. Ihr Wissen über Vitamine und Eiweiße hatte sie von einem englischen Arzt, der sich eine Zeitlang in der Nähe ihres Dorfes aufgehalten hatte und immer irgendetwas aufschreiben musste. Komischerweise hatte er sich nie in das Dorfleben eingemischt, nur beobachtet und ab und zu einmal eine Frage gestellt. Nur mit ihr hatte er sich abgegeben und ihr die Funktionen des menschlichen Körpers genau erklärt. Er zeigte ihr Bilder vom Innenleben, versuchte, ihr Zusammenhänge aufzuzeigen, einiges hatte sie verstanden und verinnerlicht, anderes hatte sie vergessen. Ihre Gedanken kamen zurück in die Gegenwart.

Nun musste sie aber schauen, ob sie nicht den Neem Tree, auch Azadirachtin, der Ruhebaum, genannt, finden würde, ein Baum, dem man nachsagte, er könne vierzig Krankheiten heilen. Deswegen nennt man ihn im Suaheli auch Marbeini – vierzig. Die Alten behaupteten, in diesem Baum wohnten die Geister ihrer Ahnen.

Sie brauchte seine Blätter und etwas Rinde, damit sie den rotbraunen Sud kochen konnte, um der so gefürchteten Malaria vorbeugen zu können. Jetzt, wo es schien, dass der erste Regen begonnen hatte, musste sie sich davor schützen. Ob die Menschen in dem nahe gelegenen Dorf das wohl auch taten?

Sie wusste, dass einige alte Frauen das Gebräu traditionell zubereiteten. Aber viele Junge taten es schon nicht mehr. Die Gefahr, dann von der Anophelesmücke gestochen zu werden, war größer. Die Wirkung war doppelt, zum einen riecht die Haut dann unangenehmer für Insekten und

vor allem Mücken und zum zweiten entwickelt der Körper Antistoffe gegen die Plasmodien. Onkel Katana hatte seiner Nichte viel über Malaria erzählt. Es gab insgesamt vier Arten, aber nur die Malaria Plasmodium falciparum ist die tödliche. Diesen beeindruckenden Namen hatte der englische Doktor ihr beigebracht.
Und nur die weibliche Mücke konnte die Krankheit übertragen, aber auch nur dann, wenn sie vorher einen anderen infizierten Menschen gestochen hatte.
Der Parasit, welcher diese Krankheit auslösen konnte, war ein Einzeller, wie die Amöben auch, und benötigte eine möglichst gleichmäßig warme Umgebung. Nach ungefähr zehn Tagen kann diese Infektion ausbrechen. Hauptangriffszeiten der Anophelesmücke sind die Stunden nach Einbrechen der Dunkelheit bis kurz vorm Hellwerden.
Sind die Parasiten endlich im menschlichen Körper, vermehren sie sich dort hauptsächlich im gelben Organ, der Leber. Dann wandern sie weiter mit dem Blutstrom und befallen die roten Blutkörper. Die modernen Ärzte mit ihren Maschinen im Krankenhaus der Stadt können diese Blutkörper nun sehen und zählen.
Fatuma hatte gelernt, diese Krankheit zu riechen und an den Augen zu sehen und natürlich an der Haut. Sie hätte gerne auch etwas über die vielen Maschinen gewusst, die sie einmal beim Besuch in einem Krankenhaus in Mombasa gesehen hatte. Aber Onkel Katana hatte nicht genügend Geld, um sie auszubilden, so hatte sie den traditionellen Weg eingeschlagen und lernte dazu, wo sie nur konnte. Jedes fremde Wort versuchte sie sich wie ein Brandmal einzuprägen. Jetzt lächelte sie darüber. Was half es ihr im Busch?
Nachdem sie Zweige, Früchte vom Neembaum abgebrochen hatte, holte sie ihr kleines Buschmesser aus der Tasche. Vorsichtig trennte sie die Rinde vom Baum, bedankte sich leise bei ihm und steckte alles in ihre Tasche. Eilig machte sie sich auf den Rückweg, um noch vor dem wieder aufkommenden Regen zurück in ihrer schützenden Hütte zu sein.
Dort begann dann die eigentliche Arbeit, das Zubereiten der Medizin. Oft benötigte sie dafür viele Stunden, manche Medizin brauchte Tage, bis sie fertig war. Aber es war auch eine schöne, beruhigende Arbeit, auf die sie sich voll konzentrieren musste. Für manche Tinktur musste sie

eine der uralten Zauberformeln sprechen, für andere einen bestimmten Mondstand abwarten. Für einige gab es genau vorgeschriebene Rituale, die angewendet werden mussten.
Sie war in Gedanken versonnen, als Toto sich meldete. Sie nörgelte weinerlich, und Fatuma blieb nichts anderes übrig, als sich auf einen Stein zu setzen und das Kleine zu säugen. Sorgfältig bedeckte sie das Tierbaby mit dem Kanga, denn sie befürchtete, von einem der nahen Dorfbewohner gesehen zu werden, und sie war sich nicht sicher, wie diese auf das saugende Affenbaby reagieren würde. Es war so untypisch und würde sicher nicht akzeptiert werden.
Sie hatte schon so einen schlechten Stand, und so etwas konnte gefährlich werden.
Trotzdem liebte sie das zutrauliche Tierchen, mit seinem noch hellen Gesichtchen und den kleinen Fingern, die nach allem griffen. Sie liebte es, wenn es sie mit seinen großen, runden Augen dankbar anschaute und dann die Lider zuklappte, um wieder einzuschlafen. Ein so verletzliches Wesen.
Fatuma wusste, dass sie versuchen musste, der Kleinen so viel wie möglich arttypische Verhaltensweisen beizubringen, damit sie in der Wildnis überleben würde, vielleicht sogar irgendwann einmal Anschluss an eine vorbeiziehende Affenfamilie finden könnte.
Sie war froh, dass ihr Toto ein Mädchen war, denn wäre es ein Junge gewesen, hätte es früher oder später Probleme mit der Rangordnung gegeben. Männchen sind dominant und ordnen sich Weibchen, auch menschlichen, nicht unter. Sie können aggressiv werden und beißen.
Fatuma dachte, währenddessen sie das Kleine stillte, über ihr Leben nach. Es war ungewöhnlich.
Eine Frau wurde normalerweise kurz, nachdem sie ihre erste Periode bekam, an einen meist viel älteren Mann vom gleichen Stamm verheiratet. Früher wurde dieser Mann von den Ältesten oder der eigenen Familie ausgesucht. Manchmal fragte auch die Familie des Mannes nach. Heute kam es immer öfter vor, dass die jungen Leute sich selbst fanden. Viele wanderten aus, in die nicht weit entfernte Stadt, um in einem der Hotels oder Geschäfte Arbeit zu bekommen. Das größte Glück für viele Einheimische war es, einen Weißen kennenzulernen, der für ihren Lebens-

unterhalt aufkam oder sie womöglich mitnahm ins ferne, unbekannte, kalte Europa. Fatuma hatte oft den Alten zugehört, wie sie sich über den Zerfall der Familien und das Vergessen der Traditionen beschwerten. Sie brachten der Jugend nur Unverständnis entgegen, und umgekehrt war es genauso.

Fatuma war anders. Sie liebte es schon von je her, zuzuhören, wenn die Alten erzählten. Ihrer Meinung nach sollte man davon lernen. Dieses überlieferte Wissen wurde ja nirgends aufgeschrieben, nur von Mensch zu Mensch weitergegeben, und das schon seit Jahrhunderten.

So war es auch mit den Plätzen, den Kayas. Ganz früher waren Kayas die Orte, wo die Mijikenda lebten. Sie lagen etwas erhöht, um sich vor Fluten und Feinden zu schützen und waren ihre Wohn- und Kultstätten.

Mijikenda heißt neun Dörfer. Es handelt sich um neun ostafrikanische Küstenstämme, die schon seit Urzeiten miteinander verflochten sind. Es sind die Stämme der Kauma, Rabai, Duruma, Chonyi, Kambe, Jibana, Digo, Ribe und Giriama. Diesem Stamm gehörte sie selbst an. Die Alten sagten, dass früher diese Stämme weiter südlich gelebt hätten im heutigen Südsomalia. Aber der kriegerische Gallastamm hätte sie immer noch weiter nach Süden abgedrängt. Dazu kam noch, dass sich diese Stämme stark ausbreiteten und schlicht und einfach mehr Plätze zum Leben benötigten. Kayas wurden später nur noch Kultstätten, wo man zu bestimmten Feiertagen oder Ritualen zusammenkam. Es waren geschützte Plätze, wo auch die Götter ihre Ruhe finden konnten. Manchmal nannten sich die Mijikenda auch einfach nur Kayas, um ihre Stammeszugehörigkeit bildlich darzustellen.

Fatuma schaute versonnen hoch, wie weit doch ihre Gedanken abgewandert waren. Toto gab ein zufriedenes Grunzen von sich und schloss seine Augen, um im gleichen Moment schon eingeschlafen zu sein. Fatuma lächelte. Wie leicht man doch ein so kleines Wesen zufriedenstellen konnte. Dicke Wolken zogen nun immer schneller auf.

Sie schnürte ihr Tuch fester, stand auf, nahm ihre bis an den Rand gefüllte Tasche und machte sich auf den Heimweg. Vorfreude auf einen süßen Tee und einen ruhigen Abend am Feuer erfüllte sie. Ein stilles Glück machte sich in ihr breit. Wenn sie nur genügend Menschen hätte, die zu ihr kommen würden, damit sie endlich als Heilerin arbeiten konnte.

Es störte sie nicht mehr so sehr, dass niemand zum Sprechen da war. Sie hatte ja ein lebendiges Wesen um sich, das ihre Hilfe brauchte, für das sie da sein konnte.
Kurz vor der Lichtung, auf der ihre Hütte stand, beschlich sie ein ungutes Gefühl, und sie verharrte einen Augenblick, um ihre Kräfte zu sammeln, ihre Intuition zu bündeln. Was war das? Verstecken wollte sie sich nicht wieder.
Es war ihre Hütte! Etwas besorgt war sie um Toto. Sollte sie es bei sich behalten oder lieber irgendwo ablegen? Aber möglicherweise würde eine Schlange kommen und das Affenkind beißen oder eine der Wildkatzen. Nein, das ging nicht, sie musste das Kleine mitnehmen. Aufrecht ging sie auf die Lichtung zu. Schon von Weitem sah sie, dass ihre Hütte aufgebrochen war und das jemand innen rumorte.
Sie konzentrierte sich auf die Hilfe der Götter und flehte im Stillen Onkel Katana an, ihr beizustehen. Wie sollte sie diese Situation überstehen, ohne zu sprechen? Langsam, aber festen Schrittes, ging sie auf ihre Hütte zu und riss mit einem Ruck die Tür auf. Chiti fuhr erschrocken auf und schaute sie mit einem zur Grimasse verzerrten Grinsen an.
„Was hast du da in den ganzen Flaschen, he?", fragte er zynisch und begann den Inhalt einer der Flaschen auf den Boden zu kippen.
Fatumas Herz krampfte sich zusammen, es war ein seltenes Kraut in der Flasche, welches das Herz stärken sollte. Man fand es nur während der Regenzeit. Sie blickte ihm starr in die Augen, konzentrierte sich und bat die Götter um Hilfe.
Chiti drehte sich um, wischte mit dem Unterarm alles, was auf dem kleinen Tisch stand, herunter. Die Glasflaschen zerschellten klirrend auf dem Boden. Medizin floss aus. Die Arbeit von Wochen war vernichtet.
Nun fing Chiti erst richtig an zu wüten, er schlug alles, was er nur irgendwie erreichen konnte, mutwillig kaputt. Er machte schnelle, unkontrollierte Bewegungen, die auch gar keinen Sinn ergaben. Sein Gesicht war hassverzerrt, er war in seiner Rage nicht zu bremsen.
Fatuma stand sprachlos da. Sie hatte nur eines im Sinn. Die kleine grüne Meerkatze retten, die sie noch in ihrem Tuch verborgen hielt. Sie wusste nicht, wie sie sich wehren sollte. Und sie verspürte zum ersten Mal in ih-

rem Leben Hass. Es war ein starkes Gefühl, das ihr Herz rasen ließ. Ihre Kehle war trocken. Sie dachte fieberhaft nach, was sie tun sollte.
Da fielen ihr wieder die Worte von Onkel Katana ein: „Zeige niemals deine Gefühle! Sie nähren manche Menschen, und das ist nicht gut."
Schweigend drehte sie sich um und verschwand im nahe gelegenen Dickicht. Dort beschwor sie Onkel Katana und die Götter nochmals um Hilfe. Auf keinen Fall durfte ihre Unterkunft zerschlagen werden. Es war ihre Bleibe, und sie hatte eine Probe zu bestehen. Sie musste irgendwie durchhalten, durfte nicht wegrennen, koste es, was es wolle. Würde sie es nicht schaffen, konnte sie nicht Heilerin werden. Aber das war ihr Ziel. Niemals hatte sie damit gerechnet, dass Menschen wie Chiti ihr so etwas antun könnten. Warum tat er das? Sie kannte ihn gar nicht.
In der Zwischenzeit war er aus der Hütte getreten und brüllte: „Wo bist du, Weib? Ich werde dich finden. Wo hast du erbärmliches Miststück dich verkrochen? Ich schneide dir die Kehle durch!"
Doch Fatuma hatte keine Angst mehr, sie wusste, dass die Dunkelheit und der Wald sie schützten.
Chiti war viel zu feige, um nur einen Schritt in die Nähe des Dickichts zu gehen.
Ihr Herzschlag normalisierte sich. Das spürte auch die kleine Toto. Denn sie hörte auf, in dem Kanga herumzuzappeln. Zum Glück war sie ganz still. Als hätte das Affenkind es geahnt, jeder Laut würde sie beide verraten. Der Wald war so leise wie selten zu dieser Tageszeit, nicht ein Säuseln ging durch die Blätter, es war, als ob alle Tiere, ja selbst die Pflanzen und Bäume, den Atem angehalten hätten.
Man hörte nur Chitis wilde Schreie. Langsam entfernte er sich. Es musste einen direkten Weg von ihrer Hütte zum nahe gelegenen Dorf geben, sonst wäre Chiti nicht um diese Zeit gekommen.
Fatuma spürte, dass er keine Verbindung zur Natur und zu den Göttern hatte. Ohne empathische Verbindung zur Natur und zu Gott waren nur Menschen die psychisch krank waren. Das hatte sie erkannt.
Langsam näherte sie sich ihrer Hütte, sie spürte, was sie erwartete. Es war nicht zu ändern, sie wusste es. Trotzdem machte sich ein bitterer Geschmack in ihrem Mund breit. Traurig räumte sie die Scherben weg, rettete, was noch zu retten war. Am liebsten hätte sie sich hingelegt. Aber

sie wusste, der Schlaf würde nicht kommen. So säuberte sie bis tief in die Nacht ihre Hütte. Grub die Scherben ein Stück abseits tief in den Boden, damit sich niemand daran verletzen konnte.
Ein Feuer knisterte vor der Hütte. Ihr Tee stand bereit, süß war er nicht, denn Chiti hatte den Zucker mitgenommen. Für einen Moment setzte sich Fatuma auf ihren dreibeinigen Hocker. Toto hatte getrunken und grunzte leise vor sich hin. Ab und zu schlug sie ihre großen Augen auf, um sie aber gleich wieder lethargisch zu schließen. Es war, als ob auch sie instinktiv gespürt hatte, dass sie beide in Gefahr waren. Nun hatte der Schlaf sie eingeholt. Die Geborgenheit und die Wärme taten ihr gut.
Komischerweise hatte Chiti die beiden Petroleumlampen nicht zerschlagen und auch den Kanister unter dem Tisch nicht angerührt. Er war zu gut zwei Dritteln mit Petroleum gefüllt.
Auch die Ölflasche hatte er in seinem Rausch nicht entdeckt.
Die Plastikbehälter mit den Kräutern waren allesamt heil geblieben. Alles andere konnte im Laufe der Zeit ersetzt werden. Fatuma hoffte nur, dass sie nicht genau die Kräuter in den nächsten Tagen brauchen würde, welche nun vernichtet waren.
Sie musste ihr Haus schützen.
Es war eine dunkle Nacht. Dicke Wolken verdeckten wie ein vorbeiziehender Schwarm immer wieder den Mond. Fatuma wusste, dass es Mitternacht war.
Wie im Trance bewegte sie sich immer wieder im Kreis. Die kleine Toto war bei ihr und verhielt sich, obwohl sie ihre großen Augen weit geöffnet hatte, ganz still. Fatuma begann um die Hütte zu wandern, ihre Bewegungen wurden immer schneller. Dann hielt sie abrupt inne, nahm die zusammengefegten, verdorbenen Kräuter und warf sie in die Glut. Es zischte, ein Windhauch stob die kleinen Funken auseinander und verteilte sie in kleinen Wirbeln in der Luft. Ein feiner Geruch nach getrocknetem Gras und noch etwas anderem und Undefinierbarem breitete sich aus.
Fatuma atmete den feinen Rauch ein. Wieder bewegte sie sich im Kreis mit nur einem Gedanken, sie wollte Heilerin werden, und sie wollte anerkannt und geachtet sein. Ihr Geist konzentrierte sich mit ganzer Kraft

nur auf diesen einen Punkt. Und so wurde dem Gedanken ganz vorsichtig das erste Leben eingehaucht.
So etwas wie heute durfte ihr nie mehr widerfahren. Und wie aus der Ferne gesteuert, lief sie wieder in gleichmäßigen Runden um ihre Hütte. Mit der Zeit wurde sie langsamer. Schwere Müdigkeit legte sich auf ihre Glieder. Sie löschte das Feuer aus und ging festen Schrittes in ihre Hütte, die sie wie immer sorgfältig von innen verriegelte.
Ohne die Angst des Tages von ihrer Haut gewaschen zu haben, wollte sie sich nicht auf das, was von ihrem Bett übrig geblieben war, hinlegen. Sorgfältig wusch sie sich mit Seife und spülte den Schaum mit klarem Wasser ab. Mit einem frischen Kanga trocknete sie sich gründlich ab, zog ihr Shirt an und wickelte sich einen neuen Kanga wie einen Wickelrock um, einen mit dunklen Grüntönen.
Nun war Toto dran mit der Reinigung. Sie quietschte vor Schreck. Wasser schien sie nicht zu mögen.
„Kleiner Schmutzfink!", sagte Fatuma. Trocknete und rubbelte ihr Fell und legte sie vorsichtig in die mit getrocknetem Gras gefüllte Tasche. Aber alleine wollte sie nicht sein. Immer und immer wieder begann sie zu wimmern, bis Fatuma sie endlich zu sich ins Bett nahm.
Zufrieden grunzend schlief sie ein. Fatuma lag da und wartete, bis der sanfte Hauch des Schlafes auch sie endlich einlullte.
Am nächsten Morgen schaute sie sich genau um und stellte den zerschlagenen Tisch und einen Stuhl mit abgebrochenem Bein nach draußen. Die Scherben und das abgesplitterte Holz hatte sie schon in der Nacht beseitigt. Die meisten ihrer Kräuter waren, wie sie schon am Abend festgestellt hatte, vernichtet. Ihre Hütte war aber im Großen und Ganzen heil geblieben.
Toto rekelte sich und fing fast gleichzeitig an zu greinen. Natürlich hatte sie Hunger. Zum Glück hatte Fatuma durch das regelmäßige Saugen an ihrer Brust genug Milch und konnte die Kleine schnell ruhig stellen.
Für sich selbst kochte sie einen starken Tee mit Gewürzen. Er schmeckte bitter. Gerade als sie fertig war und das Feuer löschte, hörte sie Schritte. Erschrocken und ein bisschen ängstlich hielt sie inne und schaute sich um.

Langsam schälte sich aus dem Dickicht die Gestalt eines älteren Mannes und dann eines zweiten. Fatumas Herz begann schnell zu schlagen. Sie bewegten sie sich auf die Hütte zu.
Freundlich grüßten die Männer und kamen näher. Fatuma wich zurück. Sie hatte genug von den Dorfbewohnern. Konnte man sie nicht endlich in Ruhe lassen? Ihre Schwellungen im Gesicht waren noch nicht ganz abgeheilt.
Zum Gruß nickte sie nur kurz mit dem Kopf. Ihr ganzer Körper war gespannt wie der eines Gepards vor dem Angriff. Was wollten diese Männer von ihr?
„Sag uns, was ist geschehen in der letzten Nacht?“, sagte der größere von beiden.
Fatuma erkannte in ihnen die Dorfältesten. Sie wollte ihnen Respekt entgegenbringen. Aber wie konnte sie sich ausdrücken, wenn sie doch nicht sprechen durfte?
Sie zeigte mit einer kurzen Handbewegung auf ihren Hals.
„Sie kann wohl nicht reden“, sagte der zweite.
„Ja, sieht so aus. Aber wie es scheint, kann sie uns verstehen.“
Fatuma nickte schnell. Wie sollte sie ihnen begreiflich machen, dass sie eine Probe zu bestehen hatte? Sprechen konnte sie schon, doch sie durfte nicht. Einmal mehr bewegte sie ihre Hand zum Hals.
„Ja, Mädchen, wir verstehen schon“, sagte der zweite wieder. „War Chiti letzte Nacht hier?“ Fatuma nickte sofort und zeigte auf die kaputten Möbel und den gesplitterten Türrahmen.
Die beiden kamen näher. In Fatumas Gesicht breitete sich Angst und Unwillen aus.
„Hat er dir etwas getan?“, fragte der Kleinere.
Langsam schüttelte Fatuma den Kopf. Wie sollte sie ihnen erklären, dass die meisten ihrer Heilkräuter vernichtet waren?
Vorsichtig bewegte sie sich in Richtung Hütte, verschwand kurz darin und kam mit einigen Plastikgefäßen voll von Medizin wieder. Sie schraubte die Deckel auf und zeigte ihnen den Inhalt. Dann nahm sie die Panga, ging zu der Stelle, wo sie die Scherben vergraben hatte, und grub einige davon wieder aus, um sie den beiden zu zeigen. Die schienen zu verstehen.

„Wo ist dein Mann?“, fragte der Kleinere und wusste nicht, wo er hinschauen sollte.
Sie schüttelte langsam den Kopf.
„Hast du keinen Mann?“ Und wieder schüttelte Fatuma den Kopf.
„Wo ist dein Vater?“ Und abermals bewegte Fatuma den Kopf von links nach rechts.
„Keinen Vater?“– „Und deine Familie? Du bist doch fremd hier?“
Was sollte Fatuma darauf antworten? Sie sah ihn mit festem Blick an. Er war ein hagerer, drahtiger Mann. Sein Alter war schwer zu schätzen. Die tropische Natur hatte sein Gesicht mit tiefen Furchen gezeichnet. Seine Augen blickten klar, die Pupillen waren fast schwarz, doch das Weiße in den Augen hatte schon einen gelblichen Schimmer.
„Aber du bist von unserem Stamm?“ Fatuma nickte stumm. „Dann gehörst du auch zu uns, und Chiti muss aufhören, dich zu belästigen. Er missachtet unsere Traditionen. Wenn wir ihm das durchgehen lassen, dann hat er auch keine Achtung vor uns, den Älteren.“
„Und du brauchst dringend einen Mann! Der dich auch beschützen kann, das heißt, falls du eine Mitgift hast.“
Die Lippen eng aufeinandergepresst, schüttelte Fatuma den Kopf. Alles, nur das wollte sie nicht.
Verwundert sahen die beiden erst sie an und dann sich gegenseitig.
„Aber Mädchen, du wirst es einfacher haben, wenn du einen Mann hast. Du kochst für ihn, säuberst das Haus und bist ihm auch sonst gefällig.“
Während der Kleinere von beiden das sagte, lächelte er fast anzüglich. Sie war zwar eine sehr junge, aber voll entwickelte Frau, schön, kräftig, und sie hatte irgendetwas Besonderes an sich.
„Und er wird dich dafür vor anderen Männern beschützen.“ Am meisten fielen den Dorfältesten, unabhängig voneinander, ihre Augen auf.
Erneut schüttelte Fatuma energisch den Kopf. Sie streckte die Hände aus und zeigte nochmals ihre Medizin. Dann zeigte sie auf sich.
„Was will sie uns damit sagen?“, fragte der größere der beiden Männer und schaute dabei den kleineren an.
„Bereitest du die Medizin selbst zu?“, fragte der Kleinere barsch, trat einen Schritt auf sie zu. Fatuma nickte und blickte ihm dabei fest in die Augen.

„Das gibt es ja wohl nicht!", sagte er ungehalten, und verwundert schauten beide sie an.
„Wie sollten die alte Mboga zu Rate ziehen. Die wird wissen, worum es hier geht. Und wenn nicht, wird sie die Götter um Rat bitten. Sie ist ja nicht umsonst die Älteste. Zufrieden bin ich nicht mit dem, was ich hier gesehen habe."
„Das schon, aber sie hat ja niemandem etwas getan", sagte der Große. „Sie stört hier sonst auch niemanden. Man sollte sie einfach in Ruhe lassen."
„Vielleicht hast du recht, komm, wir gehen zu Mama Mboga, ich bin gespannt, was sie dazu sagen wird."
Grußlos drehten sich die beiden um und verschwanden hinter den Büschen. Ein leichtes Knacken im Unterholz verriet, in welche Richtung sie liefen.
Fatuma musste im Stillen lächeln, sie konnte schleichen so still wie eine Katze, nichts würde man hören.
Die alte Mama Mboga hatte schon vor ein paar Tagen in die Seele von Fatuma geblickt. Die Dorfbewohner mussten sie in Ruhe lassen. Oder sie um Hilfe bitten, wenn jemand krank war. Dann würde sie endlich wieder Zucker bekommen, vielleicht auch Eier oder ein Huhn. Onkel Katana erhielt sogar ab und zu eine Ziege für seine Heilerfolge.
Fatuma machte sich daran, die Hütte in Ordnung zu bringen. Sie sammelte etwas Feuerholz in der näheren Umgebung. Und endlich hatte sie auch wieder die Muße, durchzuschauen, welche Kräuter ihr geblieben waren. Sie brauchte einen regelmäßigen Überblick über all ihre Heiltinkturen, Salben und getrockneten Kräuter, um schnell handeln zu können.
Die beiden Ältesten waren ins Dorf zurückgekommen und gingen sofort zur Hütte der alten Mboga. Die saß davor, kaute auf etwas herum und sah die beiden offen an.
„Ich habe euch schon erwartet", sagte sie zwischen fast geschlossenen Zähnen. Mama Mboga war eine alte, aber von den Dorfbewohnern sehr geachtete Frau. Bei den Afrikanern achtet man die alten Menschen, da sie den Ahnen näher sind und auch weil sie ein großes Wissen haben – eine Weisheit, welche die jungen Menschen noch nicht erreichen können. Ihre Haut war trocken und schrumpelig, ihre Gestalt war oft gebückt. Doch sie versuchte immer, so aufrecht wie möglich zu gehen. Auch wenn sie

das rechte Bein ein wenig nachzog. Sie war alt, sehr alt, doch ihre Augen waren noch sehr aufmerksam und ungetrübt.

„Ja", sagte der Größere, „Charo und ich waren bei ihr. Sie hat viele Kräuter, und sie scheint stumm zu sein. Wir wissen nicht, wo sie herkommt, aber sie ist eine Giriama so wie wir."

„Kennt ihr den alten Katana?"

„Den Heiler, der ein paar Stunden entfernt von hier wohnt? Ich habe von ihm gehört", sagte Baiba, der Größere.

„Ja, genau der! Er hat das Mädchen im Sinne unserer Götter aufgezogen. Sie ist zur Prüfung hier und – na ja, sie will Heilerin werden, ist es wohl schon."

„Was", schrie Charo, „ein Weib will Heilerin werden?" „Das hat es ja noch nie gegeben!"

„Seid nicht solche Hitzköpfe und besinnt euch auf euer Alter und eure Position hier im Dorf. Hört auf zu zetern wie die alten Weiber", sagte sie mit ruhiger, fester Stimme und verschwand in der Hütte.

Als sie wieder herauskam, hatte sie drei Tassen mit Tee und reichte den Männern je eine. Im Stillen dachte sie: „Tee beruhigt die Männer, gibt dem Bauch Arbeit und dem Kopf Ruhe."

„Wir sollten heute Abend eine Versammlung halten. Was meint ihr?", fragte sie geschickt, denn so hatten die beiden Männer das Gefühl, dass sie entscheiden würden, was zu tun war. Der Tee wirkte außerdem beruhigend. Sie entspannten sich, und die kluge Mboga wusste, dass sie gewonnen hatte. Sie schmunzelte heimlich in sich hinein. Ihre Haut wirkte noch faltiger als sonst. Doch ihre Augen schauten fast ein wenig belustigt. Männer waren doch immer wieder komische Geschöpfe, wenn man es nur richtig anstellte, konnte man sie mit dem kleinen Finger regieren. Und das Beste, sie merkten es nicht einmal. Man musste ihnen nur das Gefühl geben, sie hätten das Sagen, sie würden die Entscheidungen fällen. Und zu guter Letzt musste man sie dafür loben. Ihr sollte es recht sein. Sie hatte in die Augen des Mädchens geschaut. Ihre Seelen waren sich begegnet. Warum auch immer diese junge Frau mit all ihrer Kraft Heilerin werden wollte, Mboga würde ihr helfen. Fatuma war ein guter Mensch, davon war Mama Mboga felsenfest überzeugt. Trotzdem gab

sie ihr ein Rätsel auf. Und sie, die alte Mama Mboga, trug ihr eigenes, trauriges Geheimnis.
Als die Männer ausgetrunken hatten, bedankten sie sich für den Tee und wollten gehen.
Mboga sagte: „Bis heute Abend, so wie ihr es einberufen habt."
„Ja, wie besprochen", sagte Baiba, der größere von beiden. Dann zogen sie zufrieden ab.
Schlurfend brachte Mboga die Tassen zurück in ihre Hütte, zum Aufräumen oder Abwaschen hatte sie keine Lust. Suchend drehte sie sich um.
„Ach, da ist er ja", sprach sie zu sich selbst und dem uralten Stück Holz. Nahm ihren geschnitzten Stock aus Mwuleholz, der in der Zimmerecke stand, und machte sich auf den Weg zu Fatuma.
Lautlos und für ihr Alter sehr schnell bewegte sie sich durch das Unterholz. Plötzlich hielt sie in der Bewegung inne, sah auf den Boden und entdeckte nicht weit von ihr entfernt eines der sehr seltenen Goldrücken-Rüsselhündchen. Sie erkannte es an seinem auffällig gefärbten Hinterteil. Es schnüffelte im Laub nach Insekten. Mboga konnte sich gut erinnern, dass sie vor vielen Monden ein Pärchen dieser seltenen Tiere beobachtet hatte, wie sie gemeinsam ihr Territorium verteidigten. Und dann fand sie das Nest mit einem Jungtier, welches sich wie ein kleines, weiches Bällchen in seiner Angst zusammengerollt hatte.
Still vor sich hin lächelnd, ging sie weiter. Nicht ein Zweig knackte unter ihren Füßen, nicht ein herunterhängender Ast verriet ihre Bewegung. Es war, als ob der Wald sie grüßte.
Lautlos trat sie auf die Lichtung, konnte aber Fatuma nicht gleich entdecken.
Mboga wollte sie nicht erschrecken. So stand sie einen Moment unschlüssig mit ihrem Stock dort und verharrte wie ein Tier, das die Witterung eines anderen aufnahm.
Fatuma trat gerade aus ihrer Hütte, um Kräuter, die sich in einem Plastikgefäß befanden, auf ihre Frische und Farbe zu prüfen. Sie hatte einen bunten Kanga um ihre Hüften geschwungen, darüber trug sie ein einfaches T-Shirt in einer Farbe, die sich im Kanga wiederfand. Ihre Bewegungen waren weich und fließend. Trotz des Kummers, den sie hatte, umspielte ein hoffnungsvolles Lächeln ihre Lippen. Wie einen Schatten

sah sie Mama Mboga den Bruchteil eines Augenblickes verharren und sah sie auf ihre Hütte zukommen. Was sie wohl wollte?
Bereit für eine Unterhaltung, stellte sie zwei ihrer runden, dreibeinigen Kyriatiden-Hocker nebeneinander und lud Mama Mboga so stillschweigend ein, bei ihr zu sitzen. Das Gefäß mit den getrockneten Kräutern hielt sie immer noch in der Hand.
Mama Mboga grüßte mit einem Kopfnicken, sah ihr dabei wieder geradewegs in die Augen und setzte sich zu ihr.
„Mädchen, was machst du hier nur?", fragte sie Fatuma, indem sie ihr die Plastikdose aus der Hand nahm, diese aufschraubte und daran zu riechen begann.
„Hast du die selbst gesammelt und zubereitet?" Fatuma nickte stolz.
„Du willst Heilerin werden, nicht wahr?" Und wieder nickte Fatuma. Diesmal presste sie aber ihre schön geschwungenen, weichen Lippen aufeinander, während ihre Nase sich dabei ein wenig kräuselte.
„Hat man dir auch gesagt, auf was du alles verzichten musst und was passieren kann, wenn die Menschen dich nicht als Heilerin annehmen? Weißt du, was die Unwissenden mit dir machen, falls man dich nicht akzeptiert? Und warum hat der alte Dickschädel Katana dich hierher alleine geschickt?"
Fatuma sah sie an, wusste aber nicht, was sie antworten sollte. Und schaute Mboga einfach nur in die Augen.
Langsam begann sie die Worte in Gedanken zu formen und sandte sie direkt in Mama Mbogas Gesicht. Fatuma wusste, dass die alte Mboga sie verstehen würde. Sie war sich bewusst, dass sie mit der alten Frau sprach, ohne nur ein Wort über ihre Lippen zu bringen. Sie musste nur alles deutlich in ihrem Kopf formen und zu ihr hinüberschicken. Ein unerwartetes Gefühl von Wärme, starker Zuneigung und Kraft überflutete sie.
„Fatuma, du bist so jung und kannst schon mit der Seele sprechen!", rief Mama Mboga überrascht und ein wenig im innersten Herzen berührt.
„Kind, das ist ein großes Geschenk der Götter. Du musst beschützt werden! Mit dieser Sprache kannst du zu den Schwerkranken sprechen, zu den Toten, und wenn die Götter es erlauben, auch zu ihnen." Schweigend saßen beide Frauen eine Weile nebeneinander, die Gesichter den wärmenden Strahlen der Sonne zugewandt. Ihre Hände hatten beide mit

verschränkten Fingern in ihren Schößen liegen. Ein Bild von stummer, tiefer Friedlichkeit.
Plötzlich hörte man ein leises Klagen aus der Hütte. Mboga sprang erschrocken auf. Auf ihre alten Tage konnte sie noch erstaunlich gut hören. Fatuma blieb einen Atemzug länger sitzen, erhob sich dann aber und ging zielstrebig in ihre Hütte und kam mit einem kleinen, zappelnden Paket wieder. Sie wiegte Toto in den Armen und deutete Mboga, dass sie sich wieder hinsetzen sollte.
„Wo ist die Mutter dieser Meerkatze?", fragte die alte Mboga mit kratziger Stimme.
Fatuma führte ihre rechte Hand in Richtung Hals und formte einen waagerechten Strich.
„Und du hast das Affenkind aufgenommen?" Fatuma nickte langsam und sah ihr in die Augen.
„Und du säugst es auch, nicht wahr?" Diesmal nickte Fatuma nicht, aber schaute sie geradeheraus an.
Mboga nickte und setzte sich langsam wieder auf ihren hölzernen Schemel. Es sah aus, als ob sie schweigend nachdachte.
Fatuma verschwand inzwischen mit Toto in der Hütte, um sie zu säugen. Sie wollte Mama Mboga auf keinen Fall beschämen, aber sie würde ihre Toto auch nicht aufgeben. Wieder presste sie ihre Lippen fest aufeinander und wartete, bis das Tier fertig getrunken hatte. Dann reinigte sie das kleine Wesen, wickelte es in einen frischen Kanga und band ihn sich um, wie wenn ein Kind darin liegen würde. So trat sie mit erhobenem Haupt entschlossenen Schrittes vor ihre Hütte.
Mama Mboga erhob sich langsam und stand ihr nun gegenüber. Die beiden Frauen waren ungefähr gleich groß.
„Du versuchst die Natur zu überlisten? Ich hoffe nicht, dass du versuchst, Gott zu spielen. Vergiss nie, du bist nicht Herr oder Frau über Leben und Tod, du kannst nur Leben verlängern, es erträglicher machen. Eigentlich sind wir Menschen nicht da, um den Tieren zu helfen. Solange wir nicht selbst in die Natur eingreifen und den Tieren das Leben unerträglich machen. Weißt du, wie seine Mutter gestorben ist?"
Fatuma schüttelte den Kopf, sah Mama Mboga an, die ihr unaufgefordert zu der Stelle folgte, wo Totos Mutter begraben lag. Die Stelle war immer

noch leicht zu finden, da Fatuma sie mit einigen Steinen beschwert hatte, um zu verhindern, dass die Wildkatzen oder Aasfresser sie aufstöbern und wieder ausgraben würden. Mama Mboga hockte sich davor und streckte ihre Hände aus, um die Schwingungen der Luft über dem Grab zu spüren. Dann richtete sie sich auf und lief, ohne dass Fatuma es ihr gezeigt hatte, an die Stelle, wo sie die tote Mutter mit ihrem Kind gefunden hatte. Genau an diesen Ort stellte sich Mama Mboga jetzt und verharrte einige Minuten mit geschlossenen Augen, es war, als ob der Wald mit ihr sprechen würde. Ihr Gesicht begann sich zu verändern. Zornig, mit erstarrten Gesichtszügen, lief sie in die Richtung, in der Chiti vor ein paar Tagen verschwunden war.
Ein Instinkt hatte Fatuma immer von diesem Weg ferngehalten. Nach einer ganzen Weile kam Mboga langsamen Schrittes von dort zurück, für einen Moment hielt sie inne, stützte sich auf ihren Stock, beugte sich etwas nach vorne und erbrach sich. Erschrocken eilte Fatuma ihr zu Hilfe, hielt die alte Frau und geleitete sie zu ihrem Hocker.
Sofort brachte sie ihr eine Schüssel mit kaltem Wasser, um sie zu reinigen. Danach entfachte sie mit geübten Handgriffen das Feuer für einen warmen, beruhigenden Kräutertee.
Mboga saß stumm da, ihre Gesichtszüge waren immer noch verzerrt. Sie wollte Fatuma nicht sagen, dass Chiti ihr Sohn war. Fatuma war sich nicht sicher, ob Mama Mbogas Zustand von einer körperlichen Schwäche oder von etwas anderem herrührte.
Das Wasser brodelte im Topf. Gern hätte sie Mama Mboga in diesem Zustand einen stärkenden, gesüßten Tee angeboten. Sie hatte aber keinen Zucker mehr. Mboga sagte mit leiser Stimme: „Es macht nichts, dass du keinen Zucker hast, gib mir einen starken Kräutertee und lass es gut sein, Mädchen, und setz dich für einen Moment zu mir."
Mama Mbogas Gesicht wirkte jetzt jünger, als es ihr Körper war. Ihre Haut sah aus wie ein dunkles, zerknittertes Blatt Papier. Sie hatte immer noch breite, volle Lippen und eine für eine Afrikanerin in ihrem Alter recht zierliche Figur. Ihre schwarzen Augen sprühten von Leben. Ihr Alter war schwer zu schätzen und eigentlich auch unwichtig. Aber sie war alt, nicht mehr jung.

„Weißt du, Kind, ich will dir eigentlich nicht viel dazu sagen. Du hast einen schweren Weg vor dir, denn eine Frau als Heilerin ist hier immer noch ungewöhnlich. Du musst auf Familie, einen Mann und Kinder verzichten. Meinst du, diese Meerkatze kann das alles ersetzen?"
Fatuma holte tief Luft und wollte in ihrer Gedankenwelt etwas erwidern, doch Mboga sagte: „Antworte jetzt nicht, lass mich erst zu Ende sprechen. Es ist auch gefährlich, was du tust, und keiner kann dir versprechen, dass alles gut gehen wird. Du wirst auf viel Unverständnis, Neid und Dummheit stoßen. Die Neider und die Dummen sind die gefährlichsten. Hüte dich vor ihnen! Und suche dir einflussreiche Freunde. Nur Katana, das reicht nicht aus. Du benötigst Menschen, die dich indirekt schützen können, denn du wirst es brauchen. Und selbst dann bist du nicht sicher. Du verstößt auch gegen die Traditionen. So wirst du nicht unbedingt die Sympathie der Alten auf deiner Seite haben. Und wenn du deine Ziele erreichen solltest, auch noch den Neid der Erfolglosen. Bedenke das alles. Aber du kannst durch deine Arbeit die Gemüter überzeugen. Und etwas Glück gehört natürlich auch dazu."
Wieder wollte Fatuma etwas erwidern, doch die alte Mboga unterbrach sie stirnrunzelnd: „Du musst mir nichts sagen, ich kenne deine Antwort."
Schweigend saßen die beiden Frauen in ruhiger Eintracht nebeneinander, als hätten sie es jahrelang so getan. Fatuma hätte sie gerne gefragt, was sie vorher so aufgeregt hatte, dass Mama Mboga sich sogar erbrechen musste. Irgendetwas verbarg die sonst so offene Frau vor ihr. Sie spürte es.
Ein leiser Lufthauch berührte zart ihr Gesicht. Sie hob den Kopf und sah nicht weit entfernt die ersten Blüten am afrikanischen Tulpenbaum, wie sie sich tieforange von dem kräftigen Dunkelgrün der Blätter absetzten. Die ungeöffneten Blüten enthalten Wasser. Wenn man die Blüte berührte oder ein Vogel daran pickte, würde das Wasser herausspritzen. Deswegen nennen viele Einheimische ihn auch Fontänenbaum. Man sagt diesem Baum übernatürliche Kräfte nach, darum werden die Blüten gerne von den Mgangas, den Buschdoktoren, für ihre schwarze Magie (black magic) gebraucht.
Das Holz dieser Bäume wird oft für den Bau von Buschtrommeln benutzt.
Versonnen sah sie in die Blüten – Orange, die Farbe des Lebens.

Neben ihr atmete Mama Mboga ganz ruhig und strahlte eine Friedlichkeit und Kraft aus, die nun auch Fatuma erfasste.
„Mädchen, dann kümmere dich um deine Kräuter, ich will schauen, was ich für dich tun kann. Denn, wie ich gesehen habe, benötigst du auch Zucker, Tee und Maismehl. Ich weiß, dass einige Menschen aus dem Stamm deine Hilfe gut gebrauchen können, denn hier ist niemand, der sich in der Heilkunst wirklich auskennt."
Damit erhob sie sich etwas schwerfällig und mit schiefer Hüfte, schaute Fatuma noch einmal eindringlich an. Mit dem Blick auf ihre schlafende Meerkatze sagte sie: „Halte das kleine Wesen vorerst versteckt. Keiner soll wissen, dass du es säugst. Es wäre eine Beleidigung unserer Traditionen und könnte dir deine Zukunft verschließen."
Dann drehte sie sich um und verschwand so lautlos, wie sie gekommen war, im afrikanischen Busch.
Versonnen brachte Fatuma das Schraubgefäß mit den getrockneten Kräutern wieder an seinen Platz in der Hütte, nahm ihre Basttasche, zur Sicherheit diesmal ein Panga, das große Buschmesser der Afrikaner, mit. Man kann damit Äste abschlagen, Gestrüpp beseitigen, Löcher graben, wenn es sein muss, sogar Bäume fällen.
Das Gespräch mit Mama Mboga hatte sie nachdenklich gemacht. Sie wollte ihr helfen. Nur dieser Satz klang in ihrem Kopf nach. Aber irgendwo in ihr war auch eine Unzufriedenheit. Etwas Unausgesprochenes lag zwischen ihnen.
Sie sollte nicht sprechen und hatte doch Kontakt zu anderen Menschen. Wenn es aber so sein sollte, dass sie wirklich mit niemandem reden konnte, dann durfte auch kein Mensch in ihrer Nähe sein. Für Nahrung und Wasser sollte gesorgt werden. Eine sehr unbequeme Situation. Die eigentliche Aufgabe – das Schweigen, das Insichkehren und Einswerden mit sich, den Göttern und der Welt – konnte sie ja kaum wahrnehmen bei all den Problemen um sie herum.
Fast immer war sie etwas ängstlich, denn sie wusste nie, wo Chiti sich gerade herumtrieb und was er sich als Nächstes ausgedacht hatte. Dann die ständige Suche nach Nahrung. Die Suche nach Kräutern störte sie weniger. Aber irgendwie musste sie die nächsten Tage überstehen. Dann wollte sie in die Nähe ihres Stammes zurück, sich auch ohne Mann eine eigene

Hütte bauen. Keiner sollte sie mehr verjagen können. Das bedeutete auch Schutz und Vertrauen. Danach sehnte sie sich jetzt sehr.
Irgendwie musste sie sich aber bemühen, ihre aufwallende traurige Stimmung zu überwinden. Sie wirkte sich sonst auf ihre Arbeit negativ aus. Das ging so weit, dass ihre heute gesammelten Kräuter weniger Heilkraft hatten. Solche Tage gab es, das musste sie akzeptieren. Trotzdem bückte sie sich immer wieder, prüfte die Pflanzen und sammelte Blätter, Wurzeln und Früchte. Langsam fühlte sie sich auch nicht mehr so schwermütig.
Toto meldete sich, die Kleine hatte wieder Hunger. Das Köpfchen schmiegte sich so an sie, und die kleinen, schwarzen Händchen griffen nach ihrer schwarzen Haut. Sie wusste, dass es nicht recht war, was sie tat. Aber sie konnte das Kleine nicht dem sicheren Tod preisgeben. Sie wollte es schützen. Bald musste sie ihm arttypische Verhaltensweisen beibringen. Aber sie vertraute auch auf seine angeborenen Instinkte.
Die nächsten Tage verliefen im Gleichklang und ohne Zwischenfälle. Fatuma sah keine Menschenseele. Dafür hatte sie Zeit, sich mit sich selbst zu beschäftigen, ihre Seele den Göttern etwas näher zu bringen. Mit der Zeit wurde ihr auch dieser Teil des Waldes vertrauter. Die Vögel stoben nicht mehr aufgeregt kreischend davon, sondern beäugten sie und fuhren dann fort, ihr Gefieder zu putzen oder nach Nahrung zu suchen. Den Buschelefanten war sie bis jetzt noch nicht begegnet. Es waren eher scheue Tiere, die im Dickicht des Waldes lebten. Nur von ferne hatte sie einmal das gewaltige Knacken gehört, und sie wusste, diese Buschriesen waren unterwegs. Sie lieben das Zuckerrohr, was aber nur noch an ganz vereinzelten Stellen wuchs. Regelmäßig sind sie auf Wasser angewiesen und durchqueren insbesondere in der Trockenzeit den Wald, um zu den Tümpeln oder Flüssen zu kommen. Dabei kommt es ab und zu auch zu Konflikten mit den dort lebenden Bauern, da alles, insbesondere das von ihnen angepflanzte Gemüse, zertrampelt wird. Nur sehr, sehr selten ist aber ein Mensch von Elefanten getötet worden. Immer und ohne Ausnahme ist der Elefant dann direkt angegriffen worden. Wenn man aber von den Lebensgewohnheiten der Elefanten wusste, konnte man mit ihnen in friedlicher Nachbarschaft leben.

Fatuma wusste das und hatte daher auch keine Angst vor ihnen. Sie mochte diese interessanten Tiere, hatte sie früher oft heimlich beobachtet und wusste, dass diese sich ihrer Gegenwart immer bewusst waren.
Für Fatuma vergingen die nächsten Tage friedlich und schnell. Es störte sie auch nicht mehr, dass sie keine menschlichen Kontakte hatte. Sie war beschäftigt mit ihren Kräutern, im Zwiegespräch mit den Göttern und mit ihrer kleinen Toto. Diese begann, in den Ästen herumzuhangeln, tobte ausgelassen herum, aber beim geringsten Laut sprang das kleine Äffchen sofort zu Fatuma und klammerte sich an sie.
Nicht mehr lange, dann würde Onkel Katana sie holen. Dass er so gar nichts von sich hören ließ, wunderte sie aber schon.
Es war ein heißer Tag, der Regen hatte sich seit Tagen wieder verkrochen, die Erde glühte und atmete nichts als trockene, staubige Hitze aus. Rings um Fatumas Hütte waren die Bäume mit einer staubigen Schicht bedeckt. Toto klemmte in der Ecke einer Astgabel und döste.
Fatuma bereitete gerade eine Tinktur gegen Fieber zu. Sie musste dazu die großen Brotfrüchte des Affenbrotbaumes öffnen und den Inhalt mit zwei zusätzlichen Kräutern vermischen und stundenlang kochen. Eine Prozedur, die den ganzen Tag dauern würde.
Ein Rascheln im Dickicht machte sie stutzig. Sie hob den Kopf in die Richtung, aus der sie das Geräusch hörte.
Mama Mboga kam mit einem alten Mann aus dem Wald.
„Dürfen wir näher treten?“, rief sie zu Fatuma hinüber, um sich anzukündigen.
Fatuma richtete sich auf und nickte stumm. Dann bot sie den Besuchern im Schatten der Hütte Platz auf den beiden runden Hockern an, die sie besaß. Sie selbst stellte sich seitlich daneben. Mama Mboga sagte freundlich: „Schau dir den alten Kahindi an. Er atmet schwer und sieht nicht gut aus.“
Fatuma hatte so etwas schon einige Male gesehen. Speziell kurz vor der Regenzeit tauchte diese Art von Beschwerden insbesondere bei geschwächten Menschen auf. Er atmete schwer. Sein Husten hörte sich an wie das Scheppern eines rostigen Blechnapfes. Das Gesicht war leicht geschwollen und die Augen waren gerötet und tränten. Tief durchatmen konnte er gar nicht mehr. Fatuma musste wissen, wie lange dieser Zustand schon

anhielt. Sie konzentrierte sich auf die Frage und schaute die alte Mboga an. Aber Kahindi antwortete ihr.
„Seit Neumond." Das war ungefähr eine Woche her.
Der Alte musste auch an Luftmangel leiden in der Zwischenzeit. Fatuma verschwand in der Hütte und kam mit ein paar Tropfen einer starken Kräutertinktur wieder heraus. Sie tröpfelte ihm etwas davon auf die herausgestreckte Zunge. Kurz darauf brachte sie eine Schüssel mit bräunlichem, trüb aussehendem Wasser. Es war das Wasser des Neembaumes, mit dem sich Kahindi nun Gesicht und Hände waschen musste. Die Tropfen würden nach kurzer Zeit die Schleimhäute zum Abschwellen bringen, aber sie würden ihn auch müde machen. Er musste einen Rhythmus finden. Also hockte sich Fatuma vor ihn, nahm seine Hände, öffnete sie und schaute schweigend hinein. Sie sah mehr darin, als man ihr erzählt hatte.
Stumm, aber im vollen Bewusstsein, dass er es verstehen würde, dachte Fatuma: „Du wirst jetzt nach Hause gehen und dich hinlegen. Kurz, bevor es dunkel wird, gehe vierzehn Runden um deine Hütte und atme so tief wie möglich durch, dann wird Mama Mboga dir einen Tee bereiten, den ich euch mitgebe. Danach wirst du gut schlafen können. Morgen früh musst du dich unbedingt am ganzen Körper mit dem Wasser des Neembaumes waschen, am ganzen Körper, hörst du!"
Jetzt war es an Kahindi, andächtig zu nicken. Fatuma hatte nicht einmal die Lippen bewegt, ihn nur angeschaut und mit ihrer Seele gesprochen. Er kannte die Gesetze der Natur und hatte sie verstanden.
„Dann wird dir Mama Mboga wieder einen Tee zubereiten, und du musst viel abgekochtes Wasser trinken. Kurz vor der Dunkelheit kannst du wieder zu mir kommen." Es funktionierte, sie konnte zu dem Alten mit ihrer Seele reden. Er verstand sie, es war wie ein Wunder – jedoch gar nicht ungewöhnlich.
Ohne sich zu verabreden, standen beide auf. Fatuma drückte Mama Mboga die Kräuter für den Tee in altes Zeitungspapier eingerollt in die Hand und verabschiedete sich mit einem sanften Kopfnicken und einem tiefen Blick in ihre Augen. Die beiden Frauen verstanden sich wortlos.
Am nächsten Abend kam Kahindi wie telepathisch verabredet wieder.

„Hallo Fatuma, du Buschfrau“, rief er schon von Weitem gutgelaunt. Toto versteckte sich hinter ein paar dicken Blättern und rührte sich nicht. Fatuma winkte ihm zu, und er kam näher. Sie schmunzelte über den Beinamen.
Unaufgefordert setzte er sich auf einen wunderschön geschnitzten alten afrikanischen Stuhl, den zwei Jungen aus dem Dorf nur für ihn herangetragen hatten. Diese alten Stühle sind selten geworden und haben in Afrika eine besondere Bedeutung. Sie sind immer nur für einen Mann des Stammes geschnitzt worden. Dieser Mann hatte dann auch besondere Taten vollbracht, war entweder Stammesfürst oder sprach Recht oder war in einer anderen Form ein geachtetes Mitglied eines Stammes. Wenn dieser Mann nicht da war, dann durfte auch kein anderer sich auf diesen Stuhl setzen, oft wurde er einfach zur Seite gelegt. Sollte ein Besitzer so eines Fürsten- oder Königsstuhles sterben, so bekam entweder ein männliches Mitglied der Familie diesen Stuhl, was eine ausgesprochene Ehre war. Oder so ein Stuhl verschwand auf lange Zeit in einem der geheimen Familienschreine. Einer Frau war übrigens verboten, sich auf so einen Stuhl zu setzen. Kurz gesagt, so ein Stuhl war und ist ein Prestigeobjekt der afrikanischen Männer. Das alles ging Fatuma durch den Kopf, als sie wieder zu ihm ging, um ihm seine Tropfen zu bringen.
Fatuma gab ihm wieder die Tropfen und schaute erneut in seine Hände. Sie hatten sich etwas entspannt. Wieder konzentrierte sie sich auf ihn und sprach mit ihrer Seele, ohne die Zunge zu bewegen.
„Vergiss das Trinken nicht und wasch dich morgens und abends mit dem Sud des Neembaumes! Hier habe ich auch eine Tinktur für deine Augen. Wasch sie fünf Mal täglich damit aus.“ Sie streckte die Hand vor mit fünf hochgereckten Fingern. „Fünf Mal!“, dachte sie und hoffte, er hatte es auch verstanden.
Kahindi nickte, blieb aber sitzen und reichte ihr mit seiner faltigen Hand nun seinerseits etwas in braunem Papier Eingewickeltes.
Fatuma schaute ihn nur an und nahm die Gabe in Empfang. Es war Zucker.
„Das ist meine Bezahlung. Morgen bringe ich dir Eier mit. Ich habe ein paar Hühner neben meiner Hütte.“

Mit leuchtenden, strahlenden Augen dankte ihm Fatuma schweigend und fügte dann nochmals stumm hinzu: „Vergiss nicht, heute Abend wieder langsam deine vierzehn Runden um die Hütte zu gehen und morgen früh wieder. Es ist wichtig für dich."
Kahindi lächelte und nickte still. Dann verschwand der freundliche, ruhige Mann wieder.
Das erste Mal nach langen Tagen konnte Fatuma ihren Tee wieder mit Zucker süßen. Sie freute sich darauf.
Aber sie war auch nachdenklich, denn an Kahindis Händen, seinen Augen und am Geruch seiner Haut hatte sie gesehen, dass er noch eine andere Krankheit, eine schlimmere, in sich trug. Die gelbe Krankheit, für die es keine Heilung gab. Erst nur Linderung und dann das langsame Hinabgleiten in den Tod und der Aufstieg zu den Ahnen.
Wusste er es? Ahnte Mama Mboga etwas davon? Nun, sie würde es herausfinden.
Gleich morgen wollte sie sich daranmachen, die richtigen Kräuter für ihn zu finden. Bald würde er ihre Kraft brauchen.
Aber dann würde sie schon wieder bei Onkel Katana sein, eine Tagesreise entfernt.
Nun – sie musste die Götter um Rat fragen.
Für heute hatte sie genug nachgedacht. Bedächtig räumte sie die restlichen Kräuter, den Sufria (Kochtopf) und den Zucker weg, und wie immer löschte sie die Glut sehr sorgfältig. Dann wusch sie sich selbst und das Geschirr, verschloss die Hütte sorgfältig und legte sich mit Toto ins Bett. Und wie so oft wollte der Schlaf nicht kommen.
Am nächsten Morgen wunderte sie sich, dass sie sich frisch und erholt fühlte. Aber vielleicht lag es auch daran, dass sie stolz war, die ersten eigenen Einnahmen zu haben – Zucker. Und bald würde ja auch Katana kommen, um sie abzuholen. Am Tag nach dem Vollmond.
Versonnen stand sie vor ihrer Hütte und beobachtete Toto, wie sie durch die Äste hangelte. Ihr Gesichtchen war immer noch hell und würde erst nach ein paar Tagen die dunkle Farbe annehmen. Erstaunlich, wie schnell und selbstverständlich sie sich in den Bäumen und Büschen bewegen konnte. Toto duckte sich, und Fatuma schaute sich um.

Zwei Frauen mit ihren Kindern standen schüchtern an der Seite, vorne am Waldrand. Fatuma winkte sie zu sich hinüber und bot ihnen an, Platz zu nehmen. Eines der Kleinen fing an zu weinen, das andere schaute sie mit seinen großen, schwarzen Augen erwartungsvoll an. Beide Mütter zeigten ihr einen eitrig flüssigen Ausschlag an Armen und Beinen. Das kannte Fatuma schon. Es war eine Reaktion auf eine der giftigen Pflanzen. Die Kinder mussten in der Nähe gespielt haben und mit den Blättern in Kontakt gekommen sein. Erst einmal wollte sie den Kindern das Gegenmittel geben, damit sie von den Schmerzen befreit wären und zur Ruhe kommen konnten. Aber sie musste diese Pflanzen finden, denn man konnte, bekam man deren Saft in die Augen, blind davon werden.
Fatuma konzentrierte sich auf ihre Frage und sah den jungen Frauen abwechseln in ihre dunklen Augen. Aber es kam keine Reaktion. Nur das eine Kind, das jüngere von beiden, hörte auf zu weinen. Nochmals versuchte Fatuma, sich telepathisch verständlich zu machen – aber die beiden jungen Frauen verstanden sie nicht. Es würde ihr nichts anderes übrig bleiben, als mit den beiden Frauen zum Dorf zu gehen, um zu schauen, wo diese Pflanzen wuchsen. Einerseits, um die Dorfbewohner, insbesondere die Kinder, vor weiterem Unheil zu schützen, aber andererseits auch, um für sich selbst ein sehr wirksames Heilmittel herzustellen. Nur hatte sie ein Problem. Was sollte sie mit Toto machen? Nahm sie die Kleine mit, würde jemand herausfinden, dass sie ein Affenbaby nährte. Ließ sie Toto hier, wusste sie nicht, was passieren würde.
Um sich zu beschäftigen, ging sie in ihre Hütte, um etwas von der Kräutertinktur für die beiden Frauen abzufüllen. Dann wickelte sie etwas Tee in vergilbtes Zeitungspapier und reichte es einer von beiden. Diese schaute sie ratlos an. Fatuma zeigte auf die Tinktur und streckte zwei Finger in die Höhe. „Zwei Mal täglich einnehmen", dachte sie. Wieder verstanden die jungen Frauen sie nicht. Da stand die eine auf, drückte Fatuma ihr Kind in die Arme und rannte los. Im ersten Moment war Fatuma erschrocken, doch dann lächelte sie.
Eine Weile saßen die beiden Frauen schweigend Seite an Seite, wie zwei Fremde, was sie ja eigentlich auch waren. Kein Lüftchen bewegte sich. Es war, als ob der Wald seinen Atem anhielte.

Fatuma überlegte schon, ob sie vielleicht einen Tee kochen sollte, da sah sie Mama Mboga und die andere junge Frau auf die Lichtung treten. Man konnte sehen, dass der alten Frau das Laufen heute schwer fiel.
Fatuma stand auf und begrüßte die Ältere. Die wedelte gerade ein paar Fliegen vor ihrem Gesicht davon.
„Danke, dass du gekommen bist, Mama Mboga. Die beiden Frauen verstehen mich nicht, und ich muss etwas dringend wissen." Mboga hob fragend den Kopf, und Fatuma sah in ihre müden Augen. Es war, als ob ein Schatten über sie glitt.
„Diese Kinder haben in der Nähe einer giftigen Pflanze gespielt. Daher stammt der Ausschlag. Diese Pflanze kann auch blind machen. Es ist ungewöhnlich, sie so nahe neben eurem Dorf zu finden."
Mama Mboga nickte und sagte fast zu sich selbst: „Ja, ich weiß."
„Und bitte sage den beiden Frauen, sie sollen ihren Kindern zwei Mal täglich sieben Tropfen von meiner Tinktur geben, am besten morgens und abends. Den Tee können sie den Kleinen immer wieder zwischendurch zum Trinken anbieten, aber die Kinder dürfen auf keinen Fall mehr neben dieser Pflanze spielen."
Mboga hatte verstanden und erklärte es den Frauen. Diese bedankten sich und wollten gerade gehen, als Mboga sie fragte: „Wollt ihr der Heilerin nicht etwas geben? Sie ist alleine hier, hat keinen Menschen. Seid ihr denn sicher, dass diese Medizin wirkt, ohne dass ihr etwas dafür bezahlt? Es sollte doch immer alles seine Balance haben im Leben. Wenn ihr es nicht freiwillig gebt, wird das Leben es von euch fordern. Das solltet ihr aber wissen."
Betreten schauten die beiden Frauen auf.
„Aber sie hat ja nicht gesagt, dass sie was will."
Jetzt wurde Mboga ärgerlich: „Sie spricht mit keinem!" „Und ihr habt mich ja schließlich geholt, damit ich ihre Zunge bin. Ihr wisst doch genau, worum es geht. Seid nicht so ungerecht."
Verschämt und etwas trotzig holten beiden zögernd je zwanzig Kenya-Schillinge heraus und gaben sie Fatuma. Keine der beiden konnte in ihre Augen blicken.

Fatuma wandte sich zu Mboga. „Ach ja“, sagte diese, „ihr sollt übermorgen wieder kommen. Sie wird schauen, ob ihr noch mehr Medizin benötigt für eure Kinder.“
Nun schauten die beiden Frauen doch beschämt, die Augen auf dem Boden gerichtet, als suchten sie etwas, und verschwanden mit ihren Kindern.
„Du scheinst dich wirklich recht gut auszukennen mit den Krankheiten“, sagte die alte Mboga.
Fatuma stand nur da, was konnte sie darauf erwidern? Wenn sie doch nur endlich wieder sprechen dürfte! Sie liebte es zu helfen, es war, als ob sie es im Blut hatte.
„Lass mich nun gehen, wir reden ein andermal. Ich bin zu müde heute.“
Fatuma ging ein Stück auf Mboga zu: „Aber ich muss wissen, wo die Pflanze wächst, damit kein Unglück geschieht“, dachte sie ganz bewußt.
Mboga sah sie mit ihren traurigen Augen an. „Es wird nichts passieren, dafür sorge ich. Frag mich jetzt nicht weiter, Fatuma, und lass mich gehen.“ Mit müden Schritten entfernte sie sich.
Fatuma sah ihr verwundert nach. Als auch Toto sah, dass alle Fremden fort waren, kam sie sofort und kletterte an Fatuma hoch, setzte sich bei ihr auf die Schulter und begann sie zu lausen. Der erste Liebesbeweis, Zeichen von Geborgenheit und Zuneigung. Fatuma war es schwer ums Herz. Und sie wusste nicht, was eigentlich der Grund dafür war.
Sie ging in die Hütte, um das Geld zu verstauen. Irgendwie konnte sie sich nicht richtig darüber freuen. Warum, wusste sie auch nicht. Lieber wäre ihr gewesen, wenn die beiden Frauen es ihr freiwillig gegeben hätten und nicht erst nach Mbogas direkter Aufforderung. Andererseits brauchte sie das Geld dringend. Ihr erstes selbst verdientes! Und sie musste kein schlechtes Gewissen haben, dass sie es angenommen hatte. Das Zubereiten der Medizin, die sie den beiden Frauen mitgegeben hatte, dauerte zwei volle Tage.
Um sich innerlich zu beruhigen, begann sie sich mit ihren Kräutern zu beschäftigen. Sichtete, was noch da war, prüfte Farbe und Geruch, sortierte aus und überlegte, was sie noch brauchen würde.
Dann nahm sie ihre altvertraute Basttasche. Fischte Toto von der Schulter und wickelte sie in ihren Kanga, um sie dann um ihren Bauch zu binden und sich auf den Weg zu machen.

Hoffentlich würde sie noch ein paar Kräuter finden, die Heilkraft in sich trugen, trotz ein paar Regengüssen vor zwei Wochen war es staubtrocken. Die Pflanzen verloren ihre Kraft. Auf alle Fälle würde sie aber ein paar reife Mangos pflücken und ein paar Cashewnüsse. Einen Tag nur herumzusitzen, konnte sie sich nicht vorstellen.
Toto war unruhig und wollte nicht im Tuch bleiben, viel lieber kletterte sie auf Fatuma herum, hüpfte zwischendurch auf einen Ast, spielte dort einen Augenblick, um dann wieder frech auf Fatumas Schulter zurückzuspringen.
Heute fand Fatuma wie erwartet nicht viele Kräuter, die sie für ihre Medizin gebrauchen konnte. Sie pflückte aber einige Blätter eines alten Neembaums und spaltete ein wenig von der Rinde ab, nicht aber, ohne sich dabei bei dem Baum in Gedanken zu entschuldigen und zu bedanken.
Die Alten behaupteten, in diesem Baum lebten die Geister. Oft hatte sie das Gefühl, es wehe ein stärkeres Lüftchen unter diesen Neembäumen. Sie mochte gerne darunter ausharren, um ihren Gedanken nachzuhängen.
Der Neembaum brachte ihr viele verschiedene Heilmittel. Vor allem war er eine große Hilfe bei der Vorbeugung und Behandlung der Malaria. Sie kannte auch die Zutaten zur Heilung von Infektionskrankheiten, Pilzbefall, Hautauschlägen, Kopfschmerzen, Übelkeit, Erkrankungen der Knochen und Gelenke, Frauenleiden. Immer aber sprach sie bei der Zubereitung der Heilmasse und Tinkturen mit den Göttern. So wie Onkel Katana es auch immer tat und viele andere Heiler davor.
Oft hatte sie beobachtet, dass Onkel Katana die Kranken an bestimmte Plätze führte, manchmal die gesamte Familie des Erkrankten. Sie mussten dann mit ihren guten Gedanken helfen, das Familienmitglied zu heilen. Manchmal entzündete er ein Feuer und warf dann später Kräuter in die Glut, deren aufsteigender Rauch die Kraft hatte, Schmerzen zu lindern oder die Seele für ein paar Augenblicke vom Körper zu entfernen, um notwendige Eingriffe am Körper des Betroffenen vornehmen zu können, ohne dass dieser den Schmerz als zu stark empfand.
Die Alten waren der Meinung, wenn ein Mensch schlechte Gedanken hat, dann solle er sich alleine für eine Weile unter den Neembaum setzen, zwischen seine Wurzeln, deren Oberseite meist aus der Erde ragten. In

die Zwischenräume mussten die Gedanken gelegt werden, die sie loswerden wollten. Seien es nun schlimme Erinnerungen oder Dinge, an die sie dachten, die sie aber nicht ändern konnten. Was immer einen Menschen belastete, sollte dort abgelegt werden. Dann stand man auf, wusch sich die Hände in einem Neembaum-Sud und ging den Dingen des Tages nach. Die schlechten Gedanken waren auf wundersame Weise meist komplett verschwunden, zumindest störten und plagten sie aber nicht mehr.
Nun musste sie aber schauen, dass sie sich noch ein paar Cashewnüsse suchte und einige Mangos fand. Die Nüsse wollte sie unbedingt heute Abend noch vom Fruchtfleisch trennen, so konnte sie dann gleich noch etwas von der leckeren Marmelade herstellen, etwas Zucker hatte sie dafür noch übrig. Nach einer Weile fand sie einen Cashewnussbaum. Es war nicht leicht, die Früchte mit den Nüssen daran zu ernten. Mit einem großen Stock, den sie sich eigens dafür gesucht hatte, begann sie die Früchte vom Baum abzuschlagen.
Toto, die wieder einmal aus ihrem Kanga geklettert war, spielte mit den am Boden liegenden Früchten, biss in einige hinein, um dann ihr Gesichtchen zu verziehen und die Frucht von sich zu werfen. Fatuma lächelte, als sie dem lustigen Spiel ihres Äffchens zusah. Zwar bemühte sie sich, ihm beizubringen, dass es die Früchte in die Basttasche legen sollte, allerdings erfolglos – bis jetzt jedenfalls.
Mangobäume fand sie einige, aber die reifen Früchte waren alle schon geerntet. Sie musste heute irgendwie unbeholfen auf den Baum klettern, um sich wenigstens ein paar unreife Früchte zu holen. Vorsichtig schob sie sich vorwärts, denn sie hatte Sorge, sich zu verletzen. Nachdem sie mit großer Mühe und Anstrengung drei dieser, wenn sie reif waren, wunderbar aromatischen Früchte geerntet hatte, machte sie sich mit Toto auf den Heimweg.
Schon von Weitem konnte sie einen leichten rauchigen Geruch wahrnehmen. Möglicherweise brannten die ersten Bauern das Gras nieder. Es enthielt sowieso nicht mehr viel Nahrhaftes für die Tiere, und die Asche ist kurz vor dem Regen der Dünger für die neue Saat. Nur komisch, die Felder befanden sich eigentlich weiter östlich, und von dort kam der Wind gar nicht.

Eine Windböe erfasste ihren Rock und ließ ihn kurz aufflattern. Einige Vögel erhoben sich kreischend von den Baumkronen, um sich ein Stückchen weiter wieder niederzulassen. Selbst Toto hörte auf zu toben und setzte sich zu ihr auf die Schulter. Und wieder brachte der Wind eine Prise Rauch.

Fatuma ging schneller. Sie hatte ein ungutes Gefühl im Bauch, auf ihrer sonst so ebenmäßigen Stirn bildeten sich zwischen den Augen zwei steile Falten. Schnell schnappte sie sich Toto von der Schulter und wickelte sie in ihren Kanga. Ein fast schmerzhaftes Kribbeln durchlief ihren Körper. Als wenn etwas Heißes ihre Adern durchsickerte, um sich dann zu einen festen Knoten in der Bauchgegend zu versammeln und hart und fest, wie ein Stein, dort zu verharren. Der Geruch nach Verbranntem wurde immer stärker. Bald konnte sie schon ein starkes Knistern vernehmen, das war kein normales Buschfeuer. Die letzten Schritte zur Lichtung rannte sie. Dann blieb sie abrupt und erschrocken stehen. Das, was sie die ganze Zeit unbewusst geahnt hatte, sah sie nun vor sich. Ihre Hütte brannte lichterloh, und ein Stück weiter stand Chiti mit verklärtem Blick und freute sich am Geräusch und der Farbe des Feuers.

Fatumas Knie wurden weich, es war, als ob sich eine Hand um ihre Kehle legte.

Aber ein letzter Funke von Gedanken sagte ihr, sie müsse jetzt stark sein für ihre Toto. Falls Chiti sie sehen würde, wären sie wahrscheinlich beide dem sicheren Tod ausgeliefert. Sehr leise zog sie sich ein Stück in den Wald zurück. Hielt die Basttasche, alles, was ihr geblieben war, in der linken Hand, mit der Rechten bedeckte sie die im Kanga eingewickelte Toto.

Plötzlich hörte sie Stimmen. Vorsichtig lugte sie zwischen dem Gestrüpp hervor und sah, dass einige Dorfbewohner gekommen waren, um die Flammen anzustarren.

Fatuma wusste nicht, ob sie sich darüber freuten oder ob auch sie vom Geruch des Rauches angelockt worden waren. Jedenfalls tat keiner etwas, um die Flammen zu löschen. Alle standen nur da und starrten auf die Reste ihrer Hütte, die das Feuer mit seinem mörderischen Atem verschlang. Nichts war mehr zu retten, aber auch gar nichts. Heiße Tränen schossen Fatuma in ihre Augen. Zärtlich drückte sie den Körper der kleinen Toto an sich. Onkel Katana hatte immer gesagt, starke Gefühle seien nicht gut, sie verschlängen zu viel Energie. Aber jetzt hasste sie mit ganzem Herzen bis auf den Grund ihrer Seele. Sie hasste nicht nur Chiti, sondern dieses ganze sonderbare Dorf. Und ihr war es egal, was Onkel Katana dazu sagen würde.

Ihr Körper war fast steif vor Anspannung. Was sollte sie nun tun? Am liebsten hätte sie sich auf den Weg gemacht zurück zu ihrem Dorf, Katana und allen anderen, die sie gut kannten. Aber sie konnte und wollte ihr Gelübde nicht brechen. Schweren Herzens drehte sie sich um und suchte sich einen Weg in das Dickicht des Waldes. Menschen mochte sie wirklich nicht sehen. Tränen rannen ihr über das Gesicht. Fatuma wusste instinktiv, dass sie sich nicht so aufregen durfte, denn dann würde sie auch keine Milch mehr haben. Noch war das Affenkind nicht an vegetarische Nahrung gewöhnt.

Also trocknete sie ihre Tränen und machte sich daran, ein Lager aus Laub und getrocknetem Gras zu bereiten. Zu weit in den Wald wollte sie nicht hineingehen, denn dort lebten die Buschelefanten, die würden sich durch ihre Anwesenheit gestört fühlen. Je dunkler das Dickicht, desto mehr Schlangen. Auch darauf musste sie achtgeben, und nicht zuletzt lebten auch kleinere Wildkatzen im Gestrüpp. Toto wäre ein leckerer Fraß für sie. Oder sollte sie sich ihr Lager nicht doch lieber auf einem Baum aufschlagen? Das wäre besser, dachte sie und machte sich auf die Suche nach einer geeigneten Astgabelung, in der sie bequem liegen konnte. Durch die Arbeit abgelenkt, beruhigte sie sich etwas von den schrecklichen Erlebnissen des Tages. Sie musste einige Male auf den Baum hinauf, um aus Reisig, getrocknetem Gras und Laub ein baumhausähnliches Gebilde zu bauen. Als sie endlich damit fertig war, senkte sich die Sonne über den Wald, die Hitze des Tages ließ nach und Fatuma sah von oben aus ihrer neuen Behausung herab. Vorsichtig zog sie die schlafende Toto hervor und wiegte sie in ihren Armen, liebkoste sie, bis das Affenbaby seine großen schwarzen Augen aufschlug und, wie es Fatuma schien, sie liebevoll anblickte. Sein Mündchen wanderte suchend an ihre Brust. Es nuckelte und schmatze zufrieden. Wie sehr sich doch die beiden unterschiedlichen Wesen aneinander gewöhnt hatten! Es war Fatuma auch im tiefsten Inneren egal, was die anderen darüber dachten, dass sie eine Meerkatze säugte,

nach all dem, was ihr passiert war, konnten ihr die Menschen sowieso gleichgültig sein. Es wurde dunkel, und Fatuma war müde, so müde wie lange nicht. Vorsichtig breitete sie sich auf ihrem ungewöhnlichen Bett aus, fand eine bequeme Lage, presste Toto an sich, die auch genüsslich gähnte, und schlief ein.
Durch einen ungewohnten Laut wurde sie wach und wusste im ersten Moment nicht, wo sie war. Dann langsam purzelten die Erinnerungen wie durch einen dichten Schleier in ihren Kopf zurück. Aber was war das für ein Geräusch? Oder hatte sie nur geträumt? Vorsichtig, um Toto nicht zu wecken, stützte sie sich auf ihren Unterarm und lauschte in die Dunkelheit. Und da, ganz aus der Nähe, hörte sie es wieder. Als sie sich umschaute, sah sie zwei sperlingskauzgroße Vögel dicht aneinandergeschmiegt auf einer Astgabel des Nachbarbaumes sitzen. Es waren zwei der scheuen Sokokeeulen, deren Ruf Katana am Tag ihrer Ankunft nachgeahmt hatte.
Fatumas Augen hatten sich schnell an die Dunkelheit gewöhnt. Es war fast Vollmond. Das Gefieder eines der Vögel leuchtete in einem weichen rotbraunen Ton, während der andere Vogel silbergrau glänzte. Es waren zwei Farbkleider ein und derselben Eulenart. Die Vögel ließen sich von ihrer Anwesenheit nicht stören. Es war, als ob sie lautlos ihr Leid verstanden und nur ab und zu die Augen schlossen, um sie dann aber gleich wieder anzuschauen. Solange die Eulen friedlich bei ihr Wache hielten, konnte ihr nichts passieren. Sie würden einen Warnschrei ausstoßen, falls eine Gefahr sich näherte.
Langsam schlummerte Fatuma wieder ein. Bald würde Onkel Katana kommen und sie holen. Sie gab nicht auf. Denn sie wollte Heilerin werden.
Am Morgen wachte sie mit der Sonne auf. Ihre Glieder waren steif. Toto lugte vorsichtig aus dem Kanga hervor. Suchte dann gleich wieder ihre Brust. Sollte sie sich stärken, bevor sie sich auf den ungewissen Tag einließen. Als die Kleine satt war, kletterte Fatuma vorsichtig vom Baum herab. Was konnte sie nun tun? Drei Tage waren es noch bis Vollmond – nach ihrer Rechnung. Neugierig war sie schon, sie wollte sehen, was von ihrer Hütte übrig geblieben war, auch wenn es schmerzen würde. Sie musste damit fertig werden, damit abschließen. Langsam, fast schleichend, be-

wegte sich Fatuma vorwärts. Selbst Toto saß still in ihrem Tuch, als ob sie eine Gefahr spürte. Fatumas Füße, die in Flipflops steckten, bewegten sich lautlos über den Boden. Am Rand der Lichtung blieb sie stehen. Nur drei Teile der Mauern waren übrig geblieben. Weit und breit war keiner zu sehen. Langsam trat sie näher. Es roch immer noch rußig. Ein Kreis um die Hütte war verkohlt. Nichts war mehr da. Inmitten der verkohlten Stücke sah sie ein paar Scherben. Die Reste der Gläser, die Chitis ersten Angriff überstanden hatten, in denen sie ihre Kräuter aufbewahrt hatte. Selbst die Wassertonne war geschmolzen und klebte als braungelbe Masse an der hinteren Außenwand – oder, besser gesagt, an dem Teil, der davon noch übrig geblieben war. Das Einzigste, was sie fand, war das Schloss, mit welchem sie die Hütte immer abgeriegelt hatte. Es lag seitlich vor der Hütte. Sie klaubte es aus den Rußflocken. Nachdenklich betastete sie das Stückchen Metall und steckte es dann als Erinnerung in ihre Basttasche. Wieder liefen ihr Tränen in dicken Strömen über die Wangen. Es waren nur noch drei Tage, aber sie hatte kein Wasser und nichts zu essen. Die noch unreifen Mangos mussten zubereitet werden, und auch die Cashewnüsse konnte sie so, wie sie diese geerntet hatte, nicht verwenden. Es war ihr nicht einmal mehr möglich, ihren geliebten Tee zu kochen. Das bisschen Zucker, was sie hatte, war verbrannt, und ihr erstes Geld auch. Oder vielleicht doch nicht, denn sie hatte es in eine Metallhülse gesteckt! Sie drehte sich um und untersuchte den Aschehaufen etwas genauer. Und richtig, in einer Ecke fand sie die Hülse mit dem unversehrten Geld. Ihr Herz klopfte vor Glück, und sie sah es als ein gutes Omen. Vielleicht würde sie auch noch einen Sufria finden. Dann könnte sie wenigstens versuchen, etwas zu kochen. Aber ohne Wasser? Sie scharrte mit den Füßen, um zu schauen, ob sie noch auf etwas stoßen würde, fand aber nichts.
In ihr stieg die Frage auf, warum hatte Chiti ihre Hütte angezündet? Was hatte sie ihm getan, dass er so grausam war? Sie wusste keine Antwort.
Etwas ratlos, mit gesenktem Kopf, stand sie da. Was sollte sie nun tun? Am meisten störte Fatuma, dass sie kein frisches Wasser hatte. Natürlich hätte sie ins Dorf gehen können, aber das war das Letzte, was sie wollte. Das Dorf und dessen Menschen widerten sie im Moment so an, dass sich ihr Bauch zusammenkrampfte. Toto sah sie verwundert an. Allerdings würden sie nicht drei Tage ohne Wasser auskommen. Erschöpft

und traurig setzte sie sich in den Schatten. Seit gestern Morgen hatte sie nichts mehr gegessen und getrunken. Den Blick auf die Hütte gerichtet – oder das, was davon übrig geblieben war. Sie konnte es nicht ertragen. Was sollte sie hier noch? Ein kleines Fünkchen Hoffnung regte sich weit unten in ihrer Seele. Aber sie konnte diesen Gedanken nicht wirklich zu Ende denken.

Denn plötzlich sah sie, wie sich auf der anderen Seite der Lichtung das trockene Dickicht bewegte. Um zu verschwinden, war es zu spät. Sie konnte nur noch einen Ast vorsichtig über sich ziehen. Mama Mboga trat in gebückter Haltung und, wie es schien, schwer atmend auf die Lichtung und blieb auf der anderen Seite unschlüssig stehen. Dann hob sie ihren Kopf, und es war so, als schnupperte sie im Halbkreis die Luft ab, um dann zielstrebig in Fatumas Richtung zu laufen. Ihre Schritte waren etwas langsamer als sonst, und ihr kleines Gesicht wirkte fast grau und hatte noch mehr Falten bekommen.

Fatuma hielt den Atem an, denn sie wusste nicht, ob sie Mama Mboga trauen konnte. Schließlich gehörte sie auch zu diesem verdammten Dorf. Aber es gab kein Entkommen. Natürlich hatte die alte Mboga sie längst gewittert und kam so schnell, wie ihre krummen Beine sie trugen, auf sie zu.

„Was machst du da?“, fragte sie in recht barschem Ton.

Fatuma dachte bei sich, welch ungewöhnliche Frage in dieser Situation! Sie hatte überhaupt keine Lust zu antworten. Sollte sich die Alte doch fortscheren. Fatuma wusste selbst nicht, warum sie auch eine solche Wut auf Mama Mboga hatte. Auf alle vom Dorf – ohne Ausnahme.

Sie schaute zur Seite und beachtete die Alte nicht weiter.

Aber so einfach ließ sich die nicht abwimmeln.

„Schau, Fatuma, du bist hierher gekommen wie ein Eindringling! Eine Frau als Heilerin, hast du gedacht, die Menschen hier lieben dich, sind glücklich damit und würden das so akzeptieren? Das ist ein Bruch mit unseren alten Traditionen, und du weißt das“, sagte sie nun schon milder, fast einfühlsam. Langsam hockte sie sich neben Fatuma und begann, ihren Arm zu streicheln.

„Es tut mir leid, was passiert ist – ehrlich.“

Fatuma konnte sich trotz großer Anstrengung nicht beherrschen, laut schluchzte sie auf und begann jämmerlich zu weinen.
Ihre kleine Toto kam ganz dicht an sie herangekuschelt, als ob sie das Leid ihrer Ziehmutter spüren konnte. Mama Mboga streichelte sie einfach sanft weiter. Mehr konnte sie nicht tun. Sie verstand die Pein tief in ihrem Inneren, und sie hatte so etwas wie Achtung vor der Jüngeren, die in ihrer tiefen Verzweiflung doch so viel Haltung bewahrte.
„Mach dich auf den Weg und geh zurück zu deinem Onkel."
In Fatuma schrie innerlich alles auf: „Nein, das werde ich jetzt nicht! Die Zeit ist noch nicht um. Und ich werde diese Prüfung bestehen. Wenn nicht, dann möchte ich lieber sterben." Und ihr Körper straffte sich vor innerer Spannung.
Mboga sah die Entschlossenheit in ihren Augen und war erschüttert. Hoffentlich würde das gut gehen! Innerlich war sie selbst hin- und hergerissen zwischen der aufrichtigen Anerkennung für die Jüngere und den Traditionen und der Familie.
Den uralten Bräuchen des Busches und dem Bewusstsein, dass Chiti ihr Sohn war und dieser jungen Frau den sinnlosen Schmerz zugefügt hatte. Aber das sollte ihr Geheimnis bleiben. Die Jüngere würde bald gehen.
Viele Dinge hatten sich seit einiger Zeit verändert. Die Jungen zogen in die Stadt, folgten anderen, fremden Bräuchen, kümmerten sich oft wenig um die Familie. Sie kleideten sich anders, sprachen über Menschen und Dinge, die den Dorfbewohnern fremd waren, kamen nicht zu den Feiertagen des Dorfes. Einerseits spalteten sie sich ab, aber andererseits hatten sie oft auch viel Geld, einige Hundert Schillinge, manchmal sogar einige Tausend.
Und nun war diese junge Frau, die fast noch ein Mädchen war, da, welche für die alten Traditionen und Bräuche eintrat, aber dann auch wieder selbst die Gesetze brach. Eine Frau als Heilerin. Das gab es wohl noch nie.
Doch es war auch kein Mann da, der den alten Katana würdig vertreten konnte. Niemand hatte es auf sich genommen, all das Wissen von ihm zu übernehmen. Jahrelang bei ihm in die Lehre zu gehen. Nur dieses Mädchen hatte es getan, und sie war mit ganzem Herzen dabei, das hatte

Mboga gesehen. Und sie hatte geholfen, schnell und präzise – ohne Worte. Aber es brachte so viel Unruhe.

Und nun saß dieses verstörte Mädchen schluchzend neben ihr und kämpfte mit ihren Tränen.

So weise wie Mama Mboga war, so unschlüssig war sie auch, was zu tun sei. Am liebsten wäre ihr gewesen, wenn das Mädchen seine restliche Habe gepackt hätte und verschwinden würde.

Vielleicht kehrte dann endlich wieder Ruhe im Dorf ein. Aber lag diese Unruhe wirklich nur an dem Mädchen? Oder redete sich Mboga das nur ein? Und wurde es nicht Zeit, dass die Giriama-Frauen ihr Leben selbst in die Hand nahmen? Sollten der Stamm und die Familie nicht stolz auf Frauen wie Fatuma sein und hatte sie nicht schon bewiesen, dass sie heilen konnte?

Den beiden kleinen Kindern war jedenfalls schon nach dem Verabreichen der ersten Medizin geholfen.

Eigentlich hatte Fatuma ja nichts Schlechtes getan – im Gegenteil. Sie folgte den Traditionen, das Aufziehen des kleinen Halbaffen einmal ausgenommen. Aber als Heilerin musste sie Leben erhalten. Und Mboga wusste, warum die Affenmutter tot war. Sie hatte die schreckliche Wahrheit erkannt. Und wie Chiti sich verhalten hatte, von Anfang an, das war nicht richtig.

Er kam und ging, wie er wollte. Beteiligte sich schon lange nicht mehr an den Riten des Stammes und war auch sonst am Dorfleben kaum noch interessiert. Wo er in letzter Zeit auftauchte, gab es Zank und Streit.

Sie erinnerte sich, wie er sich des Nachts mit anderen jungen Männern aus dem Dorf gestritten hatte. Im Rausch des Palmweines. Oder hatten sie noch etwas anderes getrunken? Lauthals schreiend zückte der aufgebrachte Chiti das Messer, und die anderen beiden suchten das Weite. Worum der Streit ging, wusste die alte Mboga nicht. Aber es war nicht recht. Und trotzdem schlug ihr Herz für Chiti, denn es war ihr einziger Sohn, und sie liebte ihn trotz allem.

Neben ihr saß immer noch das traurige Mädchen, dem bitter Unrecht getan wurde. Sie hatte sich beruhigt und begann regelmäßig zu atmen. Mboga raffte sich auf und war innerlich immer noch unschlüssig, was zu tun sei. Sie konnte doch nicht das Mädchen einfach hier sitzen und

sich selbst überlassen. Noch in Gedanken versunken, bemerkte sie eine Bewegung drüben auf der Lichtung. Die beiden jungen Frauen kamen mit ihren Kindern wieder.
Fatuma stand auf und versuchte, ihren kleinen Affen im Kanga zu verbergen. Unbeschwert und festen Ganges kamen die beiden ihr entgegen.
„Schau", riefen sie schon von Weitem, „unseren Söhnen geht es schon besser, sie sind ganz aufgeweckt und fidel. Wir wollten dir nochmals danken und dir sagen, dass es uns leid tut, was Chiti getan hat. Er hat kein Recht dazu, und langsam wird es Zeit, dass jemand ihm das auch sagt."
„Oh, Mama Mboga, du bist bei ihr, na, damit hätten wir ja nicht gerechnet."
Mboga sah die beiden mit zusammengepressten Lippen an. So war das also, sie wollten sich hinter ihrem Rücken bei Fatuma einschmeicheln, obwohl sie vor zwei Tagen fast vergessen hätten, sie zu bezahlen, wenn Mboga sie nicht erinnert hätte. Aber die kluge Mboga schwieg. Denn sie musste erst Ordnung schaffen in ihrem Kopf, bevor sie irgendetwas unternahm oder sagen wollte.
So verabschiedete sie sich freundlich. Als sie schon ein paar Schritte entfernt war, drehte sie sich nochmals zu den drei stumm beieinander stehenden Frauen um.
„Ach, Fatuma benötigt noch Wasser, seid so gut und helft ihr und bringt ihr noch etwas Brot. Es ist in meinem Haus. Ich denke, es ist besser, wenn Fatuma erst einmal nicht ins Dorf kommt."
„Da hast du recht", murmelte eine der Frauen. „Wir werden ihr helfen, so gut es geht."
Fatuma hatte sich wieder stumm hingesetzt. Am liebsten würde sie jetzt wieder alleine sein. Das war alles zu viel Aufregung für sie. Stumm schaute sie die beiden Frauen an. Diese blickten zurück und sagten fast wie aus einem Mund: „Wir werden dir jetzt Wasser holen. Kannst du einen Moment auf unsere Kinder aufpassen? Wir können sie nämlich nicht im Dorf lassen, wenn Chiti da ist." Erstaunt und fragend schaute Fatuma sie an.
„Ja", sagte die größere von beiden, „er hat unseren Kindern die Blätter der giftigen Lilien zum Spielen gegeben, deswegen hatten sie diesen fürchterlichen Ausschlag. Wir haben kein Vertrauen mehr zum Dorf. Denn

irgendjemand hätte es doch sehen müssen, und keiner hat uns gewarnt. Der Frieden im Dorf ist schon lange vorbei. Und Mama Mboga verliert langsam ihre einst so anerkannte Stellung in der Dorfgemeinde. Sie ist es nämlich, die Chiti zu dem gemacht hat, was er ist."
„Sei jetzt still!", zischte die andere bestimmt. „Siehst du nicht, dass du sie ganz durcheinanderbringst?"
Und wirklich, Fatuma war aufgesprungen, hielt aber im gleichen Moment erschrocken ihren Kanga fest, damit das Äffchen in seinem Versteck unerkannt blieb. Sie traute im Moment niemandem.
Einmal mehr ärgerte sich Fatuma, dass sie immer noch nicht sprechen durfte. War aber entschlossen, die ihr auferlegte Bürde durchzuhalten. Sie schaute auf die beiden Frauen, setzte sich wieder und zeigte ihnen, dass die beiden kleinen Jungen zu ihr kommen sollten.
Lächelnd taten sie es und waren leise trällernd verschwunden. Sie hatten also Vertrauen zu Fatuma, sonst würden sie ihr nicht ihre Kinder überlassen.
Zärtlich schaute Fatuma die beiden kleinen Jungen an. Sie waren ungefähr zwei Jahre alt und grapschten mit ihren kleinen, knuddeligen Händchen nach dem Laub, was auf dem Boden lag. Einer knautschte es zusammen und freute sich darüber. Der andere versuchte ein Stückchen Holz in den Mund zu stecken. Fatuma war vollauf mit den beiden beschäftigt. Da schlüpfte Toto aus ihrem Versteck im Kanga. Interessiert schaute sie die beiden Menschenkinder an. Diese hörten auf, mit ihren Blättern und Stöcken zu spielen. Ihre Augen weiteten sich, da streckte der eine seine Hand nach Toto aus. Zaghaft fasste Toto die Kinderhand. Der Junge jauchzte vor Freude auf. Alle drei rückten näher, fassten sich vorsichtig an, zogen die Hände wieder zurück, um sie gleich wieder nach einander auszustrecken.
Fatuma schaute gespannt zu. Das erste Mal seit zwei Tagen zeigte sich ein schwaches Lächeln auf ihren sonst so ernsten Gesichtszügen. Es war so entzückend, den spielenden Kindern zuzuschauen. Wie ähnlich das Affenjunge und die beiden kleinen Kinder doch in ihren Verhaltensweisen in diesem Alter waren! Sehr zärtlich und vorsichtig gingen sie miteinander um. Die kleinen Gesichtchen waren entspannt und voller Freude und Offenheit.

Aber Fatuma wusste, dass sie vorsichtig sein musste. Sie hatte keine Ahnung, wie die beiden Mütter reagieren würden, wenn sie sahen, dass ihr Nachwuchs mit einem Affenbaby spielte. Freudig quietschen die drei und freuten sich aneinander.

Fatuma versuchte, den kleinen Affen wieder im Kanga zu verstecken. Aber natürlich hatte sie keine Chance. Ihre Toto ließ sich nicht einfach wieder verstecken. Was sollte sie nun tun? Natürlich machte sie sich Sorgen, dass sie damit ein neues Unglück heraufbeschwören könnte. Es war ungewöhnlich, dass ein Affenjunges mit Menschenkindern spielte. Während sie noch überlegte, was sie tun könnte, kamen die beiden jungen Frauen fröhlich miteinander schwatzend wieder. Abrupt blieb die größere von beiden stehen.

„Was ist das denn? Wo kommt denn das Affenbaby her?" Fatuma zeigte beschwichtigend auf sich und versuchte den beiden Frauen mit Zeichensprache zu erklären, dass alles in Ordnung sei. Ungläubig und schweigend beobachteten die beiden Mütter, wie ihre Buben mit dem Affenmädchen spielten.

Sie hatten ein großes, gelbes Gefäß aus Plastik mit frischem Wasser abgestellt und auch ein Päckchen mit Brot und Maismehl danebengelegt. Einen Moment beobachteten sie das Treiben, griffen dann aber doch nach ihren Kindern und verabschiedeten sich schnell von Fatuma. Diese bedankte sich schweigend aufrichtig für das Wasser und die Nahrung. Die kleine Toto versuchte, ihren Freunden hinterherzulaufen, spürte aber dann instinktiv die Abwehr der Mütter und kam schnell zu ihrer niedergeschlagenen Pflegemama zurück, um sich auf ihre Schulter zu setzen und sie liebevoll zu lausen, als sei nichts geschehen und das Zusammenleben mit ihr das Normalste von der Welt.

Fatuma schöpfte mit den Händen Wasser und trank durstig ein paar Schlucke. Das Äffchen schaute ihr zu und wollte dann aber gesäugt werden. Sie setzte sich so hin, dass nicht jeder gleich erkennen konnte, dass sie ein Affenbaby an ihrer Brust nährte. Es war schon genug, dass die alte Mboga es wusste. Sie war sich nicht mehr sicher, wie weit sie ihr vertrauen konnte. War sie wirklich Chitis Mutter? Fatuma konnte es nicht glauben. Sie musste sich beschäftigen, denn böse Gedanken streiften durch ihren Kopf.

Eigentlich wollte sie nur etwas Wasser trinken und eine Scheibe von dem Brot essen, welches die beiden Frauen ihr dagelassen hatten. Dann raffte sie sich aber auf, suchte vier ungefähr gleich starke und gleich lange Äste, die sie mit Hilfe des Pangas tief in die Erde einsetzte. Sie wusste, wo sie das Laub der Kokospalmen finden würde, und machte sich mit Toto auf den Weg. Am späten Nachmittag war ihre provisorische Hütte, die aus vier Pfosten und einem Makutidach bestand, fertig. An zwei Seiten hingen die Kangas vom Dach herab zum Trocknen, aber auch, um sie vor unliebsamen Beobachtern zu schützen. Den Boden hatte sie mit Laub abgepolstert und die paar Stücke ihrer Habe, welche dem Feuer entkommen waren, dort zusammengetragen. Daneben stand der fast volle Wasserbehälter. Sie richtete sich nicht weit von dieser Unterkunft eine Feuerstelle ein und entfachte nach langen Versuchen mit zwei Steinen endlich ein kleines Feuer, auf dem sie sich einen Kräutertee kochte. Zwei Nächte müsste sie nach ihrer Rechung noch verharren, dann würde Onkel Katana kommen und sie endlich abholen.
Sie kroch wieder auf ihren Baum, denn ihr war es zu unsicher, auf dem laubbedeckten Boden zu schlafen.
Nach einer weiteren unruhigen Nacht wachte sie zerschlagen auf, streckte sich und sprang mit einem gekonnten Satz herunter. Zuerst musste sie Toto säugen, damit das Affenkind Ruhe gab.
Nun freute sie sich auf ihren Tee, den sie sich aus einer anregenden Kräutermischung zubereitete. Er tat ihr gut. Als sie das Papier öffnete, in dem das Brot eingeschlagen war, sah sie, dass es voller kleiner Insekten war. Angeekelt kaute sie ein Stückchen.
Um sich zu beschäftigen, machte sie sich auf den Weg, ein paar Kräuter zu suchen. Langsam und aufmerksam lief sie durch den Wald. Plötzlich erhaschte sie aus den Augenwinkeln eine Bewegung, die sie innehalten ließ. Was war das? Ihr Herz begann wie auf Abruf schneller zu schlagen. Sie zwang sich zu Ruhe und Konzentration. Da war es wieder, ein Rascheln, als ob jemand schnellen Schrittes daherkam.
Und dann bogen sich die Zweige auseinander, und Onkel Katana trat auf sie zu, als ob nichts gewesen wäre. Die Tränen schossen ihr in die Augen und sie rannte zu ihm hin. Katana war still und wirkte in sich gekehrt.

„Onkel, wie gut, dass du da bist, es war so schrecklich!"
Schweigend schaute er sie mit seinen fast schwarzen Augen an.
„Aber ich habe durchgehalten. Ich will Heilerin werden. Eine Mganga!"
„Ja, Kind, wir reden darüber, aber lass uns nun zu deiner Hütte gehen und einen Tee trinken."
„Onkel Katana, aber meine Hütte gibt es nicht mehr!", sagte Fatuma schnell und etwas zu laut.
Erschrocken schaute er sie an und sah dann auch den verspannten Zug um ihre Lippen herum und die kleinen Knitterfalten um ihre Augen. Dass ihm das nicht gleich aufgefallen war! Ihr sonst so schönes, ebenmäßiges Gesicht wirkte äußerst angespannt.
„Ich habe nur noch das, was ich bei mir trage." Wie auf Kommando lugte Toto aus dem Kanga und schaute Katana verschmitzt ins Gesicht.
„Was ist denn das?", fragte Katana streng und blieb stehen.
„Das ist Toto, ich habe sie neben ihrer toten Mutter gefunden, die irgendwie bei ihrer Geburt gestorben sein muss. Sie lag weinend am Waldrand, und ich konnte sie einfach nicht dem sicheren Tod ausliefern, ich konnte es einfach nicht, Onkel Katana. Sei mir bitte nicht böse."
„Der Affe muss weg, und zwar sofort", sagte Katana in unwirschem Ton.
„Und jetzt reicht es mir", zischte Fatuma zurück. Eigentlich hätte sie alles herausschreien wollen. Aber nun war es genug, und sie wollte nicht ihre Kraft durch das Schreien verschwenden. „Du, oder ihr, die Dorfbewohner hier und drüben, haben mir das angetan. Diese Probe, allein mitten im Wald, fast ohne alles, und nicht sprechen dürfen, mit niemandem! Hat jemals ein Mann, der Heiler werden wollte, so etwas machen müssen? – Jetzt rede ich, und du hörst mir zu, Katana! – Niemals musste ein Mann in unserem Stamm dafür irgendeine Prüfung bestehen. Er hat gelernt und es einfach übernommen, wenn er das Wissen und die Reife dafür hatte. Dann war er anerkannt als Heiler des Stammes! Ich durfte einen langen Mond mit niemandem sprechen, wurde geschlagen, mein Haus ist angezündet worden – obwohl ich Menschen geholfen habe. Weißt du was? Geh zurück zum Dorf. Ich baue mir eine neue Hütte auf. Alles, was ich von euch bekommen habe, macht mein Leben nur schwieriger. Lasst mich alleine! Meine Hilfe, da bin ich mir sicher, wird schon bald benötigt werden."

Katana zuckte zusammen. Sie hatte sehr leise und bedacht gesprochen. Und auch in seinem Männerhirn dämmerte es ein wenig – sie hatte nicht ganz unrecht mit dem, was sie da sagte. Das fühlte er in der Tiefe seines Herzens. Und er bemerkte noch etwas. Fatuma war herangewachsen, sie meinte, was sie sagte und sie sagte, was sie meinte. Was konnte er tun? Die Dorfältesten hatten nicht gebilligt, dass sie Heilerin würde. Es war neu. Sie waren allem Neuen gegenüber verschlossen und skeptisch. Die alten Traditionen mussten gewahrt bleiben. Die Jungen waren da anders. Wenn er vor sich selbst ehrlich war, wusste er, dass Fatuma eine gute Chance hatte, Heilerin zu werden, ob nun mit oder ohne seinen Segen. Gefährlich würde es für sie auch sein – es bestand immer die Möglichkeit, als Hexe verbrannt zu werden. Das ist in der afrikanischen Kultur keine Seltenheit. Sie hatte nichts zu verlieren. Aber er selbst? Was war mit ihm, wo stand er? Zwischen den Welten. Es wurde Zeit, sich zu bekennen. Und er hatte Fatuma gerne wie eine Tochter. Wen hatte er denn sonst noch? Sie hat immer zu ihm aufgeschaut und zu ihm gehalten. Sie war ein gutes Mädchen gewesen. Und er selbst hatte sie zu einer selbstbewussten Frau herangezogen. Er war derjenige, der ihr das Heilen beigebracht hatte. Natürlich war da auch eine instinktive, göttliche Begabung. Wie oft hatte er gesehen, wie intuitiv sie viele Dinge wusste – auch Neues probierte. Wie sehr sie die Alten verehrte und achtete. Er musste einfach zu ihr halten. Und er schämte sich ein bisschen vor sich selbst, denn eigentlich war er gekommen, um ihr zu sagen, dass sie heiraten solle. Die Älteren wollten nicht, dass sie Heilerin wurde. Das würde Unglück ins Dorf bringen. Aber hatte nicht Fatuma recht, wer sollte denn heilen, wenn nicht sie? Nun – es würde sich alles richten, und sie würden einen Weg finden. Ungewöhnlich schnell fasste er seinen Entschluss.
„Fatuma, mein Kind, du hast recht. Das hatte ich nicht bedacht. Manchmal verfalle ich eben auch in die alten Denkweisen. Wir sind so sehr daran gewöhnt, dass wir dem Althergebrachten folgen, ohne darüber nachzudenken, ob es der Welt – unserer Welt, die uns umgibt – noch angepasst ist. Entschuldige bitte, Fatuma."
Er drückte Fatumas Hand mit einer Zärtlichkeit, die sie ihm gar nicht zugetraut hätte.

Ihr standen abermals die Tränen in den Augen, doch sie beherrschte sich. Um ihrer inneren Unruhe Herr zu werden, streichelte sie die kleine Toto, die genüsslich die Augen schloss und geschnurrt hätte, wäre sie ein Kätzchen gewesen.

„Erzähl mir alles, was passiert ist, damit ich es verstehen kann und vor meinem inneren Auge ein Bild entsteht."

Fatuma führte ihn zu dem Platz, wo noch bis vor ein paar Tagen ihre Hütte gestanden hatte, zeigte ihm ihr Nest im Baum. Und begann zu erzählen.

Lange saßen sie eng beieinander, und Katana hörte aufmerksam zu. Das Mädchen – oder sollte er lieber sagen, die junge Frau – hatte eine Menge durchgemacht. Wie es schien, wusste sie aber nicht, dass Chiti, der ihr das Leben so schwer gemacht hatte, der älteste Sohn von Mama Mboga war. Katana verstand nicht, warum Chiti einen so großen Hass auf Fatuma hatte. Nun, das würde er sicher noch herausfinden. Denn Mama Mboga war eine alte Bekannte von ihm. Vor vielen Jahren hatten die Beiden oft zusammen gesessen und sich über Heilung, Ahnen und alte Traditionen ausgetauscht. Es war eine intensive Zeit mit tiefgründigen, ehrlichen Gesprächen von denen sowohl Katana als auch Mboga profitierten.

Inzwischen würde er sich eine List ausdenken müssen, um Fatuma zu helfen. Was konnte er anderes tun? Fatuma war stark, das hatte sie bewiesen. Wieder würde er mit den Göttern reden, und Fatuma musste einen Glücksbringer bekommen.

Die afrikanische Welt ist voll von Glücksbringern und mystischen Figuren, die meist aus Holz geschnitzt, vom Buschdoktor besprochen oder möglicherweise auch behandelt sind. Sie werden an eine Person oder eine Familie weitergegeben. Viele Gegenstände des täglichen Lebens haben eine mystische Bedeutung. Ein Gott und geistige Mächte werden hinter den Naturphänomenen gesehen. Selbst Objekten wird eine Seele zugesprochen. Eine unsichtbare Welt von Geistern, die in Verbindung mit den Göttern stehen.

Aber alles dreht sich eigentlich um das tägliche Leben, um Macht, Gesundheit, Krankheit und Tod, aber auch um die Fruchtbarkeit, nicht nur die der Menschen, sondern auch der Böden, der Pflanzen und Tiere. Fruchtbarkeit bedeutete in der afrikanischen Mythologie nicht nur

Fortbestand des Lebens, sondern auch Reichtum, Gesundheit und Wohlstand.
Viele Gedanken jagten durch Katanas Kopf. Er musste handeln.
„Fatuma, lass uns gehen. Nimm dein Äffchen mit! Darauf kommt es nun auch nicht mehr an. Aber bitte denke immer daran, es gibt Menschen hier, die diese Affen essen."
Natürlich wusste Fatuma das. Sie nickte ihm aus Gewohnheit stumm zu, nahm ihre Basttasche, packte ihre restliche Habe. Sie drehte sich vom Gesichtsfeld des Onkels weg, um Toto zu stillen. Als sie sich wieder aufrichtete, wendete sie ihren Blick ein letztes Mal auf die verkohlten Reste ihrer Hütte, ein leichter Schauer überlief ihren Rücken in leiser Vorahnung.
Entschlossen nahm sie ihre Habe, steckte die eingeschnappte Toto unter ihren Kanga und machte sich neben Katana auf den Weg zurück in ihr Dorf. Sie liefen schnell, der Zeitpunkt war ungünstig. Doch Katana kannte sich gut aus, und so erreichten sie mitten in der Nacht das heimische Dorf.
„Ich werde draußen den Rest der Nacht verbringen, Fatuma", sagte Katana müde. „Geh nur hinein und leg dich aufs Bett, du wirst deine Kraft für die nächsten Tage benötigen."
Fatuma war zu müde, um zu widersprechen. Glücklich, wieder ein Dach über dem Kopf zu haben, stopfte sie Toto in die Basttasche, wo sie ein Bett aus weichen Blättern und Gräsern hatte, und legte sich selbst hin. Fast in der gleichen Minute war sie eingeschlafen und wachte erst auf, als sie einen Laut vor der Hütte hörte. Onkel Katana hatte ausnahmsweise selbst den Tee zubereitet, und er hatte sogar Zucker besorgt. Schnell wusch sich Fatuma mit dem Schweiß auf ihrer Haut auch die Angst und den Schrecken der letzten Tage ab und trat frisch auf Katana zu, um mit ihm den stärkenden Tee zu trinken.
Beide waren sich einig, dass es das Beste war, etwas abseits des Dorfes und doch nicht zu weit entfernt eine neue Hütte für Fatuma zu bauen. Katana hatte etwas Geld gespart, das würde helfen, die Arbeiten schneller voranzutreiben, denn es war nicht gut, wenn beide in der gleichen Hütte lebten. Dann hatte Fatuma ein eigenes Haus, was in der afrikanischen Gesellschaft recht ungewöhnlich war, denn noch war sie keine Heilerin.

Einige Tage später begannen sie, eine Hütte im traditionellen Stil zu errichten. Fatuma hatte ihre Vorstellungen. Sie wollte zwei Zimmer, eines für die Behandlung der Kranken und Hilfesuchenden, ein zweites für sich selbst, wohin sie sich zurückziehen konnte. Natürlich eine Küche mit einer Feuerstelle, einem hohen Regal für ein paar Vorräte. Die Feuerstelle konnte sie auch gleichzeitig für die Herstellung ihrer Arzneien und Tinkturen benutzen. Manches Gebräu musste stundenlang darauf erhitzt werden.
Zum Erstaunen der Dorfbewohner legte Fatuma selbst mit Hand an und half, wo sie nur konnte. Immer war sie dabei, gab in ihrer stillen, ruhigen Art Anweisungen, ohne dass die Arbeiter spürten, dass sie von dem Geist einer Frau geleitet wurden. Am Abend gab es süßen Tee und Ugali mit Mdasi, ein traditionelles Bohnengericht. Am schönsten waren die friedlichen Runden, in denen die Arbeiter, Katana und Fatuma zusammensaßen, über alte Zeiten sprachen, die natürlich immer besser waren als die jetzigen. Man erinnerte sich der Verstorbenen, gedachte ihrer Seelen und ab und zu auch Begebenheiten, die sich zu ihren Lebzeiten zugetragen hatten, die in der mündlichen Überlieferung von Generation zu Generation weitergegeben wurden.
So vergingen die Tage und Wochen. Fatumas Hütte wurde langsam fertig, aber der Regen, der schon längst hätte da sein müssen, ließ noch auf sich warten. Es war ein alles überschattendes Thema, denn ohne Regen würde es bald auch kein Wasser mehr geben. Die Sträucher und Gräser waren schon längst vertrocknet. Nur einige Bäume hatten noch Blätter, die anderen hatten diese auch schon abgeworfen. Um nur noch zu überleben, produzierten sie wunderschöne bunte Blüten, die sich dann zu bizarren Fruchtständen wandelten, um irgendwann vertrocknet vom Baum zu fallen und bereit für den Regen auf der trockenen Erde zu liegen.
Einige Afrikaner sammelten die Samen und bauten daraus Musikinstrumente. Man konnte sie abends herrlich benutzen.
Es gab einen neuen Markt. Die Touristen in der nicht weit entfernten Stadt waren freudige Abnehmer dafür, und man konnte oft einen erstaunlich guten Preis dafür erzielen.

Doch im Moment wurden die Instrumente für einen anderen Zweck gebaut. Die Ältestenversammlung war einberufen worden. Allen war klar, die Ahnen und die Götter mussten um Regen gebeten werden.
Fatuma konnte inzwischen in ihr Haus einziehen. Sie hatte es sich recht gemütlich gemacht. Am Tag des Einzuges hatte Katana ihr eine wunderschöne, geschnitzte, aufrechte Frauenfigur geschenkt. Sie sollte ihr Haus behüten und ihr Glück bringen.
Der alte Katana war einer der wenigen, der diese heiligen Reliquien noch in der traditionellen Art und Weise herstellen konnte. Das Holz war im richtigen Mond geschlagen und dann lange Zeit trocken gelagert worden. Er besaß noch das alte Werkzeug seiner Familie, das Holz wurde nach der Verarbeitung in verschiedene Tinkturen getaucht. Einerseits, um es vor dem schnellen Zerfall in den Tropen und vor den holzfressenden Insekten zu schützen, andererseits, und vor allem, um seine Zauberwirkung zu erhöhen. Beim Schnitzen hatte Katana oft die Namen der Vorfahren vor sich hingesprochen, sie sollten ihren unsichtbaren Geist in die Figur einfließen lassen, um ihr Kraft und Würde zu geben. Fatuma war gerührt, als Katana ihr diese Figur feierlich überreichte.
Sie hatte eine Feier für das ganze Dorf organisiert. Zwei Ziegen hatte sie gekauft, und sie wurden in der althergebrachten, traditionellen Art und Weise geschlachtet. Ein großes Feuer war auf dem Dorfplatz entzündet worden, und man saß beisammen. Nicht ganz so entspannt, wie es sich Fatuma gewünscht hatte, denn der Regen ließ immer noch auf sich warten. Gerüchte hatten sich verbreitet, dass in einigen Gebieten Kenyas die Wasservorräte aufgebraucht waren. Die Angst lag wie ein grauer, staubiger Schatten über dem Dorf.
Die Dorfbewohner standen Fatumas und Katanas Treiben geteilt gegenüber. Einige störte es nicht, dass eine Frau als Heilerin arbeiten würde, sie war in der Nähe, kannte die Familie und war anerkannt bei den Alten. Das sie nicht heiraten wollte, war ihre Entscheidung. Es waren ja genug andere junge Frauen da. Und es war doch praktisch, eine Heilerin mit so gutem Ruf und praktischer Ausbildung in der Nähe des Dorfes zu haben. Andere waren sich unsicher. Das konnte ja nichts Gutes heißen und warum musste man alte Traditionen ändern? Vielleicht gab es ja deswegen keinen Regen. Keiner traute sich aber wirklich etwas zu sagen, denn Ka-

tana beschützte Fatuma, und er hatte Macht. Er war ein Zauberer. Mit ihm musste man vorsichtig sein. Und was scherte man sich um eine Frau, die am Rande des Dorfes lebte?
Im Moment jedenfalls genoss man das Leben, das geopferte Fleisch, das etwas Besonderes war, vor allem, weil man es nicht selbst bezahlen musste. Auch die Alten hatten sich friedlich dazugesellt und plauderten von früher.
Fatuma kochte in einem großen Sufria, den sie sich von Mama Bahati geborgt hatte, aus den Knochen und einigen Fleischstücken eine fette Suppe, die sie den Kranken des Dorfes und den kleinen Kindern geben wollte. Gesättigt saßen die Menschen des Dorfes beisammen, einige Männer rauchten, die Frauen wiegten ihre Kinder im Arm. Sogar an Toto hatte man sich gewöhnt. Die Kinder durften mit ihr spielen, und wenn es Toto zu viel wurde, verschwand sie einfach auf irgendeinen Baum, um sich zu verstecken oder in einer Astgabel zu schlafen. Sie ernährte sich inzwischen hauptsächlich von Früchten und Blüten. Nur einmal täglich legte Fatuma sie heimlich an ihre Brust. Doch das würde sie Toto auch bald abgewöhnen.
Das ungewöhnliche Haus war eingeweiht, alles verlief so ruhig und friedlich, dass man eigentlich zufrieden sein konnte.
Sollten sich die Wogen des Zornes so unauffällig geglättet haben? Alle bedankten sich bei Fatuma für das gelungene Essen. Sie hatte auch an die Alten und Schwachen gedacht bei ihrem Fest. Das musste man anerkennen, und sie war eine ausgezeichnete Köchin. Langsam zogen sich die meisten Dorfbewohner in ihre Hütten zurück. Nur eine kleine Männerschar blieb da, ließ sich den Palmwein schmecken, den irgendjemand hingestellt hatte.
Der nächste Morgen war schwül und schon fast unerträglich heiß. Die Ältesten saßen schon zusammen, als Fatuma aus ihrer Hütte trat. Das ganze Dorf spürte die Konzentration der Alten. Sie sprachen zu ihren Vorfahren in der Hoffnung und dem Glauben, dass diese ihnen helfen würden, Kontakt mit ihren Göttern aufzunehmen. Sie hatten den Schrein des Dorfes geöffnet und einige von ihnen selbstgefertigte Holzfiguren und Gegenstände dazugelegt.

In Windeseile breitete sich der Aufruf der Dorfältesten aus, sich am Abend gemeinsam zusammenzufinden, um den Regen zu beschwören. Jeder Dorfbewohner musste etwas Maismehl und zwei Kokosnüsse mitbringen, sich möglichst in rote oder blaue traditionelle Tücher hüllen. Es waren uralte, heilige Riten, die jeder instinktiv befolgte, als würde er dem Ruf einer fernen Stimme folgen. Das Dorf fastete, Männer und Frauen schliefen nicht miteinander, um die Götter nicht zu erzürnen. In stiller Eintracht bereitete man sich auf das gemeinsame Beten und das innerliche Treffen mit den Vorfahren vor. Die meisten Dorfbewohner hatten dieses Ritual schon einmal mitgemacht. Fatuma konnte sich erinnern, im ersten Jahr ihres Dorfaufenthaltes als Kind diese Rituale heimlich beobachtet zu haben. Damals kam der Regen aber erst nach zwei langen Monden. Die Pflanzen verdorrten, und die Tiere starben oder wurden kurz, bevor die ausgemergelten Körper sich zur ewigen Ruhe legen konnten, geschlachtet. Sie wusste aber aus ihrer engen Verbundenheit mit der Natur und der jahrelangen Beobachtung, dass der Wind schon an Neumond von Nord auf Süd gedreht hatte. Normalerweise bedeutete das die Einleitung der Regenzeit. Auch wenn es dieses Jahr wieder sehr spät werden würde. In ein paar Tagen war Vollmond. Ihres Wissens würden dann die Wolken aufbrechen und das Land erfrischen, die Wasserreserven auffüllen. Sie hoffte inständig, dass sie Recht behielt, sagte allerdings zu keinem Dorfbewohner etwas, nicht einmal zu Katana.
Der hatte die gleichen Gedanken, denn er sagte leise zu ihr: „Ich glaube, wir haben dieses Mal Glück. Die Götter sind uns wohlgesonnen. Es ist auch ein Zeichen für dich, mein Kind. Man wird dich nicht verantwortlich machen können für eine Dürre, denn sie wird ausbleiben, ich kann es riechen." Also hatte sich Katana auch damit beschäftigt. Vielleicht verschwand er deswegen oft irgendwo im Wald, um dann urplötzlich mit einem wissenden Zug um die Augen wieder aufzutauchen.
Um sich auch innerlich für die Versammlung vorzubereiten, verschwand Fatuma in ihrer Hütte, verschloss diese und wusch ihren gesamten Körper mit dem reinigenden Wasser des Neembaumes. Sie kämmte sich ihr Haar mit dem alten Kamm ihrer Mutter, nur der war ihr nach dem schrecklichen Schicksalsschlag als Andenken geblieben. Sie erfrischte sich mit einigen großen Schlucken Wasser und ging dann, etwas in sich ge-

kehrt, zum großen Neembaum unweit ihrer Hütte, um sich darunter zu setzen, sich zu konzentrieren, an ihre Mutter und die anderen Vorfahren zu denken. Sie meinte, das würde das Gebet am Abend verstärken, sie wollte vorbereitet sein.

Die Frauen nahmen gewöhnlich an der Seite Platz. Aber ihr Platz als Heilerin, auch wenn sie eine Frau war, würde an der Seite der Männer, direkt neben Onkel Katana, sein. Ohne mit Katana darüber gesprochen zu haben, waren sich beide darüber im Klaren, dass dieser erste öffentliche Auftritt von Fatuma sehr wichtig sein würde – ausgesprochen wichtig.
Plötzlich breitete sich Unruhe im Dorf aus. Ein junger Mann vom Nachbardorf war ganz außer Atem eingetroffen und wurde erst einmal mit klarem Wasser gestärkt. Der Älteste aus dem Nachbardorf war plötzlich schwer erkrankt und brauchte dringend Hilfe. Katana sollte schnell kommen. Ruhig bat Katana den jungen Mann, Platz zu nehmen und ihm zu schildern, was denn vorgefallen sei.
„Ich weiß auch nichts weiter, er kann nicht mehr aufstehen und kaum noch sprechen und liegt nur starr da. Seine Frau schickt mich, um dringend Katana zu holen. Er hat nur gesagt, dass, wenn Katana nicht kommen und ihm helfen würde, dann würde seine Seele zum Himmel fliegen und der Regen hätte keinen Platz mehr, dann die Erde des Waldes zu erreichen.“ Erschrocken schauten sich die Dorfbewohner an. Aber sie brauchten Katana auch für ihr Regengebet. Wer sollte sie nun anleiten? Eine ungewohnte Unruhe breitete sich im Dorf aus.
Katana sagte nichts und ging schnellen Schrittes zu den Dorfältesten, die etwas abseits zusammen saßen. Sie hatten die Botschaft des Jungen schon vernommen und wunderten sich nicht, dass Katana unangemeldet vor ihnen stand.
„Was nun?“, sprach der Älteste. Katana sagte in seiner ruhigen Art: „Ich muss zu ihm gehen, wir können nicht zulassen, dass er stirbt. Vielleicht schaffe ich es noch, rechtzeitig zurück zu sein. Sonst sehe ich keinen anderen Ausweg, als dass euch Fatuma hilft. Sie ist voll eingeweiht und kennt die Kräfte der Natur.“

Der alte behäbige Mawassi sprang auf in einer Schnelligkeit, die man ihm bei seiner Körperfülle gar nicht zugetraut hätte. Der sonst so ruhige und meist lächelnde Alte zitterte vor Erregung.
„Wir erzürnen die Götter, wenn eine Frau zu ihnen sprechen will!" –
„Ach, schweig, Mawassi!", sagte Katana völlig ruhig und scheinbar ohne Erregung. „Du bittest doch auch den Geist deiner toten Mutter, mit den Göttern zu reden. Wo ist der Unterschied, ob tot oder lebendig, es kann nicht schaden, es kann uns nur helfen. Wir brauchen jede Stimme. Und ihr wisst, wie viel Kraft Fatuma inzwischen hat."
„Dann lass doch Fatuma ins Nachbardorf gehen, sie kann sowieso schneller laufen als du."
„Wer wurde vom Alten da drüben gerufen? Sie oder ich? Erzürne nicht die Götter und auch nicht die Alten in unserer Umgebung, Mawassi."
„Katana, du willst uns wirklich mit einer Frau hier sitzen lassen? Und wenn wir keinen Regen bekommen, dann ist sie Schuld und du gleich mit!"
„Mawassi, Freund, sei beruhigt. Fatuma ist eine reine Frau. Sie steht in Verbindung mit unseren Göttern, sie hat ihre Probe bestanden und nur dank der Hilfe der Götter überlebt – und sie kennt die Mächte der Natur, besser als jeder andere im Dorf. Sie wird euch von Nutzen sein. Auch später. Vergesst es nie und erzürnt sie nicht. Sie könnte sonst weggehen."
Schweigend saßen die Ältesten da. Da war wohl nichts zu machen.
„So, und jetzt lasst mich gehen. Ich will sehen, was ich für den alten Chipande tun kann. Oder wollt ihr, dass seine Seele den Regen verdrängt, wenn sie denn jetzt schon zu den Göttern auffahren sollte?"
„Nein – das wollen wir natürlich nicht", antworteten alle drei wie aus einem Munde.
Katana ging zurück zu seiner alten Hütte. Fatuma hatte ihm alles, was er benötigte, bereitgelegt. Der Junge würde ihn begleiten und alles tragen. Fatuma blickte Onkel Katana in die Augen. Er hatte komischerweise nicht das besorgte Gesicht, das er sonst aufzusetzen pflegte, wenn er einen Schwerkranken behandeln ging. Ihr war, als sähe sie einen verschmitzen Zug um seine Augen. Sie musste sich geirrt haben, wahrscheinlich war er nur entspannt und sich seiner Sache sicher.

„Fatuma, mein Kind, das ist deine Chance, leite das Dorf an in den Gebeten, aber ehre und achte zur gleichen Zeit die Alten."
Schnell wandte er sich um und folgte dem Jungen zu seinem Dorf.
Fast im gleichen Moment kamen Fatuma die Worte von Mama Mboga in den Sinn: „Du brauchst einflussreiche Freunde." Die Alten waren einflussreich, und Fatuma würde ihre Hilfe heute Abend brauchen.
Um sich vorzubereiten, zog sie sich wieder unter den alten Neembaum zurück und bereitete sich und ihre Seele auf die schwere Aufgabe des Abends, der kommenden Nacht und möglicherweise der nächsten Tage vor. Ob der Regen wohl kommen würde? In ihrer Konzentration fühlte sie einen so starken Wunsch zu helfen und eine solche Kraft und Zuversicht, dass sie sich des Erfolges innerlich sicher war. Alles, was nun folgte, erledigte sie mit einer anhaltenden Ruhe.
Sie kochte einen starken Sud des reinigenden Neembaumes, den sie dann später mit frischem Wasser verdünnen konnte. Alle Dorfbewohner sollten sich damit die Hände und das Gesicht waschen. Für alle wäre genug da. Und nie vergaß sie, auch an die Kranken und Kinder zu denken. Ein gereinigtes Dorf konnte auch reine Gedanken haben, und der Regen würde kommen.
Die Frauen des Dorfes hatten ihre Hütten und alles darum herum so gut, wie sie es verstanden, gereinigt. Es hatte sich nach und nach eine friedliche Ruhe ausgebreitet. Sogar die Kinder spielten in Eintracht und waren leise – so schien es jedenfalls.
Am Abend war es so weit. Fatuma hatte die großen Gefäße mit dem Sud des Neembaumes und dem Wasser in die Nähe des Schreines bringen lassen. Jeder der kam, bekam eine Kelle des Sudes, das mit Wasser verdünnt war, über die Hände geschöpft. Fatuma hielt sich geschickt im Hintergrund.
Alle hatten sich versammelt. Die Ältesten saßen schweigend vorne, genau vor dem Dorfschrein. In den hinteren Reihen wurde noch leise erzählt.
Leise, ganz leise stimmte Fatuma im Gleichklang mit den Dorfältesten ihr Gebet an: „Ni haha wee, ni haha hatha unigere unigere wee namala mvula we unigere."
Immer wieder und im Rhythmus ihrer im Gleichklang schlagenden Herzen und Stimmen baten sie um Regen. Das gesamte Dorf befand sich

bald in einem tranceartigen Zustand, in dem es die ganze Nacht verharrte. Am frühen Morgen kam Wind auf. Der Himmel war graublau, einige Wolken zogen wie große Wattebäusche vorbei. Sie waren heller als der Himmel und bewegten sich ungewöhnlich schnell.
Einige der Frauen erhoben sich, um ihre Kinder zu füttern oder Tee zu kochen.
Auch Fatuma nahm ihre großen Gefäße mit nach Hause, um für das Dorf einen stärkenden Kräutertee zuzubereiten. Die Ältesten blieben sitzen und formten immer wieder den gleich Satz. Alle anderen taten es ihnen nach. Es wurde Tag, und die Hitze schwoll an. Über das Dorf hatte sich eine ungewohnte Stille gelegt. Man spürte, dass sich irgendetwas in der Atmosphäre tat. Fatuma hatte ihre Kessel mit dem starken Tee zu dem heiligen Platz geschleppt, an dem sich wieder alle Dorfbewohner versammelt hatten. Still schenkte sie Tee an alle aus, die ihr eine Tasse oder eine Kokosnusshälfte hinhielten. Und wieder begannen alle, gemeinsam zu beten. Es war um die Mittagszeit, die Hitze war fast unerträglich geworden, doch keiner rührte sich von der Stelle. Einige kleine Kinder hatten sich zu ihren Müttern gedrängt. Größere Kinder beobachteten scheu aus der Ferne die seltene Zeremonie. Gegen Nachmittag griffen die ersten Männer zu den Trommeln, und die Frauen wurden in ihrem Gebet lauter. Im starken Rhythmus der trommelnden Hände wurden die Worte mit solch einer Inbrunst gesprochen, dass man sich der spirituellen Mystik nicht entziehen konnte. Alle Gedanken waren auf den Regen konzentriert. In der Ferne hörte man ein leises Grollen. Der Gott des Donners hatte gesprochen, und das Dorf verneigte sich für einen Augenblick. Immer mehr dicke, dunkle Wolken zogen auf. Der Wind wurde stärker und fegte das umherliegende Laub wie einen Reigen durch die Luft. Die Trommler strengten sich an, um mit dem Getöse des Windes mitzuhalten. Einige standen auf, tanzten die traditionellen Tänze zum Klang der Trommeln und der Worte, die unaufhaltsam gegen den Himmel flogen. Kurz vor dem Dunkelwerden hörte plötzlich der Wind auf, und eine große Stille breitete sich aus, für einen Moment stoppten die Trommler und die Tänzer ihr rastloses Treiben. Die Stille fiel in das Dorf hinab wie ein leichtes Tuch im Wind. Und alle Dorfbewohner spürten eine unbeschreibliche Macht, die sich langsam über das Dorf senkte. Aus

der Ferne hörte man ein leises Rauschen, das kontinuierlich näher kam. Die ersten Regentropfen berührten die heißen Gesichter der Dorfbewohner, ein wahrer Freudentaumel brach aus. Die Trommler holten aus, die Tänzer schwangen sich wild im Zauber des Regens. Die Alten erwachten aus ihrer Starre und schauten stumm Fatuma an, die aufgestanden war und ihr Gesicht in den Himmel reckte, um die ersten kühlen Tropfen aufzufangen. Sie verneigte sich vor dem Schrein und vor dem heiligen Baum. Sie verneigte sich vor den Alten, den gemeinsamen Vorfahren und den Göttern. Ein letztes Mal wiederholten alle das Gebet, um dann gemeinsam zu verstummen. Es war vollbracht. Der lang ersehnte Regen war gekommen. Das Glück breitete sich auch in den Herzen der Menschen aus. Regen, der so wichtig für sie war, kam spät, aber er kam.
Fatuma wartete auf Katana. Seit zwei Tagen hatte sie nichts mehr von ihm gehört. Die meisten der Dorfbewohner waren ihrer normalen Beschäftigung wieder nachgegangen. Alle hatten irgendetwas zu tun. Es war tiefschwarze Nacht, der Mond hatte sich hinter den Wolken versteckt. Der Regen prasselte im Gleichklang auf die Dächer der Häuser.
Fatuma hatte sich Toto geschnappt und war mit ihr in ihre Hütte gegangen. Vorher hatte sie noch in Katanas Hütte nach dem Rechten geschaut. Es regnete nicht durch. Alles war in Ordnung.
Sie setzte sich im Schein der Kerosinlampe auf ihr Bett. Die Tür hatte sie sorgfältig verschlossen. Das war ein Überbleibsel aus ihrer stummen Zeit, wie sie ihre Probe im Stillen nannte. Was wohl Mama Mboga machte? Und die beiden jungen Frauen mit ihren Kindern?
Ihre Gedanken kehrten wieder zurück zu ihrem Dorf. Auch hier hatte sie ihre Hütte abseits gebaut. Ob sie von den Dorfbewohnern irgendwann einmal als Heilerin anerkannt werden würde? Oder ob sie immer ein unerwünschter Außenseiter bliebe? Ganz in ihren Gedanken versunken und durch das gleichmäßige Geräusch des Regens abgelenkt, hörte sie nicht, wie sich schnelle Schritte ihrer Hütte näherten.
„Fatuma, Fatuma, wir brauchen deine Hilfe!" Jemand rüttelte aufgeregt an ihrer Tür und wunderte sich wahrscheinlich, warum diese abgeschlossen war. Toto sprang erschrocken ins oberste Fach des Regals. Fatuma wickelte den Kanga eng um sich und öffnete, vor ihr stand ein völlig

durchnässter Dorfbewohner, der nie viel mit ihr zu tun gehabt hatte, dessen Wort sich bis jetzt nicht an Fatuma gerichtet hatte.
„Meine Frau ist schwanger und liegt in den Wehen, aber das Kind will nicht kommen. Sie sagt, ich soll nach dir rufen." „Warte einen Moment", sagte Fatuma mit fester Stimme, raffte ein paar Utensilien zusammen, die sie bei einer schwierigen Geburt gebrauchen würde. Sie nahm sich zur Sicherheit auch noch zwei saubere Kangas mit und ein paar starke Kräutertinkturen. Dann war sie so weit, ließ die kleine, enttäuschte Toto in der Hütte zurück und machte sich mit dem Mann auf den Weg. Sie wusste nicht einmal seinen Namen, aber das war im Moment auch nicht wichtig.
„Wie lange liegt deine Frau schon in den Wehen und habt ihr schon Kinder?", fragte Fatuma ruhig.
Gehetzt antwortete er: „Ja, wir haben eine Tochter, aber die zählt ja nicht. Jetzt bekommt sie hoffentlich unseren – meinen – Sohn."
Schweigend lief Fatuma eine Weile neben ihm her.
Das war typisch für die afrikanische Männerwelt. Nur die Söhne zählten. Die Töchter wurden kurz nach dem Einsetzen ihrer ersten Periode verheiratet, damit sich die Familie mit ihnen nicht weiter beschäftigen musste. Sie gingen dann mit dem Ehemann, der oft wesentlich älter war als sie, aus dem Haus.
Jungen zählten in zweierlei Hinsicht. Sie zeigten die Stärke und Potenz des Mannes und würden oft auch in der Nähe, oder wenn die Hütte der Eltern groß genug war, in derselben Hütte bleiben und nach den Eltern schauen bzw. fiel dieser Teil der Aufgabe der neuen Schwiegertochter zu. Jahrtausendealte Traditionen – reich war, wer viele Kinder hatte, angesehen war, wer viele Söhne hatte, Töchter kosteten nur Geld.
„Weißt du, ob sie noch andere Beschwerden hatte?", fragte sie, halb in Gedanken versunken.
„Woher soll ich denn das wissen, das ist doch Frauenkram, und ich hole dich ja nun dazu. Ich weiß nur, irgendetwas stimmt nicht mit ihr."
Endlich waren sie an der kleinen Hütte am Ende des Dorfes angekommen. Fatuma öffnete vorsichtig die Tür und deutete dem Mann an, dass er draußen warten sollte. Mürrisch befolgte er ihre Anweisung.
Fatuma wollte mit der in Schweiß gebadeten Frau alleine sein. Die kleine, ungefähr fünfjährige Tochter kauerte in einer Ecke.

„Hallo“, sagte die Heilerin, „ich bin Fatuma“, zu Mutter und Kind gleichzeitig.
„Habt ihr eine gute Nachbarin, die uns helfen kann?“
Angstvoll entgegnete die Kreißende: „Es ist zu früh, es ist einen Mond zu früh.“
„Beruhige dich!“, sprach Fatuma mit gleichmäßiger, dunkler Stimme auf sie ein. „Das kann man nie so genau sagen. Aber ich benötige kochendes Wasser und eine helfende Hand.“
Leise sagte die Mutter zu ihrer kleinen Tochter: „Geh schnell zu Tante Rehema und bitte sie um Hilfe. Pass auf, dass du deinem Vater nicht in die Quere kommst.“ Die Kleine nickte stumm und sprang auf, um dann in der Dunkelheit verschwunden zu sein.
Fatuma beugte sich nun zu der jungen Frau, um sie genauer zu betrachten. Ihre Pupillen waren geweitet, sie war vollkommen in Schweiß gebadet. Ihr Puls raste. Die Kontraktion der Wehen kam in kurzen Abständen.
Fatuma breitete ihren sauberen Kanga unter der werdenden Mutter aus. Sie ging in die Ecke der Hütte und wusch sich gründlich die Hände. Alle Anzeichen deuteten darauf hin, sie durfte keine Zeit verlieren und musste sich sputen. Dann strich sie sich Hände und Unterarme mit einer speziellen Salbe ein und untersuchte die Frau vorsichtig. Leise stöhnte sie vor Schmerz auf. Das Kind war nicht in der richtigen Lage. Sie musste es drehen, ohne ihm dabei die Nabelschnur um den Hals zu wickeln und es zu erwürgen. Sehr oft hatte sie das noch nicht durchgeführt.
Allerdings hatte sie einige Male bei der alten Hebamme des Dorfes, deren Seele vor zwölf Monden aufgefahren war, zugeschaut und geholfen. Inständig bat sie die Seele der alten Hebamme um Hilfe und flehte durch sie die Götter an. Die Frau wurde unter ihren Händen zusehends schwächer. Sie musste handeln.
Schweißperlen standen Fatuma jetzt auf der Stirn. Was, wenn das Kind schon jetzt gar nicht mehr lebte? Sie wusste nicht, wie lange diese Frau schon in den Wehen lag, aber nach ihrem Zustand zu urteilen, ging das seit einigen Stunden so. Fatuma machte sich auch Sorgen um das Leben der jungen Frau, sie war sehr jung und schmal, ihr Körper wirkte ausgezehrt, ihr Gesicht war angespannt, und in ihrem Mund fehlte der linke Vorderzahn.

In erster Linie musste Fatuma das Leben der jungen Frau retten, erst dann kam das Leben des noch ungeborenen Kindes. Was würde passieren, wenn einer von beiden starb? Würde das Dorf sie verdammen, wo sie noch nicht mal richtig als Heilerin anerkannt war? Aber daran mochte Fatuma jetzt nicht ihre Gedanken verschwenden. Sie musste sich auf ihre Arbeit konzentrieren.

Vorsichtig ertastete ihre Hand den Körper des Ungeborenen. Endlich fühlte sie beide Beinchen, zog sie ganz langsam nach unten, um das Kind an den Beinen zuerst herauszuziehen, es musste schnell gehen, und es gab keine andere Möglichkeit, das Kind zu drehen. Langsam und ganz gleichmäßig zog sie an dem Kind, immer im Einklang mit den nun Schlag auf Schlag kommenden Wehen. Sie versuchte, die Kreißende aufzurichten und hinzustellen, wie sie es in solchen Situationen bei der alten Hebamme gesehen hatte. Aber die junge Frau war zu schwach, um sich auch nur aufzurichten. Also musste Fatuma die Arbeit alleine tun. Sie befahl der Frau, gleichmäßig zu atmen und bei der nächsten Wehe die Augen zu schließen und so stark wie möglich mitzupressen. Gleichzeitig murmelte Fatuma ihr Gebet zu den Göttern und zog. Ein ganzes Stück des kleinen Kinderkörpers kam nun zum Vorschein, aber der Kopf steckte noch im Mutterleib. Fatuma hoffte, dass die nächste Wehe gleich einsetzte, um das Kind aus der Enge des Geburtskanals zu befreien. Die junge Frau begann zu wimmern und zu schreien. Fatuma blickte kurz hoch und sagte zu ihr: „Einen letzten Moment noch – press jetzt mit aller Kraft, schließe deine Augen und flehe die Götter um Hilfe an! – Jetzt!“ Die junge Frau, deren Namen Fatuma noch nicht einmal wusste, schrie sich die Seele aus dem Leib, und das Kind wurde durch die Kraft von Fatumas Armen und die Hilfe der Götter geboren. Es war ein kleiner, zierlicher Junge, sehr schwach, aber er lebte. Fatuma hatte niemanden, der ihr helfen konnte. Schnell und mit geschickten Händen nabelte sie den Jungen ab, wischte ihn, so gut es ging, mit dem zweiten mitgebrachten Kanga trocken, um sich dann so schnell wie möglich um die junge Mutter zu kümmern. Sie war nicht bei Bewusstsein. Ihr Atem ging flach, ihre Haut fühlte sich kalt an.

Warum das Kind mit der Nachbarin immer noch nicht zurück war? Sie benötigte dringend warmes Wasser. Aber es half nichts, sie musste alleine

im Halbdunkel der Hütte zurechtkommen. Das Kind legte sie ganz nahe an die Mutter, dass es nach seinem ersten Schrei ihren Geruch wittern konnte und die mütterliche Wärme es nach der Anstrengung und dem Schock der Geburt einlullte. Fatuma setzte in der Küchenecke einen Topf mit Wasser auf und schaute in ihre Tasche, um nach den passenden Tropfen zu suchen, welche die junge Frau jetzt dringend gebrauchen würde. Sie musste schnellstens ihren Kreislauf anregen, sonst würde sie in ein Koma fallen und nicht wieder daraus aufwachen. Der tiefe Mutterinstinkt musste in ihr schnellstmöglich geweckt werden, der die Mutter um ihr Kind willen um sich selbst kämpfen lässt.
Es war nicht einfach, der Bewusstlosen die Tropfen einzuflößen. Fatuma richtete sie auf, so dass sie aufrecht im Bett saß, von hinten durch ein dickes Kissen aus Kapok-Baumwolle gestützt. Vorsichtig öffnete sie den Mund der Kranken und träufelte etwas auf ihre Zunge. Das würde für das Erste schon helfen. Dann legte Fatuma sie wieder zurück, ging an das Fußende des Bettes und begann, ihre Füße kräftig zu massieren. Langsam spürte sie, wie das Leben wieder in den zarten Körper der jungen Frau zurückkehrte. Sie schlug die Augen auf und lächelte Fatuma zaghaft an.
„Es ist ein Junge“, sagte Fatuma leise. Ein Strahlen kam in die Augen der jungen Frau, und ein Seufzer der tiefen Erleichterung entschlüpfte ihrer Kehle.
„Den Ahnen sei Dank!“, sagte sie und sah Fatuma an. „Mein Mann hätte mich und das Kind umgebracht, wenn es wieder ein Mädchen gewesen wäre.“
Fatuma wollte sich ihre Betroffenheit nicht anmerken lassen und schwieg deshalb. Die Frau war noch sehr schwach, und sie wollte sie keinesfalls aufregen. Aber wo nur das kleine Mädchen mit der Nachbarin blieb? Es musste seit ihrem Weggehen ungefähr eine Stunde vergangen sein. Merkwürdig.
In der Zwischenzeit wollte Fatuma nicht untätig herumsitzen. Sie kochte Wasser ab und reinigte den kleinen Jungen gründlich. Er war zwar recht schmächtig, hatte aber nach ihrer Meinung genug Lebenskraft in sich. Auch die Mutter kam langsam zu sich. Fatuma reinigte sie und gab ihr ein paar Schlucke von dem gerade frisch gebrühten Kräutertee. Er würde

ihr gut tun. Der Kleine schlummerte friedlich an der Mutterbrust. Fatuma hatte die Hütte so weit, wie sie es überschauen konnte, aufgeräumt und alles gründlich gereinigt.
Die Frau musste viel trinken, damit die Milch gut in die Brüste einschießen würde. So gab sie ihr abwechselnd den stärkenden Tee und klares, kühles Wasser.
„Wie heißt du eigentlich?“, fragte Fatuma die junge Mutter.
„Ich heiße Sana“, antwortete die Wöchnerin leise. „Wo ist Asma, meine Tochter hin? Und weiß mein Mann schon, dass wir einen Sohn haben?“
„Nein“, sagte Fatuma ruhig und hatte damit beide Fragen gleichzeitig beantwortet.
„Sana, lass mich nach draußen gehen und deine Nachgeburt eingraben, wie unsere Vorfahren es auch gemacht haben. Danach werde ich schauen, wo deine Tochter und dein Mann sind.“
Fatuma nahm den Kanga, in dem schwer und feucht die Nachgeburt klebte, und ging damit hinaus. Obwohl es Vollmond war, erschien ihr die Nacht dunkel wie die Gänge eines Termitenhügels. Schnell und leise ging sie auf die heilige Stelle zu, die, wie sie wusste, die richtige war, um ihr Ritual für Mutter und Kind zu verrichten. Es war still, nur der Regen rauschte in seichtem, gleichmäßigem Gesäusel auf die Erde.
Irgendetwas stimmte nicht. Fatuma spürte es.
Den Mann konnte sie nirgends sehen. Aber sie spürte etwas, was sie im Moment nicht definieren konnte. Instinktiv duckte sie sich wie ein Tier, das nicht aus seiner Deckung heraus erkannt werden wollte, und schärfte ihre Sinne. Da hörte sie ein Wimmern – ein Schluchzen. Leise pirschend, näherte sie sich dem Geräusch und stolperte fast über das kleine Mädchen, das auf dem Boden in dem schlammigen Nass des Regens lag.
„Was ist geschehen?“, fragte Fatuma vorsichtig. Die Kleine antwortete fast unhörbar: „Nyoka!“ (Schlange)
„Weißt du, was das für eine Schlange war, wie hat sie ausgesehen?“ Aber im gleichen Moment war Fatuma klar, dass sie wohl kaum eine ergiebige Antwort erhalten würde. Mit Schlangenbissen kannte sie sich aus, denn es kam ab und zu vor, dass einer der Dorfbewohner eines dieser Reptilien aufgescheucht hatte, diese dann nicht schnell genug flüchten konnten und in ihrer Angst zubissen.

Fatuma hockte sich zu dem Mädchen, um die Bissstelle zu identifizieren. Das Mädchen hatte sich aber so in dem braunen, schlammigen Matsch gewälzt, dass sie kaum die Möglichkeit hatte, die vergiftete Stelle auszumachen. Also nahm sie das wimmernde Kind auf den Arm und trug es zu seiner Hütte. Sie stieß die Tür vorsichtig mit dem Fuß auf und legte das Kind auf dem Boden. Die Mutter schlummerte und war noch nicht wieder wach geworden. Aufregung würde ihr zu diesem Zeitpunkt sehr schaden.
Zum Glück kannte sich Fatuma inzwischen recht gut aus in der kleinen Hütte. Mit flinken Händen holte sie eine Blechschüssel mit Wasser, tauchte einen Kanga ein und reinigte die schmutzverkrusteten Füße der Kleinen. Da sah sie zwei Bissstellen dicht nebeneinander. Um die kleine, fast unscheinbare Wunde hatte sich ein roter Rand gebildet, um den es bläulich angelaufen war. Der Biss einer Puffotter. Wunderschöne, pythonähnlich gefärbte Schlangen, die sich nur sehr langsam fortbewegen. Bevor sie zuschnappen, warnen sie mit einem kurzen Zischen. Eine Schlange beißt einen Menschen nie, weil sie ihn verletzen will, sondern immer nur, weil sie in ihrem Territorium gestört wurde, und meist, weil sie nicht schnell genug flüchten konnte oder sich selbst angegriffen fühlt.

Das Mädchen musste die Schlange aufgeschreckt haben, die wahrscheinlich ihrerseits vor dem Regen geflüchtet war. Das Gift der Puffotter war ein hämolytisches Gift, welches die Gerinnungsfähigkeit des Blutes verändert. Es konnte tödlich sein, musste aber nicht. Allerdings handelte es sich hier um ein kleines, fünfjähriges Mädchen, und Fatuma wusste nicht, wie viel des Giftes schon in die Blutbahn gelangt war. Ihr blieb nichts anderes übrig, als zu versuchen, diese Stelle auszusaugen. Sie stülpte ihre breiten Lippen über die zwei kleinen Wunden, saugte an und versuchte, einen Sog zu erzeugen, dass sie wenigstens ein Minimum des Giftes noch heraus bekommen konnte. Nach jedem Saugversuch spuckte sie einfach aus, denn die Spuren des Giftes durften auch nicht in ihr Verdauungssystem gelangen. Das Mädchen war nicht mehr bei Bewusstsein, sei es aus Angst, denn oft konnten die Klauen der Angst auch diese Reaktion des Körpers hervorrufen, oder, weil die Giftmenge so groß war, dass kaum Hoffnung bestand.

Fatuma wusste sich keinen anderen Rat, sie nahm eine Rasierklinge, die der alte Kahindi ihnen einmal aus der Stadt mitgebracht hatte, aus ihrer Basttasche und setzte einen dreieckigen Schnitt. Dann drückte sie diese Stelle, indem sie ihre beiden Daumen dicht an den Ausschnitt des Dreiecks legte, und massierte mit den acht anderen Fingern von unten nach oben.
Es blutete. Sie wiederholte es einige Male. Dann zerriss sie einen Kikoi (ein dickeres, buntes Baumwollstofftuch), die Bekleidung eines Mannes, wahrscheinlich des Vaters der Kleinen, und band einen Streifen des zerrissenen Kikois fest oberhalb des Knies ab. Wieder ging sie an den Herd der Wöchnerin, um erneut einen Tee zu kochen. Wenn überhaupt eine Chance bestehen sollte, dass die Kleine überleben würde, dann musste sie ihren Kreislauf in Gang bringen. Vorsichtig berührte sie, während sie darauf wartete, dass das Wasser für den Kräutertee kochte, die kleine Asma. Sie schlug die Augen auf und bat um Wasser. Ihr Mund war trocken wie das Innere einer leeren Mehldose. Gut, sollte sie trinken, so viel, wie in ihren Körper hineinging, auch das würde helfen, das Gift aus dem Körper zu waschen.
Durch die Bewegung im Haus war die Wöchnerin aufgewacht. Jetzt beugte sich Fatuma zu ihr und gab ihr wieder einige Schlucke von dem stärkenden Tee. „Deine Tochter ist hier", sagte sie, „aber sie ist von einer Schlange gebissen worden, und ich versuche, das Gift aus ihrem Körper zu bekommen." Die Augen der Wöchnerin weiteten sich, ihr Kehlkopf hüpfte in ihrem Hals wie ein Vögelchen in seinem Nest. Fatuma musste sie beruhigen.
„Du musst jetzt an deinen Sohn denken, er braucht dich. Wenn du dich zu sehr aufregst, wirst du keine Milch für dein Kind haben."
Sana schluckte hart und flüsterte dann: „Wo ist mein Mann?"
Den hatte Fatuma ganz und gar in der Aufregung vergessen.
„Ich weiß es nicht, ich habe ihn nicht gesehen."
Wie auf Kommando und Beantwortung der Frage flog die Tür auf, und Sanas Mann stürzte fast in die Hütte und stolperte über das am Boden liegende Mädchen. So schnell, dass Fatuma nichts dagegen tun konnte, versetzte er der Kleinen einen Tritt in die Rippen und herrschte sie an, sich in die Ecke zu scheren. Die Kleine rührte sich nicht. Fatuma wusste

nicht, was sie sagen sollte, sie war zu verblüfft über das Verhalten dieses Mannes. Die Frau kam ihr zu Hilfe und sagte mit Engelsstimme: „Willst du nicht deinen Sohn begrüßen?"
„Oh, ich habe einen Sohn – das ist gut!"
Mit drei schnellen Schritten war er neben dem Bett, hob das friedlich schlafende Kind hoch und betrachtete es.
„Mein Sohn!" Ein freundliches Grinsen breitete sich auf seinem Gesicht aus. Nun konnte Fatuma den Geruch einordnen, Sanas Mann hatte Palmwein getrunken. Der feuchte, widrige, nach fermentierten Früchten stinkende Atem verpestete die kleine Hütte, und Fatuma hatte ein ungutes Gefühl.
Die Frau lag still in ihrem Bett und beobachtete ihren Mann ängstlich. Der legte ihr den Jungen grob auf den Bauch und sagte barsch: „Nähre ihn, damit er stark wird. Los, mach schon!"
„Aber er schläft doch gerade friedlich", sagte Sana sanft.
Ihr Mann holte aus und schlug sie mit der flachen Hand ins Gesicht.
„Mach, was ich dir sage, und halt den Mund."
Entsetzt richtete Fatuma sich auf. Sie wusste, dass es nun an der Zeit war für sie, zu verschwinden. Sie sammelte schnell alle ihre Utensilien zusammen. Dabei überlegte sie, was sie mit dem kleinen Mädchen machen sollte. Würde sie es hier lassen, war es der Willkür des Betrunkenen ausgeliefert. Sollte sie das Kind einfach mitnehmen?
„Ihre Frau braucht Ruhe", sagte sie zu dem Mann, „und ihre Tochter hat einen Schlangenbiss, ich werde sie mitnehmen und versuchen, sie zu heilen. Ihr geht es nicht gut."
„Ja, nimm sie mit, ist mir egal, ob du sie heilen kannst oder nicht. Sie ist sowieso ein zusätzlicher Esser und zu nichts nutze."
Schnell ergriff Fatuma ihre Sachen und nahm das Kind auf den Arm und verschwand aus der Hütte. Dieser Mann in seinem Zustand war unberechenbar, und Fatuma wollte mit ihm reden, wenn er wieder nüchtern war. Sie schleppte Asma zu ihrer Hütte. Das Mädchen atmete noch. Als erstes zog sie das Kind aus und wickelte es in trockene Kangas.
Auch sie selbst schlüpfte aus ihren klebrigen Sachen und zog sich ein frisches T-Shirt an. Um ihre Hüften wand sie den traditionellen Kanga. Mit den feuchten Sachen auf dem Leib würden sie sich sonst möglicherweise

eine böse Lungenentzündung zuziehen. Sie hatte das Mädchen auf ihr Bett gelegt und betrachtete die Kleine nun eingehend. Ihr Gesichtchen war angeschwollen, sie atmete schwer und Schweißperlen zeichneten sich auf der kindlichen Stirn ab.

Onkel Katana hatte ihr einst eine Medizin für diesen Fall gegeben, Fatuma würde versuchen, ihr die Tropfen einzuflößen.

Sie wusste, dass es in der Stadt neue Medizin gegen Schlangenbisse gab. Aber sie hatte keine Chance, jetzt dahin zu gelangen, und wahrscheinlich auch nicht genügend Geld dafür. Gerne hätte sie mehr über diese moderne Medizin und die neuartigen Medikamente, die fast alle gleich aussahen, gewusst. Lesen konnte sie ja, sie musste irgendwann einmal fragen, ob Onkel Katana ihr nicht vielleicht ein Buch besorgen konnte, in dem sie darüber nachlesen konnte. Sie hatte auch davon gehört, dass es nun Universitäten gab. Häuser, in denen man mehr lernte, zum Beispiel auch über Medizin. Es war anders als das traditionelle Lernen von Mund zu Mund.

Wenn doch nur Onkel Katana jetzt hier wäre. Seine Erfahrungen würden ihr helfen, die Kleine zu retten. Wo war er überhaupt so lange? Seit er am Morgen vor dem Regengebet aus dem Dorf gegangen war hatte sie nichts mehr von ihm gehört, geschweige denn gesehen. Doch inzwischen war es mitten in der Nacht. Morgen in aller Frühe würde sie für Kind und Mutter eine Hühnerbrühe zubereiten. Mehr konnte sie im Moment nicht tun. Sie wusste, dass das Mädchen Wärme brauchte, und legte sich zu ihr aufs Bett. Sie war zu müde, um noch irgendeinen Gedanken zu verschwenden, und schlief im gleichmäßigen Rauschen des Regens ein.

Sie wusste nicht, wie lange sie geschlafen hatte, als sie durch die Bewegung neben ihr geweckt wurde.

Das Mädchen zitterte am ganzen Leib und war nassgeschwitzt. Sie brabbelte wirre Worte, die Fatuma nicht verstand. Fatuma glitt müde aus ihrem Bett, entfachte die Petroleumlampe, um einen Blick auf das Kind zu werfen. Ihr Kopf war hochrot, und sie schien Fieber zu haben, trotzdem ihre Gliedmaßen feucht und kalt waren. Um die Wunde am Fußknöchel hatte sich ein breiter, schwarzer, von absterbenden Hautzellen gesäumter Rand gebildet. Das Gift war nicht komplett entfernt worden und bahnte sich seinen Weg durch das Gewebe, welches dann abstarb. Fatuma blieb nichts anderes übrig, als die glühenden Holzkohlen aus der noch züngelnden Glut zu fischen und diese mit einer kleinen Zange auf das schwarze Fleisch des Mädchens zu brennen. Nur so konnte sie ein weiteres Vordringen des Giftes verhindern. Sauber brannte sie alle Haut und das darunter liegende Gewebe um den Zwillingsbiss weg. Schnell nahm sie ein paar der kostbaren Neembaumöltropfen, träufelte sie auf die große offene Wunde und sprach mit den Göttern. Die Hütte hatte sich mit einem ungewöhnlichen, verkohlt-süßlichen Geruch gefüllt. Fatuma öffnete die Tür, um die frische Morgenluft hineinzulassen. Sie selbst machte sich schleunigst auf den Weg, um weitere frische Medizin zu besorgen. Asma war ohnmächtig geworden.

Nicht weit von Fatumas Hütte entfernt stand ein Neem-Baum. Dorthin ging sie jetzt, um sich etwas von der Rinde und ein paar frische Blätter zu holen. Einen Moment verharrte sie unter dem mächtigen Baum, der seine Äste weit von sich gereckt hatte. Sie bedankte sich in Gedanken bei ihm für die Medizin, die er ihr gab, und bat die Götter, diese kleine, unschuldige Menschenseele doch leben zu lassen. Als sie zurückkam zu ihrer Hütte, saß Toto auf ihrem Bett bei dem schwerkranken Kind und lauste ihr kurzes, krauses Haar. Fatuma zog es das Herz zusammen. Sie wünschte es der Kleinen so sehr, dass sie überlebte. Aber im Moment war es schwer, etwas zu sagen. Gedankenversunken bereitete sie den Sud, mit dessen heilenden Kräften sie das Kind waschen würde. In der Hütte hatte sie ihren größten Topf auf die Feuerstelle gesetzt, um den Neemsud zu brühen, der die Qualen der Kleinen zwar nicht beheben, aber doch lindern würde. Draußen war es still, der Regen hatte aufgehört. Der Himmel war noch grau und zögerte, aufzureißen, damit der neue Tag begrüßt werden konnte. Fatuma atmete tief durch. Die Luft war frisch, von Staub gereinigt, aber wie immer zu dieser Jahreszeit sehr feucht. Toto saß immer noch neben Asma. Es war, als ob das Tier spürte, durch welche Pein dieses Kind ging. Fatuma träufelte dem Mädchen wieder ein paar der kostbaren Tropfen von Onkel Katanas Medizin auf die Zunge. Sie schaute sich die Wunde am Bein an, die sich nicht verschlechtert zu haben schien. Vorsichtig wusch sie um die offenen Stellen herum und träufelte auch dorthin ein paar dieser seltenen Neem-Tropfen. In der Zwischenzeit brodelte der Sud auf dem Feuer. Aber es brauchte Zeit, bis die richtige

Konzentration erreicht war, und dann musste die so hergestellte Medizin noch etwas abkühlen. Fatuma setzte sich zu den beiden auf das Bett. Was konnte sie nur noch für die Kleine tun? In Gedanken war sie bei Katana und bat ihn inständig um Hilfe. Langsam erhob sie sich und merkte, wie müde sie eigentlich war. Sie füllte den noch kochend heißen Sud in die verschiedenen kleinen Gefäße, damit er schneller abkühlen würde.
Der Himmel war aufgerissen, ein leiser Wind säuselte durch die Bäume, der Tag war erwacht. Die Vögel hoben ihre Köpfe aus dem Gefieder und fingen an zu zwitschern. Und in Fatumas Hütte lag ein sterbenskrankes Kind.
Auf einmal, wie aus dem Nichts, tauchte Katanas grau melierter Kopf im Türrahmen der noch offen stehenden Tür auf.
„Ich kann's riechen", sagte er, „ein Schlangenbiss. Aber Fatuma, warum hast du das Kind in deiner Hütte?"
„Sana, also die Mutter der Kleinen hat wieder entbunden, zum Glück einen Jungen, aber der Vater war so grob zu dem Mädchen, dass ich es nicht über das Herz bringen konnte, sie dort zu lassen. Die Mutter war noch viel zu schwach. Und außerdem war es eine schwere Geburt."
„Ja, und wahrscheinlich auch etwas zu früh", sagte Katana nachdenklich. „So, du hast am Regengebet teilgenommen, einen kleinen Jungen entbunden und einen Schlangebiss behandelt?", fragte er mit in Falten gelegter Stirn.
„Das habe ich, Onkel Katana. Sorgen mache ich mir aber um dieses Mädchen hier."
Katana ging in die Hütte und legte seine Hand auf die Herzgegend des Kindes, dann auf ihren Kopf.
„Sie wird überleben, Fatuma, sie ist ein starkes, tapferes kleines Mädchen, das vom Leben bis jetzt nicht sehr verwöhnt wurde. War ihr Vater etwa wieder betrunken?"
„Ja, das war er. Und weißt du, wie gemein er zu seiner Frau und dem Mädchen war?", antwortete Fatuma aufgebracht.
Schweigend sah der alte Katana sie an.
„Fatuma, als Heilerin musst du lernen, etwas emotionsloser zu werden. Emotionen können den Menschen oft beeinflussen, man reagiert unüberlegt und kann zu falschen Handlungen verleitet werden. Das macht dich

beeinflussbar, darf es aber nicht. Lass mich nun mit der Familie sprechen. Ich denke, in dem Fall ist es in Ordnung, wenn du das Kind hier behandelst. Ein Neugeborenes und das schwerkranke Kind wären zu viel für die Mutter. Übrigens, bist du bezahlt worden?"
„Nein", antwortete Fatuma, auf den Boden blickend.

„Fatuma, es ist nichts Schlechtes, Geld zu verlangen für seine Arbeit! Wovon willst du sonst leben? Von Almosen? Wenn der Vater Geld hat für den Pembe (Palmwein) dann soll er auch Geld haben für dich! Eine weitere Lernaufgabe! Die Menschen müssen sich daran gewöhnen, dass sie dich bezahlen. Ich kann nicht immer gehen und für dich das Geld verlangen."
„Lass es mich selbst versuchen, meine Bezahlung zu bekommen. Ruh du dich nur erst einmal aus, Onkel Katana. Wir sehen uns dann später."

Er blickte nochmals zur Seite auf das Bett, wo das Mädchen nun etwas ruhiger schlief und die kleine Äffin, wie es schien, mit traurigem Gesichtchen daneben saß. Kopfschüttelnd verließ Katana das Haus. Beim Hinausgehen sagte er nur: „Kümmere dich um die Kleine, wir reden später noch einmal."
Fatuma stand da und spürte wieder einmal, wie recht Katana hatte – sie musste noch viel dazulernen.
Aus ihrer dunklen Hüttenecke hörte sie ein Seufzen. Das Mädchen schien aufzuwachen. Es sah so aus, als ob sie Mühe hatte, die Augen zu öffnen. Ganz leise hauchte sie: „Tante, ich habe solchen Durst." Erleichtert ging Fatuma nach hinten in die Küche, um ihr ein frisches Glas Wasser zu bringen. Es würde helfen, den Körper von innen zu reinigen und den Kreislauf in Schwung bringen.
„Ja, mein Kind, hier hast du ein Glas Wasser, komm, ich helfe dir beim Aufrichten, und dann trinkst du. Das wird dir gut tun." Sie streichelte der Kleinen liebevoll über den Kopf und hob sie vorsichtig an. Das Mädchen begann, durstig zu trinken, und legte sich erleichtert zurück, als sie das Glas geleert hatte. Ihr Blick wanderte im Zimmer umher.
Fatuma hatte alles recht wohnlich gestaltet. In der Ecke stand ein einfacher, aber sehr gut gearbeiteter Holztisch mit drei Stühlen. Auf dem Tisch war ein orangefarbener Kanga ausgebreitet, darauf stand eine klei-

ne Tonvase, in der ein paar frische Blumen steckten. Daneben befand sich ein Regal mit Schüsseln und Tellern. Darunter lagen, fein säuberlich übereinandergelegt, die Kangas in zwei Stapeln. Der eine Stapel war für Fatumas persönlichen Gebrauch, der andere für Heilzwecke.
An der gegenüberliegenden Wand hing ein schmales Regal mit kleinen Dingen darin, die das Mädchen nicht richtig erkennen konnte. Doch was war das? Neben ihr bewegte sich etwas, klein, flauschig und warm. Ein Affenkind!
„Wie süß“, sagte sie und begann, das zutrauliche Tier zu streicheln.
Ein Lächeln flog still über Fatumas Gesicht. Das war ein gutes Zeichen. Sie wollte sich daranmachen, eine nahrhafte Hühnerbrühe für Mutter und Tochter zu kochen. Dazu musste sie aber erst einmal ein Huhn besorgen. Beim Gedanken, wie sie das anstellen sollte, fielen ihr Katanas Worte ein. Schnell schaute sie sich um. Kind und Affenkind lagen zusammengekuschelt auf dem Bett und schliefen. Fatuma nahm sich einen Kanga über die Schulter, denn es hatte wieder begonnen zu regnen. Überall standen Pfützen. Das war die Zeit der Malaria. Sie musste sich in Acht nehmen und auch genügend Medizin für die anderen Dorfbewohner vorbereiten. Vorsichtig ging sie um die Pfützen herum zum anderen Ende des Dorfes. Vor Sanas Hütte hielt sie kurz an, um sich im Kopf die richtigen Worte bereitzulegen. Sie klopfte und erhielt keine Antwort. Zaghaft öffnete sie die Tür nur einen Spalt breit. Ein unerwartet friedliches Bild bot sich ihr. Vater, Mutter und das Neugeborene lagen gemeinsam auf dem Bett und schliefen. Durch die Bewegung aufgeweckt, schaute die junge Mutter auf, und sie erhob sich langsam und leise, um die anderen beiden nicht zu wecken. Freundlich winkte sie Fatuma näher.
„Wie geht es dir?“, fragte Fatuma leise. „Es war eine schwere Geburt, du musst dich noch schonen.“
„Ja, ich weiß“, antwortete Sana. „Aber es geht schon ganz gut.“
„Nun“, sagte Fatuma, und ihre Augen schweiften zu dem Bett, auf dem der Mann und das Neugeborene schliefen, „ich wollte dir nur sagen, dass es deiner Tochter etwas besser geht. Und eigentlich wollte ich deinen Mann bitten, mir ein Huhn zu geben, damit ich dir und dem Kind etwas Nahrhaftes und Stärkendes kochen kann.“

„Er schläft noch, aber ich werde dir eines von unseren Hühnern geben. Komm mit mir hinter das Haus, vielleicht können wir dort eines fangen."
Leise gingen die beiden Frauen aus der Hütte. Dort liefen ein paar Hühner frei herum. Mit einigen Körnern Futter lockte Sana die Hühner an, die erstaunlicherweise sehr zutraulich waren. Schnell griff sie eines, hob es an den Beinen hoch, wog es mit der linken Hand ab.
„Schwer genug", meinte sie.
Noch bevor Fatuma irgendetwas sagen konnte, hatte Sana das Huhn auf einen bereitliegenden Baumstamm gelegt, mit der rechten Hand griff sie nach einem herumliegenden Panga, schlug einmal kräftig zu, und der Kopf war ab und fiel neben den Stamm. Das Huhn zuckte noch ein paar Mal in ihrer linken Hand. Dann erschlaffte es vollkommen und hing leblos da, ein paar dicke Tropfen Blut fielen aus dem offenen Hals.
Fatuma wusste nicht, warum, aber es schnürte ihr die Kehle zu. Töten war einfach immer wieder ein heiliger Vorgang, und sie hatte ein ungutes Gefühl dabei. Aber sie war froh, dass Sana das getan hatte. Sie wäre nicht imstande gewesen, das Huhn selbst zu töten. Obwohl sie innerlich zugab, gerne Hühnerfleisch zu essen. Nun, darüber wollte sie ein anderes Mal nachdenken. Jetzt nahm sie den noch warmen Hühnerkörper und wollte zu ihrer Hütte gehen, da sagte Sana: „Und danke für alles, Fatuma-Buschfrau. Ich weiß, dass das Kind und ich gestorben wären, wenn du nicht da gewesen wärst. Hier hast du noch ein paar Eier, nimm sie mit für dich. Und wann immer du Hilfe brauchst oder ich etwas für dich tun kann, lass es mich wissen! Ich weiß, was du für mich getan hast. Ich kann dir hin und wieder ein paar Eier abgeben, Geld habe ich keines, um dich zu bezahlen."
„Danke", sagte Fatuma ruhig, und ein leichter Schauer lief ihr über den Rücken.
Sana hatte sie Fatuma-Buschfrau genannt! Fatuma war stolz. Schnell sagte sie: „Die Eier nehme ich gerne an."
So ging sie mit dem Huhn in der einen Hand und ein paar Eiern, eingewickelt in einen Kanga, in der anderen Hand zu ihrer Hütte zurück. Ein stilles Glück breitete sich in ihr aus – Fatuma-Buschfrau, was so viel wie Fatuma-Heilerin hieß, hatte Sana gesagt.

Zu Hause angekommen, setzte sie sofort Wasser auf, um das Huhn abzubrühen, um es rupfen zu können. Toto kam zu ihr auf die Schulter und lauste sie. Das kleine Mädchen schlief, und wie es Fatuma schien, viel ruhiger als noch zu vor.
Der Regen hatte aufgehört. Die Sonne schob sich zaghaft hinter den Wolken hervor. Die Erde dampfte vor Feuchtigkeit und Wärme. Vögel begannen ihr aufgeregtes Lied zu zwitschern, und es war, als ob alles zu neuem Leben erwachte.
Die Hühnerbrühe brodelte auf dem offenen Feuer vor Fatumas Hütte. Da es nicht mehr regnete, hatte sie entschieden, draußen zu kochen. So würde das Mädchen nicht gestört werden.
Sie war stolz auf sich. Das erste Mal seit sehr langer Zeit.
Die Suppe würde für Mutter und Kind wie auch für Onkel Katana und sie selbst reichen. Und es duftete schon verführerisch. Sie wollte sehen, dass sie noch etwas Gemüse für die Suppe bekam, damit auch alles ausgewogen war.
Katana, der alte Schlaukopf, saß in seiner Hütte und kratzte sich seinen graumelierten Kopf. Er stützte sein hageres Gesicht mit den ausdrucksstarken Augen in die andere Hand und lächelte in sich hinein. So hatte er doch das gesamte Dorf ausgetrickst. Aufgrund von Erfahrung und Intuition, die ihm seine Vorfahren mitgegeben hatten, wusste er, dass der Regen kommen würde. So hatte er seinen alten Freund und Kumpel Chipande eingeweiht, und der freute sich, einmal die Dorfältesten zum Narren zu halten. So kam es, dass er sich plötzlich nicht mehr bewegen konnte und nach Katana und nur ihm verlangte. Die beiden hatten dann zwei ausgefüllte Tage, in denen sie sich in Chipandes Hütte reichlich bewirten ließen. Kein anderer durfte die Hütte betreten. Die beiden verschmitzten Alten saßen beieinander, sprachen über alte Zeiten, schmunzelten darüber, wie sie ein ganzes Dorf oder, besser gesagt, zwei ganze Dörfer ausgetrickst hatten.
Weniger Fatumas wegen als um ihrer selbst willen. Katana hatte ja nichts zu verlieren, es war kein anderer Heiler da. Er freute sich schon jetzt auf die Zeit, wo er vor seiner Hütte sitzen würde und Fatuma all die Arbeit tat. Er würde auch davon leben können und hatte somit sein Alter mehr als gut abgesichert.

Und der alte Chipande war sich sicher, dass er, wenn Katana einmal nicht mehr leben würde, bei Fatuma in besten Heilerhänden war. Verdammt noch mal, sie war zwar nur eine Frau, aber Katana hatte sie ja großgezogen und ausgebildet, und sie hatte auch diese komische Probe überstanden, die Katana ihr auferlegt hatte. Keiner hätte je gedacht, dass sie es schaffen würde. Nun wurde es Zeit, dass man diese Frau unterstützte, es sollte ja nicht zum Schaden der beiden alten Männer sein.
Aber Katana hatte auch ein warmes Gefühl in sich, das hatte er all die Jahre, wenn er die kleine, heranwachsende Fatuma sah, und auch jetzt, wenn er an sie dachte, ging es ihm so. Es war nicht nur purer Eigennutz. Er mochte sie, auch wenn sie nur eine Frau war.
Und er für seinen Teil konnte sich langsam zurücklehnen und sich auf den Früchten seiner Arbeit ausruhen.
Fatuma konnte jetzt das Grobe tun, er würde ihr dabei über die Schulter sehen und, wenn es Not tat, auch aushelfen. Aber ansonsten konnte er nun seinen Gedanken nachhängen, im Schatten des Neembaumes etwas dösen und dem Dorftratsch der Frauen lauschen – ja, er würde den Rest seines Lebens genießen.
Natürlich wollte er auch ab und an den alten Chipande im Nachbardorf besuchen und vielleicht sogar Kahindi, der jetzt in der Stadt wohnte und fließend lesen und schreiben konnte. Und wie er so da saß, merkte er, dass er Hunger hatte. Wollte Fatuma nicht eine Hühnerbrühe kochen? Er würde zu ihr hinübergehen und mal nachschauen, wie weit sie denn mit dem Kochen war. Das eine musste er ihr lassen, sie war eine begabte Heilerin und eine noch bessere Köchin.
Als er Fatumas Hütte erreichte, saß sie auf dem Bett neben der kleinen Asma und flößte ihr ein paar Löffel der köstlich riechenden Suppe ein, die sie schlürfend schluckte.
„Oh, es scheint ihr ja viel besser zu gehen. Lass sie noch einen Tag und eine Nacht liegen, dann beginne langsam damit, ihren Kreislauf zu stabilisieren. Und dann kann sie wohl wieder nach Hause“, sagte er. „Es duftet sehr lecker in deiner Hütte.“
„Katana, warte doch einen Moment, bis ich mit meiner kleinen Patientin fertig bin, dann wollen wir zusammen essen. Ich habe die Chapatis (Fla-

denbrot aus Maismehl) schon fertig und in ein Tuch gewickelt, die wollen wir zur Feier des Tages mit der Hühnersuppe genießen."

Und wie Katana sich freute, er aß viel und gerne, obwohl man es seiner hageren Figur überhaupt nicht ansah. So nahm er vor der Hütte Platz und schaute aufs Dorf, ohne dass es ihn langweilte.

Fatuma hatte inzwischen das Kind zum Mittagsschlaf gebettet.

Der Tisch war in der Hütte gedeckt, denn es sah aus, als ob es jeden Moment wieder einen der heftigen tropischen Regenschauer geben würde, der alle Farben verschlang und die Umgebung in ein verschwommenes Grau tauchte. Sie liebte es, die Hütte oder auch nur einen Platz oder den Tisch liebevoll zu gestalten. Immer, wenn Katana das sah, wunderte er sich. Denn es war ja eigentlich sinnlos und nutzlos. Warum sie es nur tat? Einmal hatte er sie danach gefragt, und sie hatte ihm lächelnd geantwortet, das es so hübsch für die Augen sei und in ihr ein Gefühl der Gemütlichkeit erzeugen würde.

Katana hatte sich damals gewundert, und er wusste auch nicht so recht, was ein Gefühl der Gemütlichkeit ist. Heute sah er aber die bunten Farben des Kangas und die Tonvase auf dem Tisch, die Plastikteller in den passenden Farben zum Kanga, irgendwie hatte sie ja recht, aber wo sie das nur herhatte? Normalerweise kümmerte das keinen.

Endlich hatte Fatuma aufgefüllt, natürlich hielt sie für Katana eine extra Portion Hühnerfleisch bereit und hatte die zwei dampfenden Chapatis auf den Tisch gestellt.

Wortlos aßen die beiden, und man konnte nur das Geräusch des Löffelns vernehmen.

„Sehr lecker!", stellte Katana fest, als er auch seinen Nachschlag verputzt hatte, und nun fühlte er sich ein wenig schläfrig, schlüpfte in seine Flipflops und machte sich auf den Weg in seine Hütte, um ein wenig zu schlafen. Man konnte sich das Leben doch ganz gut einrichten, dachte er, schwang sich auf sein Bett, das unter ihm knirschte, und schloss die Augen.

Fatuma kümmerte sich ihrerseits um das Kind. Asma schlief noch fest. Ihr Atem ging nun regelmäßig, und sie war auch nicht mehr so heiß. Vorsichtig tippte sie das Mädchen an und bat sie darum, etwas zu trinken, denn sie müsse ja gesund werden und ihr Brüderchen auf dieser Welt be-

grüßen. Das Kind trank gehorsam, dann legte es sich mit einem Lächeln wieder hin, um kurz darauf wieder eingeschlafen zu sein.
„Es muss am Wetter liegen", dachte Fatuma laut und hätte sich auch gerne hingelegt. Aber sie musste neuen Neemsud zubereiten. Auch hatte sie kaum noch Saft der Brotfrüchte, den brauchte sie, um das Fieber in den kranken Körpern zu bekämpfen. Nun ja, da war nun wirklich keine Zeit zum Ausruhen.
So nahm sie ihren Kanga und die alte Basttasche und machte sich auf den Weg, denn Blätter und Rinde des Neembaumes und die Brotfrüchte konnte sie auch bei Regen ernten.
Unbewusst trällerte sie ein Lied vor sich hin, das über die Schönheit der afrikanischen Natur und über die Liebe sprach. Sie wusste auch nicht, wie es in ihrem Kopf kam. Sie wollte sich beeilen, denn das Kind, die kleine Asma, lag noch friedlich schlafend in ihrer Hütte. Auf keinen Fall sollte die Kleine aufwachen und sich ängstigen.
Sie hatte die ersten Blätter und Stückchen von der Rinde des Neembaumes in ihre Tasche gestopft, da hörte sie ein Rufen. Sie verstand nicht richtig, aber niemand würde hier nach ihr suchen, so konnte sie nicht gemeint sein. Doch da war es wieder, fremde Laute drangen an ihr Ohr.
Und dann sah sie den alten Mawassi, den Dorfältesten, der stolz mit zwei Weißen daherkam, die wild gestikulierend in gebrochenem Suaheli auf ihn einredeten. Erleichtert schaute er auf, als er Fatuma erblickte. Was sie wohl wollten, diese fremden Weißen? Komisch sahen sie aus, mit ihrer so hellen, vor der Sonne ungeschützten Haut und den hellen Haaren. Als ob der große Mungu (Gott) nicht genügend dunkle Farbe mehr zur Verfügung hatte, so wurden sie nur eine hellere Sorte Mensch, der Sonne nicht angepasst und empfindlich. Endlich standen sie vor Fatuma. Mawassi erklärte ihr, dass sie die Tiere des Waldes beobachteten und durch Zufall ein Elefantenbaby gesehen hätten, das in ein Loch gefallen wäre, wo es nun nicht mehr herauskäme. Sie wollten helfen, benötigten aber selbst Hilfe. Und sie kämen nicht zurück an ihre Autos, denn zwei Elefantenkühe würden davorstehen, und sie könnten nicht weiterfahren.
„So", sagte Fatuma, „können sie denn nicht mit den Elefanten reden?"
Ihr Englisch war einigermaßen gut, zum Glück hatte sie es in der Schule gelernt. Kurz erklärten die Weißen ihr, dass sie an einem Forschungspro-

jekt, was auch immer das sein möge, arbeiten würden und die Tiere des Waldes zählten und auflisteten.
Wofür denn das, wunderte sich Fatuma, sagte aber nichts und ließ sie weiterreden. Nun, als sie auf dem Rückweg zu ihren Landrovern waren, da versperrten ihnen die Elefantenkühe den Weg und jagten sie weg. Sie hätten noch eine junge Frau dabei, die würde in der Nähe der Autos warten.
Mawassi erklärte den Weißen, das wäre die Frau, die mit den Tieren reden könnte, damit sie die Autos freigäben, ein leichtes Grinsen flog schelmisch über sein Gesicht. Fatuma wusste nicht, ob es ihr galt oder den Weißen. Das war im Moment auch egal.
„Ihr sagt, ein Elefantenbaby ist in ein Loch gefallen?", fragte Fatuma zweifelnd.
„Ja, ein großes Loch", sagte der mit den stechend blauen Augen, der andere mit den braunen war schweigsamer.
„Ich weiß nicht, ob ich euch helfen kann, lasst mich sehen, das sind Buschelefanten, sie haben schlechte Erfahrungen mit Menschen gemacht und mit Autos wahrscheinlich auch. Führt mich hin! Aber langsam, und bitte seid still."
Zu Mawassi gewandt, fragte sie, ob er jemanden zu Onkel Katana schicken könne, er möge nach dem kranken Kind in ihrer Hütte schauen, sie wisse nicht, wie lange das hier alles dauern würde.
Natürlich wusste Fatuma, dass überall hinter den Bäumen und Sträuchern Kinder, Frauen und auch Männer ihres Stammes hockten und alles beobachteten. Nur die Weißen, die Mzungu, merkten natürlich nichts.
Langsam näherten sie sich der Stelle, wo die Elefantenkühe immer noch verharrten. Eine junge Frau mit dunklen Augen und schwarzbraunen Haaren saß an einen Baum gelehnt und beobachtete die Tiere, ja, sprach sogar leise auf sie ein. Die Haut der Frau war nicht so weiß wie die der Männer, und auch ihr Englisch hörte sich irgendwie anders an. Sie sprach die Sprache der Elefanten, denn die hatten sich beruhigt.
Fatuma gebot den Männern, sich nicht vom Fleck zu rühren, kroch ins Unterholz und war lautlos verschwunden. Die Männer schauten sich fragend an und dachten wohl schon, sie hätte sich aus dem Staub gemacht, als sie ruhig genau vor den Elefantenkühen am Rande des Schlammlo-

ches wieder auftauchte. Die Kühe wurden unruhig, doch Fatuma redete auf sie ein, beruhigte sie und konnte nun einen Blick in die Grube werfen, wo das Junge gefangen saß. Man konnte an den Spuren erkennen, dass es versucht hatte, dem Schlamm zu entkommen, aber es war auf seinem Weg nach oben immer wieder abgerutscht und hatte nun bedauerlicherweise auch schon an Kraft verloren. Durch die starken Regenfälle der letzten Tage hatte sich die früher begehbare Sandkuhle in ein gefährliches Schlammloch verwandelt. Das Kleine brauchte dringend Hilfe. Fatuma richtete sich langsam auf. Die Elefanten trompeteten und wedelten aufgeregt mit ihren Ohren, taten ihr aber nichts. Fatuma stellte sich schräg vor sie, streckte eine Hand offen nach ihnen aus und redete beruhigend auf Suaheli, der Sprache, die sie kannten, die ihnen vertraut war, auf sie ein. Dann drehte sie ihren Kopf langsam in Richtung der jungen Frau und fragte sie auf Englisch, ob sie zwei Bretter und dicke Stricke in ihren Autos hätten. Die junge Frau nickte ruhig herüber.

„Ja, im Auto", antwortete sie in gebrochenem Englisch.

„Na, dann geh ans Auto und hol es, beweg dich langsam und den Elefanten zugewandt, sie werden dir nichts tun."

Wäre die Situation nicht so ernst gewesen, hätte Fatuma lächeln müssen über das ängstliche Gesicht der Weißen. Sie bewegte sich langsam, und die großen Tiere schienen sich nicht weiter daran zu stören.

„Nun bring die Sachen vorsichtig zu mir!", sagte Fatuma. Die Männer hatten ihr geholfen, Stricke, Bretter und Wasser aus dem Auto zu holen, und sie kam nun langsam auf Fatuma zugelaufen, seitlich an den Elefanten vorbei, die sich etwas beruhigt hatten, dem Geschehen aber aufmerksam folgten. Die junge Weiße war drahtig und sehnig, fast geschmeidig wie ein Gepard. Sie schaute auf das Elefantenbaby, und man konnte die Liebe zu diesem Tier und den Willen, ihm um jeden Preis zu helfen, erkennen. Ganz behutsam glitt die weiße Frau in das glitschige Erdloch zu dem Elefantenbaby, welches müde seinen kleinen Rüssel nach ihr ausstreckte, sie beschnüffelte und betastete. Langsam kroch die Weiße näher und streichelte das müde, verängstigte Tier. Leise sprach sie mit dem Elefantenjungen. Die Elefantenkühe, wahrscheinlich die Mutter und eine Tante, ließen alles geschehen, waren aber einen Schritt näher gekommen. Fatuma warf ihr die Seile hinab, ließ dann noch vorsichtig die Bretter hinabgleiten. Die Frau befestigte je ein Brett unter den Vorder- und Hinterläufen des jungen Tieres, das sich alles von ihr gefallen ließ. Nun nahm die Frau die Enden der Stricke und versuchte hinauszuklettern. Hatte aber auch Schwierigkeiten, wieder hochzukommen, und rutschte im Schlamm immer wieder nach unten. Ganz ruhig und wie es schien gelassen kniete sich Fatuma hin und streckte ihren Arm nach der Weißen aus, aber der Abstand war noch zu groß. Im selben Augenblick bewegten sich die Elefanten wie auf ein Zeichen hin zum Rand des tiefen Schlammtümpels, eine, die größere von beiden, kniete nieder und streckte ihren Rüssel suchend nach der Frau aus. Diese war etwas verunsichert und schaute Fatuma ängstlich an. Fatuma sagte mit ihrer beruhigenden Stimme: „Die Elefantenkuh wird dir helfen, bleib ruhig."

Die Dickhäuterin tastete den Grubenrand und das Innere der Grube mit ihrem Rüssel ab, als ob sie einen Sensor benutzen würde. Die junge Frau blieb ganz still und lehnte am schlammigen Grubenrand. Der kleine Elefant neben ihr streckte seinen Rüssel wie auf Kommando zum Rüssel der Elefantenmutter aus. Diese trompetete kniend.

Fatuma und die Männer begannen sich zu bewegen, denn ihnen war klar, wenn der Elefant nicht bald befreit werden würde, hätte er wegen des Wassermangels keine Chance zu überleben. Gemeinsam zogen sie an den Seilen, aber trotz ihrer Bemühungen waren der Widerstand der Schlammwand und das Gewicht des Elefanten zu groß.

Fatuma war verzweifelt. Die junge Frau in der Grube hatte sich langsam an die Nähe zum Elefantenbaby gewöhnt, streichelte seine raue Haut und sprach beruhigend auf es ein. Die Männer hatten den Landrover nahe an den Grubenrand gebracht und befestigten nun die beiden Seile daran. Auf ein Zeichen hin setzte sich der Landrover langsam in Bewegung, der kleine Elefant wurde ganz langsam am Grubenrand hochgeschleift. Es war sicher nicht die beste Möglichkeit, das Junge zu befreien, aber die schnellste. Beide großen Elefantenkühe standen seitlich der Grube und beobachteten misstrauisch das Geschehen. Das Kleine quietschte kurz auf, und die beiden anderen Elefanten wurden unruhig, stampften aufgeregt hin und her, als ob sie nicht sicher wären, was da vor sich ging, und was sie als nächstes tun sollten. Da war aber das Elefantenjunge schon nach oben befördert, mit einigen Abschürfungen allerdings. Schnell und mit der ihr eigenen Behändigkeit löste Fatuma die Knoten der Stricke. Das Kleine war frei und strengte sich an, wieder auf die Beine zu kommen. Zum Glück hatte es noch genug Kraft dazu. Die beiden Elefantenkühe nahmen es in die Mitte und stützten das Kleine so etwas und beschnüffelten es mit ihren Rüsseln. Eine trompetete lauthals und, wie es schien, vor Freude und vielleicht, um den anderen Tieren der Herde Bescheid zu geben.

Die junge Frau saß immer noch in der tiefen Mulde. Die Männer warfen ihr einen Strick zu, und sie konnte, schlammverkrustet zwar, aber unverletzt hinausklettern.

Plötzlich drehte sich eine der Elefantenkühe um. Sie schwenkte den Rüssel aufgeregt und ging für ihr Gewicht mit erstaunlich schnellem Schritt auf die junge weiße Frau zu, die gerade versuchte, sich den krustig werdenden Schlamm von den Sachen zu klopfen. Irritiert hielt sie inne und schaute mit geweiteten Augen die graue Riesin an. Diese hob langsam den Rüssel und betastete die Frau von oben bis unten, es geschah so vorsichtig und fast liebkosend, alle hielten den Atem an. Dann drehte sich die Elefantin um und schaukelte zufrieden von dannen. Atemlos, mit hängenden Armen stand die Frau da. Tränen der Rührung sammelten sich in ihren Augen.

Fatuma sagte leise zu ihr: „Sie haben jetzt deine Witterung und werden dich ihr Leben lang nicht vergessen."

Die Männer standen vor den Autos, wischten sich den Schweiß von der Stirn und hatten alles wieder zusammengesammelt und in ihr Auto gelegt, waren fertig zur Weiterreise.

Die junge Europäerin bedankte sich bei Fatuma, ein tiefer Blick in ihre Augen verriet wortlos ihre Seelenverwandtschaft. Dann stieg sie zu den Männern ins Auto und war schnell aus Fatumas Blickfeld verschwunden. Nun erst kam, hinter den Bäumen wohlweislich versteckt, die halbe Dorfgemeinschaft hervor, die alles aus sicherer Entfernung beobachtet hatte. Fatuma und die junge Europäerin erhielten hinter vorgehaltener Hand den Namen Mama Ndovu, was soviel wie Elefantenmutter heißt. Bis ins kleinste Detail wurde jede Szene genau, oder wie sie jeder gesehen zu haben meinte, kommentiert. Es war ein Dorferlebnis, was nicht so schnell in Vergessenheit geraten würde.

Fatuma hatte keine Zeit für viel Geschwätz. Sie wusste, dass ihre kleine Patientin zu Hause auf sie wartete, und eigentlich hatte sie sich auf die Suche nach bestimmten Kräutern und den Früchten des Baobabbaumes gemacht. Kostbare Zeit war ihr verlorengegangen, und sie machte sich schleunigst an die Arbeit. Nicht weit von der Stelle entfernt befand sich der alte Affenbrotbaum. Es war nicht schwer, ein paar der reifen Brotfrüchte zu ernten. Sie hatten die wunderbare grün-gelb-braune Farbe, die Fatuma immer wieder so faszinierte. Ein paar Meter weiter stand der Neembaum. Sie erntete mit gekonnter Hand die kleinen runden Früchte, einige Zweige mit frischen Neemspitzen und schälte vorsichtig etwas Rinde in ihre Basttasche. Nicht ohne sich bei den Bäumen bedankt zu haben, verabschiedete sie sich von den Göttern, die in ihren Gedanken bei ihr weilten, und lief eilig wieder zurück zu ihrer Hütte, denn es begann langsam zu dämmern, und große dunkle Wolken zogen auf und verdichteten den Himmel zusehends.
Etwas außer Atem kam sie zu ihrer Hütte. Alles schien ruhig. Vorsichtig öffnete sie die Tür. Ein heimeliges Bild bot sich ihr. Die kleine Asma saß auf dem Bett und spielte mit Toto. Sie waren gerade dabei, sich gegenseitig die Köpfe genau zu untersuchen. Asma beugte ihren kleinen Wuschelkopf heran, und Toto suchte nach Läusen in ihren Haaren, die sie natürlich nicht fand. Dann nahm Asma Totos Kopf in die Hand und ahmte das Lausen nach. Es war, als ob sich ein Lächeln auf beiden kindlichen Gesichtern spiegelte. Toto gewahrte Fatuma als erste und sprang behände auf sie zu. Asma hatte noch Schmerzen im Bein. Aber alles würde gut werden. Fatuma musste nur sehen, dass sie einer Entzündung des Gewebes vorbeugte. Die Gefahr war so gut wie gebannt.
„Nun, kleine Asma“, sagte Fatuma und streichelte ihr dabei sachte über den Kopf, „dir scheint es besser zu gehen. Möchtest du zurück zu deiner Familie? Du hast jetzt auch ein kleines Brüderchen.“
Die Augen der Kleinen leuchteten auf. Und sie versuchte schnell aus dem Bett zu kommen. Als sie aber auf ihren verletzten Fuß trat, strauchelte sie und fiel fast hin. Fatuma konnte sehen, wie viele Schmerzen ihr das Auftreten noch bereitete.

„Willst du vielleicht nicht doch noch eine Nacht bei mir bleiben und dich ausruhen? Ich glaube, es ist besser, wenn du erst morgen zu deinem Haus rübergehst."
„Aber Tante, ich bin so gespannt auf mein Brüderchen, und die Schmerzen machen mir nichts aus."
Fatuma runzelte die Stirn und war nun doch besorgt. Durch die zu frühe Anstrengung konnte sich der Fuß oder, schlimmer noch, das Bein entzünden.
„Schau mal", sagte Fatuma, „die kleine Toto hätte dich auch noch gerne eine Nacht hier, und es wird auch jetzt gleich dunkel. Ruh dich doch noch etwas bei mir aus, und ich werde uns etwas Schönes zum Abendessen bereiten, vielleicht erst mal einen süßen Tee?"
„Ja, Tante, vielleicht hast du recht", sagte Asma und legte sich wieder aufs Bett, das Bein vorsichtig nachziehend. Dann streckte sie den Arm aus, und Toto sprang sofort erfreut zu ihr ins Bett. Beide kuschelten sich aneinander, als ob sie schon immer zusammengehört hätten.
Am nächsten Morgen schwätzten Fatuma und Asma, und es hörte sich ein bisschen an, als ob Vögelchen miteinander redeten. Sie verbrachten den ganzen Tag miteinander und vergaßen die Zeit. Es regnete den ganzen Tag in Strömen. Am Nachmittag legten sie sich für eine Weile aufs Bett und spielten mit Toto.
Fatuma stand nach einer Weile auf und ging draußen an ihre Feuerstelle, denn es regnete gerade nicht. Mit geübten Handgriffen entfachte sie das Feuer und kochte einen starken Tee, den sie dann mit ein paar großzügig bemessenen Teelöffeln voll mit Zucker versüßte. Dann bereitete sie den Maisbrei (Ugali) zu, und aus dem Gemüse, welches sie noch zu Hause hatte, zauberte sie ein gut gewürztes Gemüsecurry. Sie vermutete, dass auch Katana dieses Mal wieder zum Essen kommen würde.
Also deckte sie schon einmal den Tisch für alle drei. Es machte ihr Spaß, schöne Dinge zusammenzustellen. Einen Kikoi als Tischdecke auszuwählen, dazu in einem kleinen Tongefäß, welches mit Wasser gefüllt war, die Blüte des afrikanischen Tulpenbaumes, ein klares Orange, passend zu den bunten Farben des Kikois. Die Hütte war aufgeräumt und sauber, das brauchte sie zu ihrer Zufriedenheit.

In der Zwischenzeit neigte sich auch dieser Tag seinem Ende entgegen. Fast immer um dieselbe Stunde verschwand die Sonne, um dem Sternenhimmel der Nacht Platz zu machen.
Friedlich und mit den Neuigkeiten des Tages versehen, traf Katana rechtzeitig zum Essen ein.
„Wer waren die Weißen, die dem Elefantenbaby das Leben gerettet haben? Was tun sie hier? Kanntest du sie?“, fragte Katana, den Gemüsecurry schlürfend. Da Fatuma den Mund mit Maisbrei, ihrem geliebten Ugali, voll hatte, dauerte es einen Moment, bevor sie antworten konnte.
„Es waren Weiße, die mal wieder unsere Tiere beobachten wollten, und da haben sie wohl durch Zufall den kleinen Elefanten entdeckt. Es war sehr mutig von der jungen Frau, ihm so zu helfen. Denn das war nicht ungefährlich, und sie war die einzige von den Weißen, die das auch wusste, und trotzdem hat sie geholfen.“
„Mmh“, müffelte Katana zwischen zwei Bissen mühsam hervor und konzentrierte sich weiter auf das Essen, was ihm ausgezeichnet schmeckte. Woher sie nur so gut kochen konnte?, wunderte er sich im Stillen.
Er hatte die Geschichte des Tages schon wieder fast vergessen, streckte im Sitzen den Bauch nach vorne und genoss die abendliche Stille. Fatuma wusste auch ihren Gedanken nachzuhängen. Es schien, als habe sie es geschafft, Heilerin zu werden und vom Dorf akzeptiert zu werden. Ein Teil davon war Katanas Werk, er konnte stolz auf sich sein, streichelte langsam über seinen Bauch, lehnte sich selbstzufrieden zurück und dachte über ein Glas Palmwein nach, welches er mit den anderen Älteren am Rande des Dorfes als Schlummertrunk genießen wollte. Gesagt, getan, er stand auf, verabschiedete sich mit einem zufriedenen Lächeln und begab sich auf die Suche nach dem alten Mawassi.
Fatuma räumte still den Tisch ab, brachte Asma ins Bett und sang ihr ein altes afrikanisches Gute-Nacht-Lied vor. Danach wusch sie das Geschirr, denn sie mochte es nicht, morgens aufzustehen und noch das ungewaschene Geschirr vorzufinden. Zu viele Insekten sammelten sich darin.
Die Luft war lau, und es war eine finstere Nacht, ein paar Wolken waren aufgezogen und hatten den Mond versteckt. Fatuma setzte sich vor ihre Hütte, um ihren Gedanken nachzuhängen. Es war schön, den Abend so gemütlich abzurunden.

Sie wollte es zum Ritual werden lassen. Ein Ritual der Ruhe und des Kräftesammelns, ein Revuepassieren des Tages, ein Nachdenken über eigene Schwächen und Fehler, denn sie musste selbstkritisch sein, um ihre Leistung ständig zu verbessern, sie war es ihrem Beruf und den Menschen, denen sie helfen wollte, schuldig. Sie war es sich selbst schuldig. Stumm stützte sie ihr Gesicht in ihre Hände, eine starke Gefühlswelle ergriff sie, und Fatuma kämpfte gegen diese an, damit sie nicht hinweggerissen wurde vor Wehmut und Einsamkeit, die sie manchmal und meist ganz unerwartet beschlich. Die Sehnsucht, auch eine Familie zu haben, eine Mutter, die sie liebte, einen Mann, mit dem sie alles teilen könnte, sie wusste, morgen wäre alles wieder gut, aber sie musste diese Nacht der Gefühle überstehen, nur diese eine Nacht, und später noch viele andere. Wie gerne würde sie auch mit ihren Liebsten vor der Hütte sitzen und schwatzen und scherzen, wie es die anderen taten. Manchmal überfiel sie ihre Einsamkeit ganz unvermittelt und unvorbereitet. Toto kam und zauste ihr das Haar.

„Liebe kleine Toto, was denke ich denn da, du bist ja meine Familie, und du brauchst mich, gibst mir das Gefühl, geliebt zu werden und jemand zu sein, verzeih meine Gedanken."

Toto lauste ihr kurzes, drahtig krauses Haar. Genau nahm der Halbaffe Strähne für Strähne in seine kleinen, menschenähnlichen Händchen, ab und zu beugte sich Toto herunter und kaute an einer Strähne, als ob sie etwas gefunden hätte. Fatuma ließ sie gewähren, die kleine Äffin folgte nur ihrem Instinkt der Liebe und Geborgenheit. Dann kam sie und kuschelte sich in Fatumas Schoß, wohl wissend, dass diese nun dem Ritual folgen würde.

Kein Außenstehender würde jemals auf die Idee kommen, welche Gedanken Fatuma eben noch durch den Kopf gegangen waren. Beide strahlten ein Bild der Ruhe und Geborgenheit aus.

Unweigerlich begann Fatuma, über den kommenden Tag nachzudenken. Asma würde wieder zurück zu ihrer Familie gehen. Sie war schon länger bei ihr geblieben, als es vorgesehen war. Fatuma wünschte ihr von Herzen, dass alles gut werden würde, nun, nach der Geburt ihres Bruders, und dass in die Familie endlich Frieden einkehren würde. Oft war mit der Geburt eines Sohnes eine große Bürde von den Schultern des Mannes

genommen, und auch die Ehefrau und der Rest der Familie konnten wieder frei atmen. Nun, die Zeit würde es zeigen.
Langsam wurde sie müde und ging zurück in ihre Hütte. Toto kletterte ins Körbchen, und Fatuma konnte die regelmäßigen Atemzüge des schlafenden Kindes hören. Alles war so friedlich. Leise wusch sie sich und legte sich auf ihr Bett. Der Schlaf breitete seinen großen, schweren Mantel über sie aus.
Zwei Wochen später brachte Fatuma das geheilte Kind zu seinen Eltern zurück. Glücklich schloss die Mutter ihre Asma in die Arme, einige Tränen der Rührung liefen über ihre Wangen. Sie dankte Fatuma aufrichtig, und der Mann gab ihr ein paar Schillinge und war insgeheim dankbar, dass sie sich so ruhig verhalten hatte und sich nicht in die Familienangelegenheiten eingemischt hatte. Er war frohen Mutes, und wenn es erst seiner Frau wieder besser gehen würde, dann könnte man sich ja an die Arbeit machen und einen zweiten Sohn zeugen. Er hatte es sich fest vorgenommen.
Fatuma sah in seine Augen und konnte, im Inneren ihres Herzens traurig, seine Gedanken lesen. Eine weitere Geburt würde seine Frau kaum überstehen, aber sie konnte es ihm nicht sagen, nicht jetzt und nicht so.
In Gedanken versunken, schlenderte sie nach Hause. Es war ein Tag voller Wolken, aber ohne Regen, die Luft war ungewöhnlich frisch. Irgendwie wusste sie nicht so recht etwas mit sich anzufangen. Sie überlegte gerade, wie sie den neuen Tag beginnen sollte, da wurde sie auf Stimmen aufmerksam, die, wie es schien, etwas riefen. Ja, man rief nach ihr. Sie drehte sich um, und da sah sie auch schon einige Frauen, die wild mit den Händen gestikulierten und sie heranwinkten. „Es ist Katana“, riefen sie ihr zu, „er liegt in seiner Hütte und krümmt sich vor Schmerzen.“ Fatuma eilte zur nicht weit entfernten Hütte von Katana. Mawassi saß etwas ratlos bei ihm, und Katana lag seitlich mit angewinkelten Beinen in seinem Bett. Sein Gesicht war schmerzverzerrt.
„Ich wollte mich eigentlich nicht so von dir verabschieden, Fatuma“, sagte er mit belegter, rauer Stimme.
Fatuma hatte noch nie wirklich einen schwerkranken Mann behandelt. Man hatte sie bis jetzt immer nur zu den Frauen und Kindern gerufen. Bei Männern ging es bis zu diesem Tag immer nur um Kleinigkeiten.

Nicht so bei Katana. Er war krank, und zwar schwer krank, warum hatte sie es vorher nicht bemerkt? Sie hätte vielleicht die heranschleichende Krankheit verhindern, mindestens aber mildern können. Katana war selbst Heiler. Für einen Moment stand sie ratlos vor seinem Bett. Dann bat sie Mawassi: „Lauf, Mawassi, und bitte die Frauen darum, viel Wasser zu erhitzen, ich will sehen, was ich für Katana tun kann.“ Mawassi, der als Ältester nicht gewohnt war, dass man ihm Befehle gab, trollte sich kopfschüttelnd, erfasste aber instinktiv die Situation und fügte sich, ohne darüber nachzudenken. Er wies die Frauen des Dorfes an, wie ihm geheißen, und lehnte sich, etwas durcheinander, an einen krummen Baum. Was war nur mit dem alten Katana los? Was sollte nun geschehen? Und Fatuma, was sollte aus ihr werden? Ob sie ihn heilen könnte? Aber er hatte wirklich schon schlecht ausgesehen, als Mawassi ihn das letzte Mal gesehen hatte. Man trug Katana auf Anweisung von Fatuma in ihre Hütte, denn dort hatte sie all die Medizin, welche sie benötigte.

Die Frauen hatten den Ernst der Situation erfasst, die schlimme Nachricht hatte sich schnell herumgesprochen. Es stand nicht nur Katanas Leben auf dem Spiel, nun war auch die Zeit gekommen, um über Fatumas Zukunft zu entscheiden. Die Frauen spürten die Belastung der gesamten Dorfgemeinde, es lag eine starke Anspannung in der Luft.

Vielen hatte Fatuma geholfen, aber würde ihre Kraft auch ausreichen, Katana noch einmal auf die Beine zu helfen? Es gab so etwas wie weibliche Solidarität, und diese Schwingungen breiteten sich mit enormer Kraft wie eine Welle voller Energie über das ganze Dorf aus. Keiner konnte es sehen, schmecken, riechen, aber jeder fühlte es, ob er wollte oder nicht. Unbewusst fingen die Frauen an, sich im Gleichklang zu bewegen. Sie fühlten diese Urkraft des Lebens stärker als all die Männer um sie herum. Aber auch diese wurden unruhig, sprachen leiser miteinander, und ihre Bewegungen wurden kantiger, wie linkische Jugendliche kurz vor ihrer Beschneidung. Irgendetwas lag in der Luft-Veränderung.

Fatuma hatte inzwischen alle ihre Sinne geschärft. Sie sog Katanas Geruch ein, betastete seine Haut. Schaute in seine Augen, indem sie vorsichtig mal sein eines und dann wieder sein anderes Lid anhob. Sie schaute sich die Nasen- und Mundschleimhäute an. Sie wünschte sich, mehr von Medizin zu wissen als das, was sie bis jetzt gelernt hatte. Mawassi und die

Frauen kamen mit dem heißen Wasser. Sie waren ungewöhnlich still, ihre Bewegungen wirkten gleichförmig.
Fatuma blickte von Katana auf, der nun bewusstlos auf dem Bett lag. Sie spürte die Kraft der Gemeinsamkeit, des gemeinsamen Wunsches, der Wille zu helfen und etwas dafür zu tun, die von der Dorfgemeinde ausging. Ein kühler Schauer rieselte über ihren Rücken, und sie wiegte sich langsam in Trance.
Die Dorfgemeinde trat ein paar Schritte von der Hütte zurück, alle wiegten sich unmerklich im gleichen Rhythmus, alle wünschten sich inständig das Leben für Katana zurück. Er war noch nicht so alt, eigentlich auch nicht gebrechlich. Er war ihr Heiler. Er konnte nicht von ihnen gehen, einfach so, ohne sich zu verabschieden, ohne ihnen noch etwas mit auf dem Weg zu geben.
Es fing ganz sachte an zu regnen, keiner bewegte sich von der Stelle, alle empfanden es als gutes Omen.
Fatuma ging, einen Blick auf die versammelten Menschen, zurück in ihre Hütte. Sie braute einen Sud, mit dem sie Katanas Körper wusch, und trocknete ihn sorgfältig ab. Sie köchelte schon seit einiger Zeit einen Kräutertrunk, der stark war und Katanas innere Säfte anregen sollte. Irgendwie musste sie auch seinen Körper von innen reinigen. Nur wie sollte sie ihm in diesem Zustand die Flüssigkeit einflößen? Fatuma trat vor die Hütte und bat Mawassi mit einem Blick hinein. Er wirkte steif und ungelenk. Mawassi war kein Heiler, nur alt und weise und Katanas Freund.
„Wir müssen Flüssigkeit in seinen Körper bringen“, sagte Fatuma mit ihrer ruhigen, dunklen Stimme. Mawassi sah sie etwas unbeholfen an. Sein Mund formte fast mit Schwierigkeiten das Wort: „Wie?“
„Richte ihn auf, sei bitte vorsichtig dabei“, sagte Fatuma leise. Mawassi tat, wie ihm geheißen. Mit einem Teelöffel, der mit einer tiefgrünen Flüssigkeit gefüllt war, die sie durch vorsichtiges Pusten abgekühlt hatte, träufelte sie ihm ein paar Tropfen in den Mund. Ihr war fast, als ob sie eine unmerkliche Bewegung in Katanas Hals spürte, oder hatte sie sich geirrt, war da nichts? Aus den Augenwinkeln blickte sie Mawassi an, ob er wohl etwas bemerkt hatte. Aber seine sonst so entspannten Gesichtszüge waren erstarrt, seine Augen blickten ernst auf Katana. Fatuma brachte einen zweiten Teelöffel voll, schob ihn unter Katanas Zunge

und entleerte ihn dort vorsichtig, fast tröpfchenweise. Sie wusste, dass ein kranker Körper an dieser Stelle, auch ohne zu schlucken, Medizin in sich aufnehmen konnte. Die Konzentration war zwar geringer, aber man konnte anfangen, etwas zu tun. Fünf weitere Löffel gab sie ihm langsam und behutsam. Dann deckte sie seine Lenden mit einem Kikoi ab und wusch Katanas Körper wieder mit dem gebrauten Sud. Auch über die Haut konnte ein kranker Körper Medizin aufnehmen, ebenfalls geringe Mengen. Sie setzte sich schräg hinter ihn und begann vorsichtig seine Schläfen zu massieren, dann fühlte sie den Puls, der noch zu spüren war. Wenn sie doch nur eine Möglichkeit finden würde, ihm mehr Flüssigkeit einzuflößen. Sie musste Geduld haben. Wieder betrachtete sie seinen Körper, um irgendein Zeichen zu erhaschen, was mit ihm passiert war. Sie betupfte seine Augen mit abgekochtem Wasser, reinigte sie in den Ecken. Schaute auf seine Fingernägel, nichts – sie konnte einfach keine Unregelmäßigkeiten erkennen. Es blieb ihr nichts anderes übrig, als ihm ganz langsam und mit viel Geduld die gebraute Medizin tröpfchenweise in den Mund zu geben. Das dauerte nun schon Stunden. Mawassi saß stumm neben ihr und streichelte bedächtig Katanas Hand.
Die Dorfgemeinde, oder jedenfalls die meisten von ihnen, saßen unter den Neem-Bäumen vor ihrer Hütte und beteten zu ihren Göttern. Einige Mütter hatten sich zurückgezogen, um ihre Kinder zu füttern und Tee für alle zu kochen. Sonst war es ungewöhnlich still. Es schien, als ob selbst die Vögel und Insekten ihren Gesang auf später verschoben hätten. Der leichte Regen hatte aufgehört. Alle hofften, dass Fatuma dem alten Katana noch einmal die Lebensgeister einhauchen könnte. Wenn er von ihnen gehen würde einfach so, war das ein wirklich schlechtes Omen für den Stamm. In diesem Moment gab es keinen Neid und keine Missgunst, nur den gemeinsamen Willen zur Hilfe, denn Katanas Tod würde Unheil über jeden Dorfbewohner bringen.
Wieder wusch Fatuma den kranken Körper Katanas mit dem abgekochten Neemsud. Es war eine lauwarme, leicht bräunliche Flüssigkeit. Plötzlich und ganz unerwartet stöhnte Katana auf, vor Schreck ließ Fatuma, die gerade seinen Rücken abwusch, ihn fast fallen. Zärtlich sprach sie ihn an: „Onkel Katana, bist du wieder wach?“ Ein leises Murmeln war die Antwort. Verstehen konnte Fatuma nichts, aber sie war so glücklich, dass

er sich regte. Vorsichtig legte sie seinen Oberkörper auf das Lager zurück. Mit einem trockenen Tuch wischte sie den feuchten Körper ab, damit er sich ja nicht erkältete. Vorsichtig flößte sie ihm wieder ein paar Tropfen der vorbereiteten Medizin ein. Gehorsam schluckte er das bittere Gebräu. Sie sah es, wie die Verdickung am Hals auf und ab hüpfte. Vor Freude hätte sie weinen können, doch noch war die Gefahr nicht gebannt, denn Fatuma tappte immer noch im Dunkeln, was diese Krankheit betraf. Auch war Katana noch nicht gänzlich zu den irdischen Mächten zurückgekehrt. Doch sie schöpfte Hoffnung. Alle ihre Gedanken konzentrierten sich auf Katana und seine Heilung.

Von draußen drangen die leisen Gesänge der Dorfgemeinde an ihr Ohr. Es waren uralte Weisen, um die bösen Geister zu verjagen, ein Auf und Ab der Melodie und Lautstärke, einige Ältere fielen in Trance und baten ihre Götter und die Ahnen um Hilfe. Das gesamte Dorf hatte sich versammelt, denn es begann, dunkel zu werden. Alle wussten instinktiv, dass in der Nacht um zwei Uhr entschieden sein würde, ob Katanas Leben wieder aufblühte und er zu ihnen zurückkehrte oder ob er sich für immer von ihnen abgewandt hatte. Für sie hing das Schicksal des Dorfes davon ab. Egal, was Fatuma war, noch war Katana ihr Heiler.

Fatuma hatte Katana inzwischen gänzlich mit Tüchern abgedeckt und flößte ihm ständig eine Flüssigkeit ein. Katana schluckte kontinuierlich. Hatte aber weder die Augen offen, noch sah man irgendeine Regung auf seinem Gesicht. Die Zeit verrann im gleichmäßigen Rhythmus, wie das Wasser mit der Flut in den Mida-Fluss hineinlief, kontinuierlich, unaufhaltsam, es ließ sich durch nichts aufhalten.

Katana begann sich zu regen. Seine Augenlider zitterten wie die Flügel eines gefangenen Insekts, und er versuchte sich aufzurichten. Fatuma sprach beschwichtigend auf ihn ein. Irgendetwas beunruhigte Katana. Als Fatuma bemerkte, dass er Wasser lassen wollte, rief sie leise nach Mawassi, der sofort hereinkam, sich ein Gefäß schnappte und Katana behilflich war, während Fatuma sich zur Tür drehte. Als Mawassi fast beschämt mit dem Urin an ihr vorbeiwollte, stoppte sie ihn, nahm ihm das Gefäß aus der Hand, roch daran und betrachtete die Farbe des Urins. Blut, da war Blut im Urin. Sie war einen Schritt weiter und wusste, was nun zu tun war. Fast unaufhörlich gab sie ihm wieder zu trinken. Der alte Mawassi blieb bei ihr und half. Eine alte Dorfbewohnerin kam an die Hüttentür, klopfte vorsichtig, um dann fast im gleichen Moment einzutreten. Sie hatte einen Topf bei sich, aus dem es herausdampfte. In der Hütte machte sich ein angenehmer Geruch nach Hühnerbrühe breit. Mawassi und Fatuma, die seit Stunden weder gegessen noch getrunken hatten, lief das Wasser im Mund zusammen. Ohne viel zu sagen, stellte die Alte den Topf ab, grüßte Mawassi ehrfürchtig, blickte aber Fatuma nicht an. Fatuma wusste, warum. Sie hatte damals schon lauthals gegen Fatumas Wunsch protestiert, Heilerin zu werden. „Eine Frau, wo kommen wir denn da hin!", hatte sie gekeift. „Ich will das nicht und die anderen im Dorf auch nicht." Fatuma hatte sich damals schweigend von ihr abgewandt, sie dann auch kaum noch getroffen. Man ging sich aus dem Weg, und Fatuma war trotzdem Heilerin geworden, stand aber immer noch unter Katanas Schutz.

Tief vor Anspannung und Kummer in Gedanken versunken, spürte sie, wie Katana ihre Hand nahm und leicht drückte.

„Onkel Katana", flüsterte sie, „was war nur los mit dir?"

Mit trockenem Mund versuchte er ihr zu antworten, doch Fatuma konnte nicht so recht verstehen, was er von ihr wollte. Auch der alte Mawassi war auf die Szene aufmerksam geworden.

„Katana, alter Junge", sagte er, „du hast uns ordentlich Angst eingejagt und uns und die Götter erschreckt. Wenn du schon von uns gehen willst, dann verabschiede dich gefälligst vorher richtig und werfe dich nicht einfach in den Dreck wie ein Hund. Und jetzt iss die Suppe, die deine alte Liebe, Mtenga, dir gebracht hat." Fatuma stutzte kurz bei dieser Bemerkung, sagte aber nichts. Schweigend füllte sie etwas von der wohlriechenden Brühe in eine Schüssel und löffelte es Katana vorsichtig ein. Er hatte sich mit der Hilfe Mawassis aufgerichtet und kam zusehends zu Kräften.

„Was war nur los mit dir, Onkel?", fragte Fatuma leise.

„Ich weiß es nicht, Fatuma, irgendwie müssen mir die Götter gezürnt haben, aber wie es scheint, haben unsere Ahnen sie gebeten, mich noch einmal gehen zu lassen. Ich würde gerne in meine Hütte gehen, befürchte aber, dass meine Beine mich nicht tragen werden."

Mawassi ging in Richtung Tür und sagte: „Ich mach das schon, alter Kumpel, sieh du nur zu, dass du zu Kräften kommst."

Wenig später stand er mit zwei jungen Giriama-Männern und einer selbstgebastelten Trage vor Fatumas Tür. Fatuma blickte auf in der Erwartung, dass nur Mawassi eintreten würde, doch auch die beiden jungen Männer waren hereingekommen. Fatuma erhaschte den Blick des einen, und es traf sie wie der Hieb eines Palmwedels. „Was war das?", dachte sie und spürte, wie ihr Gesicht heiß wurde. Sie ärgerte sich über die ungewollte Gefühlsregung, war aber völlig überrumpelt und hilflos. Mit stark klopfendem Herzen wandte sie sich schnell Katana zu und half ihm, die Beine auf den Boden zu setzen, er war kräftiger, als sie dachte. Problemlos schoben die beiden Männer die Trage unter ihn und trugen Katana langsam und bedächtig aus ihrer Hütte. Fast war es ihr, als ob ihr Onkel ein Lächeln auf dem Gesicht trüge. Der letzte der beiden Männer, der bewusste, drehte sich noch einmal kurz um und bedachte sie mit einem Augenzwinkern und sagte ganz leise, so dass nur sie es hören konnte: „Ich komme wieder." Fatuma war bestürzt und erfreut zur gleichen Zeit, versuchte aber, sich nichts anmerken zu lassen.
Kurz bevor die Tür zuging, schlüpfte Toto herein. Sie war in der Zwischenzeit ausgewachsen und tollte den ganzen Tag draußen herum. Oft spielte sie mit den Kindern des Dorfes, wenn die zu grob wurden, trollte sie sich auf einen Baum, hing lässig in einer Astgabel oder schlummerte irgendwo versteckt, um dann ganz unverhofft wieder aufzutauchen. Jetzt sprang sie auf Fatumas Arm und schmiegte sich an sie. Fatuma stand hinter ihrer geschlossenen Hüttentür und hörte, wie die Dorfbevölkerung Katanas Trage schwatzend folgte. Sie konnte fröhliches Geplapper vernehmen. Die Leute waren zufrieden, aber keiner vermisste sie.
Etwas einsam und verloren stand sie mit ihrem Meerkatzenzögling da. Das Tier spürte die innere Unruhe Fatumas und schaute sie mit seinen großen, fragenden Augen an. Fatuma wusste nicht, an was sie zuerst denken sollte, die schwere Erkrankung des Onkels, denn sie wusste instinktiv, dass seine Tage gezählt waren, oder die Worte von Chakwe, denn sein Name war ihr wieder eingefallen. Sie hatten ab und zu als Kinder miteinander gespielt. Er war immer zurückhaltend und ruhig gewesen, nie streitsüchtig, aber an viel mehr konnte Fatuma sich nicht erinnern, denn er war dann aus dem Dorf fortgegangen. Chakwe musste einige Jahre älter sein als sie selbst. Nun war er ein stattlicher Mann geworden.

Gut gewachsen, das hatte Fatuma aus den Augenwinkeln gesehen. Und irgendwie hatte er etwas an sich, was Fatuma mochte. Sie schob diesen Gedanken von sich, aber er schlich sich immer wieder in ihr Gehirn zurück. Mechanisch räumte sie, mit dem Äffchen auf dem Arm, alles weg und machte sich daran, die Hütte gründlich zu reinigen. Es war ihr ein Bedürfnis, nachdem der kranke Katana Stunden seines Traumas dort verbracht hatte. Sie kochte Kräuter in Wasser auf und wusch alles mit dieser heißen, wohlriechenden Flüssigkeit ab. Dann ging sie vor die Hütte, weil sie die Tücher, welche sie benutzt hatte, auswaschen wollte, besann sich aber, das auf morgen zu verschieben, da es inzwischen stockdunkel geworden war. Sie schaute den Himmel an und konnte weder Mond noch Sterne erblicken. „Toto, wir werden Regen bekommen diese Nacht", sagte sie zärtlich zu ihrem Tier.
„Ja, ich glaube auch, dass es Regen geben wird", kam eine Stimme aus der Dunkelheit. Fatuma wusste sofort, dass es Chakwe war, der da sprach.
„Darf ich hereinkommen?", fragte er kaum hörbar, stand aber dann so plötzlich vor ihr, dass sie einen Schritt zurückwich und ihm damit den Eingang in ihre Hütte freigab. Lautlos war Chakwe eingetreten und schloss die Tür hinter ihnen. Toto beäugte das ihr unbekannte Gesicht neugierig und steckte dann ihren kleinen Finger in ihre Nase, holte einen Popel heraus, betrachtet ihn ausgiebig, um ihn dann in den Mund zu stecken und herunterzuschlucken. Beide beobachteten Totos Tun im Schein der Kerzen und mussten über die Friedlichkeit der Handlung schmunzeln.
„Setz dich doch", forderte Fatuma ihr Gegenüber auf. Mit einer Bewegung, die Fatuma fast gar nicht bemerkt hatte, streichelte er ihr über das Gesicht, drehte sich um und nahm auf dem einfachen Holzstuhl Platz. Etwas unschlüssig stand Fatuma in der Mitte ihres Zimmers, setzte sich dann auf den zweiten Stuhl und atmete tief durch. Chakwe schaute ihr tief in die Augen. Fatuma schlug die ihren nieder und wusste nicht, wo sie hingucken sollte, ihr Herz pochte. Sie konnte es im Hals spüren. Es war aber ein angenehmes Gefühl und sie genoss es, fing an sich zu entspannen.
„Fatuma, wie geht es dir, ich habe dich ja ewig nicht gesehen? Und nun sehe ich dich. Du siehst übrigens phantastisch aus."

„Du siehst auch gut aus", sagte Fatuma und lächelte ihn offen an. Chakwe nahm ihre Hand, und Fatuma entzog sie ihm nicht.
Sie saßen lange beisammen und erzählten von alten Zeiten. Beide dachten an ihre frühe Jugend zurück, schon vergessene Erinnerungen kamen auf, und beide vergaßen die Zeit und alles andere um sie herum. Es war so spannend zu hören, was jeder zu berichten hatte, sie konnte sich kaum von seinem Gesicht lösen. Diese schwarzfunkelnden Augen ließen sie nicht los. Sie war wie gebannt und fasziniert von ihm. Die Nacht rann dahin wie ein schwarzes Band, und Fatuma wurde etwas unsicher. Was würde die Dorfgemeinschaft denken, wenn Chakwe morgens aus ihrer Hütte kam? Das ging nicht, und sie wollte es auch nicht. Irgendwie musste sie das Chakwe sagen, ohne ihn zu verärgern, denn sie wollte ihn wieder sehen, tief in ihrem Herzen. Als Chakwe für einen Moment still war, sagte sie leise: „Ich glaube, du musst langsam gehen, denn wenn man sieht, dass du um diese Zeit bei mir in der Hütte warst, dann wird geredet, das will ich nicht." – „Warum nicht?", fragte Chakwe. Fatuma schwieg und sah ihn an. Er beugte sich, stand langsam auf und ging in Richtung Tür. Auch Fatuma stand auf. Chakwe drehte sich zu ihr um, zog sie an sich und umarmte sie. Fatuma war einmal mehr verwirrt, ihr Blut pulsierte durch ihre Adern, sie spürte es und ihr war warm ums Herz. Trotzdem schob sie ihn sanft von sich in Richtung Tür.
Fast beleidigt verließ er die Hütte. Sagte: „Na, dann geh ich eben, wenn du es unbedingt willst."
Fatuma war fast erschrocken von seiner brüsken Art. Sie stand einen Moment schweigend hinter der geschlossenen Tür und ordnete ihre Gedanken. In ihrem Bauch befand sich ein Knäuel von Gefühlen, sie konnte es nicht richtig ordnen. Ob er auch nicht beleidigt war? Sie war so unsicher. Sie wünschte sich, dass er nicht böse mit ihr wäre. Aber sie erinnerte sich an die Enttäuschung, die sie in seinen Augen gesehen hatte. Zur gleichen Zeit wünschte sie sich, dass er am nächsten Tag wiederkommen würde. Aber sie dachte auch daran, dass diese Welt der Gefühle ihr eigentlich verboten war. Und Onkel Katana lag krank darnieder, sie konnte und wollte ihn in diesem Moment nicht um Rat fragen. Er war zu sehr mit sich selbst und der Dorfgemeinschaft beschäftigt. Fatuma legte sich auf ihr Bett und blickte an die Decke. Schnell war sie eingeschlafen. Am Morgen weckte

sie Toto. Es war herrliches Wetter, die Sonne kroch durch die Ritzen ihrer Behausung, ohne zu heiß zu sein. Ein regelmäßiger Windhauch erfrischte die Luft. Fatuma stand auf, wusch sich am ganzen Körper gründlich und überlegte, dass sie zu Onkel Katanas Hütte gehen sollte, um zu schauen, wie es ihm ging. Doch komischerweise galt ihr erster Gedanke am Morgen Chakwe, und ihr Herz begann zu klopfen. Sie genoss es, das Leben zu fühlen und zu spüren. Im Moment liebte sie Chakwe, und sie war erschrocken über diesen Gedanken.
Toto sprang auf einen Baum und hängte sich lässig in eine Astgabel und ließ alle viere baumeln, wie sie es gerne tat, wenn sie entspannt war.
Fatuma lief schnellen Schrittes in Richtung Katanas Hütte. Sie wusste nicht, was sie erwarten würde. Als sie kurz vor seiner Behausung stand, sah sie Katana grinsend vor seiner Hütte sitzen. Er lächelte sie an wie die Morgensonne. Fatuma sah glücklich zu ihm hinüber und lief auf ihn zu, um ihn zu umarmen.
„Freu dich nicht zu früh, mein Kind, auch wenn es nicht so aussieht, aber ich fühle, meine Zeit ist gekommen. Wir haben einiges zu besprechen, und ich brauche auch noch etwas Zeit für mich, um mich zu verabschieden von dem wunderbaren Leben, um fertig zu sein für die andere Welt, die Welt unserer Ahnen und Götter. Ein neues, mir fast unbekanntes Reich, das mir, ehrlich gesagt, etwas Angst macht. Die dem Menschen eigene Angst vor dem Neuen, Unbekannten. Ja, Fatuma, schau nicht so traurig, das ist der Lauf des Lebens, es ist im Prinzip ein Kommen und ein Gehen, ein Einstellen auf neue Umstände und Menschen."
Fatuma, die eben noch glücklich gewesen war und der das Leben vollkommen erschien, sank das Herz, und sie schaute traurig zum Himmel. So nah lagen also Glück und Leid beieinander. Ihr Herz krampfte sich zusammen, ein wellenartiger Schmerz breitete sich vom Bauch in Richtung Unterleib und Kopf aus, bis er ihren ganzen Körper erfasst hatte. Ihr Körper fing an zu begreifen, was Katana ihr gesagt hatte, ihr Kopf war leer. Stumm ging sie zu Katana, und sie umarmten sich schweigend. Sie spürte seine Energie, die immer noch vorhanden war, seine Wärme, seine Kraft. Ihre Tränen flossen ungehemmt. Sie schluchzte leise auf. Katana schob sie vorsichtig von sich und hielt sie mit gestreckten Armen.

„Fatuma, mein Kind, es gibt nicht sehr viel, was ich dir noch sagen oder beibringen kann. Lebe dein Leben. Schaue, was gut ist für dich. Aber halte dich auch an die vielen ungeschriebenen Gesetze unseres Stammes. Achte die Alten und deren Traditionen, doch sei auch aufgeschlossen für das Neue. Betrachte es von allen Seiten, bevor du dein Urteil fällst. Hüte deine Zunge, manchmal ist es besser zu schweigen. Verstehst du, was ich meine?"
„Ja, Onkel, ich verstehe dich. Aber ich will dich nicht verlieren, noch nicht."
„Fatuma, niemals ist die Zeit richtig dafür, es gibt immer ein noch nicht, also hör auf darüber nachzudenken, es wird etwas Neues, Anderes in dein Leben treten."
„Und was wird mit dem Alten, mit den Menschen und Dingen, die mir lieb sind?"
„Fatuma, du darfst nicht an den Dingen und Menschen hängen, die dich umgeben. Alles ist im Fluss, alles ändert sich, nichts bleibt wie es ist. Nimm es hin."
„Aber, Onkel, es tut weh!"
„Ja, Fatuma, es tut weh, das ist wahr, und das macht uns zum Menschen. Aber du kannst es steuern, du kannst die notwendigen Gefühle durchleben und dann die Erinnerungen behalten. Niemand kann sie dir nehmen. Es ist etwas, was bleibt. Man kann davon zehren. Du kannst es dir ins Bewusstsein rufen, wann immer du willst."
Lange standen sie still beieinander. Es gab nicht mehr viel zu sagen. Sie verstanden sich schweigend, so nahe waren ihre Seelen einander.
Fatuma holte Luft, denn etwas lag ihr auf dem Herzen.
„Onkel, sind die Götter einverstanden, dass ich Heilerin werde? Sind unser Stamm und die Ältesten damit zufrieden?"
„Fatuma, du bist Heilerin, daran ist nichts mehr zu ändern. Der Stamm kann froh sein, dass es dich gibt. Du machst deine Sache ausgezeichnet. Es wird immer Neider und Menschen geben, die aufgrund ihrer eigenen Unzufriedenheit dir dein Glück und dein Einssein mit dir und der Welt nicht gönnen. Sehe großzügig über sie hinweg und beschreite deinen Weg, denn du bist noch lange nicht am Ende. Versuche dein Glück zu fangen und es für einen Moment in deinen Händen zu halten, dann

reiche es weiter an deine Umgebung, und es wird freiwillig zu dir zurückkehren. Erfreue dich an den Dingen, die dich umgeben, der erste Morgengruß der Sonne, das Zwitschern der Vögel, ein Kinderlachen, eine dich streichelnde Hand."
Er verstummte und schaute Fatuma nachdenklich an.
„Du weißt, dass du als Heilerin nicht heiraten darfst? Dein ganzes Sein, deine Kraft gehört deinen Patienten, alles andere würde dich ablenken. Das ist nun mal seit Urzeiten so. Bedenke also, was du tust."
„Du sprichst von Chakwe, Onkel, nicht wahr?" – „Es ist egal, um wen es sich handelt, bedenke dein Tun und überlege genau, was du willst. Denn es wird auch ein Verlust sein, egal, für was du dich entscheiden wirst. Überstürze nichts und gebe dir selbst Zeit. Stelle dir eine Waagschale vor und lege jedes auf eine Seite, Beruf und Berufung und auf die andere Seite die momentane Liebe, die vielleicht einmal Familie, Kinder werden könnte, wenn du Glück hast, eine große Freundschaft oder ein Joch. Du weißt nicht genau, was du bekommen wirst, keiner weiß es, aber du weißt ziemlich genau, was du hast und aus eigener Kraft daraus machen könntest. Aber ich will dich nicht beeinflussen, entscheide selbst, doch bedenke, was du bis jetzt schon geschafft hast. Möglicherweise hast du schon etwas zu verlieren."
Fatuma wurde noch nachdenklicher. Sie war froh, als Katana ihr sagte, er würde in seine Hütte zurückgehen und etwas ruhen. So hatte sie Zeit, ihre Gedanken zu ordnen und über Katanas Worte nachzudenken. Sie drehte um und wollte in einem ersten Impuls zu ihrer Hütte zurückgehen, besann sich aber eines Besseren und ging ein Stück den Weg aufwärts. Sie wollte alleine sein und nicht abgelenkt werden. Gerade begann sie in sich zu gehen, da hörte sie, dass jemand ihren Namen rief.
„Fatuma, komm schnell, es ist ein Unfall passiert!" Entschlossen lief sie in die Richtung, aus der die Stimme kam. Auf dem Dorfplatz unter dem alten Mangobaum hatte sich das halbe Dorf versammelt. Der Kreis, der sich um einen ungefähr fünfjährigen Jungen gebildet hatte, öffnete sich, um sie durchzulassen, und schloss sich danach gleich wieder von Neugierigen.
Der Junge lag gekrümmt auf dem Boden, beide Arme waren in unnatürlicher Weise verbogen, ein Stück Knochen ragte aus dem einen empor, Blut

war überall zu sehen, die verzweifelte, weinende Mutter neben ihm, hilflos. Der Junge schrie aus Leibeskräften. Fatuma legte ihre rechte Hand beruhigend über die Augen des Kindes. Sie fühlte, wie sich die wohltuende, beruhigende Wärme entwickelte. Sie musste das Kind unbedingt ruhigstellen, so gut es ging. Sie ließ alle ihre Kraft und die der Götter vom Herzen her durch ihren rechten Arm laufen, genau in das Zentrum des Jungen. Er musste sich beruhigen, die Brüche würde sie richten können, und in ein paar Wochen würde alles vergessen sein. Doch bis dahin war es ein weiter Weg, und sie stand am Anfang.

Langsam beruhigte sich der Junge. Es war, als ob ein Ventil geöffnet würde.

Inzwischen kam Mawassi, der geachtete Dorfälteste mit ihrer Basttasche, in der sie ihre Medizin aufbewahrte. Dankbar schaute Fatuma, die immer noch bei dem Jungen kniete, ihm in die Augen. Behutsam entfernte sie ihre rechte Hand von dem Gesicht des Kindes, griff mit langsamen, gleichmäßigen Bewegungen in ihre Tasche, um eine Glasflasche mit einer grünen Flüssigkeit hervorzuholen.

„Bringt mir bitte ein Glas mit Trinkwasser!“, sagte sie mit ihrer dunklen, ruhigen Stimme.

Eine der Dorfbewohnerinnen reichte ihr ein Glas Wasser. Fatuma träufelte sieben Tropfen hinein. Die klare Flüssigkeit färbte sich langsam hellgrün. Fatuma hob vorsichtig den Kopf des Jungen an und gab ihm die Medizin zu trinken.

Er schluckte willig und man sah deutlich, wie sein Kehlkopf hin- und hertanzte. Erschöpft legte er den Kopf zurück.

Jemand aus dem Dorf schob ihm einen zusammengefalteten Kikoi unter. Fatuma begann, sich die Wunde des rechten Armes näher anzuschauen. Sie wusch ihre Hände in der herbeigetragenen Schüssel mit heißem Wasser. Sie legte ihre linke Hand oberhalb seines Ellenbogens und die rechte auf seinen Unterarm, zog mit einem kurzen Ruck alle drei Knochen die in die richtige Stellung und legte ihre rechte Hand auf die offene Stelle am Arm. Wieder ließ sie Wärme strömen, dann holte sie eine Packung Kräuter, die sie in einer Flüssigkeit, die wie Öl aussah, aufbewahrte. Sie legte diesen Pflanzenbrei auf seine offene Wunde und begann sie mit Blättern eines Baumes zu verbinden. Vorsichtig schnürte sie alles mit den

Fasern der Sisalpflanze fest. Mit ein paar Stöcken, die sich ebenfalls in ihrer Basttasche befanden, schiente sie den Arm behutsam und brachte ihn in eine feste Stellung. Der linke Arm war nicht offen. Mit einem kurzen, energischen Ruck, das hätten viele Dorfbewohner ihr gar nicht zugetraut, brachte sie auch diese Knochen in die richtige Stellung, schiente den Arm schnell und ohne, dass man überhaupt sehr viel von der Bewegung sah. Der Junge war irgendwie wach und beobachtete alles mit geöffneten Augen, wie es schien, aus der Ferne. Auch die Mutter des Jungen hatte sich in der Zwischenzeit beruhigt und folgte stumm Fatumas Handlungen.

„So", sagte Fatuma und erhob sich.

„Keine Sorge, es wird deinem Jungen bald besser gehen. Er darf nur die Arme nicht so viel bewegen, und wenn die Hände heiß oder kalt werden, rufe mich bitte sofort. Er ist jung und seine Knochen sind noch weich, alles wird schnell heilen und ich glaube nicht, dass ein Schaden zurückbleibt, wenn man einmal von den paar Narben an der Armbeuge absieht. Ich werde morgen zu euch kommen und nach ihm schauen. Hier sind noch ein paar Tropfen, falls die Schmerzen unerträglich werden. Mit spitzen Fingern holte sie ein kleines Gläschen mit einer fast schwarzen Flüssigkeit aus ihrer Tasche und reichte sie der Mutter. Überschwänglich bedankte sich diese bei Fatuma. Ihr Sohn begann sich zu bewegen, und einer der Männer half ihm auf die Beine. Er war benommen, jedoch voll bei Bewusstsein. Mit großen, braunen Augen schaute er Fatuma an und sagte heiser: „Danke, Fatuma-Buschfrau."

Lächelnd streichelte Fatuma ihm über das krause, drahtige Haar. Langsam entfernten sich Sohn und Mutter.

Fatuma wusch sich ihre Hände erneut im bereitgestellten Wasser, dankte den Dorfbewohnern für ihre Hilfe. Einige gingen wieder an ihre Arbeit, und manche setzten sich einfach nur in den Schatten und hingen dem Müßiggang nach oder unterhielten sich mit den Nachbarn. Fatuma nahm ihre Basttasche und ging nun doch in Richtung ihrer Hütte zurück. Die Sonne stand inzwischen hoch am Horizont, und die Erde glühte und flimmerte in der Hitze des Tages. Sie bemerkte, dass sie Hunger hatte, und wollte sich gerade daran machen, das Feuer zu schüren, als sie schon wieder eine Stimme hörte, die nach ihr rief. „Was ist das jetzt wieder?", dachte sie bei sich und schaute aus ihrer Hütte.

Doch an Mawassis Gesicht sah sie, dass schon wieder etwas Erregendes passiert sein musste. Gerade wollte sie den Mund öffnen, um zu fragen, da sagte er mit belegter Stimme: „Du brauchst deine Basttasche nicht mitzunehmen – er ist tot."
Verwirrt schaute Fatuma ihn an und konnte nicht fassen, dass der Junge von eben tot sein sollte.
„Dein Onkel ist tot, Fatuma."
Sie brachte kein Wort heraus. Ihr Hals schmerzte plötzlich, doch es wollten auch keine Tränen fließen. „Was sagst du da?" Sie sah in seine traurigen Augen.
Schnell riss Fatuma doch noch ihre Basttasche an sich und rannte zu Katanas Hütte. Vielleicht konnte sie ja doch noch helfen, er konnte doch nicht einfach ohne ein Wort von ihr gegangen sein, ohne dass sie bei ihm saß und seine Hand hielt, ohne dass sie nochmals mit ihm gesprochen hatte. Sie riss seine Hüttentür auf und sah ihn friedlich ausgestreckt auf seinem Bett liegen. Kein Atem hob und senkte seine Brust. Er war von ihr gegangen, wie Mawassi es gesagt hatte. Die Nachricht verbreitete sich in Windeseile. Die Dorfbewohner strömten zu Katanas Hütte, und auch die ersten Menschen aus dem Nachbardorf waren schon da. Fatumas Herz krampfte sich so schmerzhaft zusammen, dass sie für einen Moment dachte, dass auch sie sterben würde. Aber ihr Kopf war klar, konnte nur die Wahrheit noch nicht ganz aufnehmen. Fassungslos saß sie an seinem Bett und nahm seine noch warme Hand. Er hatte sie wirklich ohne ein Wort verlassen. Wie würde die Welt ohne ihn aussehen? Sie konnte es sich nicht vorstellen.
Die Dorfältesten drängten in die Hütte, Fatuma musste weichen, ob sie wollte oder nicht.
Es war Tradition. Alle versammelten sich vor der Hütte und begannen lauthals zu weinen. Ein Sarg wurde von irgendwoher angeschleppt, mehr geschleift als getragen. Man brachte ihn in die Hütte. Einige der Dorfältesten verließen die Hütte mit irgendwelchen Gegenständen, die noch gestern Onkel Katana gehört hatten.
Fatuma konnte nicht erkennen, was es war. Ihr Blick hatte sich verschleiert, durch die Tränen, die unaufhaltsam aus ihren Augen rannen.

Man plünderte Katanas Hütte. Es machte Fatuma betroffen, doch sie konnte nichts dagegen tun. Sie war zur gleichen Zeit wütend und traurig. Langsam kamen einige junge Männer, die, von Fatuma unbemerkt, in die Hütte gegangen waren, mit Katanas Sarg heraus. In den Tropen werden die Toten noch am gleichen Tag beerdigt.
Die Prozession bewegte sich an den Waldrand, wo schon ein großes Loch ausgehoben war. Fatuma hätte gerne noch etwas Zeit mit Katana verbracht. Aber sie traute sich nicht zu fragen, und keiner beachtete sie. Alle begaben sich zu der offenen Stelle, der Sarg wurde an zwei dicken Stricken heruntergelassen und verschwand aus Fatumas Blickfeld. Und wieder einmal hasste sie es, eine Frau zu sein.
Da legte sich eine schwere Hand auf ihre Schulter. Chakwe stand neben ihr und schaute sie mit seinen großen, braunen Augen an.
„Ich kann mir vorstellen, wie du dich fühlst, Fatuma."
Im gleichen Moment erhoben die Frauen ihren Klagesang. Fatuma sagte mit dunkler Stimme: „Lass uns zu meiner Hütte gehen, ich muss etwas für das Dorf kochen in Katanas Angedenken." Schweigend drehten sich beide um und wanderten der Sonne entgegen zu Fatumas Hütte. Sie öffnete die Tür und ließ Chakwe eintreten, dann zündete sie das Feuer an und begann eifrig mit den Kochtöpfen zu hantieren. Alles tat sie irgendwie mechanisch, aber mit geübten Händen. Chakwe folgte ihr schweigend mit wachen Blicken.
Fatuma wäre lieber alleine gewesen, traute sich aber nicht, Chakwe gegenüber diesen Wunsch zu äußern. Also tat sie alles wie unter seiner Aufsicht und Obhut. Ihre Gedanken kreisten um Katana. Es ging so schnell. Das Essen war fertig. Alle Zutaten hatte sie sich schnell im Dorfladen, welchen ein Inder aus der Gegend seit einiger Zeit betrieb, besorgt.
Zum Glück gab es das frische Fleisch einer gerade geschlachteten Ziege. So brachte sie die heiße Suppe und den Ugali (Maisbrei), gemischt mit Muchicha (Spinat), sowie gekochtes Fleisch zum Dorfplatz und bewirtete mechanisch das ganze Dorf. Erst die Ältesten, dann die Männer, die Kinder und zum Schluss die Frauen.
Vom Dorfplatz aus konnte man Katanas Hütte sehen, und sie beobachtete, wie einige Dorfbewohner immer noch Gegenstände aus seiner Hütte schleppten. Gerne wäre sie dort hingegangen und hätte sich wenigstens

seine Kräuter geholt, doch sie wagte es nicht. Langsam kehrte Ruhe in die Dorfgesellschaft ein.
Einer der Ältesten begann zu sprechen, zuerst über Katana und seine Freundschaft zu ihm, seine Heilkünste, und plötzlich kam die Rede auf Fatuma, die nun endlich verheiratet werden müsse. Der Zeitpunkt wäre günstig und die Männer des Dorfes sollten entscheiden, was aus ihr werden würde. Fatuma war völlig benommen vor Schmerz und Wut.
„Ich gehe erst einmal zu dem Jungen schauen, der sich heute früh bei seinem Sturz aus dem Mangobaum beide Arme gebrochen hat, und dann können wir weitersehen“, sagte sie mit ruhiger, fester Stimme, stand langsam auf und entfernte sich, der Blicke bewusst, die ihr folgten.
Chakwe wusste nicht recht, was er tun sollte, und blieb einfach sitzen. Mit dieser Reaktion Fatumas hatte er wirklich nicht gerechnet. Ihm war klar, dass er sie heiraten würde, und auch, dass die Ältesten in seinem Sinne dachten und entscheiden mussten.
Fatuma würde ihre verrückten Gedanken an Heilkunst bald vergessen, wenn sie nur erst Kinder hätte oder endlich spüren könnte, dass sie eine Frau war und schwanger. In seine Gedanken vertieft, saß er da und bemerkte kaum das Treiben der Dorfgesellschaft und die Geschehnisse um ihn herum.
Er bemerkte nicht, wie die meisten der Frauen des Dorfes weinten und greinten. Das war so Tradition seit vielen hundert Jahren. Gemeinsam beweinte man lautstark den Verstorbenen, um im gleichen Moment auch zu feiern, die Vereinigung der Seelen, dieses unglaubliche Wunder.
Später konnten dann einige aus dem Dorf wieder mit der Seele des verstorbenen Katana, der zu den Ahnen aufgefahren war, sprechen und ihm zuhören. Doch sieben Tage musste man warten, denn so lange benötigt der verstorbene Geist, um zu den Ahnen aufzusteigen.
Nachdem Fatuma nochmals nach dem verletzten Kind gesehen hatte, saß auch sie in einem versteckten Winkel der Wildnis und hing ihren Gedanken nach.
Wieder einmal war es Toto, die treue kleine Gefährtin, die sie aufheiterte. Zärtlich kraulte sie Fatumas kurzes, krauses Haar, massierte ihr die Ohren und legte sich kurzzeitig auf ihren Schoß, um dann unruhig gleich wieder aufzuspringen. Die kleine Toto spürte die Unruhe und Aufge-

wühltheit Fatumas instinktiv. Sie legte ihre Hand gedankenverloren auf das kleine Tier und spürte dessen Herzschlag unter ihren Fingern.
Die Gedanken sprangen ihr durch den Kopf. Was sollte sie nun tun? Weglaufen? Nein, das wollte und konnte sie nicht. Aber heiraten, auch wenn es Chakwe war, wollte sie auf keinen Fall. Sie wollte ihrer inneren Stimme folgen. Sie hatte keinen Sinn für andere Dinge. Da war kein Platz in ihrem Herzen für einen Mann, aus welchem Grund auch immer. Sie musste sehen, wie sie sich durchsetzen und vielleicht die Ältesten dazu bewegen konnte, ihrem Ansinnen Folge zu leisten. Es half ihr nicht, auf klare Konfrontation zu gehen. Aber ihr Wille und ihre Kraft waren erwacht. Und nichts konnte sie davon abhalten, weiterhin als Heilerin zu arbeiten. Sie war nützlich für das Dorf und dessen Umgebung, das wusste sie. Also hatte sie den Segen der Götter – ihrer Meinung nach.
Doch wie konnte sie es anpacken? Das Dorf verlassen wollte sie auf keinen Fall, denn hier war ihr Zuhause. Sie kannte die Menschen um sie herum, mochte sie, nicht zuletzt aufgrund ihrer Eigenarten, die ja den einen Menschen vom anderen unterscheiden.
Fatuma hatte die Gabe, diese schnell zu identifizieren, und sie sah auch deren Zusammenhang im Lebenskonzept eines jeden Menschen. Sie wollte aus dieser Vertrautheit nicht weg, und eigentlich gehörte sie ja schon dazu, die Menschen waren es gewöhnt, zu ihr zu kommen, wenn sie krank waren und auch, wenn sie Kummer hatten, unzufrieden waren oder wenn der Regen ausblieb. Sie hatte ihren Platz in der Dorfgemeinde, dessen wurde sie sich, je länger sie darüber nachdachte, bewusst.
Nur schienen es die Leute vom Dorf noch nicht verinnerlicht zu haben, insbesondere die Männer. Sicher, es war auch nicht ganz typisch, dass bei dem Giriama eine Frau als Heilerin, als Mganga (das Suaheli-Wort für Heiler) fungierte.
Innerlich etwas gestärkt, wenn auch im Herzen tiefe Trauer, machte sie sich zurück auf den Weg zum Dorfplatz, denn sie hatte keinen Grund, sich zu verstecken. Was ihr half, war die Klarheit, die sie über das, was sie wollte, gefunden hatte. Es war eine Einheit in ihr, wie es fester nicht sein konnte.
Erhobenen Hauptes, aber nicht hochnäsig, ging sie auf die Menschen dort zu. Schaute sich um und lief weiter in Richtung von Katanas Hüt-

te. Ohne nachzudenken sagte sie: „Die Kräuter und Tinkturen hat Katana mir überlassen und diese werde ich jetzt in meine Hütte bringen, um euch, wenn ihr krank seid, weiterhin helfen zu können. Es wäre eine Schande und nicht in seinem Sinne, wenn diese Kostbarkeiten verderben würden – oder ist noch jemand hier, der Anspruch auf diese Dinge stellt?"
Stille, die meisten waren verwundert über diese klaren Worte an dieser Stelle aus dem Mund einer Frau. Aber alle wussten, sie war nicht irgendeine Frau, sondern Katanas Nichte und eine Heilerin. Sollte sie diese Dinge haben, wenn sie weiter nichts wollte. So stellte sich keiner ihr entgegen.
Entschlossen ging sie in die Hütte und packte die Tinkturen und getrockneten Kräuter ein, die wie durch ein Wunder keiner angerührt hatte. Als sie damit fertig war, stand sie mit zwei vollen alten Basttaschen auf der Schwelle der Lehmhütte und sagte: „Diese Dinge dürfen nicht verloren gehen, sie werden allen zugute kommen, die krank sind und meine Hilfe benötigen. Für die Kranken und Bedürftigen bin ich weiterhin immer da. Daran wird sich nichts ändern."
Mit diesen Worten blieb sie noch einen Moment stehen und lauschte dem Gesang der Grillen, der schlagartig wieder eingesetzt hatte. Keiner der Anwesenden widersprach ihr, und sie war sich sicher, dass jeder im Dorf in Kürze ihre Worte vernehmen würde, so war das eben in dieser kleinen Dorfgemeinschaft. Und da sie niemandem etwas weggenommen hatte, was derjenige gerne wollte, erstarb jede Widerrede, bevor sie auch nur ausgesprochen war.
Und sie hatte recht, man brauchte sie und Katanas Kräuter vielleicht selbst einmal. Man musste praktisch denken, und das taten die meisten des Dorfes und der Umgebung. Aber es waren auch einige unter ihnen, die Fatuma diese Stellung nicht gönnten.
Sie hatte durch ihre Tätigkeit auch eine gewisse Machtstellung, die sie noch ausbauen würde, wenn sie als Heilerin arbeitete, das gefiel nicht allen, besonders nicht den Schwächlingen und Neidern, die selber keine Richtung im Leben hatten und von den Wellen des Lebens passiv hin- und hergeschleudert wurden. Und von den vielen Frauen, die in ihrem Unglück alleine waren und Fatuma ihre Zufriedenheit nicht gönnten, nicht gönnen konnten wegen ihrer eigenen Unzufriedenheit, die ihre Herzen langsam zerfraß.

Aber Fatuma bekam nichts mit von all dem. Zu sehr war sie im Moment mit sich selbst beschäftigt. Sie brauchte dringend Ruhe. Und sie würde sich nun zurückziehen. Langsam ging sie mit den schweren Taschen zu ihrer Hütte, wo Toto schon sehnsüchtig auf sie wartete. Sie öffnete die Verriegelung mit ihrem Schlüssel und stellte die Taschen ab. Dann suchte sie ein Zündholz. Es war klamm, wie alles um diese Jahreszeit. Sie strich ein paar Mal über die raue, dunkle Reibefläche der Streichholzschachtel, und endlich entzündete sich das Holz, und sie konnte den Docht der Kerze anbrennen. Schatten flatterten durch den Raum. Es waren die zahllosen Fledermäuse, die heimlich in ihrer Hütte ein Plätzchen gefunden hatten und jetzt, vom Licht aufgescheucht, kurz herumflatterten, um sich dann aber wieder zu beruhigen. Fatuma war dieses allabendliche Ritual gewöhnt und störte sich nicht mehr daran. Es waren nur die jungen Tiere, die bei ihr übernachteten, die anderen waren draußen und folgten ihren Instinkten. So kehrte Ruhe ein, Toto kam zu ihr auf die Schulter und lauste sie in vertrauter Art und Weise. Die Nähe des Tieres, das ihr in den vergangenen Monaten zum treuen Gefährten geworden war, entspannte und beruhigte sie. Die Gedanken flimmerten immer noch durch ihren Kopf, und sie versuchte, die Geschehnisse des Tages zu verarbeiten, um etwas Ruhe zu finden.

Da klopfte es an ihrer Tür, wäre kein Licht in ihrer Hütte gewesen, dann hätte Fatuma gar nicht geöffnet. Aber so ging es leider nicht, es wäre mehr als unhöflich gewesen. So schob sie die beiden immer noch gefüllten Basttaschen mit dem Fuß in Richtung Bett und ging beabsichtigt langsam zur Tür, öffnete diese einen Spalt, denn sie hatte keine Lust, auch wenn es unhöflich war, irgend jemanden in ihr Haus zu lassen. Sie erkannte die Umrisse von Chakwes Gesicht, der zärtlich zu ihr herabblickte.

„Chakwe, was machst du denn hier?“, fragte sie, weil ihr nichts Besseres einfiel, und wusste doch im gleichen Moment, dass es denkbar falsche Worte waren, die da ihrem Mund entschlüpften.

„Ja, Fatuma, was fragst du, es muss dir doch klar gewesen sein, dass ich zu dir komme. Aber willst du mich nicht endlich einlassen?“, fragte er fast schon im Befehlston. Fatuma schnürte es das Herz zusammen, aber sie bewegte sich keinen Schritt zur Seite, um ihn einzulassen. Im Gegenteil,

sie hielt mit der linken Hand die Tür fest, als wolle ein Sturm sie ihr aus der Hand peitschen.
„Chakwe, ich bin so voller Trauer und möchte alleine sein. Bitte verstehe das. Außerdem benötige ich morgen meine Kräfte, um nach dem kranken Jungen zu sehen, und im Nachbardorf liegt eine Frau in den Wehen, auch ihr muss geholfen werden. Es tut mir so leid, aber bitte geh jetzt und ich wünsche dir alles Gute."
Diese Worte schossen wie das Wasser einer Quelle aus ihrem Mund.
Chakwe war zu verblüfft, um ihr irgendetwas zu antworten. Sie würde ihn doch nicht etwa zurückweisen und ihn dem Gespött des Dorfes preisgeben? Dazu war seine Fatuma zu klug. Der Schmerz um den Tod ihres Onkels musste sie zu sehr verwirrt haben. Aber konnte er sich so einfach an der Tür von ihr abweisen lassen? Eigentlich hatte er erwartet, mit offenen Armen und zum Trost empfangen zu werden. Und da sie sowieso Mann und Frau werden würden, so hätte wohl auch niemand etwas dagegen, wenn er bei ihr bleiben würde. Verdammt, dieses Weib entpuppte sich als schwieriger, als er dachte. Eine leichte Bitterkeit und Ungeduld schlich sich in seine Seele, doch sein Verstand sagte ihm, dass ihr Herz von Trauer und Schmerz getrübt war. Dieses eine Mal wollte er es ihr durchgehen lassen, doch dann musste sich einiges ändern. Sie war schon zu selbstsicher und bestimmend als Frau. Das gefiel ihm ganz und gar nicht, und er würde es nicht immer so hinnehmen. Leise brummend und im Inneren unzufrieden, drehte er ab und verließ den Bereich ihrer Hütte. Er würde etwas trinken gehen, und das am besten in der Stadt, denn er hatte keine Lust, den lauernden Dorfbewohnern zu begegnen, die ihn mit ihren Sprüchen nur noch mehr ärgern würden.
So spät war es noch nicht, und die Hauptstraße war nur eine halbe Stunde vom Dorf entfernt, dort würde er einen Matatu nehmen, einen Kleinbus, der für sieben zugelassen und mit fast dreißig Personen fahren konnte. In einer weiteren halben Stunde wäre er dann in Mombasa, würde mit seinen Freunden dort ein Bier trinken und seinen Frust vergessen. So hoffte er jedenfalls. Ja, das war die richtige Entscheidung, und so entfernte er sich in Richtung Hauptstraße quer durch das Buschland, ohne sich umzudrehen und ohne, dass er sich von irgendjemandem im Dorf verabschiedet hätte. Er wollte keine dummen, provozierenden Fragen beantworten müssen. Er

wollte mit seiner Zurückweisung, die er fast als Schande empfand, alleine sein und er wollte auch nicht länger darüber nachdenken. Man dachte über Frauen nicht nach, man besaß sie. Seine Zeit würde kommen, und lange wollte er nicht mehr warten. Durch seinen langen Aufenthalt in der nahe gelegenen Stadt hatte er sich auch schon ein bisschen von den Gepflogenheiten der Dorfbevölkerung entfremdet. Er merkte es immer wieder, nachdem er nach einigen Jahren wieder dorthin zurückgekehrt war. Plötzlich empfand er einige der alten Riten als kompliziert und umständlich. Warum war ihm das nicht früher aufgefallen? Ach, was sollte es, er wollte nicht so viele Gedanken daran verschwenden und freute sich auf ein kühles Bier. Seine Lippen waren durstig und seine Kehle staubig. Fatuma atmete hinter der Tür, die sie nun von innen verschlossen hatte, tief durch. Sie mochte Chakwe gerne. Er war ihr am liebsten von allen jungen Männern, die sie aus dem Dorf und der Umgebung kannte, und er war ihr noch vertraut von früher. Sie wusste, dass sie ihn verletzt hatte, aber sie konnte daran nichts ändern. Sie hatte beschlossen, Heilerin zu werden, und dafür würde sie eine Familie opfern. Sie würde niemanden haben, der im Alter für sie sorgte, ein freundliches Wort oder ein Lächeln für sie bereithielt, wenn die Gebrechen des Alters einsetzen würden. Sie würde sich in eine freiwillige Einsamkeit begeben, die des Nachts ihre salzigen Wellen über ihrem Kopf zusammenschlagen lassen würde. Am Tag und mit dem Aufgehen der Sonne würden die Menschen nach ihr rufen, um Trost und Frieden, um Gesundheit und Kraft zu finden. Bei Vollmond würde man sie einmal öfter an die Krankenlager der Dörfler rufen, und sie würde kommen und heilen und lindern, wo immer sie es konnte und die Götter mit ihr waren. So stellte sie sich ihr Leben vor ihrem inneren Auge vor, und sie war sich gewiss, dass es so verlaufen würde. Doch sie musste noch mit Chakwe reden. Er war ein guter Mann, und sie wollte ihn nicht verletzten. Sie hätte sich eine Freundschaft mit ihm gewünscht, wusste aber, dass es nicht möglich war, denn wenn man einen Giriama zurückweist, so tut man ihm tief in seiner Seele weh, und es würde eine Wunde bleiben, die zwar verschorfte, doch immer da sein würde. So hatte sie in dieser Nacht ihren Onkel verloren, der ihr in ihrem Leben am nächsten gestanden hatte, und sie trug eine Freundschaft zu Grabe,

die noch nicht einmal richtig geboren war. Ihre Augen blieben trocken, obwohl sie sich Tränen wünschte.
Nachdem sie sich gewaschen hatte, schlüpfte sie in ihr Bett, nahm Toto in den Arm, doch der Hauch des Schlafes sollte sie in dieser Nacht nicht berühren.
Am nächsten Morgen stand sie auf, wusch sich, bürstete ihr widerspenstiges Haar, küsste Toto auf dem Mund und machte sich daran, einen frischen starken Tee zu kochen. Der Morgen war bedeckt und wolkenverhangen, als ob der Himmel auch um Katana trauerte. Ihr Herz war schwer, und es fühlte sich an, als sei es aus Eisen.
Ihr erster Gedanke galt Katana. Wie sah die Welt ohne ihn aus? Sie konnte es sich nicht vorstellen. Er fehlte ihr so sehr. Um sich abzulenken, griff sie nach ihrer Basttasche, in der sich ihre vertrauten Kräuter und Tinkturen befanden, und ging, ohne ihren Tee ausgetrunken zu haben, zu dem verletzten Jungen.
Seine Mutter, Fatuma kannte sie, wie sich alle im Dorf und der Umgebung kannten, war gerade dabei, ihm die Brote mit Marmelade zu beschmieren und ihn lächelnd zu füttern. Ihr Sohn saß aufrecht im Bett mit seinen beiden verbundenen Armen und ließ sich bedienen. Fatuma stand für einen Moment still und beobachtete dieses friedliche Schauspiel. Die Mutter, eine auffallend schöne Frau mit markanten Gesichtszügen, schaute zu ihr auf und sagte leise: „Er hat gut durchgeschlafen, nachdem ich ihm einige Tropfen von deiner Medizin eingeflößt hatte, und heute früh hat er sogar schon Appetit, wie du siehst. Ach, Fatuma, wir, das heißt mein Mann und ich, sind dir ja so dankbar." – „Und ich erst mal!", rief der Junge vorlaut dazwischen.
Fatuma sah ihn freundlich an und berührte vorsichtig seine Hände, die eine normale Körpertemperatur hatten und auch nicht feucht waren. Ein gutes Zeichen, dachte sie innerlich. „Du musst dich aber trotzdem noch schonen und darfst dich nicht zu viel bewegen, denn deine Arme brauchen noch Ruhe, damit sie richtig gut zusammenheilen können. Verstehst du das und meinst du, ob du das durchhältst?"
„Ja, na klar, Tante Fatuma. Erzählst du mir eine Geschichte? Dann vergeht die Zeit auch schneller." – „Ein andermal gerne", sagte Fatuma sanft, „aber jetzt muss ich erst einmal ins Nachbardorf. Dort bekommt eine

junge Frau ein Kind. Aber vielleicht hat deine Mutter Zeit, dir eine Geschichte zu erzählen?"
„Ja, aber deine Geschichten sind spannender als die von meiner Mutter", meinte der Junge und verzog das Gesicht zu einer kleinen Grimasse.
„Warum denkst du dir nicht auch einmal eine aus und erzählst sie deinen Eltern? Was meinst du denn dazu?"
„Mh ja, vielleicht", antwortete er etwas enttäuscht.
„Hast du noch ein paar Tropfen von der Medizin, die ich dir gestern gegeben habe?", fragte Fatuma
„Ja, mehr als die Hälfte ist noch in dem Fläschchen", antwortete die Mutter des Jungen und zeigte ihr die Tinktur.
„Gut, gib ihm noch mal ein paar Tropfen zur Nacht, denn Schlaf heilt", meinte Fatuma zu ihr, griff nach ihrer Tasche und verabschiedete sich von beiden. Die Mutter begleitete sie hinaus und fragte: „Was bekommst du eigentlich von uns?" – „Für die Medizin zweihundert Kenya-Schillinge", antwortete Fatuma, dankbar, dass die Frau an ihre Entlohnung gedacht hatte.
„Warte einen Moment, ich hole dir das Geld", sagte sie und tauchte nochmals in das Dunkel ihrer recht großen Hütte zurück. Fatuma ließ ihren Blick schweifen, sah den Dorfplatz mit dem großen, alten Mangobaum und musste sich zusammenreißen, dass sie nicht anfing zu weinen. Zu sehr vermisste sie Katana, und alles sah genauso aus wie vorher. So viele Dinge erinnerten stumm an ihn.
„So, hier sind deine zweihundert Kenya-Schillinge", sagte die Frau und übergab Fatuma das Geld. Ihrem Mann hatte sie gesagt, dass Fatuma dreihundert Kenya-Schillinge haben wollte und steckte sich die anderen einhundert Kenya-Schillinge ein. Davon wussten aber weder Fatuma noch ihr eigener Mann. Freundlich lächelnd begleitete sie Fatuma noch bis zum Dorfplatz, verabschiedete sich und ging beschwingt zur Hütte zurück, um sich um ihren Sohn zu kümmern. Sie tat es gerne, und sie war zufrieden mit sich und der Welt. Ihr Sohn würde wieder gesund werden, und es war schön, ihn für ein paar Tage so nahe zu haben und immer um sich. Nun wollte sie sich eine spannende Geschichte ausdenken, damit auch er zufrieden war.

Fatuma lief in der Zwischenzeit mit ihrer schweren Basttasche zum Nachbardorf, es grenzte fast an ihr eigenes, und so war sie in weniger als zwanzig Minuten dort und ging auf die Hütte der jungen, hochschwangeren Frau zu. Fast etwas zaghaft klopfte sie an, wartete aber nicht auf ein Zeichen von innen, sondern öffnete vorsichtig die Tür.
Die sehr junge Frau lag mit schmerzverzerrtem Gesicht auf dem Bett und atmete hastig. Fatuma schritt schnell auf sie zu, erfasste die Situation mit einem Blick.
„Guten Morgen“, sagte sie freundlich und ohne Eile, sie wollte keine unnütze Unruhe verbreiten.
„Hast du jemanden, der uns zur Hand gehen kann?“, fragte sie. Die Kreißende schüttelte den Kopf.
„Ich wohne noch nicht lange hier und habe mich immer zurückgehalten, meine Familie wohnt auf der anderen Seite des Flusses, und mein Mann arbeitet in der Stadt und ist nicht da.“
„Gut“, sagte Fatuma. „Ich werde jetzt Feuer machen und uns Wasser aufsetzen, denn heißes Wasser werden wir benötigen. Dann brauchen wir noch ein paar Tücher, aber Kikois oder Kangas würden uns auch weiterhelfen.“
Die junge Frau antwortete: „Die Feuerstelle ist draußen, und ich habe sogar ein paar neue Handtücher aus der Stadt hinten im Regal. Dort liegen auch etwas Kinderwäsche und frisch gewaschene Kikois.“
„Gut, ich werde das Feuer schüren und alle Vorbereitungen erledigen, versuche bitte ruhig und gleichmäßig zu atmen, das wird dem Kind helfen, an das Licht der Welt zu kommen.“ Mit diesen Worten ging sie hinaus, entzündete ein Feuer mit dem bereitliegenden Holz, holte den größten Topf, den sie finden konnte, füllte ihn mit Wasser und hängte ihn über das knisternde Feuer. In ein paar Minuten würde es sprudelnd heiß sein. Sie ging zurück in die Hütte und legte sich Handtücher und Kikois bereit. Die Babywäsche betrachtete sie interessiert, denn nicht viele in ihrer Umgebung konnten sich so etwas leisten. Es musste in der Stadt gekauft werden und kostete für ihre Verhältnisse viel Geld. Man konnte sich normalerweise mit den Kikois oder Kangas, den traditionellen Tüchern, gut behelfen. Nun wandte sie sich wieder der Frau zu, die immer noch schwer atmend auf dem Bett lag. Sie legte ihr einen alten, aber sauberen Kikoi

unter und begann sie vorsichtig zu untersuchen. Da platzte die Fruchtblase und die Frau begann zu stöhnen. Von draußen hörte man Stimmen.
„Fatuma, bist du da drinnen?“
„Ja“, rief Fatuma nach draußen, „kann mir einer von euch zur Hand gehen?“
„Ja, ich komme“, sagte die alte Baba, die eigentlich mehr aussah wie ein Mann, und trat in die Hütte.
Fatuma war gerade dabei, die Lage des ungeborenen Kindes vorsichtig zu ertasten und spürte, dass die Lage nicht stimmte. Nicht der Kopf lag vorne, sondern der Steiß. Das war nicht ungefährlich, vor allem, weil es sich mehr um ein gebärendes Mädchen handelte als um eine Frau. Aber da war jetzt nichts zu ändern. Fatuma legte ihre Tasche bereit, holte eine ihrer Kräutertinkturen heraus und flößte dem jungen Mädchen ein paar Tropfen ein. Dann schaute sie der alten Baba, die ihr schon bei anderen Geburten zur Seite gestanden hatte, in die Augen. Diese nickte stumm. Ihre alten, wissenden Augen hatten die Situation schnell erfasst. Mit geübten Händen, die für ihr Alter noch erstaunlich beweglich waren, half sie Fatuma. Es war eine schwere Geburt, und das Mädchen, das nun ja eigentlich schon eine Frau war, und ihr neugeborener Sohn waren sehr schwach. Fatuma betrachtete das Kind und hielt es kurz nachdenklich in ihren Händen. Gab es dann aber schnell Baba, damit diese es waschen und anziehen konnte. Fatuma kümmerte sich um die junge Mutter, wusch sie und bettete sie frisch.
„Wann wird dein Mann nach Hause kommen?“
„Oh, ich denke heute Abend. Er arbeitet in einem der Hotels in Mombasa.“
Fatuma war innerlich unruhig, konnte sich das aber nicht so genau erklären. Wieder betrachtete sie das Kind, welches eine normale Größe hatte. Wieder nahm sie es in den Arm und spürte instinktiv, dass kein Leben in ihm war. Es hatte den typischen Geruch und die Haut eines Sterbenden. Eigentlich hätte es in eines dieser modernen Krankenhäuser gemusst, die es seit einigen Jahren in der Stadt gab. Aber Fatuma wischte diesen Gedanken weg und legte den kleinen Jungen in die ausgestreckten Arme seiner glücklichen jungen Mutter.

Baba schien nichts bemerkt zu haben und machte sich nach den schnell verflogenen Stunden schwerer Arbeit ans Aufräumen und Säubern. Als sie damit fertig war, sagte sie: „Ich gehe jetzt und werde dir eine kräftige Suppe kochen, dein Mann hat mich darum gebeten, als er gestern morgen gegangen ist. Ich habe schon alles dafür in meiner Hütte. Fatuma, du kannst mitkommen, denn dir soll ich Zucker, Tee, Mehl und Kekse geben, die ihr Mann aus dem Hotel mitgebracht hat.“ Fatuma hörte nur mit halbem Ohr hin, denn sie wusste, dass mit dem Kind etwas nicht in Ordnung war. Eigentlich hätte sie es der Mutter sagen wollen oder es selbst ins Krankenhaus bringen müssen. Aber sie zögerte. Was, wenn das Kind auf dem Weg dahin in ihren Armen sterben würde? Man würde sie dafür verantwortlich machen. Und das in ihrer jetzigen Situation. Ihre Stellung war durch Katanas Dahinscheiden nicht gefestigt, außerdem bestand für sie jederzeit die Gefahr, bei Misslingen einer Behandlung als Hexe verjagt oder sogar verbrannt zu werden. All diese Gedanken gingen ihr durch den Kopf, und sie war verunsichert. Aber vielleicht war der Junge im Krankenhaus zu retten?
„Fatuma, kommst du?“, fragte die alte Baba und stand schon an der Hüttentür. Schnell verabschiedete sich Fatuma von der jungen Mutter und ihrem Neugeborenen und verließ gemeinsam mit Baba die Hütte. Auf dem Weg zu Babas Behausung sprachen sie nicht miteinander. Die alte Frau schien aber nichts bemerkt zu haben und öffnete leise summend ihre Tür. Sie tauchte in das Dunkel der Hütte und kam gleich darauf mit einer Plastiktüte gefüllt mit Lebensmitteln aus dem Hotel zurück.
„Hier, Fatuma, das ist für dich für die Hilfe bei der Geburt. Der Vater wird sich freuen, dass es ein Junge ist.“
An ihrer unbeschwerten Art merkte Fatuma, das Baba nicht aufgefallen war, dass mit dem Jungen irgend etwas nicht stimmte. Wenn sie doch nur wüsste, was es war! Schnell bedankte sie sich bei Baba und machte sich auf den Weg zurück zu ihrer Hütte.
Heute hatte sie keinen Blick für die wunderbare Natur um sie herum. Alles war so herrlich, saftig grün durch die Regenschauer der letzten paar Wochen. Fatuma hatte keine weiteren Möglichkeiten gehabt, das Neugeborene zu untersuchen. Ihr Wissen reichte dafür nicht aus. Es war nicht das erste Mal, dass sie spürte, nicht genug gelernt zu haben. Eine innere

Unruhe machte sich langsam, wie das Rinnsal eines Baches in der Regenzeit, in ihrer Seele breit. Es war Hilflosigkeit, die ihr Angst machte, und das Wissen um ihre Unvollkommenheit. Wieder einmal wünschte sie sich, mehr über die Heilung von Menschen zu wissen. Sie wusste von anderen, dass es Bücher darüber gab und in der Hauptstadt große Häuser, wo man die Heilkunst erlernen konnte. Das waren dann die modernen Ärzte, die in den Städten lebten, zu denen die Menschen strömten, wenn sie Kummer hatten oder krank waren. Diese Ärzte brauchten keine Angst zu haben, verjagt oder angezündet zu werden.

Sie seufzte tief auf. Aber es waren Dinge, die sie in ihrem Leben nicht mehr ändern konnte. Zu weit war es schon fortgeschritten, nun galt es, aus dem, was ihr an Wissen und Macht zu Verfügung stand, das Beste zu machen. Sie wollte nicht verjagt werden. Zu sehr hing sie an ihrem Dorf, ihrer eigenen hübschen Hütte, an ihrer kleinen Welt, die sie sich nach so vielen Entbehrungen, keinen Mann, keine eigenen Kinder, erschaffen hatte.

Und sie war unabhängig, unabhängig von einem Mann oder einer Familie, die ihr das Leben schwer machen konnten, denen sie sich beugen musste. Etwas Geld hatte sie schon in den letzten Monaten gespart, genug zu Essen und sogar ein paar Leckereien waren immer da.

Eigentlich war ihr Leben sehr in Ordnung, und sie wollte es sich um keinen Preis durcheinanderbringen lassen. So ging sie bedächtig und doch nicht richtig zufrieden zu ihrer Hütte zurück, öffnete die Tür und warf sich unzufrieden auf ihr Bett. Die Tränen wollten nicht kommen. Und sie war uneins mit sich selbst.

Aber wahrscheinlich irrte sie sich. Und der Junge würde gesund und munter aufwachsen. Doch ihr Herz blieb schwer an diesem Tag. Sie dachte an Katana und ihre Einsamkeit. Und sie dachte an Chakwe, den sie seit gestern Abend nicht mehr gesehen hatte.

Bevor dieser Abend nahte, wollte sie noch hinausgehen in die Natur und ein paar frische Kräuter sammeln. Das würde sie auch ablenken und beruhigen. So raffte sie sich auf, nahm eine leere Basttasche, einen Kikoi und ein Buschmesser und machte sich auf den Weg, nachdem sie ihre Hütte wieder sorgfältig verschlossen hatte.

Es lief sich schwerer als sonst. Die Natur war ungewöhnlich still, kein Lüftchen regte sich, obwohl einige Wolken wie eine Ziegenherde am Himmel standen. Die Luft war schwer und feucht. Schmetterlinge flogen an ihr vorbei wie Blütenstaub. Der Zweig eines Strauches streifte ihr Gesicht und hinterließ dort eine rote Spur. Tiefer drang sie ins Dickicht des Sokokewaldes ein. Keiner hatte bemerkt, dass sie sich so weit von ihrem Dorf entfernt hatte. Sie wusste selbst nicht, wohin sie schritt und sie hatte sich seit Jahren nicht so weit von ihrer Sippe entfernt. Es war ihr heute egal. Katana war nicht mehr unter den Lebenden, konnte ihr keinen Trost und keine Kraft spenden. Aus der Ferne hörte sie den heiseren Ruf einer Eule.

„Katana, wo bist du? Rede mit mir!“, sprach sie, ohne es wirklich zu bemerken, wie zu sich selbst.

Einen Moment verharrte sie im Gebüsch, um sich dann ziellos weiter fortzubewegen. Plötzlich hörte sie ein Geräusch. Sie konnte es nicht zuordnen. War es Katana, der versucht hatte, ihr zu antworten? Es raschelte in den Bäumen, und ein ihr vertrauter Ruf erfreute ihre Ohren.

„Toto, mein Schatz, was machst du denn hier?“

Aufgeregt kam das Äffchen zu ihr. Sie war glücklich, ihren Gefährten jetzt bei sich zu haben. Setzte sich auf den Boden und kraulte das Tier. Mit kleinen Bewegungen strich sie um seinen Kopf, dann glitten ihre Finger hinter seine Ohren. Sie wusste, dass die Meerkatze es dort am meisten liebte, gestreichelt zu werden.

Langsam rannen ihr die Tränen aus den Augen. Ihr ganzer Körper fing an zu zucken, und sie konnte es nicht stoppen. Es war, als ob all der Schmerz aus ihr herausflösse, wie das reinigende Rinnsal eines Bergflusses. Das ging so eine Weile, bis ihr Gesicht brannte von dem Salz der Tränen.

Das Äffchen schaute sie mit großen und, wie es schien, fragenden Augen an. Sie griff in ihre Basttasche, zog den Kikoi (der aus dünneren Stoff war, als ihre Kangas) hervor und legte sich darauf, schräg und gekrümmt, wie ein Neugeborenes. Wieder rannen die Tränen in Strömen, und ihr Schluchzen wurde immer lauter.

Toto wurde es langweilig, und sie sprang durch die Sträucher, um essbare Früchte und Blüten zu finden. Sie mit gekonnten Handgriffen abzupflücken, um sie dann genüsslich zu verspeisen. Ab und zu warf das Tier

seiner Gefährtin einen Blick zu. Hüpfte dann weiter, um sich eine neue frische Blüte in das Mündchen zu stopfen, blieb aber immer in Sichtweite von Fatuma, deren Tränenstrom langsam versiegte. Lange lag sie noch auf dem Boden, aber es wurde Nacht, und es war nicht gut, so weit entfernt von ihrem Dorf zu sein. Sie raffte sich hoch, und ihr Körper schien schwerer zu sein als zuvor.
Mit der ihr eigenen Genauigkeit, die nicht wirklich typisch für eine Giriama war, legte sie den Kikoi korrekt zusammen und verstaute ihn wieder in ihrer Tasche.
Sie hatte keinen Kontakt zu Katanas Seele erhalten. Wahrscheinlich war es zu früh für ihn, und er fand sich in der neuen Welt der Ahnen noch nicht zurecht. Oder war es Fatuma nicht mehr gegeben, mit den Ahnen zu sprechen und ihre Nähe zu spüren? In diesem Moment zweifelte sie alles an, was sie in ihrem Leben getan hatte und was bis dahin für sie von Wert gewesen war. Niemand war mehr für sie da, mit dem sie hätte reden können, der ihr den Weg wies. Durch ihre Sonderstellung als arbeitende, unabhängige Frau hatte sie sich etwas von den anderen Afrikanerinnen ihres Stammes entfernt. Das wurde ihr jetzt plötzlich bewusst. Sie hatte keine weiteren Familienbande und eigentlich hatte sie auch keine Freunde.
Dafür, dass sie ohne Familie war, konnte sie nichts. Aber Freundschaften wären schon möglich gewesen. Sie hatte sich selbst früher immer gesagt, dass sie dafür keine Zeit hätte, denn Katana hatte ihr ab und zu zugeredet, sich doch einmal mit den gleichaltrigen Frauen des Dorfes zu treffen oder mit ihnen gemeinsam in die Stadt zu fahren. Fatuma hatte immer abgelehnt und beschäftigte sich lieber mit ihren Pflanzen und Kräutertinkturen. Bis jetzt hatte sie das auch nie vermisst. Die anderen hatten irgendwann einmal vor Jahren aufgehört, sie zu fragen, ob sie mit ihnen in die Stadt gehen wolle.
Sie wurde nur noch angesprochen, um zu heilen oder zu lindern. Da fiel Fatuma ein, dass sie eigentlich Heilpflanzen suchen wollte. Und nun hatte sie Stunden im Wald gesessen und trübsinnigen Gedanken nachgehangen, ausgelöst durch die Erkenntnis ihrer Unvollkommenheit. Es war dunkel in dieser Nacht. Leise rief sie nach Toto, die wahrscheinlich wieder irgendwo in einer Astgabel hing, aber nichts rührte sich. Wieder

und wieder rief sie nach dem Tier. Keine Laut war aus dem Dunkeln des Busches zu hören, nur das nächtliche Zirpen der Grillen.
„Toto, wo bist du?“, rief Fatuma ängstlich mit flatternder Stimme in die Dunkelheit. Aber keine Antwort, keine Bewegung und plötzlich, wie auf Kommando, hörten auch die Grillen mit ihrem für Afrika so typischen Gesang auf. Die Stille und erdrückende Schwüle legte sich über den Wald und Fatuma.
Vielleicht war Toto ja schon zu Hause, dachte sie und machte sich ebenfalls auf den Heimweg. Ihre alte Tasche war leer. Nicht, weil sie nichts fand, sondern weil sie gar nicht gesucht hatte. Eine leere dunkle Hütte empfing sie, von Toto weit und breit keine Spur. Sie versuchte ihre düsteren Gedanken zu verscheuchen. Und aus Gewohnheit wusste sie am besten, dass Arbeit half, und ein heißer, süßer Tee würde sie etwas beruhigen. Bei dieser Gelegenheit fiel ihr ein, dass sie den ganzen Tag nichts gegessen hatte. Erst einmal wollte sie Feuer machen und ihre Petroleumlampe anzünden, ein kleiner Luxus, den sie sich leistete. Schnell war das Feuer entfacht, und mit einem Holzspan zündete sie zwei dieser wunderbaren Lampen an. Ihre Hütte war in warmes Licht getaucht. Sie suchte die Plastiktüte mit den Leckereien, welche sie für die Entbindung erhalten hatte. Wollte alles weglegen, sah aber, dass in den Keksen schon kleine Ameisen wohnten. Sorgfältig schüttelte sie diese ab und aß die süße Ware mit Genuss. Zwischendurch beförderte sie den Zucker in ein Schraubglas und verstaute auch die anderen Dinge. Das Wasser auf dem Feuer kochte, und sie schüttete Tee, Kardamom, frischen Ingwer und Zucker hinein. Ihre Milch war leider sauer geworden. So ging es auch ohne Milch. Sie ließ den leckeren Tee eine Weile kochen, seihte ihn dann durch ihr neu erstandenes Sieb in ihre Teekanne. Sich Essen zu kochen, hatte sie keine Lust mehr. Gedankenverloren knabberte sie an einem Keks. Von Toto immer noch keine Spur. Sie war ärgerlich und wusste, dass sie nicht schlafen konnte. Um ihren Magen und ihre Seele zu reinigen, gönnte sie sich an diesem Abend ein großes Glas Selbstgebrannten aus Mawassis besten Zeiten. Er rann scharf die Kehle herunter und kam heiß im Magen an. Das tat gut. Nach einer Weile schweigenden Nachdenkens machte sie sich daran, etwas Wasser aufzukochen und ihre Regale und Gläser von Staub und Schmutz zu befreien. Das dauerte einige Zeit, denn sie putzte alles

sehr sorgfältig. Sie scheuerte den Tisch und die Stühle und zum Schluss den Fußboden. Alles geschah beim Schein der beiden Petroleumlampen. Sie reinigte das Fenster und zu guter Letzt bezog sie ihr Bett. Aber müde war sie noch immer nicht.

Ihre Gedanken flatterten herum. Sie dachte an den toten Katana, an Chakwe und auch an Toto. Das Tier war immer noch nicht aufgetaucht. Es war, als würde sie sich beim Reinigen ihrer Hütte über die Dinge, die um sie herum vorgingen, klarer werden. Sie überlegte, was sie beeinflussen sollte und was nicht. Still und sanft rann die alte Kraft in ihre Adern zurück. Das Leben ging für sie weiter, vielleicht nicht so wie zuvor. Aber immerhin, sie wusste, was sie wollte, daran hatte sich nichts geändert. Auch in dem Wissen, nicht vollkommen zu sein. Den Anspruch durfte man wohl auch nicht haben, aber sie wollte jeden Tag ein Stückchen vollkommener werden, daran arbeiten und dazulernen. Das sollte möglich sein, und bis jetzt hatten es die Götter doch nicht so schlecht mit ihr gemeint. Natürlich gab es immer wieder Herausforderungen und Rückschläge, aber gerade aus diesen Gegebenheiten hatte sie immer am meisten gelernt. Sie hatte es geschafft, ihr Leben dorthin zu steuern, wo sie es haben wollte, zumindest so ungefähr.

So saß sie nun in ihrer sauberen Hütte und sann in sich hinein. Ihr Herz war immer noch schwer.

Der Morgen dämmerte sanft herauf, und ein leichter Nebelschleier senkte sich über den Wald. Die Vögel fingen zu singen an, und die ersten morgendlichen Stimmen wehten zu ihr hinüber.

Sie wusch sich im Morgengrauen mit kaltem Wasser, legte einen frischen Kanga um, nahm ihre Basttasche mit den Kräutern und Tinkturen und machte sich erneut auf zur Hütte des Neugeborenen.

Sie wollte nach der jungen Mutter und dem Kind schauen. Schon von Weitem hörte sie das ihr so wohlbekannte Greinen der Frauen, wie sie es taten, wenn jemand aus der Sippe verstorben war. Ein Stein senkte sich in ihren Bauch, und das Herz tat ihr weh. Als sie an der Hütte stand, wusste sie, was geschehen war. Der Junge war tot. Noch nicht begraben, denn noch lag das Kind, eingehüllt in ein weißes Tuch, in den Armen seiner Mutter. Der Vater war nicht zu sehen, die alte Baba stand am Bett

mit verzerrten Gesichtszügen. Es schien, als ob die Mutter des Kindes gar nicht wahrnahm, was um sie herum geschah.
„Wie ist das passiert?", fragte Fatuma leise Baba. Diese zuckte nur die Schultern.
„Ich weiß es nicht, als ich nach ihr sehen wollte, hielt sie das tote Kind weinend in den Armen. Sie spricht ja nicht."
Fatuma stand stumm am Ende des Bettes und wusste weder, was sie sagen, noch, was sie tun sollte.
Verlegen fragte sie: „Warum hat man nicht nach mir gerufen?"
Die Alte drehte sich bedächtig zu ihr um und antwortete: „Hättest du denn das verhindern können?" Ertappt schaute Fatuma auf den Boden und schwieg. Sie fühlte sich nicht wohl in ihrer Haut, nicht wohl in dieser Hütte, drehte sich deshalb seitlich weg und verließ gesenkten Hauptes den Raum.
Über die Schulter rief sie der Alten zu: „Wenn sie Hilfe benötigt, lass mich rufen." Eine Antwort bekam sie nicht, hatte es aber auch nicht erwartet.
Fatuma war froh, nicht dem Vater des toten Kindes ins Gesicht schauen zu müssen.
Als sie vor ihrer Hütte stand, lehnte Toto davor, als ob nichts geschehen sei. Fatuma freute sich, ihren Gefährten zu sehen.
„Wo warst du denn, mein kleiner Rumtreiber?", fragte sie das Tier. „Ich bin ja so glücklich, dass du wieder da bist. Du bist doch das Einzigste, was mir noch geblieben ist." Toto bohrte in der Nase, als ginge sie das alles nichts an, kam langsam zu Fatuma und sprang schneller, als man es ihr zugetraut hätte, auf ihre Schulter, um Fatumas drahtige Haare nach Läusen zu durchsuchen. Eine Weile verharrten beide in dieser vertrauten Position. Dann sagte Fatuma: „Lass uns eine kräftige Suppe kochen. Sonst verliere ich Kraft, und die brauche ich jetzt mehr denn je."
Als ob Toto sie verstanden hätte, kletterte sie von ihrer Schulter und setzte sich in den Sand neben der Hütte, um abzuwarten, was Fatuma tun würde. Diese suchte das restliche Gemüse zusammen, was sie noch da hatte, schürte die Glut, welche noch nicht ganz verglimmt war, und bereitete eine Suppe mit köstlichen Gewürzen. Sie hatte auch noch einige frische, grüne Kräuter, die sie feinhackte, um sie dann zum Schluss unter die Suppe zu rühren. Sie hatte gewohnheitsgemäß für mehr als nur eine Person

gekocht. Aber Katana konnte nicht mehr kommen, und Mawassi, den Dorfältesten, hatte sie seit der Beerdigung nicht mehr gesehen.
Einsamkeit schlich sich in ihr Herz. Ein neues, unbekanntes Gefühl. Wem sollte sie noch Suppe anbieten? Wen konnte sie zu sich einladen? Der Mutter des verstorbenen Kindes war sicher noch nicht nach Essen zumute, auch wollte sie dem Vater nicht begegnen.
Also setzte sie sich alleine an ihren Tisch. Toto sprang auf ihrem Bett herum und krümelte die Reste eines Kekses, den sie dem Tier aus Dank, dass es wiedergekommen war, gegeben hatte, darauf. Schmerzlich wurde ihr bewusst, wie sehr sie Katana vermisste und wie unendlich einsam sie nun war. Sie hatte auch keinen männlichen Schutz mehr, was ihr zunehmend Sorge bereitete.
Die nächsten Tage und Wochen vergingen ohne besondere Bedeutung. Keiner kam zu ihr. Zu niemandem wurde sie gerufen. Besorgnis machte sich breit. Sie lebte in den Tag hinein mit der kleinen Toto. Verkroch sich in ihre Einsamkeit. Aber sie war nicht untätig. Alle Kräutertinkturen mussten auf Frische und Gehalt kontrolliert werden. Sie streifte stundenlang durch das Buschland und den Sokokewald, um frische Kräuter, Wurzeln und Früchte zu finden. Füllte alle Vorräte auf, putzte ihre Hütte und dachte ständig über das Leben nach.
Zu Katana und den Ahnen hatte sie noch immer keinen Kontakt. Das Dorfleben lief an ihr vorbei. Es regnete in regelmäßigen Abständen, nicht zu viel, so dass auch keine Malariaepidemie ausgebrochen war. Die Zeit schlich dahin.
Chakwe hatte sie seit Wochen nicht mehr gesehen. Oft musste sie an ihn denken. Wie schön wäre es gewesen, ab und zu mit ihm zu schwatzen, zu lauschen, wenn er von der Stadt und den Menschen dort berichtete.
Eines Morgens, nachdem sie ihren geliebten süßen Tee getrunken hatte, nahm sie ihre Basttasche und etwas Geld, um mit dem Matatu, dem typisch afrikanischen Kleinbus, nach Mombasa zu fahren. Sie ging durch den Wald in Richtung Hauptstraße. Der Tag war nicht zu heiß, keine Regenwolken bedeckten den Himmel, und es wehte ein leichter Wind, der ihrer Haut schmeichelte. Das letzte Mal war sie vor vielen Monaten mit Katana in der Stadt gewesen. Sie wollte über die großen Märkte in

Mombasa schlendern und den Atem der Stadt auf sich wirken lassen. Und sie wollte das bunte Treiben der Menschen dort sehen.
Fatuma hatte Glück, denn als sie die Straße nach Mombasa erreicht hatte, kam auch schon einer dieser kleinen Busse angefahren, bremste scharf, dass die Insassen erst nach vorne und dann nach hinten fielen. Sie stieg ein, bezahlte ihre 40 Kenya-Schillinge und fand sogar noch einen Platz, was für diese Busse recht ungewöhnlich war.
Ihr war, als hörte sie eine Stimme, die nach ihr rief. Vorsichtig drehte sie sich um. Und richtig, in einer Ecke des Busses saß die alte Mama Mboga. Fatuma erkannte sie sofort. Ein Lächeln flog über ihr Gesicht, und ihre Augen strahlten. Schnell stand sie auf und bahnte sich einen Weg zur alten Mboga, die mit den Jahren dünner und kleiner geworden zu sein schien, aber ihre Gesichtszüge waren immer noch die gleichen, und ihre Augen leuchteten vor Lebendigkeit.
„Mama Mboga, ich freue mich, dass ich dich nach so langer Zeit wieder treffen darf. Nun kann ich mich für deine Worte und dein Verständnis damals im Wald bedanken."
„Hast du deine Stimme also wiedergefunden? Wo war sie denn?"
„Damals durfte ich nicht sprechen, Mama Mboga, es war meine Probezeit. Leider erinnere ich mich nur sehr ungern daran, denn es war wohl die schwerste Zeit meines Lebens."
Mama Mboga kräuselte ihre Stirn, sagte aber nichts.
Fatuma sah aus dem Fenster und schaute auf die vorbeifliegende Landschaft, die von Palmen, Bananenbäumen und den jahrhundertealten Baobabbäumen gekennzeichnet war.
„Mein Onkel ist tot. Weißt du davon?"
„Ja, Fatuma, diese Nachricht hat auch unser Dorf erreicht. Es war zu weit und beschwerlich für mich, zu euch zu kommen. Ich habe mich auf andere Art von ihm verabschiedet. Sie zog ihren alten Stock, der aus wunderschönem Mwuleholz geschnitzt war, den sie damals schon immer bei sich getragen hatte, etwas näher an sich heran und verharrte einen Augenblick in Schweigen. Es war dieses angenehme Schweigen, welches keinen Druck aufbaute, und Fatuma ließ sich entspannt in den Sitz sinken, den Mbogas Nachbar nun freigegeben hatte.

„Und du bist wirklich Heilerin geworden, hast aber meinen Rat von damals nicht befolgt", sagte Mboga.
„Was meinst du damit?", erwiderte Fatuma und drehte sich zu Mboga.
„Ich hatte dir schon damals gesagt, du sollst dir einflussreiche Freunde suchen, wenn du schon keinen Mann haben kannst oder willst. Du siehst nun, wie die Einsamkeit an dir nagt. Außerdem fängt ein Mensch an, wunderlich zu werden, wenn er sich zu sehr in das Alleinsein fallen lässt. Du als Heilerin brauchst den normalen Kontakt zu den Menschen viel mehr als andere. Es ist wichtig für dein Lernen. Du darfst dich nicht zur Außenseiterin entwickeln, Fatuma! Du bist auf dem besten Weg dahin. Nun weiß ich, warum der alte Katana mir in meinen Träumen erschienen ist und mich heute in die Stadt gelockt hat. So bekommt früher oder später jede Begegnung einen tiefen Sinn, jeder Traum eine Bedeutung. Man muss nur darauf achten."
Fatuma war wieder von ihrer Weisheit und inneren Kraft beeindruckt. Leise sagte sie: „Ich habe seit Katanas Tod keinen Kontakt mit ihm oder unseren Göttern gehabt, obwohl ich so darum gebeten habe."
„Die Zeit ist noch nicht reif dafür, Fatuma. Irgendwann wirst du die Berührung mit ihm und den Ahnen wieder haben, in einem Moment, wo du es am wenigsten erwartest, wird es als Geschenk in deinen Schoß gelegt. Aber nun sag mir, was du in der Stadt tun willst? Wie ich an der Leere deiner Augen sehen kann, wohl kaum Freunde besuchen."
Mboga hatte immer noch die etwas ungewöhnliche, direkte Art, mit ihr zu sprechen und Dinge klar zu formulieren, die Fatuma so noch nicht angedacht hatte. Das machte diese alte Frau so interessant. Mbogas Augen leuchteten immer noch vor Kraft und sprühten wie zwei Sterne.
„Nein, ich will in die Stadt, um Menschen zu sehen, vielleicht den Markt zu besuchen und irgendwo in diesen modernen Häusern einen Kaffee zu trinken."
„Aha, also ziellos drauflos?"
„Wie meinst du das, ziellos? Ich habe meine Hütte sauberer als alle Frauen im Dorf zusammen, meine Kräutervorräte sind aufgefüllt, frische Salben und Tinkturen angesetzt. Da kann ich doch wohl einmal seit Jahren in die Stadt fahren, ohne mich dafür entschuldigen zu müssen. Außerdem

scheinen alle Dorfbewohner gesund zu sein, denn seit Wochen hat keiner mehr nach mir gerufen."
Nachdenklich schaute Mboga sie an. Langsam und zaghaft umspielte ein freundliches Lächeln ihren Mund, und ihre Augen blitzen.
„Gut, dass du dich bewegst, Fatuma. Aber versteh, du brauchst Freunde. Ein Mensch kann nicht so alleine leben." Mbogas Stimme wurde leiser, da sie bemerkte, dass andere ihrem Gespräch lauschten.
Es ging niemanden etwas an, was sie dieser ungewöhnlichen Frau noch mit auf ihren Lebensweg geben wollte. Eine Tochter wie Fatuma hätte sie sich gewünscht. Aus welchem Grund auch immer aber niemals erhalten. Nun blickte auch sie nachdenklich aus dem Fenster und ließ ihre Gedanken schweifen.
Sie erreichten die ersten Siedlungen nördlich von Mombasa. Mehr Plastik, Verdorbenes, Verdrecktes und Unbrauchbares häufte sich am Straßenrand, ein deutliches Zeichen, nahe der Stadt zu sein.
Der Matatu überquerte den Mtwapa-Fluss, an dessen Ufern schöne Häuser, meist von Indern und Europäern oder den wohlhabenden Afrikanern, standen.
Es strömten immer mehr Menschen in den ohnehin schon überfüllten Kleinbus, der sich in seiner atemlosen Fahrt immer schneller der Stadt näherte. An der linken Seite konnte man vereinzelt Silhouetten der großen Hotels erkennen, wo die reichen Europäer einige Wochen des Jahres verbrachten. Sie lagen stundenlang in der Sonne, um ihre Haut zu verbrennen, aßen Unmengen von den reichhaltigen Buffets und gingen am Abend tanzen. Ab und zu hatte Fatuma davon in ihrem Dorf gehört, aber nie weiter darüber nachgedacht.
Mboga regte sich neben ihr.
„Das sind die Eindringlinge, die unser Leben und noch viel mehr das unserer Kinder durcheinanderbringen."
Fatuma verstand nicht recht, was sie meinte. Aber für den Moment holte Mboga auch zu keinen weiteren Erklärungen aus, sondern beobachtete interessiert die Straße. Auch Fatuma schaute dem bunten Treiben am Straßenrand zu. Sie waren in Bambululu angelangt, einen Dorf, das völlig überfüllt wirkte. Abfallhaufen gleich neben den kleinen Lehmhütten, daneben Geschäfte, die vollgestopft waren mit den verschiedensten Din-

gen des täglichen Lebens. Fatumas Augen weiteten sich vor Neugier. Sie saugte das Leben und Gewusel auf den Straßen förmlich in sich auf. Eine Strecke mit Brachland folgte und dann die Stadt.

Mboga fragte Fatuma: „Wo willst du nun aussteigen? Ich muss auf den Markt, wo die Somalis sind. Kommst du mit mir? Ich könnte in den Gewimmel eine Stütze gebrauchen."

„Ja, ich komme gerne mit, Mama Mboga", und Fatuma war froh, jemanden an ihrer Seite zu haben. Denn sie fühlte sich unsicher und fremd.

„Das ist der Beginn einer neuen Zeit, Fatuma. Schau es dir an und denke, was du willst. Ich finde es überhaupt nicht gut. Aber ändern können wir beide das nicht. Und du bist jünger, musst damit umgehen lernen und dich darauf einstellen. Aber hüte auch unsere alten Geheimnisse! Sie müssen weiterbestehen und erhalten bleiben. Ach, was rede ich da schon wieder. Komm und halt mir die Hand. He, Platz da! Lasst uns raus!", zeterte sie mit einigen Männern, die ihr den Weg versperrten und die, erschrocken von der Derbheit der Alten, aber auch vor Respekt, zur Seite gingen.

Fatuma folgte ihr. Und war froh, dass sie der Enge des Matatus entfliehen konnte. Die Haltestelle befand sich in der Nähe des Marktes, und beide schlenderten vorbei an Unmengen von Gemüse, welches aufgereiht auf wackeligen Holztischen lag. Gleich daneben waren Tische mit Mangos, Bananen und Papayas. In einer Seitenstraße, wo es Stoffe und Gewürze gab, blieben sie einen Moment stehen. Fatuma war überrascht von der Fülle des Angebotes. Sie konnte sich kaum sattsehen an den bunten Stoffen und Plastikgegenständen, die hier angeboten wurden.

Mboga ging gezielt auf einen Stoffhändler zu und feilschte mit heiserer Stimme um ein paar Kangas, die sie nach minutenlangem Hin und Her endlich in ihrer Tasche verschwinden ließ.

Fatuma schwindelte etwas von den vielen Eindrücken, und die Schwüle der Stadt machte sie durstig.

„Lass uns irgendwo einen Tee oder Kaffee trinken gehen, ich glaube, ich brauche dringend etwas Ruhe", sagte Fatuma leise.

„Na, wer ist denn hier die Alte", rief Mboga empört, „du oder ich?" Lächelte aber wieder mit der ihr eigenen Wärme und verschwand um die Ecke, um Fatuma in ein kleines Café zu ziehen, weit genug weg vom auf-

geregten Treiben des Marktes, aber nahe genug dran, um die Menschen zu beobachteten.
Ab und zu mischten sich auch Weiße in das Treiben. Sie sahen komisch aus mit ihrer hellen Haut und ihren unruhigen Blicken, die um Hilfe schrieen und doch tapfer wirken wollten.
Nun musste auch Fatuma lächeln, beide Frauen sahen sich in stillem Einverständnis an und bestellten bei dem Kellner einen Tee für Mboga und einen Kaffee für Fatuma.
So saßen sie eine Weile, jeder in seine Gedanken versunken oder den Bewegungen der Menschen folgend, die in einträglicher Geschäftigkeit oder Müßigkeit an ihnen vorbeiströmten. Fatuma hätte noch stundenlang so sitzen bleiben können. Ihre Einsamkeit, die sich langsam, fast unbemerkt in ihr Leben geschlichen hatte, war wie weggewischt. Plötzlich wusste sie, dass sie etwas ändern musste.
Es war das Dorfleben, sie musste sich daran beteiligen, Klatsch und Tratsch, aber auch gemeinsames Lachen und Weinen. Noch konnte sie das. Sie war so froh, dass sie Mboga getroffen hatte und diese ihr ziemlich barsch die Wahrheit ins Gesicht gesagt hatte.
Warum sollte sie nicht auch einmal Mboga in ihrem Dorf besuchen? Sie würde unter andere Menschen kommen und gleichzeitig die Vertrautheit und erfrischende Art der Alten genießen können. Außerdem wusste Fatuma, dass auch dieses Dorf keinen Heiler hatte. Es wäre eine weitere Möglichkeit, etwas zu verdienen. Denn sie hatte in den letzten Wochen bemerkt, dass auch das Geld knapp wurde, wenn niemand sie mehr brauchte.
„Bring uns noch zwei Gläser mit Wasser“, sagte Mboga zu dem Kellner und weckte Fatuma aus ihrer Gedankenreise.
Nachdem sie bezahlt hatten, schlenderten beide über den Markt von Mombasa, vorbei an Besenmachern, Bastwarenhändlern, Schneidern, Schuhputzern, den vielen Somalis, die alles Mögliche verkauften.
Fatuma erstand noch ein paar Gewürze, die es in ihrer Gegend nicht gab. Am wichtigsten waren ihr die Nelken, und sie benötigte eine ganz Menge davon, denn sie benutzte diese zur Behandlung von Zahnschmerzen und das daraus selbst hergestellte Öl auch zum Desinfizieren. Der Händler sagte ihr, dass diese Nelken von der Insel Sansibar kämen und er schon

einmal dort gewesen sei. Stolz blickte er auf und sah sie freundlich an, als er ihr die Papiertüte mit den Nelken gab.
Es war ein ungewöhnlicher Tag für beide Frauen, und gut gelaunt machten sie sich auf den Rückweg, denn jede wollte vor der Dunkelheit zurück sein in ihrem Dorf. Vor der Post stand schon eines dieser Matatus bereit. Sie bezahlten und setzten sich nebeneinander. Kurz danach fuhr das schrottreife, klapprige Fahrzeug ab. Der Fahrer hatte eines dieser modernen Basecaps auf und kaute unentwegt irgendetwas. Er war nicht aus dieser Gegend, das sah man ihm an. Sein Kassierer, ein lustiger kleiner Mann vom Stamm der Giriama, mit wachen Augen, kannte die beiden Frauen und zwinkerte Fatuma frech mit seinen schmalen braunen Augen zu. Bald war ihm aber die Sicht versperrt, denn nach der zweiten Haltestelle hatte sich der Kleinbus so gefüllt, dass die Luft knapp wurde und man die Fenster, dort wo es möglich war, aufschob. Ein kräftiger Zugwind wehte ins Auto hinein. Die Menschen unterhielten sich halblaut miteinander. Am Ende der Stadt stiegen zwei dicke weiße Frauen ein, die, wie es schien, angetrunken waren und sich gleich angeregt auf Englisch mit einigen der männlichen Fahrgäste unterhielten. In der Nähe der großen Hotels stiegen sie wieder aus, und es wurde ruhiger im Fahrzeug. Plötzlich und scheinbar ohne Grund begann das Fahrzeug zu schleudern, wankte fast und blieb endlich stehen. Aufgeregtes Gemurmel machte sich breit.
„Was war das?", fragte Mboga. Fatuma zuckte nur die Schultern. Zum Glück war ja nichts weiter passiert. Der Fahrer brüllte nach hinten: „Endstation, alle raus aus dem Fahrzeug!"
Aufgeregt folgten alle Insassen und die stehenden Mitfahrer seiner unfreundlichen Aufforderung.
Draußen angekommen, sahen sie den Grund des Geschehens, ein geplatzter Reifen. Die beiden weißen Frauen, die gerade ausgestiegen waren, standen wieder da und fragten in ihrem lustigen gebrochenen Englisch, ob jemand Hilfe brauche oder verletzt sei. Eine kramte aus ihrer riesigen schwarzledernen Handtasche Streifen von Papier, die sie Pflaster nannte, und wedelte dem Fahrer damit vor der Nase herum. Dieser sagte: „Gib mir lieber eine Zigarette!" auf Englisch und dann noch etwas Ungepflegtes aus Suaheli. Die beiden Weißen lachten ihn verschämt an.

Fatuma empfand das als eine peinliche Situation und wendete sich ab. Da sah sie, wie der Schaffner ein weiteres Matatu anhielt und ihr zuwinkte, sie solle doch einsteigen. Fatuma drehte sich nach der alten Mboga um, die ihren Stock und die Plastiktüte mit Einkäufen raffte, sich geschickt vordrängelte und Fatuma zu sich winkte, als gehöre der zweite Bus ihr. Beide stiegen ein, die eine schnellfüßig und grazil, die andere etwas bedächtiger. Die Fahrt verlief ohne weitere Zwischenfälle, und es war später Nachmittag, als Fatuma und Mboga ausstiegen und im Dickicht des Sokokewaldes verschwanden. Ein Stück des Weges gingen sie gemeinsam. Dann, an einer Weggabelung, verabschiedeten sich beide, und Fatuma versprach, in den nächsten Tagen einmal in Mbogas Dorf vorbeizukommen. Allerdings mit einem etwas flauen Gefühl im Magen, wenn sie an die Geschehnisse vor einiger Zeit dachte.
Sie lief durch den Wald und freute sich auf ihr Zuhause und die gewohnte Umgebung. Voll von den vielen neuen Eindrücken und Erlebnissen der Stadt und Mbogas Worten, die sie nicht vergessen hatte.
Der Tag senkte sich zur Neige. Die riesige, feuerrote Sonne tauchte den Himmel in ein orange Tuch, um dann als roter Ball langsam am Horizont zu versinken.
Fatuma war zu Hause angekommen und hatte auf ihrem Weg bewundernd dieses Naturschauspiel miterlebt.
Vor ihrer Hütte tollte ihre Meerkatze herum und spielte mit den heruntergefallenen Blättern des Mangobaumes. Als das Tier sie sah, stürmte es auf sie zu, als wäre sie wochenlang fortgewesen. Fatuma kraulte das Äffchen, und wäre es eine Katze gewesen, hätte es wohl geschnurrt. Nur langsam bahnte sie sich einen Weg in ihre Hütte, schmiss ihre Schuhe von sich und setzte sich auf einen Stuhl. Toto sprang sofort auf ihren Schoß.
„Komm, lass mich ein wenig in Ruhe, ich muss mich erst waschen und erfrischen." Aber Toto klammerte sich an sie, wie sie es seit Ewigkeiten nicht gemacht hatte und schmiegte sich an ihre Brust. Fatuma atmete hörbar aus und begann sich zu entspannen.
„Du hast ja recht, meine Süße, warum soll ich mir nicht etwas Zeit nehmen für dich? Also komm, lass uns schmusen. Ich habe ja sonst auch niemanden. Aber das muss sich ändern", dachte sie für sich. So saßen beide über eine halbe Stunde aneinandergeschmiegt und kraulten sich gegen-

seitig. Dann stand Fatuma auf, wusch sich Gesicht und Hände, band sich einen frischen Kanga um und verstaute ihre aus der Stadt mitgebrachten Nelken in ein Schraubglas, wo sie vor Insekten sicher waren.
Dann schlenderte sie zum Dorfplatz, um zu sehen, ob sie noch einige der Frauen treffen würden, die, versteckt in der Dunkelheit, plauderten oder sich ihre Sorgen zuflüsterten.
„He, Fatuma", rief eine Stimme aus der Dunkelheit.
„Du mischt dich unter uns Dörfler? Hängst nicht mehr nur mit den Dorfältesten und Heilern herum? Ach ja, der Heiler ist ja tot", schallte es ein bisschen boshaft aus der Dunkelheit. Eine zweite Stimme ertönte etwas sanfter: „Hör doch auf, so zu reden, er war schließlich ihr Onkel." Und zu Fatuma gewandt: „Komm, setz dich einen Moment zu uns, du musst jetzt einsam sein."
Fatuma schluckte, besonders nach den Worten der ersten Frau, die nach ihrer Meinung Faika war, eine außergewöhnlich große Giriama, die mit einem Mann verheiratet war, der zwar gutmütig, aber Säufer war.
Fatuma bezwang ihren Drang, sich umzudrehen und wegzulaufen, denn sie musste etwas ändern an ihrem Leben. Also ging sie langsam auf die beiden Frauen zu.
Die andere war Mahindi, eine jüngere, sehr sanfte Frau, deren Mann, wie Fatuma wusste, seit einiger Zeit eine gute Arbeit in Nairobi, der Hauptstadt Kenyas, die ungefähr sechshundert Kilometer entfernt lag, gefunden hatte.
„Guten Abend", sagte sie mit etwas rauer Stimme, da sie verunsichert war, was nun folgen würde.
„Hallo", sagten die beiden Frauen wie aus einem Mund und rückten zur Seite, dass Fatuma sich auf dem querliegenden Baumstamm neben sie setzen konnte.
Mahindi bot ihr aus der hohlen Hand Cashewnüsse an. Fatuma nahm eine und steckte sie sich genüsslich in den Mund. Sie bemerkte, dass sie vergessen hatte, zu essen. So aufregend war ihr Tag gewesen.
„Warum kommst du hierher in der Dunkelheit?", fragte Faika.
„Ich war heute in der Stadt und habe mich umgeschaut und mir ein paar Nelken besorgt. Nun wollte ich noch ein wenig unter Freunden sein."

„Freundschaft muss man sich erarbeiten, und Freunde muss man pflegen“, konterte Faika so schnell und spitz, dass Fatuma nicht wusste, was sie darauf erwidern sollte, und einfach still war.
„Hör doch auf, so grob mit ihr zu reden“, sagte Mahindi fast empört.
„Man wird ja wohl noch seine Meinung sagen dürfen – unter Freunden“, sagte Faika und streckte ihre langen, schlanken Beine weit von sich.
„Ist schon gut“, sagte Fatuma. „Sie hat ja nicht unrecht. Viel zu lange war ich nur mit mir und meiner Arbeit beschäftigt.“
Jetzt schwiegen die beiden Frauen und warteten, was Fatuma noch sagen würde. Aber sie war still und blickte in die Dunkelheit. Nach einer Weile fragte sie: „Und was habt ihr heute den ganzen Tag gemacht?“
„Ich war im Nachbardorf“, sagte Mahindi, „und habe meiner Tante geholfen. Sie ist alt und kann nicht mehr so. Ihr Sohn und deren Sohn haben Arbeit gefunden in einem Hotel in Mombasa. Nun ist sie die meiste Zeit alleine und braucht etwas Unterhaltung.“
„Ja, und ich habe meine Hütte mal gereinigt, sonst schimpft mein Mann wieder, und dann habe ich Mais gestampft. Das werde ich aber nicht mehr so oft tun, denn mein Alter kann Maismehl aus der Stadt mitbringen, wozu soll ich mir diese stundenlange Arbeit machen?“, meinte Faika.
„Recht hast du!“, sagte Mahindi.
Fatuma bemerkte, dass sie noch nie darüber nachgedacht hatte, ob sie Maismehl kaufen sollte oder selbst stampfen. Es kam, wie es kam. Hatte sie Mais, stampfte sie ihn in einem speziell dafür angefertigten Mörser, und hatte sie keinen, so kaufte sie Maismehl in einem der kleinen Geschäfte, die es in der Nähe gab. Sie wäre nie auf die Idee gekommen, darüber nachzudenken, geschweige denn, darüber zu reden. Nun gut, sie wollte sich aber mit den Leuten im Dorf gut stellen, und vielleicht würde sich ja die eine oder andere Freundschaft ergeben.
„Wann wart ihr das letzte Mal in der Stadt?“, fragte Fatuma, und sie war neugierig, welche Antwort sie erhalten würde.
„Ich fahre jede Woche zweimal nach Mombasa“, antwortete Faika. „Man trifft dort so viele verschiedene Menschen, man sieht, wie die Frauen gekleidet sind. Röcke, Hosen, Blusen, Kleider, nicht unsere langweiligen Kangas. Und Hackenschuhe, wie die damit nur laufen können, frage ich mich.“

Fatuma war erstaunt über diese Aussage: „Aber Faika, es gibt doch so viele verschiedene Kangas in allen Farben und Mustern, und vergiss nicht die Sprüche, die darauf gedruckt sind. Das ist doch unsere Tradition. Und sie sind doch wunderschön und viel besser als all diese anderen Sachen, deren Stoffe oft luftundurchlässig sind."
„Du hast ja recht, Fatuma", sagte Faika, „aber man muss doch mal was Neues ausprobieren, nicht immer nur an dem Alten hängen. Was meinst du, Mahindi?"
„Ich denke, dass hier im Dorf die Kangas genau das Richtige für uns sind, aber fahren wir nach Mombasa oder gar Nairobi, sollten wir uns anpassen und auch diese andere Kleidung tragen. Meinst du nicht auch, Fatuma?"
„Vielleicht hast du recht, so habe ich darüber noch gar nicht nachgedacht. Ich habe nämlich nur Kangas. Aber sehr viele und in allen Farben und verschiedenen Mustern, das hat mir bis jetzt eigentlich gereicht."
„Na ja, um ehrlich zu sein, würde diese andere Kleidung wohl auch kaum zu dir passen", sagte Faika schmunzelnd. „Aber ich will mir unbedingt einen kurzen Rock und eine Bluse besorgen. Das finde ich schick."
„Ja", mischte sich Mahindi ein, „aber diese anderen Sachen sind doch viel teurer als unsere Kangas."
„Über Geld habe ich auch nicht gesprochen", meinte Faika fast beleidigt, „aber man will doch dazugehören und nicht gleich von Weitem erkannt werden. Seht, da kommt Faika aus dem Busch."
„Was ist denn falsch daran?", fragte Fatuma ehrlich verwundert. „Du bist doch der gleiche Mensch."
„Das schon, aber ich sehe dann anders aus. Und das ist wichtig."
„Aber Faika, es ist doch nicht wichtig, wie du aussiehst, sondern, wer du bist", sagte Fatuma und runzelte ihre Stirn.
„Ach, Fatuma, was weißt du schon davon. Dann gehöre ich aber nicht dazu, man schämt sich mit mir, und ich bin nicht modern. Und ich will aber dazugehören! Kannst du das nicht verstehen, Fatuma Buschfrau?"
„Im Moment eigentlich nicht, aber ich werde darüber nachdenken."
„Das stimmt schon, was sie sagt, Fatuma. Mir ist das in der Stadt auch schon aufgefallen. Und schau einmal umgedreht, wie jemand angegafft wird, der hier in unserem Dorf mit so einem Aufputz erscheint. Der passt doch nicht wirklich hierher. Das behagt einfach nicht. Und genauso we-

nig passt es, im Kanga nach Mombasa zu fahren“, mischte sich Mahindi ein. „Man fühlt sich fast nackt.“
„Nun übertreib nicht“, Fatuma stupste sie an, „ich war heute im Kanga in Mombasa und habe mich überhaupt nicht nackt gefühlt.“
„Was soll man dazu noch sagen?“, meinte Faika. „Es war wirklich an der Zeit, dass du dich zu uns gesellt hast, sonst versauerst du noch hier im Busch und verkümmerst vor Langeweile. Komm mit uns in zwei Tagen in die Stadt, dann sind unsere Männer nicht da. Und vielleicht werden wir ja sogar von weißen Männern angesprochen.“
„Wieso wollt ihr denn von weißen Männern angesprochen werden?“, wunderte sich Fatuma.
„Die haben die Taschen voller Geld und kaufen dir ohne mit der Wimper zu zucken eine Cola oder eine Fanta oder vielleicht auch ein Bier.“
Fatuma sagte dazu nichts. Diese Welt war ihr verborgen. Es reichte ihr auch für heute. Erst die vielen Eindrücke von Mombasa, und nun diese Ideen der beiden Frauen. Im ersten Impuls wollte sie sich zurückziehen, doch dann besann sie sich und harrte noch einen Moment friedlich schweigend bei den beiden aus, bis Faika sagte: „Ich geh dann mal ins Bett, bin müde.“ Auch Fatuma und Mahindi erhoben sich.
„Dankeschön für das Gespräch“, verabschiedete sich Fatuma etwas unbeholfen.
„Komm wieder einmal vorbei“, antwortete Mahindi ihr.
„Ach was, wir nehmen sie mit nach Mombasa, damit unsere Buschfrau endlich einmal etwas erlebt und nicht immer in diesem viel zu kleinen Dorf herumsitzt“, sagte Faika voller Schwung.
So entfernte sich jeder in Richtung seiner Hütte. Fatuma dachte, dass sie nur einige Steinwürfe voneinander entfernt wohnten und doch so selten geredet hatten. Das musste sich ändern, auch wenn sie in eine ihr sehr fremde Welt eingetaucht wurde.
Vor ihrer Hütte wartete Toto, es war ungewöhnlich, dass sie um diese Zeit noch nicht in irgendeiner Astgabel, gut versteckt unter dem Laub der Bäume, schlief. Natürlich bettelte sie, dass sie mit in der Hütte schlafen durfte. Fatuma hatte das nicht so gerne, denn die Meerkatze war ausgewachsen und kein Baby mehr. Aber heute war sie weich und ließ dem kleinen Tier seinen Willen. Toto tollte sofort auf das Bett und kuschelte

sich auf das Kissen, welches aus Kapok, der afrikanischen Baumwolle, war. Fatuma war müde von diesem Tag und legte sich ins Bett und war, was ungewöhnlich für sie war, schnell eingeschlafen.
Am nächsten Morgen wachte sie erfrischt auf, ließ Toto vor die Tür und machte sich einen Tee. Heute wollte sie Muhamri, frische Hefeküchlein, backen. Während sie alles vorbereitete und das Feuer schürte, spielte Toto vor der Hütte. Sie entfernte sich seit einigen Tagen kaum noch sehr weit. Wer wusste, wo sie gewesen war und was passiert war, als Toto vor ein paar Tagen für viele Stunden spurlos verschwunden war.
Fatuma überlegte, dass es ein guter Anlass war, mit einigen selbstgemachten Muhamris zu Mama Mboga zu gehen und ihr einen Besuch abzustatten, es war zwar eine weiter Weg, aber sie hatte ja sonst nichts weiter zu tun. Außerdem hatte sie sich fest vorgenommen, einige Dinge in ihrem Leben zu ändern. Da musste sie mit alten, bequemen Gewohnheiten brechen und sich wohl täglich aufraffen, etwas für ihr neues Leben zu tun. Leider hatte sie seit Katanas Tod so gut wie kein Geld verdient, von den paar Lebensmitteln, die sie ab und zu erhalten hatte, einmal abgesehen. Sie schaute sich in ihrer Hütte um. Alles war sauber und aufgeräumt und ihre Kräutertinkturen und Salben stapelten sich in einer Hüttenecke.
Sie suchte sich eine alte Zeitung, riss eine Doppelseite heraus, formte eine Tüte und legte behutsam sechs dieser ausgezeichnet nach Gewürzen riechenden, warmen Muhamris hinein. Ihre eigenen verstaute sie in einer Dose, denn alles Essbare musste vor den kleinen Insekten, die Dudus genannt wurden, geschützt werden.
Genüsslich aß sie zwei dieser köstlichen Kuchen, die wie ein aufgeblasenes Dreieck aussahen, und so döste sie eine ganze Weile auf dem runden Schemel vor ihrer Hütte und genoss ihren süßen Tee. Dann besann sie sich aber, räumte alles, was sie zum Backen benötigt hatte, weg, löschte das Feuer und machte sich mit ihrem Geschenk auf den Weg zu Mama Mboga.
Es war ein weiter Weg, und die Sonne wollte schon fast untergehen als sie endlich ankam. Das Dorf hatte sich vergrößert in den letzten Jahren, soviel konnte sie schon ausmachen. Leider schlichen sich auch unangenehme Erinnerungen in ihren Kopf. Sie dachte an den Kummer, der ihr hier zugefügt worden war, und hatte etwas Herzklopfen. Sollte sie zu der

Stelle gehen, wo damals ihre Hütte gestanden hatte? Oder wäre es besser, erst Mama Mboga zu besuchen? War es überhaupt eine gute Idee, an diesen Ort zurückzukehren? Er war mit so vielen schrecklichen Erinnerungen verbunden, die tief in ihr schlummerten und sich jetzt wieder an die Oberfläche schlichen. Aber vielleicht war es gut, wenn sie versuchte, all das Erlebte etwas besser einzuordnen? Oder sollte sie es doch lieber alles ruhen lassen und nicht mehr daran rühren? Noch in ihre Gedanken versunken, stand sie da, als sie Mbogas kräftige Stimme hörte: „He, Fatuma, bist du angewachsen da drüben, oder willst du nicht endlich zu meiner Hütte herüberkommen, ich habe inzwischen den Tee schon gekocht, und du stehst immer noch da, als wenn du nicht wüsstest, ob du wieder umdrehen sollst. Nach so einem weiten Weg. Ich hätte ja nicht gedacht, dass du schon heute zu mir kommst."
„Na ja, ich habe heute früh Muhamri gebacken, und da dachte ich, du würdest dich freuen, wenn ich dir ein paar bringe", rief Fatuma erfreut zu ihr herüber.
„Das ist lieb von dir, Fatuma, dass du an mich gedacht hast", sagte Mboga mit ungewohnt weicher Stimme und wies Fatuma den Platz neben sich und gab ihr schweigend eine große Tasse sehr süßen Tee.
„Ich habe mich gerade an die Dinge erinnert, die passiert sind, als ich damals hier war. Und ich hatte ein sehr schlechtes Gefühl. Kannst du das verstehen, Mama Mboga?"
Die alte Mboga schwieg eine Weile, wie es so ihre Art war, wenn ihr etwas unangenehm zu werden schien. Räusperte sich etwas und hätte gerne vom Thema abgelenkt. Wusste aber nicht genau, wie sie es anstellen sollte, denn Fatuma war nicht dumm. Also sagte sie nur: „Mh, versuche es zu vergessen, es ist Vergangenheit."
„Siehst du, Mboga, und genau das fällt mir schwer. Ich will auch mit meiner Vergangenheit leben können. Irgendetwas muss ich doch tun können, damit ich dieses schlechte Gefühl loswerde."
„Ich weiß nicht", sagte Mboga, „denkst du, wir haben nicht alle unsere Vergangenheit und vielleicht auch Dinge, die wir heute anders regeln würden als vor zehn oder zwanzig Jahren? Und eines musst du wissen, man wird nicht immer fair behandelt im Leben, damit musst auch du umgehen lernen. Es war doch das einzige Mal in deinem Leben, dass

Katana dich fortgeschickt hat und du dich alleine durchbeißen musstest, ansonsten hat er doch immer schützend die Hand über dich gehalten. Das Leben ist nicht so harmonisch, wie du es gerne hättest, leider, liebe Fatuma."

„So hatte ich es noch gar nicht betrachtet", sagte Fatuma, in Gedanken versunken.

Mboga schlürfte einen großen Schluck des herrlichen Tees, und auch Fatuma führte die Tasse an den Mund. Sie genoss den Tee nach ihrem langen Weg. Wieder einmal saßen die beiden Frauen in vertrautem Schweigen nebeneinander. Jede hing ihren Gedanken nach und beide genossen die Nähe der anderen. So muss es wohl sein, wenn man eine Mutter hat, die einen liebt, dachte Fatuma. Verwarf aber den Gedanken gleich wieder, denn sie wollte nicht ungerecht gegenüber Katana sein, der alles für sie getan hatte. Zu guter Letzt hatte er ihr sogar noch seine Ersparnisse von der Bank gegeben, damit sie nicht nach seinem Tod in falsche Hände gerieten, wie er damals sagte. Doch Fatuma hatte nicht wirklich verstanden, was er meinte. So hatte er sie ein Stückchen mehr für die Zukunft abgesichert, doch Fatuma wollte auch einen Teil für ihr Leben beitragen, es endlich in ihre Hände nehmen.

Katana sollte stolz auf sie sein. Sie war sich sicher, dass es eine Weiterexistenz nach dem Tod gab. Das zweifelte wohl niemand an. Also beobachtete Katana auch das Treiben auf der Erde.

Die Toten brauchten nur einige Zeit, um sich in ihrer neuen Welt zurechtzufinden. Wie lange das war, wusste Fatuma auch nicht, aber sie war sich sicher, dass sie irgendwann einmal, wahrscheinlich bald, wieder Kontakt zu Katana haben würde, und sie freute sich schon darauf und sehnte es herbei.

All diese Gedanken gingen ihr durch den Kopf, während sie still neben Mboga saß, die ihren Tee schlürfte und Fatuma auch nachgeschenkt hatte.

Die Zeit verging und die beiden unterhielten sich angeregt über gemeinsame Bekannte, über Krankheiten und deren mögliche Herkunft und Heilung. Sie sprachen über die Dorfältesten und deren Verhalten, über die Menschen in Mombasa, die sich nach Mbogas Meinung gar nicht verändert hatten, die sich zwar anders verhielten und kleideten, aber in

ihrem Inneren immer noch die gleichen waren. Fatuma wunderte sich über diese Auffassung, behielt aber in diesem Fall ihre Meinung für sich, denn sie war noch nicht ausgereift, und sie musste noch etwas darüber nachdenken und beobachten. Ja, beobachten, Fatuma liebte es, andere Menschen still zu beobachten, wie sie sich verhielten, wie sie sprachen, ihre Gesten, es war spannender als Zeitunglesen für sie.
Fatuma übernachtete bei Mboga, denn man reist in Afrika nur sehr ungerne im dunklen.
Am Morgen frühstückten noch beide Frauen miteinander und dann musste Fatuma den Heimweg antreten. Mboga umarmte sie stürmisch, und Fatuma hatte dass Gefühl, dass Mboga ihr noch etwas sagen wollte. Doch vielleicht hatte sie sich auch geirrt.
Der Weg war lang und anstrengend, denn es war schwül geworden. Fatuma freute sich schon auf ihre kleine Toto. Hauptsächlich, weil sie nicht alleine war. Sie wusste, das kluge Tier würde auf sie warten und sie freudig begrüßen. Andere Frauen hatten einen Mann oder zumindest Kinder, die auf sie warteten.
Sie musste sich mit einer wenn auch intelligenten grünen Meerkatze begnügen. Tränen flossen plötzlich aus ihren Augen. Und sie wurde sich ihrer Einsamkeit nach Katanas Tod zum ersten Mal wirklich bewusst. Es war, als ob ein eiserner Ring sich um ihr Herz schmiege und ein heißer Regen in ihrem Bauch niederginge. Sie hatte keine Menschenseele, die ihr wirklich nahe war. Die Einsamkeit schoss in ihren Körper, und die Wogen der Traurigkeit schlossen sich wie die Wellen des Meeres über ihrem Kopf zusammen. Doch tief in ihrem Inneren regte sich etwas, das ihr Kraft verlieh. Sie wusste nicht, was es war. Sie nährte es mit ihren Gedanken an die Zukunft, und die Kraft wuchs zu einem kleinen Pflänzchen heran, welches noch sehr verletzlich war.
Aus der Ferne hörte sie Stimmen, und sie wurde vorsichtig. Noch zu gut erinnerte sie sich an die schrecklichen Begegnungen, die sie in alten Zeiten mit den Menschen aus Mbogas Dorf gehabt hatte.
Aber es waren Fremde, die ihren Weg kreuzten und sie freundlich und mit offenen Blick grüßten. Und dann gelassen und frohes Mutes weitergingen.

Fatumas Tränen waren versiegt. Ihr Gesicht brannte noch von dem Salz, das als unscheinbare Kruste auf ihren Wangen klebte. Ihre Augen waren rot und angeschwollen. Was in dieser Gegend nichts Ungewöhnliches war. Nicht, weil die Menschen stets und ständig weinten, sondern weil es ein Augenleiden gab, das sich ähnlich äußerte.
Fatuma schritt etwas schneller, denn sie musste sich nun wirklich sputen, um vor der Dunkelheit zurück zu sein. So wurde die frische Abendluft der Regenzeit in ihre Lungen gepumpt.
Am Himmel zogen sich dunkle Wolken zusammen. Ihre Farbe schwankte zwischen blau und dunkelgrau. Fatuma beobachtete das Schauspiel und war von dem ungewöhnlichen Anblick beeindruckt. Ihr Herz schlug hastig, sei es, weil sie so schnell ging oder aber, weil ihre Gedanken sich langsam lichteten.
Erschöpft kam sie kurz nach Einbruch der Dunkelheit zu Hause an, und wie sie es erwartet hatte, wurde sie von Toto freudig begrüßt.
Fatuma schob die Schuhe von ihren geschwollenen Füßen und machte sich daran, einen Tee zu kochen. Toto saß neben der Feuerstelle und schaute ihr zu. Es war eine sehr friedliche Stimmung. Fatuma schritt auf Toto zu, um sie zu kraulen. Diese ließ sich die Liebkosung gerne gefallen und senkte den Kopf in ihre Richtung. Dann kochte Fatuma den so würzigen afrikanischen Tee für sich alleine.
Der Tee war fertig, und sie genoss es, in der Dunkelheit vor ihrer Hütte zu sitzen und den Geräuschen des Waldes zu lauschen.
Nicht weit von ihrer Hütte entfernt hörte sie einen Streit zwischen Mann und Frau, der mit dem Gebrüll des Mannes und dem Schluchzen der Frau endete.
Fatuma war für ihre Einsamkeit entschädigt. Sie dachte daran, wie diese junge Frau sich wohl fühlte, und war froh, alleine zu sein in tiefer Einigkeit mit sich selbst. Langsam zog sie sich aus, wusch sich und verriegelte ihre Tür sehr sorgfältig, dann fiel sie in tiefen, unerwarteten Schlaf. Toto kuschelte sich neben sie, denn es war niemand da, der ihr das verwehrte.
Am nächsten Morgen wachte Fatuma erfrischt und mit neuer Lebensenergie auf. Ein neuer Tag war angebrochen.

Und so wie dieser vergingen Tage, Wochen, Monate, Jahre. Fatuma, die Buschfrau, wie sie liebevoll von den meisten genannt wurde, schien nicht zu altern. Aber sie war in der Lage, ihre Kraft auf andere Menschen zu übertragen. Viele kamen zu ihr und baten um Heilung und Trost. Nie sagte sie nein. Immer war sie zur Stelle. Niemals schob sie sich selbst in den Vordergrund, sondern war da, um zu helfen und zu lindern. So verstrich die Zeit. Fatuma hatte immer wieder dazugelernt. Sie hatte sich in Beobachtungen geübt und konnte präzise analysieren. Viel hatte sich in ihrem Dorf geändert. Die meisten der jungen Leute waren in die nahegelegene Stadt gezogen, einige sogar nach Nairobi, der Hauptstadt. Die Alten blieben mit ihren Gedanken an die Götter im Himmel und ihre Kinder auf Erden zurück. Manchmal waren auch sie einsam. Fatuma konnte es an ihren Augen sehen.

Faika und Mahindi, die ihr gute Freundinnen geworden waren, hatten jeweils noch drei Kinder geboren, hatten ihre Ideen über die Stadt und die weißen Männer schlafen gelegt. Zu sehr waren sie beschäftigt mit der Versorgung ihrer Kinder. Ihre Ehemänner kamen nur ab und an vorbei und brachten mal mehr und mal weniger Geld, immer aber ein kleines Geschenk aus der Stadt.

Auch einige junge Frauen verdienten ihr Geld in Mombasa, sie nannten sich Geschäftsfrauen, und Fatuma konnte an der Leere ihrer Augen erkennen, was sie taten, und die Krankheit ihrer Seelen war nicht mehr zu heilen.

Ihr eigenes Leben hatte sich wenig geändert. Sie hatte auch nicht das Gefühl, etwas verpasst zu haben. Manchmal sehnte sie sich nach Chakwe, der nur noch sehr selten ins Dorf kam. Anfangs hatte er Fatuma gemieden.

Bei einem Regenfest saßen sie zufällig nebeneinander und hatten viel Zeit zum Reden. Aber es war nie wieder wie zu Anfang zwischen ihnen. Chakwe war verschlossen und gab nicht viel über sich selbst preis. Fatuma hatte nur von anderen gehört, dass sie Chakwe mit verschiedenen attraktiven weißen Frauen gesehen hätten, und dass er sich seit längerer Zeit mit einer sehr jungen Akamba-Frau traf, die wohl auch in der Stadt lebte. Das alles berührte sie aber innerlich nicht. Und wieder verging die Zeit.

So saß sie vor ihrer Hütte, wie sie es so oft getan hatte, und döste in den Tag hinein. Doch irgendetwas war anders heute. Sie konnte es spüren, aber sie wusste nicht, was es war. Beunruhigt schaute ihr geschärftes Auge herum. Ihre Nasenflügel blähten sich auf, um vielleicht einen fremden Geruch zu erfahren. Im Dorf ringsherum war es noch still.
Für einen Moment schien es, als ob der Wind aufgehört hätte zu atmen. Wenn er so still war, konnte er dem Tag keine Botschaft aus der Nacht überbringen.
Fatuma hielt selbst für einen Moment die Luft an. Was war das, was sich da im Morgengrauen näherte? Sie spürte es, aber sie konnte zu diesem Zeitpunkt nicht wissen, dass es ihr ganzes Leben verändern würde.
Angespannt lauschte sie dem aufgeregten Kreischen der Vögel, die sich aber schnell wieder zu beruhigen schienen. Aus der Ferne ertönte der Ruf einer Eule, dann erstarb der Laut, und es ward wieder Stille. Zu dunkel war es, als dass Fatuma etwas erkennen hätte können.
Doch plötzlich hörte sie Geräusche, die nicht in den Wald passten, ein Knacken im Unterholz, und als sie sich sehr anstrengte, konnte sie auch das Rascheln des Laubes vernehmen. Es war ein hastiges Rascheln. Jemand rannte durch den Wald in ungeheurer Geschwindigkeit und Angst.
Fatuma stand auf und näherte sich den Büschen und Bäumen, und da tauchte vor ihr ein zerschundenes, furchtbar ängstliches Menschenkind auf in seinen zerrissenen Sachen und völlig erschöpft.
Fatuma brauchte nur ihre Arme aufzuspannen und das junge Mädchen aufzufangen. Sonst wäre sie völlig erschöpft auf den Boden gesunken.
„Beruhige dich, mein Mädchen. Es wird alles gut. Fatuma ist bei dir und wird dich beschützen“, sagte sie mit sehr leiser, einfühlsamer Stimme und streichelte ihr das zerzauste Haar.
Das Kind keuchte in ihren Armen und wand sich. Hatte aber keine Kraft mehr zum Weiterlaufen und ergab sich für das Erste Fatumas Fürsorge. Die streichelte und streichelte das Kind, um es zu beruhigen.
Ihre Gedanken waren ausgeschaltet, und es arbeiteten nur ihr Gefühl und der mütterliche Instinkt. Sie brachte das Kind in ihre Hütte, denn für den Moment wollte sie alles geheimhalten. Sie wusste nicht, warum. Das Kind war von einem fürchterlichen Weinkrampf geschüttelt, schlug um sich und ließ sich nur schwer beruhigen. Fatuma führte sie zu ihrem

Bett. Das Kind warf sich darauf und trommelte mit seinen Fäusten auf das Kopfkissen ein. Fatuma ließ sie gewähren und setzte scheinbar in aller Ruhe Teewasser auf.
Das Mädchen hatte sich völlig verausgabt und brauchte eine Stärkung. Außerdem bereitete sie eine große Schüssel mit warmem Wasser, denn sie musste die Kleine waschen und ihre Wunden desinfizieren. Aus den tiefen Schrammen und Rissen konnten sonst böse Entzündungen entstehen. Alle Energie hatte den Körper des Mädchens verlassen. Daher ließ sie sich von Fatuma von den Fetzen, die ihr noch auf dem Leib hingen, befreien. Fatuma wusch das Kind gründlich von oben bis unten. Dann spülte sie die offenen Wunden mit einer ihrer Kräutertinkturen aus. Sie gab dem Mädchen ein Glas mit einer hellgrünen Flüssigkeit zu trinken. Es schluckte bereitwillig, ohne Gegenwehr, die Fatuma eigentlich erwartet hatte. Dann hüllte Fatuma das ungefähr zwölf Jahre alte Mädchen in zwei Kangas und ließ sie auf ihrem Bett sitzen. Sie entfernte sich in Richtung Tür, als sie hinter sich hörte wie das Kind wieder anfing zu weinen. Diesmal ruhiger, aber herzzerreißend. Sie füllte ihnen beiden jeweils eine große Tasse Tee ein, trug die Tassen in die Hütte, schloss die Tür sorgfältig hinter sich und gab in jede Tasse zwei gehäufte Teelöffel voll mit Zucker. Dann setzte sich auf einen Stuhl und schaute das Mädchen an. Sie drückte ihr einfach die Tasse Tee in die Hand, und es schien, als ob das Kind sich beruhigte.
„Wo kommst du her und was ist mit dir passiert?“, fragte Fatuma ruhig, ohne sich der Kleinen weiter zu nähern. Diese schluchzte auf und trank vorsichtig einen Schluck des heißen Tees. Aber eine Antwort erhielt Fatuma nicht. Die Hände des Mädchens zitterten, und Fatuma wollte sie für das Erste in Ruhe lassen. Deswegen stand sie langsam auf, deckte die Kleine mit einem Kikoi zu und sagte: „Hier bei mir bist du sicher. Sprich, wenn du meinst, dass du reden möchtest. Ich werde für dich da sein und versuchen, dir zu helfen. Ich bin Fatuma – die Heilerin – die Buschfrau.“
Das Kind schaute sie nun doch mit seinen großen, dunkelbraunen Augen an, und Fatuma war es, als ob sie fast unmerklich mit dem Kopf nickte.
„Wenn du kannst, dann schlaf erst mal. Und sag mir, wenn ich etwas für dich tun kann.“

Damit drehte sie sich um, ging vor die Hütte und schloss die Tür hinter sich.
Nun zitterten Fatuma die Hände.
„Besser, ich trinke noch eine Tasse Tee", sagte sie leise zu sich, schüttelte dann aber den Kopf und setzte sich hin. „Was ihr wohl zugestoßen sein mag?", fragte sie halblaut sich selbst, goss sich endlich doch einen Tee ein und holte auch etwas Zucker. Sie verschloss die Tür sorgfältig und schaute in den anbrechenden Tag. Keine zwanzig Minuten waren vergangen, seit sie das Mädchen in ihre Arme geschlossen hatte. Wo war eigentlich Toto? Das Tier hatte sich noch gar nicht blicken lassen, das war sehr ungewöhnlich für einen Morgen wie diesen. Fatuma zwang sich zur Ruhe und setzte sich hin. Sie blickte in die aufgehende Sonne, die sich schnell aus der Dunkelheit erhob und sich ihre Bahn am Horizont suchte. Das Dorf fing an, sich zu beleben.
Fatuma wusste zu dieser Zeit nicht, was sie von diesem Tag halten sollte. So schlummerte sie ein bisschen in die Strahlen der wärmenden Sonne hinein und grüßte freundlich diejenigen, die an ihrer Hütte vorbeikamen. Aber es beschäftigte sie nur eine Frage: Wer war dieses Mädchen und was hatte sie Schreckliches erlebt? Fatuma konnte sich keinen Reim darauf machen. Und so saß sie still vor ihrer Hütte und wartete einfach ab.
Es war Trockenzeit, aber es wehte ein ungewöhnlich frischer Wind. Keiner im Dorf war ernsthaft erkrankt, und auch Mama Mboga war wieder auf den Beinen. Sie hatte die letzten Monate gekränkelt, sich aber in den vergangenen zwei Wochen sehr gut erholt und war, nicht zuletzt Dank der Hilfe ihres gesamten Dorfes, wieder frisch und munter. Jeder hatte einmal für sie mitgekocht, hatte bei ihr gesessen und zugehört, oder man hatte ihr einfach die Geschehnisse aus den umliegenden Dörfern berichtet. Und so war die alte Mboga wieder zu Kräften gekommen.
Doch Fatumas Gedanken schweiften wieder zu dem Kind in ihrer Hütte zurück. Was sollte sie mit ihr nur anfangen? Ihre Seele hatte sich schon in sie verliebt. Eine mütterliche Fürsorglichkeit breitete sich in ihrem Herzen aus.
Wo Toto nur blieb? Normalerweise war sie um diese Zeit schon bei ihr. Wunderte sie sich wieder und saß immer noch tatenlos vor ihrer Hütte.

Und plötzlich kamen die alten Erinnerungen, ohne dass sie diese gerufen hätte, unerlaubt in ihr Gehirn. Kalte Schauer liefen ihr über den Rücken. Sie dachte an ihre tote Mutter und wie ihr Leben wohl verlaufen wäre mit ihr. Dann fegte sie die schweren Gedanken hinweg und überlegte, was sie mit dem Mädchen anfangen sollte. Ihr Dasein würde ihr eigenes Leben verändern. Fatuma wurde aufgeschreckt durch Mahindis fröhliches Rufen.
„He, Fatuma, schau, ich habe ein Geschenk für dich!“, und sie öffnete ihre Hand, und ein duftendes Stück Seife kam zum Vorschein.
„Du hast mir so oft geholfen, und heute habe ich etwas für dich. Freust du dich?“
„Ja, natürlich, herzlichen Dank. Wo hast Du das denn her?“, wollte Fatuma wissen, denn solche Seife gab es nicht bei ihnen im Dorf.
„Och, das hat mein Mann aus dem Hotel in Nairobi mitgebracht, ich habe auch ein Stück, und für Faika habe ich auch noch eines.“
„Das riecht ja wunderbar“, sagte Fatuma und umschloss das Stückchen Seife mir ihrer linken Hand.
„Irgendwie siehst du angespannt aus, Fatuma. Ist etwas nicht in Ordnung?“
„Alles ist in Ordnung“, beeilte sich Fatuma mit der Antwort. Sie war noch nicht bereit, über die Ereignisse zu reden. Und die gute Mahindi plauderte noch einen Moment über dies und das, verabschiedete sich dann aber mit guter Laune, um nach ihren Kindern zu schauen.
Fatuma war neugierig und ging in ihre Hütte, um dem Mädchen beim Schlafen zuzusehen. Ein warmes Gefühl durchflutete ihren Körper, und ungeahnte Freude breitete sich aus. Das Mädchen hatte kurzes, krauses Haar, wie es bei den Ostafrikanerinnen üblich ist. Ihre sonst so großen, dunklen Augen waren geschlossen und die Lider zitterten leise. Das Mädchen war nicht sehr kräftig, wirkte aber gesund.
Toto kam, als wäre nichts gewesen, angetobt und sprang auf Fatumas Arm.
„He, Toto, wo warst du denn schon wieder so lange? Schau mal, wir haben einen Gast.“

Und der kleine Affe antwortete mit zufriedenen Lauten, als hätte er verstanden, was Fatuma gesagt hatte, und betrachtete das schlafende Mädchen interessiert.
„Dass du sie mir nicht aufweckst!“, sagte Fatuma lächelnd zu ihrem Äffchen. „Du wirst noch genug Zeit haben, dich mit ihr anzufreunden, und vielleicht könnt ihr beide euch ja ab und an die Zeit etwas gemeinsam vertreiben. Ach, was rede ich denn da? Na ja, falls das Mädchen bleiben möchte, und keiner kommt, um sie abzuholen“, fügte sie nachdenklich und etwas leiser hinzu.
Und wieder überkamen sie Zweifel in der neuen Situation. In der afrikanischen Gesellschaft war es kein Problem, wenn ein Kind nicht von der leiblichen Mutter aufgezogen wurde. Normalerweise übernahm dann diese Aufgabe ein naher oder etwas entfernterer Verwandter, selten aber jemand, der nicht zur eigentlichen Großfamilie gehörte.
Ihr Verstand sagte ihr, sie müsse die leiblichen Eltern finden, doch ihr Gefühl war schon bei dem Mädchen und der unerwarteten Mutterschaft und ließ ihr Herz schneller schlagen. Mit diesem späten Glück in ihrer Einsamkeit hatte sie gar nicht gerechnet. Aber durfte sie schon so weit denken? Durfte sie sich schon auf etwas freuen, was ihr gar nicht gehörte? Und würde sie der Anforderung, die ein Kind an sie stellte, gerecht werden? Konnte sie überhaupt ein Kind bei sich aufnehmen? Als Heilerin? Sie hatte so darum gekämpft und vorher gearbeitet und gelitten, bis die Dorfbewohner und auch die Menschen aus der umliegenden Gegend sie anerkannten. Sie spürte Gefahr, wie eine einsame Antilope einen Geparden wittert.
Fatuma hatte eine Phase in ihrem Leben bewusst oder unbewusst ausgelassen, nun holte sie das Leben ein. „Man kann auf die Dauer nicht vor sich selbst weglaufen“, murmelte sie leise vor sich hin.
In ihrer späten Kindheit hatte das Schicksal sie den Armen ihrer Mutter entrissen, dann war Onkel Katana für sie da gewesen. Aber ihre frühen Kinderjahre waren durch die schrecklichen Erlebnisse, die ihr Kopf weggeschoben hatte, verblasst. Sie hatte sich bewusst oder unbewusst in Arbeit gestürzt.

Es wartete eine neue Aufgabe. Eigentlich war es Katanas Arbeit, aber sie hatte sich und ihre Gefühle damals damit abgelenkt.
Tag und Nacht. Denn viele Kräuter mussten des Nachts gesucht werden, und oft hatten sie und ihr Onkel auch halbe Nächte vor der Hütte gesessen, und sie lauschte seinen Erzählungen aus der alten Welt. Oft hatten sich auch die Alten des Dorfes hinzugesellt und so kam es, dass sie schon in früher Jugend ein großes Wissen über die alten Riten und Gewohnheiten des Giriama-Stammes ansammelte.
Und was das Wichtigste für sie war, erst das viele Lernen und später die Arbeit als Heilerin machten ihr Spaß. Sie genoss jeden Tag, auch wenn sie ab und an vom Hauch der Einsamkeit berührt wurde.
Da stand Mahindi plötzlich wieder neben ihr und lächelte sie sanft an: „Mein Mann musste wieder nach Nairobi zurück an seine Arbeit, und da dachte ich, falls du nichts zu tun hast, wir könnten uns die Zeit etwas vertreiben. Was meinst du? Sollen wir vielleicht nach Mombasa fahren? Die Menschen dort beobachten und einen Tee trinken? Es sieht nicht so aus, als ob es im Moment sehr viele Kranke in unserer Gegend gäbe. Du hast alle gut versorgt und merkst auch sofort, wenn es jemandem nicht gut geht, bist gleich zur Stelle. So breiten sich kaum noch die großen Krankheiten aus. Ist dir das in den letzten Monaten und Jahren schon aufgefallen? Ich wundere mich, dass du überhaupt noch Geld verdienst. Aber es scheint dir ja zu reichen. Nun komm, lass uns nach Mombasa fahren."
Ein ungewöhnlich langer Redeschwall, der da aus Mahindis Mund floss, und ihre Augen strahlten, in Vorfreude auf die Abwechslung in der Stadt oder weil ihr Mann sie nach langer Zeit besucht und beschenkt hatte – oder aber, weil er wieder fort war. Doch wer wusste das schon, was genau Mahindi so bewegt hatte. Fatuma dachte einen Augenblick zu lange nach, als dass die feinfühlige Mahindi nicht bemerkt hätte, dass irgendetwas mit ihrer Freundin anders war als sonst.
„Fatuma, was ist los mit dir? Du siehst so nachdenklich aus. Kann ich dir helfen? So rede doch und spann mich nicht so auf die Folter!"
Kurz entschlossen, einem gefühlsmäßigen Impuls folgend, erzählte Fatuma, was sich in den frühen Morgenstunden ereignet hatte.

Mit angehaltenem Atem hörte Mahindi fasziniert zu. „Ach, lass uns hineingehen, ich möchte die Kleine sehen, vielleicht weiß ich ja, wer sie ist oder habe sie schon mal in der Stadt gesehen", bettelte Mahindi, was doch sehr ungewöhnlich für sie war. Fatuma öffnete leise die Tür, und beide gingen hinein und schauten auf das schlafende Mädchen. Auch Mahindi hatte sie noch nie gesehen. So standen beide Frauen in ratlosem Schweigen ruhig nebeneinander. Das Mädchen atmete tief und gleichmäßig und bemerkte nichts von ihren Betrachtern. Nur von Zeit zu Zeit zuckte ihre linke Augenbraue. Leise gingen die beiden Frauen wieder hinaus. Fatuma begann, das Feuer neu zu entfachen. Als es brannte, kochte sie einen Tee aus irgendwelchen Kräutern. Mahindi konnte nicht ausmachen, was es war.

Immer noch schweigend, reichte Fatuma ihr die gefüllte Tasse mit der heißen Flüssigkeit und stellte ihr Zucker, den sie zuvor, ohne ein Geräusch zu verursachen, aus dem Inneren der Hütte geholt hatte, vor sie hin.

„Und, Fatuma-Heilerin – was willst du nun tun? Was willst du mit ihr machen?", fragte Mahindi zögernd und drehte Fatuma ihr Gesicht zu. „Du willst sie doch wohl nicht behalten?"

Und sie schlug ihre rechte Hand aufgeregt vor ihren Mund.

Fatuma saß einen Moment still da und verschränkte ihre Finger ineinander.

„Jetzt sag doch was!", redete Mahindi sie erneut und erwartungsvoll an.

„Ja, Mahindi, was soll ich mit ihr tun? Ich kann sie nicht wieder fortjagen und beim besten Willen, ich weiß nicht, wer ihre Eltern sind und nicht einmal, in welches Dorf oder welche Familie sie gehört. Was meinst du, was ich tun soll?"

Geschickt hatte sie die Freundin als Verbündete in ihren Plan mit eingebunden.

„Als Heilerin bin ich erst einmal aufgefordert, ihr zu helfen. Sie spricht nicht und ist am ganzen Körper mit tiefen Wunden überzogen, einige sind sicherlich durch ihren hastigen Waldlauf entstanden, aber einige sehen aus wie von einem Messer."

„Ja, Fatuma, sie muss bei dir bleiben, bis sie gesund ist und dann sehen wir weiter. Oder stört es dich? Behindert sie dich in deiner Arbeit?"

„Nein, Mahindi, nicht wirklich, und ich habe ja damals vor vielen Jahren Onkel Katana auch nicht gestört."
„Ja, das war aber doch etwas anderes, denn er war dein Onkel, und alle kannten dich, wenn auch nur flüchtig. Die Dorfältesten haben es so gewollt. Aber dieses Mädchen ist uns völlig fremd."
„Ja, aber sie ist ein hilfloses Kind. Lass uns abwarten, die Zeit wird einen Rat bringen. Wir müssen nur Charo und Baiba Bescheid sagen. Kommst du mit?"
„Und was ist, wenn das Mädchen aufwacht und keiner ist da?"
Mahindi wollte nicht unbedingt dabei sein, wenn die Dorfneuigkeiten den Ältesten berichtet würden. Obwohl Fatuma in den letzten Monaten ihre beste Freundin geworden war. Doch was heißt beste Freundin, eigentlich hätte sie gerne mehr Zeit mit Fatuma in Mombasa verbracht. Aber daran war Fatuma überhaupt nicht interessiert. Sie hockte lieber im Sokokewald und schaute zu, wie die Pflanzen wuchsen. Oder sammelte irgendwelche Wurzeln, die sie dann nach stundenlangen Prozeduren zu Tinkturen und Salben verarbeitete, und das alles für ein paar Schillinge. Denn reich wurde Fatuma davon nicht. Allerdings in der Stadt, da wo die Weißen waren, in ihren großen Hotels, da ließe sich schnell etwas dazuverdienen. Sie hatte es schon das eine oder andere Mal ausprobiert – heimlich.
Nur – wenn eine Freundin dabei sein würde, dann würde es mehr Spaß machen, und mit Fatuma konnte man so gut reden, dachte Mahindi. Denn was die weißen Männer ihr zu sagen hatten, war wirklich nicht interessant. Sie schwärmten von Europa und wie reich sie dort wären und welches Auto sie fahren würden und was man dort alles machen könnte. Ja, wenn Europa so schick war, warum blieben sie nicht einfach im Norden? Tranken ihr Bier und den Schnaps dort und erzählten ihren weißen Frauen das alles, was sie sich manchmal anhören musste. Aber sie hatten Geld in ihren Taschen, viel Geld, viel mehr, als ihr Mann jemals verdienen würde. Und wenn doch Fatuma dabei wäre, würde es viel lustiger sein. Sie hatte sich vorgenommen, mit Fatuma darüber zu reden. Und nun das – ein Kind. Fatuma würde sich noch mehr zurückziehen, und im Dorf gab es keine andere Frau, die verschwiegen und tolerant genug war wie Fatuma. Und nun könnte sie ihr ihre Freundschaft beweisen, dann

säße Fatuma wahrscheinlich mit dem Kind, was sie noch stärker binden würde, fest in diesem langweiligen Dorf. Würde sie nicht mitgehen und Fatuma beistehen, stand ihre Freundschaft auf dem Spiel, und die war Mahindi wichtig.

„Also, gut, lass uns schnell gehen. Was meinst du, Fatuma, was die beiden Alten dazu sagen?"

„Sie können erst einmal gar nichts tun. Denn wo soll das Mädchen denn hin? Lass uns gehen, damit wir schnell wieder zurück sind, wenn die Kleine aufwacht." Festen Schrittes ging Fatuma, und neben ihr trippelte Mahindi etwas unentschlossen. Wie so oft saßen Baiba und Charo, die beiden Dorfältesten, die nun wirklich in die Jahre gekommen waren, vor der Hütte Baibas und bestaunten den Tag.

„Ja, Fatuma, was hast du auf dem Herzen, grüß dich Mahindi, wie geht's?"

„Danke gut, mein Mann ist wieder zurück nach Nairobi, und um mich nicht zu langweilen, wollte ich mir die Zeit etwas bei Fatuma vertreiben."

„Ja, aber das alles ist doch sicher nicht der Grund, warum ihr beiden mit solchen Gesichtern hierherkommt – oder?"

„Mir ist ein Kind zugelaufen, ein circa zwölf Jahre altes Mädchen, verletzt und zerzaust", presste Fatuma, entgegen ihrer sonstigen Beherrschtheit, etwas zu schnell hervor.

„Und wo ist das Problem?", fragte Baiba betont ruhig.

„Wir wissen nicht, wo sie hingehört, ich meine zu welcher Familie. Aber sie ist eine Giriama", fügte Mahindi, so schnell wie sie konnte, hinzu.

„Na, nun seid mal beide nicht so aufgeregt", sagte Charo.

„Ich würde sie gerne gesundpflegen", sagte Fatuma schon etwas ruhiger.

„Ja gut, mach das. Es ist doch deine Berufung, deswegen kommt ihr aufgeregt wie zwei Hühner nach dem Eierlegen zu uns?"

„Zumindest wollte ich euch beiden Bescheid sagen, bevor das Dorf und die Bäume euch die Neuigkeiten flüstern", fügte Fatuma mit einem Lächeln hinzu. „Nun, ich gehe zurück, bevor das Mädchen aufwacht und niemand bei ihr ist. Komm, Mahindi!"

Sie wollte schnell zurück, denn so, wie die beiden Würdenträger reagiert hatten, konnte sie fürs Erste zufrieden sein. Sollte sich das Dorf ganz langsam an das Neue gewöhnen, dann würden sie es leichter akzeptieren.

Sie wollte Mahindi schnell dort wegbekommen, denn sie sollte nicht mehr sprechen als unbedingt nötig. Sie war zufrieden und legte Mahindi freundschaftlich den Arm um die Schulter.
„Danke, dass du mitgekommen bist."
Es war schön, eine Freundin dabeizuhaben in so einer Situation, aber auch nicht ganz unproblematisch, da sie manchmal zu viel redete. Trotzdem war Fatuma froh, mit Mahindi befreundet zu sein.
Nun eilten beide Frauen zu Fatumas Hütte zurück, denn irgendwann würde das junge Mädchen aufwachen. Außerdem müsste sie ja Hunger haben.
Fatumas Herz hüpfte vor Freude, sie konnte gar nicht genau beschreiben, warum. Natürlich war sie glücklich, nun so etwas wie eine richtige Mutter zu sein, es war zwar etwas zu früh, sich als das zu bezeichnen, aber innerlich fühlte sie schon so etwas glimmen. Eine vorher nie gekannte Wärme. Vielleicht war es Onkel Katana, der ihr diese junge Menschenseele geschickt hatte, er würde auch dafür sorgen, dass sie ihr erhalten blieb. Ach, wie sie sich freute! Und in ihrem Übermut drückte sie Mahindi ganz fest, wie sie es nie zuvor getan hatte. Mahindi fühlte nur die gute Laune der Freundin und fragte zaghaft: „Hast du nicht Lust, mit mir mal wieder nach Mombasa zu fahren? Vielleicht auch mal am Abend?"
Fatuma sah sie etwas verständnislos an. „Ja, irgendwann einmal, gerne. Aber jetzt möchte ich mich erst mal um das Mädchen kümmern."
„Ja, ja ich verstehe, aber wenn sie ein neues Zuhause gefunden hat, meinst du, dass du dann mitkommen würdest?"
Fatuma merkte, dass die Freundin sie gar nicht richtig verstanden hatte und sie beide fast aneinander vorbeiredeten. Sie wollte ihr aber nicht wehtun, und so antwortete sie: „Natürlich, dann komme ich gerne wieder einmal mit. Ab und zu muss ich auch etwas einkaufen, und das bunte Treiben der Stadt ist schön." Mahindi strahlte sie an. Und dieses offene Lächeln liebte Fatuma so an ihr. Wenn sie doch nur nicht in Mombasa auf falsche Ideen kommen würde. Aber Fatuma war so gut gelaunt, dass sie diese kleine, heimlich nagende Sorge einfach von ihrem Herzen wegfegte. Leise setzten sich beide Frauen auf die Holzbank vor Fatumas Hütte und lauschten in den Tag hinein. Jede Frau hing ihren Gedanken

und kleinen Geheimnissen nach und beide strahlten eine Friedlichkeit aus, die jeder spüren musste, der sie so da sitzen sah.
Später, erst viel später, sollte Fatuma durch einen Zufall erfahren, was Mahindi ab und zu in der Stadt tat. Aber gab es denn Zufälle? Oder wollte das Schicksal es so, dass sie es erfuhr?
Und was war eigentlich ein Zufall? Die in Schleier gehüllte Notwendigkeit? Wie war das mit dem Leben? Wo kam es her und wo ging es hin? Inwieweit ist ein Menschleben von den Zufällen, die ihm begegnen, abhängig? Oft werden mit dem Zufall starke Veränderungen eingeleitet. So saß Fatuma sinnend da und schaute in die Ferne.

So verging wieder die Zeit, das Dorf hatte sich daran gewöhnt, dass Fatuma ein Kind hatte, so sah es jedenfalls aus. Aber sie hatte einen Makel, jedenfalls in den Augen der meisten Dorfbewohner, denn sie war stumm. Trotzdem schickte Fatuma sie in die Schule. Oft wurde das Mädchen von den anderen Kindern des Dorfes gehänselt, wenn auch nicht von allen.
Fatuma verwöhnte das Mädchen mit allerhand Leckereien, die sie neuerdings kochte, und mit all ihrer Liebe und Zärtlichkeit.
Fatuma hatte begonnen ihr zu erklären, wie die Pflanzen hießen, die sie für ihre Medizin benutzte. Das Kind, welches sie Msita (nach dem Wald, aus dem es gekommen war) nannte, sprach noch immer kein Wort, aber beobachtete alles mit wachen Augen. Fatuma war guter Dinge trotz Msitas Stummheit. Sie verstand all ihre Gesten und Laute. Also war das Sprechen ganz in der Nähe und benötigte nur einen inneren, emotionalen Anstoß. Das Schicksal und Fatuma ließen ihr all die Zeit, die sie brauchte. So hatten beide eine freundliche und innige Zweisamkeit, die beide, jede auf ihre Art, genossen. Sie profitierten davon.
Msita war intelligent und wissbegierig, das waren die Eigenschaften, die Fatuma am meisten an ihr bewunderte. Ihre Schweigsamkeit war wie eine vorübergehende Krankheit für sic, die zu überwinden Fatuma sich mehr als sicher war.

Msita indes war sehr zufrieden, ja fast glücklich, denn sie hatte ein neues Zuhause gefunden, nach all den Schrecklichkeiten, die sie erlebt hatte und wegen deren sie die Sprache verloren hatte, denn sie wollte und konn-

te nicht davon reden. Aber sie dachte auch nicht mehr darüber nach, sondern begann in die Welt, die Fatuma ihr öffnete, einzutauchen, sie aufzusaugen, es war wie ein zweites Leben, das Msita ganz bewusst annahm und für das sie dankbar war.
Beide kochten miteinander, sammelten Kräuter, besuchten Patienten, und immer erklärte Fatuma in ihrer ruhigen, besonnenen Art die Krankheit und Behandlung. Beide hatten einen Lebensinhalt, der bewusst oder unbewusst ihren Idealen entsprach.
Aber Msita wollte mehr, denn sie wusste von Mahindi und Faika über die großen Krankenhäuser in der Stadt, über die neue Medizin, die sich schleichend auch über die Dörfer in der Nähe der Großstädte verbreitete. Deswegen gab sich Msita große Mühe jeden Tag in der Schule, denn sie hatte ein Ziel.
Eines Tages, während der großen Sommerferien, fragte Fatuma sie, ob sie nicht Lust hätte, mit Mahindi und ihr gemeinsam nach Mombasa zu fahren. Gewiss, es würde anstrengend sein, im Matatu, dem vollgepfropften Kleinbus, zu sitzen und dann die vielen neuen Eindrücke, aber dennoch, es würde ihren Horizont erweitern.
Msitas Augen leuchteten bei diesem Angebot, und begeistert nickte sie mit dem Kopf und ihrer Gurgel entsprang ein erster Laut, der einem „Ja, gerne!“ sehr ähnelte.
Fatuma registrierte diese Veränderung mit Freude, verlor jedoch kein Wort darüber, um Msita nicht unter Druck zu setzen.
Msita hingegen wusste instinktiv, dass es jenseits der Dorfgrenzen ein anderes Leben, eine andere Wahrheit Afrikas gab. Sie hatte Glück gehabt, das Dorf, eigentlich die Menschen dort, hatten sie mit der Zeit lieb gewonnen, jeder versuchte, und wenn es nur durch kleine Gesten war, ihr zu helfen.
Msita hatte schon als junges Mädchen eine sehr starke Ausstrahlung und war feinfühlig genug, um vieles zu spüren, und sie fand sogar einen Weg, es in stummer Dankbarkeit auszudrücken.
Natürlich war die erste, mit der sie Freundschaft geschlossen hatte, Toto. Obwohl der Name Toto, was soviel hieß wie Kind, ihr reichlich unpassend für eine ausgewachsene grüne Meerkatze schien. Das Äffchen war ein ausgesprochen aufmerksames Tier.

Msita wunderte sich, dass dieses Tiermädchen nie Anschluss gefunden hatte an eine vorbeiziehende Affenhorde. Das Tier musste trotz aller Zuwendung von Fatuma und ihr innerlich sehr einsam sein, zeigte es jedoch nicht. Und Msita wunderte sich insgeheim oft, wie viele menschliche Züge sie an diesem kleinen Halbaffen entdeckte.
Endlich war der Tag gekommen, an dem sie gemeinsam mit Mama Fatuma und Mahindi nach Mombasa fuhr. Dass sie bis zur Hauptstraße lange durch den Sokokewald gehen mussten, störte sie nicht im Geringsten. Unterwegs schaute Msita Mahindi von der Seite her an. Sie war eine interessante Frau und so ganz anders als Fatuma, aber sie war ihr auch irgendwie fremd. Aber vielleicht lag es nur an der modernen Kleidung, die Mahindi trug im Gegensatz zu Fatuma, die immer in ihrem Kanga ging. An der Hauptstraße hielt auch bald ein Matatu an und sie drängelten sich in diesen alten Kleinbus.
Endlich in Mombasa angekommen und dem überfüllten, stinkenden und lauten Fahrzeug entflohen, schlenderten sie zu dritt über den Markt.
Msita war beeindruckt von den vielen Menschen, die dort waren. Ein Gewimmel von Freundlichkeit und Verkaufsgebaren, das sie umfing. Sie sog das Großstadtleben auf wie ein trockener Schwamm.
Unbedingt wollte sie sich eines der modernen Krankenhäuser anschauen und stupste Fatuma an, um ihr den Wunsch mitzuteilen. Diese verstand nicht gleich oder wollte nicht verstehen, doch Msita bettelte so inbrünstig, dass Fatuma nachgab und sagte: „Wir müssen mit dem Matatu von der Post bis direkt zum Krankenhaus fahren und dann schauen wir, ob wir eingelassen werden. Aber Msita, bei der Gelegenheit, gib dir doch bitte etwas mehr Mühe beim Sprechen, denn wie willst du die Medizin lernen und begreifen, wenn du nicht ordentlich nachfragen kannst? Nicht jeder versteht dich so wie ich."
Ein leises Murmeln entquoll Msitas Kehle, doch ihre Augen versprachen das, was Fatuma von ihr erwartete.
Fatuma spürte Msitas Liebe zur Medizin und noch viel mehr ihren stillen Ehrgeiz, ihre Kraft, die wieder erwachte. Und diese Kraft fachte auch Fatuma an wie ein Funke das trockene Holz.
Mahindi hatte alte Freunde getroffen und wollte in einem Café auf sie warten.

Und so fuhren Fatuma und ihre Tochter, denn so empfand sie Msita inzwischen, zum Pandya-Hospital in Mombasa. Sie gingen durch die Notaufnahme, wo zwei Araberinnen in gesenkter Körperhaltung verharrten, wahrscheinlich hatten sie eine Malaria und warteten auf die Testergebnisse.
Ein einheimischer Arzt kam ihnen entgegen. Er stutzte und war schon fast an ihnen vorbeigeeilt, als er sich umdrehte und fragte: „Kann ich Ihnen helfen?“ Kurz entschlossen sagte Fatuma, dass ihre Tochter gerne Medizin studieren würde und sich im Krankenhaus einfach einmal umschauen wollte. Er betrachtete die beiden Frauen aufmerksam, das heißt, die eine war ein junges Mädchen, er nahm sie kurz entschlossen bei der Hand und sagte: „Ich bin Dr. Lithimbi, komm, ich zeig dir unser Krankenhaus, und dann gebe ich dir die Adresse der Universität in Nairobi. Dort kannst du dich ja bewerben, wenn du Medizin studieren möchtest, nachdem du deine Schule beendet hast. Aber du benötigst gute Zensuren und ein Abitur, weißt du das?“
Msita folgte ihm mit großen Augen, und Fatuma blieb lächelnd im Warteraum der Notaufnahme sitzen und hing ihren Gedanken nach.
Sie war sich sicher, dass dieses Erlebnis eine Wende im Leben Msitas sein würde. Wie sich doch manchmal das Schicksal fügte wegen einer Zufallsbekanntschaft – oder sollte es so kommen, hatten es die Ahnen so gelenkt? Fatuma hatte ein gutes Gefühl und war zufrieden mit den Dingen. Sie schwieg in sich hinein, und die Zeit verging, ohne dass sie es bemerkte.
Msita stand mit leuchtenden Augen vor ihr. Dr. Lithimbi hatte sie zurückbegleitet, musste sich aber gleich wieder um neue Patienten kümmern.
„Msita, halte mich auf dem Laufenden und lerne fleißig. Und falls du Hilfe benötigst, ich bin für dich da“, sagte er mit einem freundlichen Lächeln und einem letzten Blick über ihren Körper – den Fatuma missbilligend zur Kenntnis nahm.
„Lass uns gehen!“, sagte sie leise zu Msita, die immer noch mit verträumten Augen, etwas dümmlich-sinnend, wie es schien, dastand und Dr. Lithimbi nachstarrte.
Beide schlenderten in das Sonnenlicht hinein, hatten ein Lächeln auf dem Gesicht, eine jede aus einem anderen Grund. Fatuma, weil das Feuer in Msita entfacht war und sie den richtigen Berufsweg einschlagen wür-

de, und Msita – in Erinnerung an die freundlichen und aufmunternden Worte des Doktors, seinen Geruch und seine strahlenden Augen, die sie am meisten beeindruckt hatten.
Fatuma wusste, das eine Idee, nein, eine Vision geboren war. Lieber wäre es ihr natürlich gewesen, wenn Msita diesen Wunsch geäußert hätte ihretwegen, denn sie war doch diejenige, die ihr alles beigebracht hatte. Aber der Funke war ja gelegt, sonst hätte sie sich nicht das Krankenhaus ansehen wollen.
Innerlich war Fatuma trotz allem zufrieden. Msita lebte nun schon fast drei Jahre bei ihr. Wie doch die Zeit verging! Ein Jahr sollte sie noch zur Schule gehen, und wenn Msita wirklich studieren wollte, dann musste sie aufs College entweder in Mombasa oder besser in Nairobi. Das würde Trennung bedeuten. Aber wollte sie das? Sie liebte dieses Mädchen, hatte sie in ihr Herz geschlossen!
Fatuma stolperte und fiel fast hin, Msita fing sie auf und sagte: „Mama!" Für einen Moment erschraken beide, dann fielen sie sich lachend in die Arme und tanzten mitten auf der Straße, und die Sonne lachte ihnen zu und wärmte sie mit ihren Strahlen.
Sie trafen Mahindi im Café in der Nähe der Post und behielten ihr glückliches Geheimnis für sich.
„Na, geht es euch gut?", fragte Mahindi gut gelaunt. „Schaut, ich habe ein paar Gewürze gekauft und natürlich zwei neue Blusen. Wie gefallen euch die Farben?" – „Sehr schön und auffallend", sagte Fatuma und stupste die Freundin in die Seite.
Alle drei bestellten einen afrikanischen Tee, der, als er von dem jungen Kellner charmant serviert wurde, köstlich nach Kardamom und frischem Ingwer roch. Der Kellner flirtete mit den Augen mit Mahindi, die es mit einem freundlichen Lächeln quittierte.
Fatuma, völlig ungeübt in diesen Dingen, merkte einmal mehr, dass sie diese Seite des Lebens nie kennengelernt hatte. Mit einem leisen Anflug des Bedauerns schob sie diese Art von Gedanken in eine Ecke ihres Kopfes, um nicht weiter darüber nachzudenken. Trotzdem zog sich ihr Herz zusammen, dass sie es spürte, und sie wunderte sich über diese Gemütsregung. Ein Hauch von Einsamkeit stieg als kleine Vorahnung in ihr auf. Doch sie erinnerte sich ihres Status' und lächelte Mahindi und Msita an.

Mahindi war mit ihren Augen ganz woanders, wahrscheinlich in der Nähe des Kellners, doch Msita runzelte leicht die Stirn und schaute ihre Mutter mit fragenden Augen an. Stumm formte sie mit den Lippen: „Was ist los?“

Doch Fatuma schüttelte fast unmerklich den Kopf und senkte ihren Blick. Jetzt wollte sie wirklich nicht an ihren heimlichen Kummer denken, sondern den Tag mit ihrer Tochter und Freundin genießen. Sie betrachteten das bunte Treiben auf der Straße. Alle liefen geschäftig, wenn auch nicht in Eile, umher. Es war ein lustiges Gewusel. Freundliche Worte flogen durch die schmale Straße, eine Katze streunte maunzend um die Ecke eines alten Hauses, das schon lange keine Farbe mehr gesehen hatte. Eine Kletterpflanze rankte sich an den Resten der Dachrinne in den Himmel. Tauben saßen auf dem Dach und gurrten ihr Lied.

Fatuma schien die Stadt heute bunter als zuvor – oder irrte sie sich? Die Mittagshitze verlangsamte die Bewegungen der Menschen um sie herum. Alles ging ruhig und gelassen zu. Und doch pulsierte die Stadt, voll von Leben und der ruhigen Kraft der Afrikaner.

Die Swuahelifrauen in ihren traditionellen Kangas ließen die grauen Straßen wie einen Blumenteppich erblühen, und das lustige Schäkern der Frauen untereinander erinnerte an frohes Vogelgezwitscher.

Msita dachte daran, dass auch sie bald sprechen lernen würde. Irgendetwas hatte ihre Kehle gelockert. Sie wusste noch nicht, wohin der Weg des Lebens sie führen würde, aber sie sah ihm zufrieden und gelassen entgegen. In ihrem Bauch kribbelte es – ein neues, angenehmes Gefühl.

Fatuma betrachtete ihre Ziehtochter heimlich aus den Augenwinkeln und sah einen neu erwachten Glanz in den Augen ihres Kindes, welches langsam zu einer jungen Frau heranwuchs. Ihr war das Treiben der Stadt schon fast zu viel, und sie hielt nur aus, um Mahindi, vor allem aber Msita einen Gefallen zu tun.

Fatuma war eine Frau des Busches, sie liebte die Ruhe. Und die vielen verschiedenen Grüntöne des Waldes zog sie dem bunten Gewimmel der Stadt vor. Aber vor allem war die Luft dort anders, irgendwie frischer, und man hörte die Vögel singen und die Grillen zirpen.

Mahindi verabredete sich endlich, wie sie meinte, heimlich mit dem freundlichen Kellner und blieb unter dem Vorwand, noch etwas einkaufen zu wollen, in der Stadt.
Msita und Fatuma verabschiedeten sich von Mahindi. Sie gingen ein paar Schritte zum Busbahnhof, um in einen Matatu, einen Kleinbus, der für neun Personen zugelassen war, aber mindestens zwanzig beförderte, zu steigen. Sie quetschten sich auf die hinteren Sitze. Es war ein alter Nissan Minibus, das Kunstleder der Sitze war aufgeplatzt, und es lugte der schmutzige gelbbraune Schaumstoff hervor, die Farbe an den Griffen war fast gänzlich verschwunden, und alles war mit einer millimeterdicken Staubschicht bedeckt. Das Fahrzeug füllte sich schnell, die Luft war knapp, heiß und stickig. Aber das störte die beiden Frauen in ihrer stillen Eintracht nicht. Mit lautem Getöse und dem Geschrei des Beifahrers nach dem Fahrgeld der Mitreisenden hielt der Bus und setzte sich aber so schnell wie möglich wieder in Bewegung. Das ist der moderne Teil der Stadt. Zeit ist Geld. Dieser Spruch macht in der ländlichen Gegend dann keinen Sinn mehr. Beide freuten sich auf ihr Zuhause, Mutter und Ziehtochter hingen schweigend ihren Gedanken nach.
An einer Stelle ungefähr siebzig Kilometer nördlich von Mombasa stiegen sie endlich aus und hatten einen langen Fußweg vor sich. Beide strahlten sich, von einem gemeinsamen inneren Feuer gefangen, an.
Ein neues Leben fing an, Msita würde sprechen können. Sie mussten es nur oft genug gemeinsam üben. Der altbekannte Wald sah heute ganz anders aus, dachte Fatuma, so ein helles, strahlendes Grün, es war so angenehm für die Augen, die Blätter so frisch, und irgendwie roch es auch ganz angenehm nach Kräutern. Wie üppig doch alles wuchs, ein grünes Dickicht, das doch noch lichtdurchlässig war und überhaupt nicht bedrohlich wirkte. Unwillkürlich fassten sich beide an die Hände und schlenderten gelassen nebeneinander – ein stilles Glück breitete sich aus.
Msita versuchte zu sprechen, die Worte kamen undeutlich und wie ein leichtes Gurgeln aus ihrer Kehle. Fatuma sagte: „Wir müssen mit leichten Kinderwörtern beginnen, damit du dich erst langsam wieder daran gewöhnen kannst. Wie wäre es noch einmal mit Mama?“
Und sie beobachtete, wie Msita ganz leicht die Buchstaben zu Lauten formte, und ein dunkles „Ma-ma“ kam aus ihrem Mund. Beide lachten

laut. Msitas Lachen war noch unbeholfen und ähnelte mehr dem Krächzen einer indischen Krähe, aber sofort formte sie immer wieder die Worte: „Mama, Mami, Papa, Oma."
„Das hört sich wunderbar an!", jubelte Fatuma und sprach nun das Wort B-a-u-m, jeden Buchstaben einzeln betonend, aus. Msita wiederholte das Wort, ohne zu zögern. „Sag mal Fatuma und Msita!", forderte Fatuma nun.
„Fatuma und Mita", kam es unbeholfen aus Msitas Mund. „Also, deinen Namen müssen wir noch etwas üben, meine Süße", meinte Fatuma, vor Eifer sprühend. „Also, sag mal: Ssss!" Leise und schüchtern kam ein „S-sss" aus Msitas Mund.
Und so plapperten sie, bis sie vor ihrer Hütte standen und Toto sie überschwänglich begrüßte, als seien sie wochenlang getrennt gewesen.
„Toto, du kleiner Affe", sagte Msita etwas langsam, aber deutlich genug, dass man es verstehen konnte. Der Affe stutzte kurz – als hätte er verstanden, dass mit Msita etwas passiert war. Sprang ihr sogleich auf die Schulter, griff eine dünne Haarsträhne und begann sie zu lausen. Msita lachte hell auf mit einer Stimme, die sie neu kennenlernte, die ein neues Ich bedeutete. Sie überließ Toto ihren Kopf, denn sie genoss es, gelaust zu werden. Es kitzelte so ein bisschen, und es war so ein schön entspannendes Gefühl. Unwillkürlich musste sie an den interessanten Dr. Lithimbi denken. Ob sie ihn wohl irgendwann einmal wieder sehen würde? Am liebsten, wenn sie auch Ärztin sein würde. Aber das dauerte wohl noch.

Einige Tage später ging Msita mit den anderen Kindern und Jugendlichen zur nahegelegenen Schule. Am Ende des Jahres würde entschieden werden, wo und wie Msita ihre Schule beenden würde.
Sie wollte also, wie es aussah, keine Mganga, eine traditionelle Heilerin, werden. Das hieße Trennung von ihr. Und ob Msita das schaffen würde? Sie brauchte auch Geld für das Studium. Hatte Fatuma genug gespart dafür? Noch nie zuvor hatte sie sich wirklich Gedanken gemacht, wie es mit Msita weitergehen sollte. Eigentlich hatte Fatuma stillschweigend vorausgesetzt, dass auch Msita eine Heilerin bei ihnen im Dorf, zumindest aber in der Umgebung, werden würde. Wozu hatte Fatuma gekämpft, dass endlich auch eine Frau in diesem Teil des Landes als Heilerin arbeiten

durfte? Und wer sollte nun ihr Nachfolger, oder besser ihre Nachfolgerin, werden? Gewiss hatte sie es in erster Linie für sich selbst getan, denn Kinder, das wusste sie, hätte sie ja nie bekommen dürfen, das beeinträchtigt die Heilkraft, die von ihr – von jedem Heiler ausging. Das war schon jahrhundertelang bei den Kayas so. Eigentlich sollte sie dankbar sein, dass sie wenigstens für ein paar Jahre das Mutterglück erfahren durfte, auch ohne, dass sie das Kind selbst ausgetragen hatte. Sie liebte Msita wie ihr eigenes. Und Msita würde ja immer ihr Kind bleiben, auch in der Ferne und wenn sie zu Besuch kommen würde. Nein, sie liebte dieses Mädchen und würde alles tun, um ihr den Wunsch, Medizin zu studieren, zu erfüllen – eine moderne Medizin, wie es hieß. Fatuma würde sich erkundigen, um Msita zu helfen. Es würde ein anderer Weg werden und kein leichter. Vorsichtig beugte sie sich über ihre Tasse und trank behutsam, um sich nicht an der heißen Flüssigkeit die Lippen zu verbrennen. Msita ließ sich schon seit einer Ewigkeit von Toto lausen.
„Hast du Hunger, Msita?" – „Ja, we-nn ich ehr-lich bin, ha-be ich Hunger, wol-len wir et-was ge-mein-sam ko-chen? Ich glau-be, wir ha-ben noch Ka-sa-wa und Koch-ba-na-nen und vie-lleicht ein-en To-ma-ten-salat mit fri-sch-en Kräu-tern?"
Sie sprach noch sehr undeutlich und dehnte jede Silbe, aber Fatuma konnte sie trotzdem verstehen.
„Na, dann los", sagte Fatuma, stellte ihre leere Teetasse ab und ging ins Haus. Msita setzte Toto auf den Boden und folgte ihr. Sie bereiteten schweigend das Abendessen, nur ab und an hielt Msita eine Tomate oder eine Kasawa-Wurzel hoch und sagte streng betont, doch immer deutlicher: „To-ma-te, Ka-sa-wa." Ihre Augen leuchteten wieder dabei und sie drehte sich im Kreis vor lauter Glück.
Fatuma lachte ihr viel zu seltenes helles, glückliches Lachen, das so sehr vom Herzen kam. Ihr ganzes Gesicht strahlte, und ihre Augen leuchteten vor Freude.
„Ich wusste, dass der Tag kommen würde, an dem du wieder sprechen kannst. Ach, ich bin ja so glücklich. Wir müssen nur noch ein bisschen üben. Du musst nie wieder alle deine Gedanken aufschreiben, kannst jetzt in der Schule auch mündliche Antworten geben, wirst nicht mehr von den anderen gehänselt!"

„Ach, Mutter, mein ganzes Leben wird sich verändern. Ich kann alles erreichen, was ich will, wenn ich mich anstrenge und wenn ich es mir im Kopf nur so richtig vorstelle, wie es sein soll."
„Mein kluges, liebes Kind, ich bin so stolz auf dich, das kannst du dir gar nicht vorstellen. Decke uns den Tisch und lass uns etwas essen, wir können es gebrauchen nach diesem langen, anstrengenden Tag. Fühlst du dich wohl?"
„Ach, Mutter, ich bin so glücklich wie lange nicht!" Und ihre Augen schwenkten zur offenen Tür, und sie sah in die dunkelblaue Nacht, ein Stern schien ihr näher als all die anderen, und sie machte ihn zu ihrem Stern. Und sie dachte an Dr. Lithimbi, diesen jungen, attraktiven Arzt, der so gut erzählen konnte. Sie hätte am Nachmittag fast im Erdboden versinken können, weil sie ihm nicht antworten konnte. Das sollte ihr nun nie, niemals wieder passieren. Sie wusste, dass ihre Sprache noch plump und unbeholfen war, aber sie würde üben, so lange, bis sie eine akzeptable Stimme hatte. Einmal mehr war sie im Herzen der Buschfrau Fatuma dankbar für alles, was ihre neue Mutter für sie getan hatte, besonders aber für ihre Geduld und Liebe, die an keine Bedingungen geknüpft waren.
Sie deckte den Tisch und stellte noch zusätzlich eine Kerze hin, die sie in einem kleinen Glasschälchen mit einem Tropfen Wachs festgeklebt hatte. Als Tischdecke benutzte sie einen mit gelb-grünen Mustern bedruckten Kanga, es sollte festlich aussehen.
Fatuma beobachtete ihre Tochter und freute sich über ihre Geschäftigkeit und den glücklichen Ausdruck in ihren Augen. Beide Frauen unterhielten sich nun das erste Mal beim Abendessen, früher war es eine mehr einseitige Unterhaltung gewesen. Fatuma fragte etwas, Msita antwortete schriftlich, entweder auf einer Schiefertafel oder mit Bleistift auf einem Stück Papier.
Jetzt flogen die Wörter und Sätze nur so durch die Luft, und beide genossen ihre neue Zweisamkeit. Fatuma musste ihr noch die Angst nehmen, auch mit anderen zu sprechen. Aber sie war sich sicher, auch das würde sie schaffen.
Ziemlich schnell, fast schneller, als es Fatuma lieb war, kam die Sprache auf die weitere Schulausbildung Msitas. Sie wollte unbedingt nach Nairobi auf das College, um sich so schnell wie möglich auf das Medizinstu-

dium vorzubereiten. Sie war wie besessen von dieser Idee. Nun standen ihr normalerweise die Wege offen, die früher wegen ihrer Stummheit verschlossen und verborgen waren.
Msita war genauso begeistert davon, moderne Medizin zu studieren, wie Fatuma es vor vielen Jahren gewesen war, Heilerin zu werden. Wieso reichte es Msita eigentlich nicht, in ihre Fußstapfen zu treten und auf dem Dorf Heilerin zu werden? Natürlich konnte sie so nicht in einem Krankenhaus arbeiten, aber sie konnte den Menschen genauso helfen, wenn nicht sogar besser, denn sie kannte deren Lebensgewohnheiten, lebte wie eine von ihnen, konnte auf sie eingehen. Manchmal helfen, noch bevor eine Krankheit wirklich richtig zum Ausbruch kam.
In den modernen Krankenhäusern war doch alles unpersönlich. Der Arzt kannte seine Patienten nicht, wusste nichts von den Ängsten und Lebensgewohnheiten dieser Menschen. Er kannte nicht Mutter, Vater, Schwester, Brüder, Onkel oder Tanten und Großeltern und schon gar nicht die Ahnen. Er konnte demzufolge nichts herleiten, woher denn auch. Man sah den Patienten ein paar Minuten. „Da tut es weh!", sagte dieser. Etwas Blut und Urin, woran ein Arzt nicht mal roch, er schaute es nicht richtig an, wurde abgenommen. Der moderne Heiler übergab es einer Schwester, die es dann von irgendwelchen Maschinen bestimmen ließ. Wie sollte das funktionieren? Und doch strömten immer mehr Menschen aus dem Dorf in die ferngelegenen Krankenhäuser, um sich dort behandeln zu lassen. Denn es war wohl einfacher, ein paar Tabletten zu nehmen, als die Tropfen einer Tinktur genau zu zählen und bestimmten Ritualen, die sich manchmal über mehrere Wochen hinzogen, zu folgen, Verwandte mit einzubeziehen und viele Stunden erzählend mit der Heilerin zu verbringen.
Immer mehr Menschen gingen von den Dörfern in die Stadt, egal, ob sie dort Arbeit hatten oder nicht.
Fatuma verstand das nicht. Hier hatten sie doch ein Zuhause, Freunde, Verwandte. Freunde gab es ja in den Städten vielleicht auch, aber wie lebte man dort?
Zusammengepfercht in verschmutzten, kleinen, untypisch gebauten Hütten oder Blechbuden. Vereinsamt und isoliert unter Fremden, fernab der Ahnen und der heiligen Bäume. Ohne Halt und eigenen Antrieb, ver-

wahrlost und ohne Tradition kamen sie zurück, dürr, mit tiefliegenden Augen, traurige Gestalten, die nun auch nicht richtig mehr im Dorf dazugehörten. Denn sie kamen meist ohne Geld.
Wer dagegen mit schönen Geschenken kam, wurde gefeiert, aber wirklich dazu gehörte er auch nicht mehr, weil man sich fremd geworden war. Die Welten waren doch zu verschieden, und die Ahnen schienen eine längere Abwesenheit nicht zu akzeptieren und diese Menschen zu verstoßen oder zumindest zu meiden.
Würde es mit Msita ähnlich werden? Sie wäre dann längere Zeit in Nairobi. Bei aller Freude über die zurückgewonnene Stimme Msitas wurde Fatuma im Innersten etwas traurig. Eine heimliche Last legte sich auf ihr Herz. Doch sie wollte später darüber nachdenken, nicht jetzt. Denn erst einmal sollte Msitas Stimme gefeiert werden. Auch mussten sie sich bei den Ahnen für deren Hilfe bei der Genesung bedanken.
„Also, Msita, lass uns zum Baobabbaum gehen und mit den Ahnen sprechen."
Sie hatte den Satz noch nicht richtig vollendet, da fiel ihr schon Msita ins Wort: „Oh ja, lass uns Danke sagen für das große Wunder. Ach, Mama, ich bin so glück-lich!"
Beide gingen, nachdem sie in einer Schüssel das Geschirr abgewaschen hatten, hinaus in die Dunkelheit. Nicht weit vom Dorfplatz entfernt, stand der große alte Baobabbaum mit seiner riesigen Krone. Im Dunkeln mussten die beiden Frauen aufpassen, dass sie nicht über seine ausladenden Wurzeln stolperten. Sie setzten sich, und jede hing für ein paar Minuten ihren Gedanken nach.
„Es ist so schade", sagte Fatuma, „dass du Onkel Katana nicht mehr kennengelernt hast. Du bist gekommen, als er gegangen war."
„Das Gesetz des Lebens", sinnierte Msita leise.
Fatuma sah hoch und stutzte – als hätte sie den Gedanken nicht selbst schon gehabt! Dann dankte sie innerlich den Göttern und auch Katana und ihrer Mutter. Die Erinnerung an ihre eigene Mutter war mit den Jahren schon so verblasst war, und sie dankte auch Msitas Mutter.
Einige Wochen waren vergangen, und die Ferien gingen dem Ende zu. Msita hatte unendlich viel sprechen geübt.

Tief in Gedanken wünschte Fatuma, dass Msitas Traum in Erfüllung gehen sollte. Der Weg nach Nairobi, der kalten Stadt, College und Studium und natürlich die Rückkehr nach Mombasa. Aber was war dann, sollte sie in einem dieser unpersönlichen Krankenhäuser arbeiten? Das war noch zu weit weg, daran wollte Fatuma noch nicht denken. In dem Moment, als sie aufstehen wollte, sah sie, trotz Dunkelheit, dass Msita immer noch tief versonnen dasaß und offensichtlich noch etwas Zeit für sich benötigte. Da Fatuma, fürsorglich und besorgt, wie sie war, ihre Ziehtochter nicht alleine lassen wollte, verharrte sie noch ein wenig, um ihren eigenen Gedanken und Wünschen nachzuhängen. Das hatte sie lange nicht getan, und es fiel ihr gar nicht so leicht, über sich selbst nachzudenken.
Msita dagegen betete inbrünstig und hatte ihre genaue Vorstellung vom Leben auch nach dem Medizinstudium. Sie wollte es erfolgreich abschließen und dann Dr. Lithimbi heiraten. Das war ihr Traum, den sie sich in allen Farben ausmalte. Ein Lächeln flog über ihr Gesicht. Der Baum hatte ihr Kraft gegeben. Auch Fatuma schien fertig zu sein mit ihren Gedanken.
Und so gingen beide langsam zu ihrer Hütte zurück. Sie sprachen nur noch wenig, und jede legte sich in ihr Bett, während Toto sich ein Nest im Baum gebaut hatte.
Am nächsten Morgen regnete es. Der Himmel war dunkelblau und ergoss sich über den Sokokewald. Alles roch unerwartet frisch, die Blätter glänzten in einem sauberen Grün. Toto hatte keine Lust, aus ihrem Baumnest aufzustehen, und auch Msita fiel es schwer, sich aus dem Bett zu bewegen. Zu beruhigend war das gleichmäßige Klopfen der Regentropfen auf dem Makutidach.
Fatuma war schon aufgestanden. Ihr Bett war fein säuberlich gemacht. Entweder war sie einen Kranken behandeln oder irgendwelche seltenen Kräuter suchen, die nur zu dieser Zeit wuchsen und deren Heilkraft der Regen ihnen entlockte. Aber der Regen kühlte auch die Luft. Das war ungewöhnlich, kam aber vor, nur eigentlich nicht zu dieser Zeit des Jahres. Msita genoss die Bettwärme und überlegte wieder, wie ihr Leben weitergehen sollte. Die Ferien waren bald vorbei. Dann würde sie wohl noch ein halbes Jahr in ihre Schule gehen und danach endlich die Luft der Großstadt Nairobi schnuppern. Sie fühlte, dass große Veränderungen

auf sie zukamen. Sie war gewappnet! Seelisch – alles andere würde sich finden.
Die Tür ging auf, und Fatuma kam leise, aus allen Poren triefend, herein.
„Oh, ich dachte, du schläfst noch, hast doch Ferien und sollst dich erholen“, sagte sie leise und liebevoll zu Msita, die ein Handtuch genommen hatte, um Fatuma die nassen Haare trocken zu rubbeln.
„Wir werden wieder viele Malariakranke haben. Es ist zu viel Regen gekommen. Überall stehen die Pfützen, in denen die Mücken brüten können“, seufzte Fatuma. „Weißt du eigentlich, dass nur die weibliche Anopheles-Mücke die Malaria beim Menschen auslösen kann?“
„Ja“, sagte Msita, indem sie ihr den Rücken vorsichtig trockenrieb, „aber weißt du irgendetwas, was wir tun könnten, dass es nicht passiert?“
„Wir müssen einen großen Topf mit den Blättern und der Rinde des Neemtree kochen und es an alle geben, die sich vor der Malaria schützen wollen.“
„Oh, Mama, das Zeug schmeckt so eklig“, kam es viel zu schnell aus Msitas Mund. Beide Frauen mussten sich anschauen und lachten herzlich.
„Medizin, die schlecht schmeckt, hilft gut“, sagte Fatuma, zeigte mit dem Zeigefinger lehrmeisterhaft auf Msita. „Auch du wirst nachher einen halben Becher voll von diesem Sud trinken!“
Msita schüttelte sich innerlich vor Ekel, sagte aber nichts. Sie wusste ja, dass diese rotbraune Flüssigkeit wirklich der gefährlichen Malaria vorbeugte.
„Komm, Liebes. Lass uns Frühstück essen. Ich habe uns frische Muhamri mitgebracht, und mit einem heißen, süßen Tee wird es uns blendend gehen. Und dann lass uns heute noch gemeinsam Medizin vorbereiten. Morgen musst du wieder in die Schule, und dann sollten wir uns auch noch überlegen, wie es später weitergeht.“
„Irgendwie bin ich trotzdem noch müde“, meinte Msita, sich faul rekelnd, und schlüpfte wieder unter ihre Decke.
„Aha“, rief Fatuma, „ diese Seite kenne ich noch gar nicht an dir.“
„Du wirst mich noch kennenlernen!“, murmelte Msita verschmitzt und strahlte aber Fatuma aus leuchtenden Augen an. Wieder lachten beide gemeinsam, und Msita sprang federleicht aus dem Bett.
„Ich decke uns den Tisch, machst du uns deinen berühmten Tee?“

„Ich bin schon dabei. Ach, haben wir es nicht gut?"
„Ja, Mama, ich bin ja so glücklich, dass ich nun richtig mit dir sprechen kann. Es funktioniert einfach ohne nachzudenken." Nachdem Msita sich angezogen hatte, saßen die zwei Frauen zufrieden am Tisch. Eine neue Zeit war angebrochen, das spürten beide.
„Auch in der Schule wird sich einiges ändern. Ich habe so oft die richtige Antwort gewusst, aber die Lehrerin hat mich nicht gefragt. Ich freue mich schon so. Das wird jetzt alles anders. Und ich kann Freunde haben, ich meine, richtige Freunde. Jetzt kann ich mit allen sprechen und mich wehren, wenn sie böse zu mir sind, mit ihnen laut lachen und scherzen."
Fatuma stutzte. „Was meinst du damit, wenn sie böse zu dir sind? Haben dich die anderen Kinder etwa geärgert und du hast nie etwas gesagt?"
„Manchmal schon, aber ich konnte damit umgehen und ich musste auf den vielen Unsinn, den einige erzählt haben, nicht antworten, das war auch gut."
Fatuma begann nachzudenken und wurde still. Msita stand auf, um draußen nach Toto zu sehen.
Fatuma räumte die Hütte auf und bereitete alles vor, um neue Heiltinkturen zu bereiten. Msita kam herein. Toto saß frech und, wie es schien, schelmisch grinsend auf ihrer Schulter und lauste ihr Haar.
„Schau mal, Mama, mein liebster Freund. Sie scheint sich zu wundern, dass ich nun eine Stimme habe. Nicht wahr, meine Süße?" Bei diesen Worten drehte Toto verzückt den Kopf schräg nach vorne und betrachtete Msita aufmerksam. Dann gab sie ein leises Affengemurmel von sich, was man von ihr gar nicht gewöhnt war.
Fatuma wunderte sich, sagte aber nichts und räumte weiter mit Gläsern, Pulvern und verschiedenen Flüssigkeiten.
Msita begann, ihr schweigend zur Hand zu gehen, während Toto immer noch auf ihrer Schulter saß. Alles erfolgte ohne Worte, wie sie es seit einigen Jahren eingeübt hatten. Sie prüften Tinkturen und Tropfen, denn die feuchte Hitze der Tropen verdarb einiges schnell. Sie begutachteten die Farben der Kräuter, um daran zu erkennen, ob noch Heilkraft in ihnen war oder nicht. Sie ordneten alles und waren am frühen Nachmittag damit fertig. Draußen hatte es aufgehört zu regnen, und die Sonne schob einige zaghafte Strahlen hinter der dicken Wolkendecke hervor. Fatuma

und Msita konnten jetzt den großen Kessel mit frischem Neemsud aufsetzen, der Zeitpunkt war günstig. Draussen roch es frisch und sauber. Die dicke Staubschicht auf den Blättern war weggewaschen. Einige Vögel zwitscherten fröhlich, und die Grillen sangen wieder ihren lauten Kanon. Aus dem Dorf klangen die Stimmen der Menschen herüber. Es war ein friedlicher Sonntag.
Plötzlich hörten sie ein lautes Platschen und einen markerschütternden Schrei. Eine gequälte Stimme, wie nur der Busch sie kannte.
„Was war das?“, fragte Msita schockiert, und ihre Stimme überschlug sich. Fatuma drehte sich zur Hütte um. Ein lautes Klagen kam von dort, und sie ahnte schon, was geschehen war. Sie stürmte in die Hütte und sah, dass Toto gerade ihren zerschunden Körper aus dem großen Kessel mit Neemsud schleppte. Mit aller Kraft stieß sich die kleine Äffin ab und fiel auf den Boden und rührte sich nicht mehr. Msita stürzte in die Hütte, blieb erschrocken stehen und schluchzte erst laut und dann ohne Stimme auf. Fatuma wusste auf einmal nicht, ob sie zuerst dem in Schmerz gepeinigten Tier helfen sollte oder Msita, um deren Stimme sie fürchtete. Es war wie Telepathie. Msita sagte, scheinbar ruhig: „Nimm ihr die Schmerzen und zeige mir, wie ich ihr helfen kann. Ich liebe dieses Tier wie eine Schwester. Sie war immer für mich da, hat sich mit mir stumm verständigt und mich mit der Liebe ihres kleinen Herzens verwöhnt.“
Fatuma wusste sich nicht zu helfen. Sie nahm all ihre innere Kraft zusammen, streckte die Hände aus, hielt sie voller Inbrunst und Zuversicht über den kleinen Leib. Die Haut schälte sich vom Körper des Tieres, das blanke, rosig schimmernde Fleisch kam zum Vorschein. Toto regte sich nicht. Tränen schossen in Msitas Augen, doch eine innere Stimme sagte ihr, dass sie schweigen sollte. Fatuma nutzte ihre Fähigkeiten und ihre ganze Energie, konzentrierte sich und bat die Götter um Hilfe. Nichts passierte. Der kleine Affenkörper blieb reglos am Boden liegen. Es war zum Verzweifeln. Doch sie wollte und konnte nicht aufgeben, vergaß alles um sich herum und nahm nochmals ihre Kraft und ihren Willen zusammen. Konzentrierte sich auf einen Punkt und flößte durch die Wärme ihrer Hände und die Macht ihres Unterbewusstseins dem hilflosen, geliebten Tier Leben ein. Das Tier begann, jämmerlich zu wimmern. Nie hatte sie klägliche Laute gehört.

Sie fuhr herum und zischte Msita an: „Hör auf zu heulen und hilf mir. Ich brauche ein Tuch in Heilöl getränkt – schnell."
Msita gehorchte mechanisch und gab ihrer Mutter tränenüberströmt das Gewünschte.
„Willst du heilen lernen oder vor Mitleid zerfließen? Du musst deine Stärke, einen kleinen Teil deiner Lebensenergie an die Kranken und Leidenden weitergeben. Streng dich an und lass dich nicht gehen. Du willst doch Heilerin werden!"
„Ärztin", kam es fast zu schnell und zu kalt aus dem Mund Msitas.
Fatuma schaute sie einen verschwindend kleinen Augenblick an und widmete sich dann Toto. Wohl wissend, dass dieses Tier ihr bleiben würde. Msita jedoch nicht.
Sie deckten es mit einigen bunten Kangas zu, denn das Tier begann fürchterlich zu zittern. Selbst die Zähne klapperten im Schock der Kälte unbarmherzig aufeinander.
Fatuma wollte das hilflose Bündel auf den Arm nehmen, doch in dem Moment, als sie das Tier berührte, schrie es auf. Noch nie im Leben hatte Fatuma etwas Ähnliches gehört. Ihr fiel ein, dass ihre leibliche Mutter vor vielen Jahren mit unnatürlich weit aufgerissenen Augen, die fast aus dem Gesicht quollen, aber stumm, in den Flammen gestorben war. Wie ein Blitz schoss dieser Gedanke durch ihren Kopf. Doch sie riss sich zusammen und konzentrierte sich auf das Tier. Sie musste ihm die Schmerzen nehmen, und instinktiv wusste sie, dass Toto dringend Flüssigkeit brauchte. Schnell drehte sie sich zur Feuerstelle.
Msita fing ihren Blick auf und wusste, was sie zu tun hatte. Auch sie streckte ihre Hände aus und hielt sie über das sich in Schmerzen windende Tier. Sie versuchte, ihre Kraft strömen zu lassen, und sie rief selbst die Ahnen an, obwohl sie sich nicht sicher war, ob sie in diesem Fall helfen würden.
Auf einmal ging die Hüttentür auf und Sana, die Frau, der Fatuma bei ihrer Entbindung geholfen hatte, kam mit ihrer Tochter Asma herein. Sie hielt einen kleinen Topf mit köstlich riechender Hühnerbrühe in ihren Händen.
„Ich wollte euch ein Sonntagsessen bringen", begann sie den Satz und wurde dann leise und verstummte.

„Was ist denn hier passiert?"
Msita sagte, ohne gefragt zu sein: „Toto muss irgendwie in den Topf mit Neemtreesud gefallen sein. Wir hatten ihn für die Menschen im Dorf gekocht, weil es doch regnete und die Malaria nicht weit ist."
Als Sana das hilflose Bündel halb tot am Boden liegen sah, flossen Tränen aus ihren Augen. Sie hockte sich zu dem Tier und sprach auf es ein.
„Toto, wir alle brauchen dich doch. Du bist zu jung, um aufzugeben. Bitte bleib bei uns, du gehörst doch dazu." Dann schaute sie langsam zu Msita hoch, hatte sie nun gesprochen, oder konnte sie plötzlich Gedanken lesen?
Msita nahm die Hühnerbrühe, siebte sie durch und versuchte, der kleinen Toto sehr vorsichtig die Flüssigkeit einzuflößen, das ging nicht so recht.
„Sie ist noch im Schock, das schadet im Moment mehr, als dass es hilft", sagte Fatuma wieder mit ihrer dunklen, ruhigen Stimme und begrüßte Sana im gleichen Moment stumm mit den Augen. Ganz ruhig holte sie einen frisch gewaschenen Kanga, nahm das geschundene Tier und wickelte es vorsichtig darin ein. Dann nahm sie das kleine, hilflose Bündel auf de Arm, dass es ihren Herzschlag und ihre Körperwärme spürte und legte sich so mit dem Tier aufs Bett. So hatte sie Affenmädchen schon einmal vor vielen Jahren gewärmt und um dessen Überleben gekämpft. Und sie hatte das Kleine am Leben erhalten, ob ihr es wohl auch dieses Mal gelang? Die Verbrennung war nicht so großflächig, als dass Toto keine Chance gehabt hätte, aber auch die Götter mussten sich auf ihre Seite stellen. Und Fatuma sprach innerlich mit ihnen und bat sie um Hilfe. Sie war so sehr damit beschäftigt, dass sie gar nicht bemerkte, dass Msita, Sana und ihre Tochter die Hütte leise verließen.
„Sag mal, Msita, ich war ja lange nicht bei euch, aber hast du da drinnen eben gesprochen? Oder kann ich plötzlich Gedanken lesen?", fragte Sana leise.
„Ich spreche wieder", flüsterte Msita etwas unsicher. „Mutter hat mich geheilt."
„Na, lange genug hat das ja gedauert. Aber ich freue mich für dich, Msita, wie schön das ist. Und nun der schreckliche Unfall mit Toto. Ich muss das gleich alles im Dorf erzählen."

Und so verließ Sana mit ihrer Tochter Asma schnell wieder die Hütte der Heilerin.
Msita wusste, dass Fatuma jetzt Ruhe und innere Kraft brauchte und den Glauben daran, dem geliebten Tier das Leben zurückzugeben. Es kam aber hauptsächlich auf Toto an, ob sie den Lebenswillen wirklich hatte? Schwer zu sagen, dachte Msita. Eigentlich wollte Fatuma ja heute mit ihr Heilkräuter, die nach dem Regen aufgegangen waren, sammeln gehen. Nun würde Msita es alleine versuchen. Sie verabschiedete sich von Sana und bedankte sich für die Hühnersuppe, die sie sicher später essen würden. Erst einmal benötigte Fatuma Ruhe.
Toto war wie ein zweites Kind für Fatuma, das wusste Msita. Zwar tollte die Meerkatze gern mit ihr herum, aber die engere Bindung hatte immer zu Fatuma bestanden. Es war ein unsichtbares, inneres Band, und Msita hatte sich schon so manches Mal gefragt, woher es wohl kam. Sie wusste auch, dass sie jetzt mit ihren Gedanken helfen konnte. So ging sie in Richtung des großen alten Neemtree, bei dem sie erst vor nicht allzulanger Zeit mit Fatuma gewesen war, und konzentrierte sich auf die Heilung der kleinen Toto. Sie stellte sich vor, wie sie die Schmerzen linderte, die Haut kühlte und anfeuchtete, und sie wusste von Fatuma, dass es wichtig war, die Nierenfunktion in einem solchen Fall aufrechtzuerhalten. Das war jedenfalls bei den Menschen so, würde aber sicher nicht viel anders sein bei den Affen. Lange verweilte sie in stiller Hilfe und Anteilnahme dort. Dann ging sie weiter, um nach einigen bestimmten Pflanzen zu schauen. Vielleicht konnte sie Fatuma ja eine kleine Freude bereiten, indem sie ihr einige dieser seltenen Kräuter mitbrachte. Die Zeit verging so schnell, und Msita musste sich beeilen, um noch vor dem Dunkelwerden nach Hause zu kommen. Sehr bedrückt trat sie den Heimweg an. Ein paar dieser seltenen Gewächse hatte sie gefunden. Jedoch hatte sie nur einige kleine Stängel geerntet, da sie sich nun doch nicht sicher war, ob es schon die richtige Zeit für dieses Kraut war.
Wie sollte es anders sein in ihrem Dorf? Die Nachricht hatte sich herumgesprochen, und einige Nachbarn saßen vor Fatumas Hütte, und man wartete auf sensationelle Neuigkeiten, die den Menschen in dieser abgeschiedenen Gegend den Alltag etwas Würze verlieh.

Msita war etwas ärgerlich. Rechtzeitig fiel ihr aber die Lehre ihrer Mutter ein, keine Gefühle zu zeigen in so einer Situation. Das half nicht und ließ die Gemüter nur eskalieren. Und genau das brauchten weder Fatuma noch Toto. So sagte sie freundlich: „Guten Abend miteinander." Und sie konnte gar nicht weitersprechen, denn Münder und Augen der Anwesenden waren weit aufgerissen.
„Nun, die Ahnen und Fatuma haben mir meine Stimme wiedergegeben und ich mir selbst auch, denn ich wollte es so und hatte es mir sehr gewünscht. Ich hoffe, es geht euch allen gut", sagte sie gelassen und ließ die anderen gar nicht erst zu Wort kommen.
„Lasst mich leise in unsere Hütte gehen, ich werde uns allen einen Tee kochen, und Fatuma hat einen Neemsud für euch vorbereitet, damit ihr keine Malaria bekommt."
„Das ist wieder typisch für Fatuma, sie denkt an alles", sagte eine alte Frau aus dem Dorf und grunzte zufrieden. Eine andere sagte: „Das Zeug schmeckt so bitter, da bekomme ich immer Brechreiz, ich will das nicht. Sollen mir doch die Götter helfen, aber nicht dieser ekelige Sud."
„Ach, was, jetzt zier dich nicht so, alte Vettel, das Zeug hat schon seit so vielen Monden geholfen, auch unseren Ahnen, trink es und halt deinen Mund."
„Msita kann sprechen – ein Wunder!", flüsterte eine dritte Stimme.
„Seid doch nicht so derb miteinander und haltet Ruhe. Fatuma braucht das jetzt. Und lasst mich einmal vorbei, ich habe euch doch Tee versprochen."
„Und vergiss den Zucker nicht", sagte die erste Stimme, wieder etwas zu laut.
Msita wusste, dass sie die Menschen aus dem Dorf nicht verärgern durfte, auch wenn an ihr diese Dreistigkeit nicht spurlos vorüberschritt.
Sie konnte nicht frech und ungehobelt reagieren, denn insbesondere Fatuma und indirekt auch sie waren auf die Menschen im Dorf und dessen Umgebung angewiesen. Wenn sie oder Fatuma falsch reagierten, barg das immer eine Gefahr, abgelehnt zu werden, nicht als Mensch, sondern als Heilerin. Und als Heilerin verdiente Fatuma ihr Geld. Aus Erzählungen wusste Msita auch, dass Fatumas Mutter als Hexe verbrannt worden war – vor vielen Jahren. Es war immer eine latente Gefahr, dass so etwas noch

mal passierte, und zu schnell konnte die Stimmung im Dorf umschlagen. Also ging sie äußerlich ruhig und gelassen in ihre Hütte. Drinnen zeigte sich ihr immer noch das gleiche Bild, aber Toto schien ruhiger geworden zu sein und atmete in tiefen, gleichmäßigen Zügen. Ein Zeichen, dass die Heilung eingesetzt hatte. Msita flüsterte ihr zu: „Ich will Tee für die Menschen aus dem Dorf kochen, du weißt ja, sie sind vor der Hütte." So leise, dass Msita sie kaum verstehen konnte, raunte Fatuma ihr zu: „Ja, bereite einen großen Topf mit Tee und süße ihn auch etwas. Aber nimm den Zucker nicht mit hinaus, sonst ist er alle, und wir benötigen ihn noch zum Süßen für Totos Kräuter. Gut, dass wir schon Neemsud fertig haben, so können wir die Gemüter beruhigen, da ich ein Tier behandele." Geschwind und mit geübten Händen entfachte Msita das Feuer, stellte den alten, verbeulten Topf mit Wasser darauf und warf die getrockneten Teeblätter hinein. Sie beobachtete, wie das Wasser kleine Blasen bildete und diese immer schneller durch den Topf sprudelten. Langsam färbte sich die Flüssigkeit hellbraun. Nun war es Zeit, den Zucker darunterzurühren und das ganze durch ein Plastiksieb zu seihen. Dieses Sieb hatte Fatuma vor Kurzem für eine ihrer Behandlungen erhalten. Sie griff nach einigen Plastiktassen und wusste aber, dass die Frauen draußen sich auch schon leere Kokosnussschalen besorgt haben würden, aus denen sie den Tee wie auch den Neemsud trinken konnten. Vorsichtig nahm Msita den Topf mit dem fertigen Tee und brachte ihn nach draußen. Dort setzte sie sich nicht direkt vor die Hüttentür, sondern ging damit ein Stückchen weiter unter den alten Mangobaum. Da, wo auch einige Baumstämme lagen und man sich, zwar nicht gerade bequem, aber doch hinsetzen konnte. Sie stellte die Tassen neben den Topf. Ging schnell und mit der Geschmeidigkeit einer Zervetkatze zur Hütte zurück, holte die Tassen und den Topf mit dem nun abgekühlten Neemsud. Geistesgegenwärtig brachte sie auch noch ein paar Kangas mit, um es den Leuten vom Dorf etwas gemütlicher zu machen. Freundlich setzte sie sich hin und begann mit einer Schöpfkelle, die auch etwas verbeult und verbogen war, keiner wusste, warum, Tee in die ihr hingestreckten Tassen zu füllen. Langsam kamen alle Frauen und Kinder, die vor der Hütte gewartet hatten, zu ihr herüber und setzten sich mit großer Selbstverständlichkeit zu ihr. Es ist mir gelungen, sie dort wegzulocken, dachte sie zufrieden. Ich werde

sie mit Tee und Neemsud und meiner Stimme hier behalten und sie zur Ruhe bringen und zum Nachhausegehen motivieren.
Geschickt unterhielt sie sich mit den Dorfbewohnern und Nachbarn. Alle bewunderten sie für ihre Redegewandtheit, und Msita selbst staunte über die Kraft ihrer Stimme oder vielmehr ihrer Worte.
Der Mond leuchtete mit seiner vollen Kraft zwischen den dichten Blättern des Flammenbaums hindurch, als die letzten den Dorfplatz verließen. Der Tee war schon lange ausgetrunken. Dagegen war noch eine Menge vom Neemsud übrig.
Das machte nichts. Msita hatte ein gutes Gefühl. Sie hatte den Menschen mit ihrer vorbeugenden Medizin geholfen, und sie hatte erreicht, dass Fatuma und Toto von den neugierigen Blicken und Stimmen verschont geblieben waren. So hatte Fatuma Zeit, ihre Kraft zu sammeln, um Toto beim Überlebenskampf zu helfen. Und die kleine Toto würde nicht unnütz abgelenkt werden.
Vorsichtig und ohne mit dem Geschirr zu klappern, ging Msita hinüber zu ihrer Hütte. Ganz langsam öffnete sie die Tür, um beide nicht zu stören. Fatuma saß mit müden Augen auf dem Bettrand. Toto lag zugedeckt mit Kangas, aber ruhig atmend im Bett. Fatuma hatte ihr so etwas wie eine kleine Höhle gebaut, dass sie sich geborgen fühlen konnte.
Leise flüsternd, berichtete Msita über ihre letzten Stunden mit den Leuten vom Dorf und auch, dass sie ein gutes Gefühl hatte, denn sie hatte die Medizin gegen die Malaria verteilt und mit ihrer Stimme die Menschen zum Zuhören gebracht. Das war ein neues Erlebnis für sie. Man hatte ihr aufmerksam zugehört. Und nicht wie früher ihr Geschriebenes gelesen, sie mitleidig angeschaut und ihr eine kurzen Phrase als Antwort hingeschmissen.
„Aber wie geht es unserer kleinen Toto?“, fragte Msita einfühlsam.
„Ich denke, sie wird es überleben, ich habe ihr Beruhigungstropfen gegeben, damit der Schlaf seine sanften Arme um sie schlingen kann. Sie wird Kraft schöpfen, und die Heilung kann beginnen. Aber ich bin nun müde. Wie geht es dir?“
„Wirklich müde bin ich noch nicht“, erwiderte Msita, die noch ganz aufgeregt war von dem Erlebnis, das ihre Stimme ihr verschafft hatte. „Komm, Mutter, trinken wir ein wenig von dem Neemsud, und lass uns

die Hühnerbrühe aufwärmen, die Sana uns vorhin gebracht hat. Es wäre schade, wenn sie über Nacht sauer wird."

Obwohl Fatuma vor Müdigkeit fast umfiel, willigte sie ein, denn sie bemerkte, wie aufgewühlt Msita innerlich war.

Sie entfachte das Feuer von Neuem und stellte Sanas Topf mit der köstlich riechenden Suppe darauf. Der Vollmond lugte durch das Fenster und schien an ihrem Leben teilhaben zu wollen. Und langsam schoben sich dicke Wolken dazwischen, verdeckten den Mond erst halb und dann vollkommen. Sie wurden so schwer, dass sie sich öffneten, und ein leichter Regen quoll aus ihnen hervor. Es prasselte beruhigend auf das Dach der Hütte, während Msita den Tisch deckte, eine weiße schmale Kerze hervorholte und sie anzündete. Das Licht flackerte und die Schatten spielten an der Wand. Toto schlief tief und fest. Beide Frauen setzten sich an den Tisch und begannen, die heiße Suppe zu löffeln. Sie schmeckte ausgezeichnet und war gut gewürzt.

„Oh, mit frischem Chili, wo hat sie den denn her?", fragte Msita.

„Den hat sie hinter ihrem Haus selbst angepflanzt, und du wirst dich wundern, wie viele andere Küchenkräuter dort noch gedeihen. Der Chili tut uns gut. Wir haben in letzter Zeit recht oft Fleisch gegessen, so können wir keine Würmer bekommen. Und dieser rote, frische Chili ist etwas Besonderes. Er reinigt Magen und Darm." Msita musste lächeln, sagte aber nichts. Es schmeckte so gut, dass beide sich noch nachfüllten und dann wohlig vollgegessen am Tisch saßen und ins Kerzenlicht schauten.

„Was meinst du, Mutter, wird unsere Toto wieder gesund werden?"

„Ja, Msita, ich glaube fest daran. Wir müssen sie gut pflegen."

Msita stand auf und umarmte Fatuma.

„Ach Mutter, hoffentlich." Dann stand sie auf und zeigte Fatuma die Kräuter, welche sie gesammelt hatte. „Ich bin mir nicht sicher, ob das die richtigen sind und vor allem, war es der richtige Zeitpunkt des Sammelns?"

Fatuma blickte auf die Blätter, Wurzeln und Stiele. Ihr Gesicht, das von den Sorgen des Tages gezeichnet war, hellte sich auf.

„Ja, Msita, genau der richtige Zeitpunkt. Du weißt doch, an Vollmond sind die Kräfte der Pflanzen am stärksten, und sie sind trocken. Jetzt regnet es. Morgen früh werden wir nichts sammeln können, es muss erst

wieder alles abtrocknen, sonst faulen uns die Kräuter. Das hast du gut gemacht. Ich bin so müde, lass uns ins Bett gehen."
Noch einen stillen Moment schaute die Buschfrau auf ihr Ziehkind und dann räumten beide den Tisch ab.
Msita spülte noch schnell das Geschirr, damit keine Essensreste mehr daran klebten, denn sonst würden die kleinen Insekten kommen und die Küche, die ja nur abgeteilt vom Zimmer war, bevölkern.
Fatuma atmete schon tief und gleichmäßig, da lag Msita immer noch wach. Sie hatte eine Stimme und wollte Medizin studieren, moderne Medizin. Keinen Augenblick zweifelte sie daran. Sei malte sich schon aus, wie sie nach Mombasa zurückkommen würde als Doktorin, nicht als Heilerin und alle würden sie ganz selbstverständlich anerkennen. An erster Stelle natürlich Doktor Lithimbi. Sie würde gemeinsam mit ihm arbeiten und, da war sie sich sicher, er musste sich in sie verlieben. Sie wäre keine einfache Heilerin, die immer um ihre Anerkennung buhlen musste – sie war dann anerkannte Ärztin. So würde es auf dem Papier stehen, und mit diesem Gedanken im Herzen schlief sie endlich ein.
Am Morgen fühlte sich Msita müde und wie zerschlagen. Ein aufregender Tag stand ihr bevor, denn sie musste das erste Mal ihre Stimme in die Schule ausführen. Wie sich das wohl anfühlen würde?
Fatuma war schon auf und hatte von irgendwoher eine Babyflasche, mit der sie jetzt Toto fütterte. Die Meerkatze saugte gierig am Nuckel, als hätte sie es ihr Leben lang nicht anders getan. Fatuma hatte schon die Verbände gewechselt, und das alte Verbandszeug lag im Feuer und loderte noch einmal auf, bevor es sich zu einer schwarzen Kruste auftürmte und dann zu Asche zerfiel.
Msita schlang ihr Frühstück herunter, kippte den Tee, den Fatuma ihr hingestellt hatte, eilig hinterher, schwang sich ihre Schultasche über die Schulter und rannte mehr, als sie ging, zur Schule. Fatuma hatte ihre Unruhe gespürt, aber nichts weiter dazu gesagt. Sie schaute auf Toto, die schon wieder eingeschlafen war.
„Es ist schön, meine Kleine, der tröstende Hauch des Schlafes wird dir gut tun." Vorsichtig legte sie das Tier auf das Bett und machte sich an ihren Kräutern zu schaffen. Immer, wenn es draußen feuchter wurde, musste sie darauf achten, das nichts faulte oder schimmelte. Dann hatte

die Buschfrau, wie sie jetzt liebevoll von allen genannt wurde, noch einige Kranke zu besuchen und musste auch ihren Neemsud von gestern loswerden, denn in Kürze würde er seine vorbeugende Wirkung verlieren. Nachdem sie selbst einen großen Schluck zu sich genommen hatte, machte sie sich auf den Weg.

Die Zeit verging. Ohne dass Fatuma es bemerkte, hatte die Sonne schon den Horizont überschritten. Als sie zurück in ihre Hütte eilte, saß Msita schon da und fütterte Toto.

„Du siehst aber nicht glücklich aus, Msita!", sagte sie leise und besorgt, nachdem Msita die Meerkatze wieder zum Schlafen gelegt hatte.

„Du bist so voller guter Erwartungen in die Schule gezogen, was ist denn passiert?"

„Ach, Mutter", schluchzte Msita auf, „sie haben mich geärgert und verhöhnt und meine Stimme nachgeäfft. Ich bin so unglücklich."

Fatuma ging auf sie zu, wischte ihr mit einem Zipfel ihres Kangas die tropfende Nase und nahm sie einfach nur in die Arme. So waren die Menschen, so war das Leben. Wollte man zu viel, wurde man schnell eines Besseren belehrt. Erwartete man nichts, so hielt das Leben oft ein kleines Geschenk oder eine liebe Überraschung bereit. Ein freundliches Lächeln eines fremden Menschen, eine unerwartete Gabe, eine schicksalhafte Begegnung oder einfach nur die Freude an der Natur, die einem umgab.

Nun hatte Msita die Idee gehabt, dass sich der ganze Stamm über ihre neue Stimme freute.

Aber warum sollten sich die anderen Menschen darüber freuen, wo sie doch alles Neue misstrauisch betrachteten? Diejenigen, die nicht mehr so waren, lebten schon lange in der Stadt oder in der Nähe eines größeren Ortes. Diejenigen, die hier geblieben waren, hatten entweder einen guten Grund dafür, wie Fatuma, oder aber sie hatten sich den Wellen des einfachen, traditionellen Lebens hingegeben. Oft frönten sie der Langeweile, langsam angenagt vom schleichenden Gift des Neides.

Gut, dass Msita jetzt damit konfrontiert wurde. Fatuma konnte ihr zur Seite stehen und wenigstens ein bisschen auf das Leben da draußen vorbereiten.

„Aber Msita, hast du denn erwartet, dass alle sich mit dir freuen würden?"

„Ja, natürlich, warum denn nicht?", schniefte Msita.
Fatuma setzte sich und zog Msita zu sich heran. Sie begann mit ihrer dunklen Stimme zu sprechen: „Erwarte nicht zu viel von den Menschen um dich herum. Du wirst selten jemanden finden, der sich offenen Herzens mit dir freut und dir Gutes gönnt. Und wenn es so jemanden in deiner Umgebung gibt, dann halte ihn fest, denn es könnte ein Freund werden. Die meisten sind so sehr mit sich selbst beschäftigt, und die Mädchen und Jungen in deiner Klasse sicher auch. Schau, Msita, die Mädchen um dich herum sind in dem Alter, wo man bei uns im Stamm heiratet. Ihre Familien und vielleicht auch sie selbst schauen sich nach einem wohlhabenden oder zumindest erträglichen Ehemann um. Ohne Stimme warst du, ich will es mal vorsichtig sagen, nicht wirklich ebenbürtig. Jetzt bist du Konkurrenz. Hast du daran schon einmal gedacht? Die Jungen in deiner Klasse sind noch nicht so weit entwickelt. Sie lassen sich beeinflussen und haben es auch ganz gerne, die Mädchen, egal womit, zu hänseln. Also ordne die Dinge richtig ein und schraube deine Erwartungen an andere herunter. Die Ansprüche an dich selbst kannst nur du dir stellen. Lerne auch daraus, denn so möchte man selbst ja nicht sein oder werden."
Langsam schaute Msita wieder auf. Ihre Tränen waren verschwunden.
„Ach, Mutter, ich bin so froh, dass es dich gibt. Mir hätte im Leben nichts Besseres passieren können, als dich zu finden. Ich liebe dich so sehr."
Die Buschfrau war gerührt. Fatuma wusste, dass es im Moment ungeschickt wäre, an Msitas Vergangenheit zu rühren. So war sie still und saß noch einen Moment einfach nur da.
„Na los, ran an deine Hausaufgaben, und wenn dein Wunsch feststeht, Medizin zu studieren, musst du mehr lernen, sonst schaffst du das nicht. In Mombasa gibt es auch ein Haus, in welchem man sich Bücher ausleihen kann. Wollen wir da einmal gemeinsam hinfahren?"
„Oh ja, das wäre prima, wenn wir das zusammen machen würden. Später kann ich dort auch alleine oder mit einer Freundin hinfahren."
Msitas Gesicht hatte sich aufgehellt, und sie setzte sich an den Tisch und begann zu arbeiten.
Fatuma war innerlich beruhigt, warf einen Blick auf die in sich zusammengefallene schlafende Toto und ging hinaus vor die Hütte.

Die Luft war schwül und schwer. Der Himmel barg noch einmal mehr Regen. Er wölbte sich, prall gefüllt mit kostbarem Wasser, der Erde ein Stück näher entgegen.
Vom Marktplatz hörte man fröhliches Lachen und die hohen Stimmen der Frauen. Sie kochten gemeinsam oder stampften den Mais. Etwas später, wenn die Dämmerung begann, würden sie zu ihren Hütten gehen und die Kerosinlampen anzünden. So war es schon solange, wie Fatuma denken konnte. Aber würde es immer so sein? Immer mehr Kinder gingen in die Städte. Einige kamen zurück, aber andere meldeten sich kaum noch bei ihren Eltern.
Plötzlich und ganz unerwartet fühlte sich Fatuma sehr einsam. Ein Gefühl von Nutzlosigkeit, das sie nicht erklären konnte, das aus irgendeinem Winkel ihres Körpers zähflüssig in ihren Kopf kroch. Sie stand von ihrer alten, etwas schiefen Holzbank auf.
Langsam ging sie dem Dickicht des Waldes etwas näher. Natürlich wollte sie nicht, dass irgendjemand sie so sah. Die Heilerin des Dorfes tränenüberströmt vor ihrer Hütte. Was würde das für ein Bild geben?
Und was hatte sie denn weiter als ihre Berufung zu heilen, zu schlichten und manchmal den anderen Kraft zu geben? Eine Kraft, die in ihr immer wieder nachwuchs, mehr aus sich selbst heraus als mit dem Willen herbeigerufen. Doch jetzt quollen aus ihren schmalen dunklen Augen dicke Tränen, die ein feuchtes, klebriges Rinnsal auf ihren Wangen bildeten. Aber sie spürte auch die reinigende Wirkung des Weinens und ließ es geschehen. Fühlte sich losgelassen von der Welt und allein. Bald würde sie wirklich alleine sein, denn Msita musste ihrer Wege gehen, so sehr Fatuma sich auch wünschte, sie daheim zu behalten. Wer würde an Fatumas Stelle weitermachen und Heilerin für das Dorf und die Umgebung werden, wenn sie einmal krank war oder nicht mehr auf dieser Erde? Aus einem großen Umkreis kamen die Menschen zu ihr und baten um Hilfe und Linderung. Wer würde für sie da sein, wenn es ihr einmal schlecht ging und sie alt wäre? Sollte sie dann in eines der neumodernen Krankenhäuser gehen? Einige der Älteren taten es schon. Aber sie kamen danach trotzdem zu ihr.

Sie hatte Zeit, mit ihnen zu reden, wusste, wie sie lebten und kannte meist auch deren Familie. Natürlich konnte sie nicht mit diesen Wunderpillen weiterhelfen.
Ihre Medizin war anders, und es dauerte oft auch etwas länger, bis merkliche Linderung der Schmerzen eintrat. Aber es half doch dauerhafter, und sie nahm sich viel Zeit zum Reden.
Manchmal musste sie auch gemeinsame Rituale mit der Familie des Kranken und den Ahnen durchführen. So wie sie es damals von Onkel Katana gelernt hatte. Das half genauso gut wie die frische Natur-Medizin, die dazu gereicht wurde. Und oft half ihr auch ihre Fähigkeit, Dinge im Voraus zu erahnen. So war sie vorbereitet und wurde selten von einer Situation überrascht. Am Schlimmsten war es, dass Fatuma spürte, dass die Menschen immer weniger ihren uralten Ritualen nachgingen. Den gemeinsamen Dingen, die dem Zusammenhalt von Familie und Stamm so förderlich waren und ein unsichtbares Band um alle schlossen.
Und es schmerzte sie das Wissen, ihre geliebte Msita zu verlieren. Nicht als Tochter, sondern die körperliche Nähe oder beides. Sie hatte seit einigen Jahren so viel Leben in ihre sonst so ruhige Hütte gebracht.
Aber Fatuma wusste auch von den uralten Gesetzen des Lebens. Wenn etwas aus ihrem Leben ging, dann würde auch wieder etwas Neues dazukommen. Man konnte die Hände in den Schoß legen und abwarten oder aber etwas tun. Und die zweite Variante gefiel Fatuma viel besser. Schon lange hatte sie daran gedacht, in der Nähe ihrer Hütte eine zweite errichten zu lassen als Ort der Heilung. Dort könnten dann auch Kranke etwas Ruhe finden. Sie konnten sich für ein paar Stunden dort aufhalten. Und Fatuma würde ihre eigene Hütte nicht mit der negativen Energie der Kranken und Trauernden füllen. Ihre Tränen waren versiegt, und ihr Rücken straffte sich wieder. Ja, das war eine gute Idee, sie konnte mit den Vorbereitungen dafür langsam beginnen, musste auch mit den Dorfältesten sprechen und die Götter fragen.
Die Vorbereitung und das Durchdenken der neuen Idee waren oft fast noch wichtiger als die Ausführung. Das hatte Fatuma im Laufe ihres Lebens gelernt.
Sie blickte hoch und sah in die gelben Augen der alten Eule, die ihr schon so oft des Nachts begegnet war. Das Tier wusste instinktiv, dass von Fa-

tuma keine Gefahr ausging, und Fatuma fühlte sich schon seit Jahren eins mit dem Wald und seinen Bewohnern. Sie kannte die Laute der Tiere genau, wenn sie freudig erregt waren oder ängstlich, wenn sie jammerten, weil sie Schmerzen hatten oder die Mutter sie verlassen hatte. Selbst die alten großen Bäume schienen mit ihr in stiller Eintracht zu reden. Auch sie empfanden Freude, zum Beispiel nach einem Regentag, oder Schmerzen, wenn man ihnen wehtat oder sie sogar fällte. Das Fällen der Bäume bereitete ihr zur Zeit große Sorgen. Denn der alte Wald verkleinerte sich zusehends. Viele ehemalige Bauern waren zu Holzschnitzern geworden, und sie benötigten das Holz der Bäume für ihre sinnlosen Schnitzereien für die vielen Ausländer, die seit einigen Jahren in die nahe gelegene Stadt, Mombasa, kamen. Früher waren es nur wenige gewesen. Seit den siebziger Jahren wurden es aber immer mehr.
In alten Zeiten wurden nur für ganz bestimmte Stammesangehörige Figuren geschnitzt. Diese hatten besondere Leistungen vollbracht. Natürlich hatten sie dann auch viel Geld oder irgendeine andere Ware, um diese geschnitzten Kostbarkeiten zu bezahlen. Sie wurden meist von den alten Medizinmännern oder den Dorfältesten, die den Göttern nahe waren, besprochen. Das heißt, diesen Gegenständen wurde damit eine geheimnisvolle Kraft einverleibt. Jeder aus dem Stamm und manchmal auch Fremde konnten das spüren.
Aber das, was jetzt geschah, das konnte Fatuma nicht verstehen. Der Wald war ihre Lebensgrundlage. Gab es ihn nicht mehr, so würde das Land versteppen und auch die Wasservorräte unter der Erde versiegen.
So wie es vor vielen tausend Jahren in Gedi geschehen war. Einer kleinen Gemeinde in der Nähe der Stadt Malindi. Heute war es nur noch ein mystischer Platz, mit uralten Ruinen übersät und von groben Touristen entweiht. Aber konnte sie, die Buschfrau, etwas daran ändern?
Und jetzt schob sie die schmerzlichen Gedanken beiseite und machte sich auf den Weg zurück zu ihrer Hütte.
Msita war gerade fertig mit ihren Hausaufgaben, und die kleine Toto begann sich auf dem Bett zu bewegen.
„Kümmerst du dich um sie?“, bat Fatuma, deren Augen doch stark gerötet waren von der inneren Aufregung, die sie soeben durchgemacht hatte. „Ich werde ihr einen lindernden Tee brühen.“

Msita versorgte die Wunden des geschundenen Tieres, und sie fühlte, wie das Leben in den kleinen Körper zurückkehrte. Sie hatte die Gabe, durch Handauflegen zu spüren, wie viel Kraft noch in einem Körper war, um den Kampf mit dem Tod aufzunehmen, zu gewinnen oder aber zu verlieren. Ganz unbewusst tat sie es. Und ganz überraschend kam die Erkenntnis über dieses sehr alte Wissen. Ob Fatuma es auch wusste oder spürte? Aus den Augenwinkeln betrachtete sie die Mutter, wie sie an der Feuerstelle in der Nähe der Tür mit dem Teetopf hantierte. Sie sah, wie konzentriert Fatuma die Menge der Kräuter in einem kleinen, eigens dafür angefertigten Messbecher abfüllte, um sie dann in das schon sprudelnde Wasser zu geben. Die Kräuter tanzten ihren Reigen in dem alten, verbeulten Topf, der wohl noch aus Onkel Katanas Zeiten stammte.
Behutsam wickelte sie Toto wieder ein und legte das so dünn gewordene Affenkind vorsichtig auf sein Bett zurück, setzte sich dann aber daneben und sah in die großen, warmen Augen des Tieres.
Fatuma nahm die kleine Affenhand mit den fünf zierlichen Fingern in ihre, liebkoste sie, und es schien ihr, als ob Toto lächelte. „Bald geht es dir besser, meine Kleine“, sagte Msita leise und rutschte beiseite, damit Fatuma Platz hatte, um Toto aus dem Fläschchen zu trinken zu geben. Sie hatte die Babyflasche vorher an ihre rechte Wange gehalten, um nach der richtigen Temperatur zu prüfen. Die Flüssigkeit hatte einen hellgrünen Schimmer, und Toto saugte gierig am Nuckel, der ein leise quietschendes Geräusch im Takt des Saugens und Luftholens machte. Kurz darauf war Toto eingeschlafen. Ihre Atemzüge waren tief und gleichmäßig. Die beiden Frauen schauten sich zufrieden an, räumten alles ganz leise auf und setzen sich wie auf Verabredung vor die Hütte, um den kühlen Abendwind zu spüren. Es hatte etwas Entspannendes, und sie waren sich nahe ohne viele Worte.

Die nächsten Tage und Wochen verliefen recht ruhig, ohne irgendwelche größeren Ereignisse. Nur Fatuma hatte manchmal das Gefühl, als ob Msita etwas schweigsamer geworden wäre als an den ersten Tagen, nachdem sie ihre Sprache wiedergefunden hatte.
Toto, das kleine Affenmädchen, erholte sich zusehends und tollte schon wieder auf den Bäumen herum, ihre Arme und Beine waren teilweise ver-

narbt. Aber das nachwachsende hellbraune Fell überdeckte die unschönen Hautverdickungen, und das Gesicht war geblieben, wie es gewesen war, schwarz und lieb mit wunderbar wachen Augen. Ihre Bewegungen waren flink und geschmeidig wie immer. Nie wieder ging das Affenmädchen in die Nähe des Herdes oder des Feuers. Sie hatte gelernt. Und sie ermüdete schneller als früher.

Msita war eine gute Schülerin. Sie lernte unzählige Stunden an den kurzen hellen Nachmittagen, nachdem sie aus der Schule kam. In den wenigen freien Minuten, die sie sich gönnte, half sie Fatuma beim Sammeln und Aufbereiten der Pflanzen und Kräuter. Sie säuberte die Hütte oder kontrollierte Tinkturen, Tropfen und Salben, ob sie auch nicht verdorben waren. Das konnte wegen der sehr hohen Luftfeuchtigkeit schnell passieren. Fatuma wunderte sich wieder einmal, wie ein so junges Mädchen wie Msita so emsig, ja fast starrköpfig darauf hinarbeitete, Ärztin in einem richtigen Krankenhaus zu werden. Warum genügte es dem Kind nicht, eine Heilerin zu werden, wie sie selbst es war?, fragte sie sich immer wieder.

Doch sie ging schweigend ihrer Berufung nach, half den Kranken wieder genesen oder wenigstens die Schmerzen lindern, erleichterte das Sterben und half den Frauen der Umgebung, Kinder auf die Welt zu bringen, mehr Jungen als Mädchen. Aber die kleinen Jungen starben auch schneller und waren viel anfälliger gegenüber Krankheiten.

Msita lernte von den Erfahrungen der Mutter. Sie hatte sich ein Buch angelegt, in dem sie viele ihrer Beobachtungen in Schönschrift niederschrieb. Eigentlich hätte sie es nicht tun müssen, denn sie merkte es sich genau. Und konnte sich sogar erinnern, wann und wo Fatuma ihr ein Stückchen ihrer jahrelangen Weisheit anvertraut hatte. Alles, was nur im Entferntesten mit Medizin zu tun hatte, saugte sie in sich auf wie ein trockener Schwamm das Wasser. Nicht zu vergessen die Freude, die es ihr bereitete, Neues darüber zu lernen. Und besonders liebte sie es, wenn Fatuma sie zu ihren Patienten mitnahm, ihr leise und vertraut alles erklärte. Es war ein erhebendes Gefühl, welches Msita auskostete. Nur ab und zu schwirrte ihr immer noch Doktor Lithimbis Bild durch den Kopf. Dann bekam sie regelmäßig ein warmes Gefühl im Bauch.

Die Wochen und Monate flossen dahin. Die unausgesprochene Regelmäßigkeit des Dorflebens zog sich wie ein unsichtbares Band durch das Leben der beiden Frauen, dich sich nun seit einigen Jahren Mutter und Tochter nannten.
Für Fatuma verging die Zeit viel zu schnell, denn sie wusste, nun würde Msita sie verlassen, in das ferne Nairobi reisen und ihren Traum verwirklichen, wenn sie es schaffte. Msita war aufgenommen in der University of Nairobi (UON) in der medizinischen Fakultät. Und sie freute sich unbändig darauf.
Und wieder blitzte, ganz kurz nur, aber doch so, dass Fatuma es fühlte, die Enttäuschung in ihrem Kopf auf. Warum blieb Msita nicht bei ihr? Wieso musste sie unbedingt das Dorf verlassen und diese andere Medizin lernen – als Frau?
Doch dank der vielen Arbeit verscheuchte sie diese Gedanken. Auf wunderbare Weise hatte sie durch ihre jahrelange Tätigkeit als Heilerin sogar Geld gespart. Dieses verwahrte sie schon seit Jahren in Mombasa auf der Barclays Bank. Da ihr vor langer Zeit einmal Geld gestohlen worden war. Für sich selber benötigte sie nicht viel. Und so wuchs das Geld, das nur als Zahlen auf einem sehr weißen Blatt Papier auftauchte, von Monat zu Monat. Sie war sehr bescheiden, und auch Msita war es. Doch Fatuma wusste, dass sie eines Tages dieses viele Geld benötigen würde.
Ihre Heilkräfte hatten sich weit über die Dorfgrenzen hinaus herumgesprochen, und viele Afrikaner, viel mehr noch als vor ein paar Jahren, kamen zu ihr, um sich behandeln und vor allem beraten zu lassen. Das, was Fatuma am meisten verteilte, war Mut und Selbstvertrauen.
Oft fragten die Menschen sie nach der Zukunft. Natürlich hatte Fatuma so viel Übung und Kraft, mit den Ahnen zu sprechen. Und sie hatte auch die Gabe, sich in einen ihr unbekannten Menschen so stark einzufühlen, um wie er zu empfinden.
Daher wusste sie instinktiv von ihren Sorgen und Nöten und sprach mit den Menschen darüber, ohne dass diese wirklich darüber berichtet hatten. Diese fassten dadurch noch mehr Vertrauen.
Aber die Zukunft voraussagen?
Die Menschen wollen doch nur etwas Gutes hören, und was nutzte es ihnen, wenn Fatuma ihnen Schmerz und Leid voraussagen würde? Konnte

man es ändern, wenn man vorher davon wusste? Aber sie wollte Mut geben und Hoffnung und die alte Weisheit, dass man aus schwierigen Zeiten lernen kann, wenn man es als Lehre des Schicksals in sich aufnimmt. Sie konnte kleine Freuden verschenken, welche die großen zwar nicht ersetzen, aber vieles in einem anderen Licht erscheinen lassen. Und sie wusste, dass nach einer langen Phase des persönlichen Leides auch immer wieder eine bessere Zeit wartete. So versteckte sie selbst ihre Traurigkeit in den Falten ihres Kangas. Sie heilte die Menschen von ihren körperlichen Schmerzen und Gebrechen, sofern es möglich war, und viel mehr heilte sie die Köpfe, das Einordnen der Empfindungen. Und so verging die Zeit.
Sie war gerade dabei, wieder einmal ihre Tinkturen, Salben und Kräuter zu ordnen, als es zaghaft an ihrer Tür klopfte. Sich die Hände an ihrem bunten Kanga abwischend, drehte sie sich um und öffnete die Tür. Mit Erstaunen sah sie einen Mann, vielleicht etwas älter als sie, davorstehen. Etwas betreten trat er von einem Bein auf das andere. Er hatte eine Decke über dem Arm.

„Guten Tag", sagte Fatuma und blickte ihm in die Augen. „Guten Tag", antwortete der Mann, den Fatuma nun erkannte. Er war aus dem Nachbardorf und Vater von sechs Söhnen. Fatuma hatte seinem jüngsten vor einigen Jahren auf die Welt geholfen. Es war eine leichte Geburt gewesen. Aber was wollte er nun von ihr?

„Wollen wir uns nicht vor die Hütte setzen, und möchtest du einen Tee mit mir trinken?", fragte sie ihn. Er nickte und es schien, als ob er froh wäre, noch einige Minuten verstreichen zu lassen, bis er sein Ansinnen vorbringen konnte.

Fatuma bereitete in aller Ruhe Tee, denn sie ahnte, was nun folgen würde. Sie brachte den Tee in zwei weiß-blauen Plastiktassen nach draußen, wo der Mann es sich auf einem der zwei runden Schemel bequem gemacht hatte. Sie reichte ihm den Zucker, und er nahm sich reichlich davon.

Völlig abrupt begann er zu sprechen.

„Fatuma, du hast eine Tochter im heiratsfähigen Alter", sagte er und zog den Schleim in seiner Nase hoch.

Fatuma blieb einfach stumm neben ihm sitzen und schaute in sein Gesicht.

„Ja, und mein ältester Sohn möchte sie heiraten. Hier schau, ich habe dir nach altem Brauch als Geschenke eine Decke und ein Laken mitgebracht. Beide sind vollkommen ungebraucht, also neu. Hier, das ist mein Geschenk an dich. Morgen früh schicke ich ihn zu euch in die Hütte, dann wird er sich selbst deine Erlaubnis holen. Du kannst also zufrieden sein, dein Mädchen kommt in gute Hände und wird einen jungen, kräftigen Mann – meinen ältesten Sohn, heiraten."

Endlich holte der Alte einmal Luft und Fatuma schaute ihn nun besorgt an.

„Ich fürchte, daraus wird nichts werden, guter Mann", sagte Fatuma sehr leise.

„Was?", schrie der Alte.

Fatuma wusste nicht, ob er sie nicht verstanden hatte oder ob er nur schwer hörte.

„Meine Tochter ist in Nairobi und studiert Medizin und dazu benötigt sie keinen Mann. Aber ich werde trotzdem mit ihr sprechen und sie fragen. Lass uns morgen oder übermorgen nochmals darüber reden, ja? Und solange nimm bitte deine Decke und das Laken wieder mit."

Der Alte stand mit verdutztem Gesicht auf und starrte sie aus kalten Augen an. Dann holte er mit einem tiefen Atemzug den Schleim aus seinem Hals und spuckte ihr seinen gelben Rotz vor die Füße. Eine grobe Beleidigung, und beide wussten es. Fatuma stand auf, sah ihn an und sagte mit rauer Stimme: „Warte, ich möchte dir etwas geben." Darauf verschwand sie kurzerhand in ihrer Hütte. Und war fast im selben Augenblick wieder draußen. In ihrer linken Hand hielt sie eine ausgediente weißliche Plastikflasche, in der früher einmal Kokosöl aufbewahrt wurde. Jetzt war eine dickflüssige, grüne Flüssigkeit darin, die sie dem Alten unter die Nase hielt.

„Hier, nimm diese Tinktur dreimal täglich ein. Dann wird deine Entzündung im Hals nach sieben Tagen verschwunden sein. Und spei nie wieder vor meine Hütte. Das tut kein guter Mann. Oder willst du, dass ich es den Göttern sage?"

„Äh, den Göttern? Wieso das denn? Mensch, Fatuma, wie kannst du dieses Angebot ablehnen? Es ist nicht nur unhöflich, sondern eine gute Giriama tut das nicht."

„Tut was nicht? Hör auf, was weißt du denn von dem Leben einer Frau. Ich will das auch nicht jetzt entscheiden. Lass mich mit Msita reden, und wir können dann morgen über alles sprechen. Kennt Msita deinen ältesten Sohn denn?"

„Naja, gesehen haben sie sich wohl schon ab und zu, so aus der Ferne. Sie ist ja scheu und lässt sich auf niemanden ein. Und sie sieht gut aus und hat einen schönen Körper."

Als er das sagte, blitzten seine Augen einen kurzen Moment auf.

Fatuma sah es und schwieg dazu. „Vergiss nicht, deine Medizin zu nehmen und schicke deinen jüngsten Sohn mit ein paar Eiern für uns her. Du hast doch noch deine Hühner?"

„Ja, habe ich", brummte der Alte, schob ein bisschen Staub über das gelbe Etwas, welches er vor einigen Minuten aus seinem Hals gewürgt hatte, drehte sich um und ging. Bald war er hinter der Lichtung verschwunden. Fatuma blies die Luft aus ihrer Lunge. Irgendwie fühlte sie sich unwohl. Deswegen nahm sie die beiden Tassen, aus denen sie Tee getrunken hatten, brachte sie in die Hütte und wusch sie gründlich mit Seifenlauge ab. Danach reinigte sie ihre Hütte. Nahm einen Besen und kehrte sogar vor ihrer Tür. Sie schüttete die alte Seifenlauge nach draußen an einen Busch. Dann holte sie sich frisches Wasser aus ihrer Vorratstonne, um auch sich selbst am ganzen Körper zu waschen. Sie wickelte sich zwei neue Kangas um und wusch die beiden, die sie getragen hatte, auch gleich aus und hängte sie nach draußen in die Sonne. Etwas entspannter ging sie unter den alten Neemtree, der im Dorf stand, setzte sich in den Schatten der großen alten Krone auf die Wurzel und versank in ihren Gedanken. So saß sie eine ganze Stunde, um dann erfrischt wieder nach Hause zu gehen. Msita, die für ein paar Tage aus Nairobi zu ihr gekommen war, trat gerade aus der Tür.

„Ach, da bist du!", sagte Msita erleichtert. „Aber was ist mit dir?", fragte sie dann, als sie ihrer Mutter in die Augen geschaut hatte.

Fatuma sah Msita ins Gesicht und führte sie ein Stück weg von der Hütte, denn sie ekelte sich immer noch vor der Stelle, wo der Alte hingespuckt hatte.

Sie erzählte ihrer Tochter, wer dagewesen war und wie sie sich verhalten hatte. Msita schwieg und schaute auf die staubige Erde.

„Nun, mein Kind, was möchtest du?"
„Na, auf keinen Fall heiraten, nicht jetzt und nicht diesen Mann."
„Ja, das dachte ich mir schon", sagte Fatuma und streichelte ihr über den Kopf. Msita atmete tief durch und lehnte sich an die Schulter ihrer Mutter.
„Schön, dass es dich gibt, Mutter, ich liebe dich." Mit diesen Worten kuschelte sie sich an Fatuma, genoss die Vertrautheit und hatte ein tiefes Gefühl des Geborgenseins.
Fatuma genoss die Nähe zu ihrer Tochter, auch wenn ihr ein anderer Anlass lieber gewesen wäre. Denn sie ahnte schon die neuen Komplikationen, die auf ihrer beider Leben zukamen.
Aber zum Glück würde Msita ja bald nach Nairobi zurückgehen, um ihr Studium der neuen Medizin weiterzuführen. Es war das erste Mal, dass Fatuma mit guten Gedanken und nicht so viel Traurigkeit an die Abreise ihrer Ziehtochter dachte. Sie wusste selbst, dass sie das, was die Ahnen ihr gegeben hatten, wieder gehen lassen musste.
Ach, was machten ihre Gedanken mit ihrem Kopf? Sie würde doch Msita gar nicht verlieren. Mit ihrem Gefühl konnte sie doch immer bei ihr sein. Und Msita würde ja wieder zu Besuch kommen. Und trotzdem zog sich bei dem Gedanken der neuen Einsamkeit Fatumas Herz zusammen. Sie schluckte still die Tränen herunter und sah Msita, ihre tapfere Tochter, von der Seite an. Msita ihrerseits umarmte ihre Mutter und drückte ihr Gesicht an ihren Hals und spürte das Blut durch ihre Halsschlagader pulsieren.
„Mutter, sei nicht traurig, dass ich wieder gehe, aber es wird Zeit für etwas Neues, die moderne Medizin, mit allen ihren diagnostischen Möglichkeiten und technischen Geräten. Mir ist diese Welt hier zu eng geworden. Manchmal habe ich das hier alles so satt, das kannst du dir gar nicht vorstellen. Aber ich fühle mich hier auch unendlich geborgen."
„Ja, Msita, ich weiß es, und in ein paar Tagen hast du deine Freiheit. Wirst du mir Briefe schreiben? Ich habe uns bei meinem letzten Mombasabesuch ein Postfach für uns gemietet. Mahindi hat mir dabei geholfen. Ich hätte alleine nicht gewusst, wie ich das machen muss."
„Jede Woche einen Brief über das, was ich neu gelernt habe, das verspreche ich dir."

„Schön, ich freue mich. Hoffentlich vergisst du mich nicht“, sagte Fatuma traurig.
„Aber Mutter!“, wehrte Msita heftig ab. Und beide fassten sich an den Händen, drückten sie gegenseitig.
„Ich koche uns noch einen Tee“, sagte Msita und stand auf. Schnell war der gekocht, mit viel Zucker. Msita kam mit zwei Tassen vor ihre Hütte und beide Frauen genossen ihren Tee, um dann müde von den Ereignissen des Tages ins Bett zu gehen.
Einige Tage später verabschiedeten sich beide Frauen voneinander.
Fatuma hatte der Freiersfamilie abgesagt, den Zorn dieser Familie notdürftig mit Medizin gegen den kranken Hals des Alten im Zaum gehalten.
Msita hatte sich am Tag davor von ihren alten Freunden endgültig verabschiedet. Fatuma hatte ihr einen Vorrat an Heilkräutern eingepackt, und mit einem Bündel guter Wünsche verließ Msita ihre Heimat. Ihr Herz hüpfte, doch sie war auch ein bisschen traurig, ihre Mutter im tristen Einerlei nun auf längere Zeit zurückzulassen. Fühlte sich ihre Mutter wirklich wohl in diesem täglichen Gleichklang des Tages? Immer dieselben Arbeiten, ständig die Dorfgemeinschaft um sich, und das schon seit Ewigkeiten? Nichts veränderte sich wirklich. Wie hielt ihre Mutter das nur aus? Wieso hatte sie sich in all den Jahren nicht weiterentwickelt? Oder hatte sie das und Msita hatte das nur nicht gespürt? Doch darüber wollte sie jetzt nicht weiter nachdenken. Alles, was sie wollte, war nach vorne blicken, Neues erleben, lernen und vielleicht Dr. Lithimbi wiedertreffen, ja, das wollte sie unbedingt. Aber nun musste sie sich beeilen, dass sie ihren Matatu nach Mombasa erwischte. Sie nahm ihre Tasche und machte sich durch den Busch auf den Weg zur Hauptstraße.
Fatuma stand vor ihrer Hütte und schaute ihrer Ziehtochter traurig hinterher. Msita hatte sich nicht einmal umgedreht. Sie war einfach fortgegangen mit ihren neuen Ideen im Kopf und dem Willen, etwas anderes zu machen. Würde sie verändert sein, wenn sie das nächste Mal zu Besuch kam? Fatuma wusste es nicht. Ihre Lippen zitterten, und sie wischte sich eine Träne aus dem linken Auge. Aber irgendwie konnte sie den Tränenfluss nicht zurückhalten. Alles verschwamm vor ihren Augen, und sie drehte sich um, damit keiner der Dorfbewohner ihre Schwäche sah,

und verschwand bis zum Abend in ihrer Hütte. Da drinnen weinte sie sich gründlich aus. Ihr Kind war unwiederbringlich weg. Das wusste sie. Sie hätte sich so sehr gewünscht, dass Msita zurückkam nach den ersten Eindrücken in der großen Stadt Nairobi und Heilerin bei ihr im afrikanischen Busch wurde. Es war immer ihr großer Wunsch gewesen. Und nun saß sie wieder alleine da. Tränen flossen über ihre Wangen. Sie brannten schon auf ihrer Haut. Fatuma leckte mit der Zunge das Salz von ihren Lippen und schluchzte auf. Sie gab sich ganz ihrem Schmerz hin, dann würde er schneller vorbeisein.
Kinder kamen und gingen, so, als ob nichts gewesen wäre. In jedem Fall? Und es blieb nichts zurück, nur ein fader Nachgeschmack und das Salz der geweinten Tränen?
Tagelang versteckte sie sich in ihrer Hütte. Weinte, trank einen Tee, dachte nach und dachte an nichts. Wer würde nun nach ihr Heilerin im Dorf werden? Sie lebte ja nicht ewig. Für wen hatte sie das alles aufgebaut? Für wen – außer sich selbst – hatte sie am Anfang all die Qualen durchlitten? Was blieb am Ende von alledem übrig?
Die Menschen aus dem Dorf taten schon ihre Köpfe zusammen und sprachen. Natürlich nichts Gutes. So war das nun mal in der Dorfgemeinschaft. Aber nichts war wirklich böse gemeint. Es war einfach so – schon immer.
Doch Fatuma war stark, und es war ja auch nichts wirklich Schlimmes passiert. Und endlich kam sie wieder zu sich und wusste, ihr Leben besteht nicht nur daraus, ein Kind großzuziehen.
So fasste sie sich ein Herz und begann ihre Kräuter zu sammeln, die Kranken zu behandeln, sich mit den Menschen im Dorf zu unterhalten. Sie spürte den Staub der vertrockneten Erde wieder zwischen ihren Lippen, sie hörte die Geräusche des afrikanischen Busches und sie genoss den Geruch ihrer vertrauten Umgebung, den Rauch der verbrannten Holzkohle, die Blüten der Franchipanie, es war wie ein neues Erwachen. Sie war auch ein Stück mehr frei. Ohne Verantwortung. Zumindest für ihre Tochter. Für Toto, die kleine Affenfrau, war sie immer noch zuständig. Doch irgendwie war Toto auch verändert. Sie war viel weniger zu Hause als noch die Wochen zuvor. Fatuma wusste nicht, warum, aber sie hatte da eine Idee. Eine Horde von grünen Meerkatzen war vor einigen Tagen unweit

des Dorfes vorbeigezogen. Sollte Toto sich ihren Artgefährten angeschlossen haben? Nun ein anderes, ein richtiges Affenleben führen, unter ihresgleichen? Fatuma konnte es sich nicht vorstellen und wollte nun auch nicht weiter darüber nachdenken. Veränderungen. Man konnte sich nicht wirklich dagegen auflehnen, gegen den Strom der Zeit schwimmen, der ihr seine Zähne zeigte.
Sie schaute in Gedanken hoch, und ihre Augen waren fasziniert von den vielen verschiedenen Grüntönen, die der Wald zu dieser Zeit hatte. Das Grün des Neembaumes war etwas heller als die grünen Blätter der Wildmandel. Der Flammenbaum leuchtete oben tieforange, wie das Licht der untergehenden afrikanischen Sonne.
Einer ihrer Flipflops war ihr ausgerissen. Es war ein Gummischuh, der in der Mitte einen Steg hatte, und links und rechts ging ein dünner Riemen schräg zur Seite. Dieser Steg in der Mitte war ausgerissen. Sie versuchte, ihn notdürftig zu reparieren Aber Fatuma wusste schon jetzt, er würde nicht lange halten.

Und wieder flogen die Jahre dahin. Msita kam immer seltener in ihr Heimatdorf zurück. Sie hatte sich verändert, und Fatuma schaute machtlos zu. Manchmal redeten sie während der zwei Tage nur ein paar Sätze und sammelten schweigend Heilpflanzen, kochten oder tranken Tee. Wenn Msita wieder in ihre ferne Stadt verschwunden war, um nun bald ihr Studium der weißen Medizin zu beenden, saß Fatuma wie so oft einsam vor ihrer Hütte. Die Dorfbewohner hatten sich an ihren Anblick gewöhnt. Und Fatuma war beliebt im Dorf. Denn sie heilte schweigend, ohne viel Geld zu verlangen.
Ein leiser Schmerz bohrte sich in ihr Herz. Es war ein tiefes Wissen in ihr. Und noch etwas anderes brodelte in ihrem Leib. Irgendetwas stimmte nicht mit Msita. War es das? Schon wieder hatte sie seit einiger Zeit nichts von ihr gehört. Oder spürte sie doch etwas anderes?
Sie war verunsichert. So stand sie auf und ging zu dem alten Neembaum am Rande des Dorfes. Dort setzte sie sich in seinen Schatten und versuchte, mit sich selbst und den Ahnen in Kontakt zu treten. Langsam wurde sie ruhiger. Und wie durch ein Geheimnis schöpfte sie Kraft und Ruhe.

Aber Fatuma spürte auch, dass sie alt geworden war. Nicht, dass es ihr wirklich schlecht ging, aber sie fühlte den schweren Geist und das Wissen der Vergangenheit.
Sie hatte alles erreicht, was ihr in ihrer Jugend erstrebenswert erschienen war. Sie war eine Mganga, die Buschfrau, eine afrikanische Heilerin. Sie hatte ein Mädchen an Kindes statt großgezogen. Und immer noch hatte sie ihr nun altes Toto-Mädchen. Ihre grüne Meerkatze, die ihr das ganze Leben lang treu geblieben war. Jetzt war das Tier alt und fast grau. Seine Bewegungen waren nun langsam geworden. Und sie kletterte auch nicht mehr so viel wie früher.
Sowie sie an das treue Tier mit seinen braunen Kulleraugen dachte, kam Toto auch zum Neembaum und hüpfte vorsichtig auf Fatumas Schulter.
„Ach, da bist du ja, meine Kleine", sagte Fatuma liebevoll und kraulte dem Äffchen den Nacken. „Komm, lass mich ein wenig alleine. Ich habe noch nicht alle meine Gedanken eingefangen."
Und als ob Toto sie verstanden hätte, verschwand sie so leise, wie sie gekommen war. Fatuma atmete tief durch und versuchte, sich wieder auf die Ahnen, die sich in ihrem Kopf versammeln sollten, zu konzentrieren. Aber ihre Gedanken schweiften wieder zurück auf ihre Vergangenheit und die ihres Dorfes. Bis jetzt hatte das Leben es mit ihr gut gemeint. Sie war gesund, unabhängig, obwohl das für eine Afrikanerin auch Gefahren in sich barg. Sie hatte nicht den Schutz eines starken Mannes, nachdem Onkel Katana gestorben war, und auch nicht den Schutz einer großen Familie. Aber dafür war sie auch nicht das Eigentum eines Mannes und musste dessen Launen und Aggressionen ertragen. Nun ja, nicht alle Männer waren so, aber doch die meisten, die sie kannte und von den Erzählungen der Frauen, die zu ihr kamen. Insbesondere, wenn die Männer Palmwein getrunken hatten, benahmen sie sich oft erschreckend anders, um nicht zu sagen gegen die Sitten. Was aber neu war, viele der jungen Männer tranken nicht nur Palmwein und den Alkohol, den es in der Stadt zu kaufen gab, sondern sie rauchten auch Banghi (Haschisch) und kauten Mrungi (natürliche angebaute Drogen). Dann taten sie Dinge, über welche die Alten nicht sprachen. Man schaute einfach weg, die Dorfbewohner tuschelten nicht einmal.

Die Zeiten hatten sich verändert und waren schwierig geworden, sinnierte Fatuma und setzte sich etwas bequemer als zuvor auf eine Wurzel des alten Baumes.
Andere junge Dorfbewohner waren in die Stadt gezogen, um dort Geld von den vielen Europäern zu verdienen, die nun regelmäßig und in Scharen in ihr Land kamen.
Viele Bauern holzten die Reste von Fatumas geliebtem Sokokewald ab, um das so gewonnene Holz an die Akamba, die Holzschnitzer, zu verkaufen. Diese schnitzten in seelenlos kurzer Zeit kleine Holztiere und Figuren, völlig ohne Bedeutung, für die Weißen.
Einmal hatte eine junge Frau aus dem Dorf sogar einen Weißen mitgebracht in das Haus ihrer Mutter. Er hatte Geld! Viel Geld, jedenfalls für afrikanische Verhältnisse. Und das wollten die junge Frau und ihre Mutter, aber vor allem ihre Brüder. Sie feierten ein Fest ohne Ahnen und Freunde – nur für den dicken weißen Mann, auf dessen Gesicht Angst und Schweiß standen. Sie tranken und tanzten und grölten etwas in die schweigende, dunkle Nacht hinein. Dann ging die unverheiratete Frau mit dem fetten weißen Mann in die Hütte ihrer Mutter. Die Mutter war zu einer ihrer Schwiegertöchter gegangen, stumm und mit zusammengepressten Lippen.
Fatuma hatte sie gesehen von ihrer Hütte aus. Und danach hatte sie an Msita gedacht. Wie sie wohl im kalten Nairobi lebte, fernab, ohne den nahen Schutz ihrer Ahnen und ihrer Mutter.
Sehr früh am Morgen sah Fatuma den Weißen aus dem Dorf schleichen, schamvoll und verstohlen, nach Alkohol und weißem Schweiß riechend. Die Familie der jungen Frau hatte für einige Tage sehr viel Geld. Dann war es verronnen, wie der Schein der untergegangenen Sonne am westlichen Horizont.
Was war nur aus Onkel Katanas Welt geworden? In so kurzer Zeit. Nur noch die Alten, die wirklich Alten, und sie, Fatuma, folgten bewusst den alten Riten und Traditionen. Aber was würde daraus werden? Wer konnte Fatumas Arbeit übernehmen? Jahr ein, Jahr aus hatte sie Msita gelehrt, ohne dass sie eine große Aufgabe, wie Fatuma es einst tat, bestehen musste.

Aber Msitas Weg war, wenn Fatuma es noch einmal überdachte, von Anfang an ein anderer gewesen. Sie, die Mutter, wollte es nur nicht wahrhaben. Aber das war nicht richtig. Auch Msita hatte für ihren Weg gekämpft. Erst hatte sie ihre Mutter verloren und fühlte sich einsam und alleine. Ihre Schulzeit war für sie nicht einfach gewesen, und sie hatte immer sehr gute Zensuren in der Schule erhalten. Obwohl Fatuma ihr oft bei den Schularbeiten gar nicht helfen konnte. Sie saß nur stumm daneben. Msita wollte unbedingt hinaus in die neue Welt.
Ein Seufzer entschlüpfte Fatumas Kehle. Und die innere Last war nicht verschwunden, doch sie fühlte sich leichter an.
Es wurde Zeit, ins Bett zu gehen. Sie wusch sich mit dem kalten Wasser, welches sie zuvor bereitgestellt hatte. Erfrischt wickelte sie sich in zwei Kangas und konnte der Versuchung nicht widerstehen, so wieder vor die Hütte zu gehen und das weiße Licht des Vollmondes zu genießen. Gegen die Mücken holte sie noch eine der bewährten Moskitokeulen und zündete diese unter ihrem kleinen Tisch an, der nun schon seit Jahren neben zwei Stühlen vor ihrer Hütte stand. Sie setzte sich gemütlich und war froh, dass sie sich ein Glas mit Trinkwasser mit nach draußen genommen hatte. Sie trank in kleinen Schlucken und schaute den Mond an, der, wie ihr schien, ein menschliches Gesicht hatte. Die Kräuter hatten zu dieser Zeit, wenn man sie sammelte, die stärksten Heilkräfte, und der Mond war so hell, dass man sie, auch wenn sie versteckt wuchsen, gut fand. Heute hatte sie keine Lust. Sie saß nur müßig da, genoss die Ruhe der stummen Nacht und hing einmal mehr ihren Gedanken nach. Wie hatte sich doch ihre Welt verändert! Alles schien nicht mehr so zu sein, wie es einmal gewesen war.
Und dann war da mitten drin immer wieder die Sorge um ihre Tochter. Und jetzt wurde ihr auch schmerzlich bewusst, wie einsam sie jetzt eigentlich war. Warum war es einer Mganga nicht erlaubt, einen Mann zu haben? Aber hatte sie sich nicht auch immer gegen einen Mann gewehrt? Die Liebe, außer der Liebe einer Mutter zu ihrer Tochter und die Liebe zu den unschuldigen Tieren, hatte sie wohl nicht weiter kennengelernt. Aber warum? Nun war es also zu spät.
Seit langen Zeiten war sie nun einsam, einmal abgesehen von ihren Freundinnen, die aber Familie hatten und sich so auch recht wohl fühl-

ten. Hatte sie versagt? Sie war eine Mganga, aber zu welchem Preis? Doch vor Jahren hatte sie es so gewollt. Und nun? Sie war sich nicht mehr sicher. Sie scheuchte ihre trüben Gedanken hinaus in den afrikanischen Busch und ging zurück in ihre Hütte, um sich hinzulegen. Doch sie fand lange keinen Schlaf.

Früh am Morgen stand sie auf, denn sie wollte noch nach einer alten Frau sehen, der es nicht gut ging. Sie wusste, dass sie die Qualen nur lindern, aber nicht mehr heilen konnte. Doch auf ihren morgendlichen Tee wollte sie nicht verzichten.

Und als sie die Tür ihrer Hütte öffnete, um für einen kleinen Moment der Ruhe davor Platz zu nehmen, stand plötzlich Msita vor ihr. Nur ein Blick in das Gesicht ihrer Tochter zeigte Fatuma, dass etwas nicht stimmte. Dann sah sie es. Msita war schwanger, und in ihrem Gesicht stand Trauer.

„Kind, komm doch erst einmal herein, oder besser, setz dich", brachte sie in ihrer Aufregung mit sich überschlagender Stimme hervor. Sie musste sich selbst erst einmal setzten, zu überrascht war sie. Dann sprang sie wieder auf, verschwand stumm in der Hütte und kam mit einer Tasse Tee für Msita zurück. Sie bemerkte, dass vor Aufregung ihre Hände zitterten und versteckte sie in den Falten ihres Kangas.

Msita hatte es gesehen und sagte mit sehr rauer Stimme: „Ich weiß nicht mehr weiter, Mutter. Ich bin so alleine und unglücklich." Tränen strömten aus ihren Augen, und sie legte ihren Oberkörper auf den Schoß ihrer Mutter und schluchzte hemmungslos. Fatuma, die immer darauf bedacht war, dass die Dorfbewohner nicht an ihrem persönlichen Leben teilhaben konnten, stand vorsichtig auf und zog Fatuma in die Hütte. Dort setzten sie sich beide an den kleinen Tisch, ihre Hände berührten sich, und Msita hörte auf zu weinen und wurde ruhiger.

„Ich kann es nicht mehr verbergen, ich bekomme ein Kind von Dr. Lithimbi, John Lithimbi, aber er will nichts mehr von mir und dem Kind wissen. Er ist auch verheiratet, das wusste ich vorher nicht. Aber ich wollte ihn so sehr, schon als Kind."

Und Fatuma erinnerte sich an die erste Begegnung ihrer Tochter mit dem Arzt im Krankenhaus von Mombasa.

„Wir Buschfrauen sind schon immer ohne Männer klargekommen, das Kind ist nicht das Schlimmste, was dir passieren konnte."

„Aber ich will Ärztin werden! Ich will doch dieses langweilige, karge Leben im Busch nicht! Ist dir das nie aufgefallen? Ich will nicht dein Leben zu Ende leben. Und ich wünsche mir auch einen Mann."
Fatuma, die gerade etwas sagen wollte, verstummte und schluckte die Worte herunter. Erschrocken von der Heftigkeit ihrer Tochter. Ihr Herz begann in ihrer Brust zu schmerzen, ein plötzlicher Schmerz, den sie so nicht erwartet hatte.
„Wie weit bist du?", fragte sie mit trockener Stimme.
„Mitte des siebten Monats", antwortete Msita tonlos.
„Und, entschuldige bitte, wenn ich dich das frage, aber wie soll es nun weitergehen? Du weißt ja zumindest, dass du nicht so leben möchtest wie ich. Aber wie möchtest du denn leben?"
Sie konnte den Satz nicht zu Ende sprechen, denn Toto kam durch die angelehnte Tür in die Hütte. Erfreut erkannte sie ihre alte Spielgefährtin und schwang sich ihr langsam auf den Schoß, um sich kraulen zu lassen. Fatuma war dankbar für die Pause, die nun entstand. Zu viele Gedanken hatten sich in ihrem Kopf versammelt. Ihre kleine, zielstrebige Msita, die immer so überlegt gewirkt hatte, war schwanger von einem verheirateten Mann. Wäre sie doch früher zu ihr gekommen und hätte sich ihr anvertraut.
Also ob Msita ihre Gedanken lesen könnte, sagte sie: „Ich kann mir vorstellen, was du von mir denkst. Bitte entschuldige, Mutter, ich liebe das Kind in mir. Aber ich wollte dich fragen, ob du es für eine Weile nehmen könntest? So wird es doch beim Stamm der Giriama oft traditionell gemacht. Ich muss noch mein Studium beenden, das schaffe ich sicher in einem halben Jahr, und dann will ich ja auch eine Arbeitsstelle im Krankenhaus finden."
„Aha", sagte Fatuma und dachte: „Und was ist mit mir? Ich will doch auch heilen. Wie soll ich das mit einem Neugeborenen? Sie denkt nur an sich. Was soll ich nur tun?"
Aber sie war zu klug, um in diesem sehr emotionalen Moment etwas zu sagen. Wie egoistisch doch Kinder waren. Aber sie konnte Msita nicht wirklich böse sein. War die Liebe zur Tochter zu groß? Und damit die teilweise Selbstaufgabe? Wer sollte diese Frage jetzt beantworten und wer hatte sie gestellt?

Sie wusste, dass sie es tun würde, dass sie sich um ihr Enkelkind kümmern würde, doch es war ein seltsames Gefühl. Aber sie wollte jetzt nicht an ihre Gefühle denken, sondern Msita helfen, damit sie in dieser neuen Welt einen Platz finden würde.
„Bist du müde von der Fahrt, Msita?", wollte Fatuma etwas unvermittelt wissen, und es war keine Antwort auf Msitas letzte Frage.
„Mh, ja, ein bisschen", sagte Msita etwas verwundert. Wusste aber, dass sie jetzt still sein musste, um ihrer Mutter Zeit zum Nachdenken zu lassen. Das würde ihnen beiden helfen. Msita legte sich auf das Bett und war froh, dass sie ihre Füße ausstrecken konnte. Und so schlief sie auch ein.
Fatuma hatte schon einen Plan, als sie wieder aufwachte. Wunderbar riechendes Ugali mit frischem Muschischa (gekochter Spinat) standen dampfend auf dem Tisch. Dazu frische Ziegenmilch und süßlich duftende, gerade frisch gepflückte Apfelmangos.
„Oh, riecht das gut!" Msita ging zu der Schüssel mit frischem Wasser, die Fatuma ihr fürsorglich bereitgestellt hatte. Sie wusch sich gründlich und band sich zwei neue Kangas um, die ebenfalls für sie bereitlagen. Sie drehte sich um und sah Fatuma mit einem Korb voll von gerade gepflückten Kräutern in der Tür stehen, frisch, wie sie immer ausgesehen hatte, mit ihren wachen Augen.
Msita war wieder einmal beeindruckt von ihrer Mutter. Sie strahlte eine Kraft aus, die Msita noch nicht in sich hatte, aber schon spüren konnte.
„Also, mein Kind, bleibst du bis zur Niederkunft bei mir?" Lächelnd schaute Msita sie an.
„Ja, Mutter, wenn ich das darf?"
„Aber natürlich, mein Kind, eine Familie ist dazu da, dass man zusammenhält, auch wenn sie nur so klein ist wie unsere." Msita rannte zu ihr.
„Mutter, ich liebe dich!" Beide Frauen umarmten sich, und Fatuma spürte bei der Umarmung das neue Leben. Es berührte ihren Bauch fest und warm. Und sie spürte einen Funken Kraft in diesem Moment zu sich überspringen. Die Kraft des noch ungeborenen Lebens.
„Ich sorge für das neue Leben, für dein, für unser Kind. Hoffentlich schaffst du deine Prüfungen. Aber ein paar Mondwenden musst du schon hierbleiben, denn du wirst sie doch stillen? Kinder benötigen Muttermilch."

Nach einer kurzen Pause fragte Msita: „Wird es ein Mädchen?"
„Ja, ich glaube, es wird ein Mädchen", antwortete Fatuma.
Nach dem ausgezeichneten Essen war Msita wieder müde, aber auch innerlich zufrieden, denn ihre Mutter würde wie immer helfen. Sie musste nicht einmal darum kämpfen. Ihre Mutter half ihr einfach, uneigennützig und still, so bescheiden, wie sie immer gewesen war. Eine große Last löste sich von Msita.
„Mutter, lass uns ein Stück spazierengehen, es ist nicht so heiß heute, und ein leichter Wind weht."
„Ja, gerne, mein Kind, es wird dir gut tun und mir übrigens auch." Sie freute sich auf den Spaziergang mit Msita und spürte die frische Luft, die etwas nach Regen roch.
Später, als sie beide im Bett lagen, hing jede Frau ihren Gedanken nach, und sie schliefen fest nach den Aufregungen des Tages.
In den nächsten Tagen und Wochen dann genossen beide wieder ihre Zweisamkeit.
Sie behandelten auch die Kranken in der Umgebung und im Dorf gemeinsam, sie sammelten Kräuter, tauschten sich über die verschiedenen Krankheiten und deren Behandlung aus. Msita mit ihrer modernen Medizin und Fatuma mit ihren traditionellen Heilmethoden.
Sie lachten viel und hatten eine entspannte Zeit. Das Kind schien sich gut zu entwickeln, und Msita hatte bis auf nächtliche Rückenschmerzen keine Probleme während ihrer Schwangerschaft. Sie dachte auch nicht mehr so oft an Dr. Lithimbi, den sie in Nairobi wiedergetroffen hatte. Er hatte sie dort ab und zu einmal eingeladen. Und Msita, die das erste Mal in ihrem Leben verliebt war, glaubte ihm alles, was er ihr erzählte, himmelte ihn an, wie es nur sehr junge Mädchen können, oder Frauen, die genau wissen, was sie wollen. Sie hinterfragte nichts, und vor allem, sie hörte nur auf seine Worte, schaute aber nicht auf das, was er tat. Aber das Kind in ihrem Bauch hatte nichts mit ihm zu tun, so fand sie jedenfalls.
Fatuma sah das etwas anders. Aber sie schwieg für den Moment, denn was würde es an den Tatsachen ändern?
Der Regen kam früh, die Natur atmete auf, schluckte das Wasser und spie dafür die wunderbar farbenprächtigen Liliengewächse aus. Fatuma brauchte diese Pflanzen für ihre ganz spezielle Heiltinktur.

Toto war unruhig. Oft hielt sie sich in der Nähe von Fatuma auf, als ob sie Schutz suchte bei ihr. Fatuma wusste, dass nun Msitas Niederkunft bevorstand.
Und dann war es soweit. Schon am Abend setzten bei Msita die Wehen ein. Eigentlich sah alles aus, als ob es eine normale Geburt werden würde. Doch dann merkte es Fatuma schon, die Wehen hatten keinen normalen Rhythmus. Sie kamen und gingen. Dann hörten sie wieder vollkommen auf. Das ging so den ganzen Tag, und dann kam die zweite Nacht mit Wehen. Fatuma braute Msita einen Trunk, der die Wehen stärken sollte. Msita ertrug alles stumm. Nur ab und zu krümmte sie sich vor Schmerzen. Das neue Leben wollte und wollte nicht das Licht der Welt sehen. Beide Frauen kämpften nun die zweite Nacht um das Kind. Langsam, ganz langsam weitete sich der Geburtskanal.
„Ich muss dem Baby helfen“, sagte Fatuma mit heiserer Stimme.
„Ja, es ist Zeit“, antwortete Msita gepresst und außer Atem. Fatuma konnte das Kind erfühlen mit ihrer rechten Hand. Sie konnte den Grund nicht ertasten, warum sich das Kind nicht bewegte. Die Lage war richtig. Also zog sie vorsichtig, ganz vorsichtig mit ihren Fingern an dem noch weichen Köpfchen. Und nun fühlte sie auch, dass die Nabelschnur um den Hals des Kindes geschlungen war. Wenn sie mehr anzog, würde das Kind keine Luft mehr bekommen. Also musste sie den kleinen Kopf da ganz vorsichtig herausfädeln. Das hatte sie schon einige Male gemacht bei Kreißenden. Aber eben nicht bei ihrer eigenen Tochter. Sie konzentrierte sich nur auf ihre Finger. Schweißperlen rannen ihr von der Stirn in die Augen und dann in salzig in den Mund. Und endlich hatte sie die Nabelschnur so platziert, dass sie das Köpfchen des Kindes ohne Probleme vorsichtig herausziehen konnte. Zentimeter um Zentimeter kämpfte sie für das neue Leben und das Leben ihrer Tochter. „Pressen!“, befahl sie. Ihre Tochter schloss die Augen und tat, was ihr die Mutter gesagt hatte. Sie vertraute ihr in diesem Augeblick, und sie wusste, dass nur ihre Mutter ihr jetzt helfen konnte. Ihr Vertrauen war so groß, wie sie es kaum vorher gehabt hatte. Sie wusste instinktiv, dass nur ihre Mutter mit all ihrem Wissen ihr und ihrem geliebten Kind in dieser Situation helfen konnte.
Und endlich, endlich war das Kind geboren, es war ein Mädchen und es lebte.

Fatuma badete es sofort in dem warmen vorbereiteten Kräuterwasser. Das Kind schrie aus Leibeskräften. Fatuma beruhigte dieses um sein Leben kämpfende Neugeborene. Und sie bewunderte seine Kraft. Der laute Schrei, das Strampeln der Beine und Arme, wogegen wehrte es sich? Msita, sie atmete auf, aber sie war sehr schwach, denn die Wehen hatten wirklich zwei Tage und zwei volle Nächte gedauert. Die Geburt des Kindes hatte sich ungewöhnlich lange hingezogen, daher waren Mutter und Kind sehr entkräftet,

Fatuma gab Msita das kleine Mädchen, und sie legte es an ihre Brust. Instinktiv fing das Kind an zu saugen, war aber bald schon so müde, dass es einschlief.

„Ob sie wohl genug getrunken hat?", fragte sie unsicher Fatuma.

„Mein Schatz, ich habe zwar unzählige Kinder auf die Welt gebracht, doch noch nie selbst eines geboren – leider. Auf diesen Teil meines Lebens musste ich verzichten, damit ich Heilerin werden konnte. Das war damals so, das ist hier im Busch heute noch so. Ich hoffe, dass du es mit deiner modernen Medizin besser hast. Aber alles wirst du nie haben können. Man muss manchmal auf etwas verzichten, um das andere zu bekommen."

Msita drückte zärtlich ihre Mutter.

„Mutter, entschuldige, ich wollte dich nicht verletzen. Danke für alles, was du für mich getan hast. Ich liebe dich wie eine Mutter, das sollst du wissen. Und jetzt hast du ein richtiges Enkelkind. Möchtest du ihr einen Namen geben? Und was ich dir unbedingt noch sagen wollte, ich glaube nicht, dass man nicht alles haben kann und immer für das eine etwas anderes abgeben muss. Wer hat das bestimmt? Aber jetzt finde erst einmal einen Namen für deine Enkelin."

In dem Moment klopfte es. Natürlich hatte es sich im Dorf schon herumgesprochen, dass in Fatumas Haus ein Kind geboren worden war. Man brachte die traditionelle Hühnerbrühe, Eier, Linsen, Zucker, Kangas, einige Gläser, eine Nuckelflasche aus der Stadt, ein paar Babysachen. Natürlich musste Fatuma versprechen, ein Essen für das Dorf zu kochen.

„Nur heute nicht mehr", sagte sie freundlich lächelnd zum Dorfältesten, den es trotz Zerfall der alten Traditionen immer noch im Dorf gab, nur

war es jetzt ein anderer. „Aber herzlichen Dank euch allen für die lieben Geschenke an meine Tochter."
„Ja, natürlich, es ist so Tradition, das weißt du doch, Fatuma."
Fatuma wurde stutzig, irgendetwas stimmte nicht. „Was ist los?", fragte sie unvermittelt.
„Ähm, ja, wir müssten wohl über einiges sprechen." Dann presste er ganz schnell hervor: „Wir werden Dorfrat halten, aber erst, wenn das Kind zwei Wochen alt ist."
Er drehte sich schnell um und rief ihr nur noch einen Gruß über seine Schulter zu. Fatuma stand wie angewurzelt und atmete aus.
„Hört das denn nie auf?", sagte sie leise zu sich. „Warum mischen sie sich immer in mein Leben ein?" Sie musste einen Moment Luft holen, ihr Herz schlug schnell, und sie fühlte sich plötzlich schlecht.
„Können sie mich nicht endlich in Ruhe lassen? Wie oft habe ich diesem Dorf geholfen, und sie nutzen jede Gelegenheit, um mich kleinzumachen. Ist das alles nur, weil ich eine Frau bin?"
Aber sie wusste, jetzt war keine Zeit für lange Überlegungen, sie musste zu Msita und dem Neugeborenen zur Seite stehen. Aber sie wollte Msita erst einmal nichts sagen. Sie sollte sich so kurz nach der Entbindung nicht aufregen. Davon hatte sie schon genug.
Fatuma wusste, dass Msita Kummer hatte wegen dem Verhalten von Dr. Lithimbi. Er war ihre große Jugendliebe gewesen und hatte sie ausgenutzt. Fatuma wollte nicht länger darüber nachdenken. Außerdem musste sie sich endlich um ihr Enkelkind kümmern. Also drehte sie sich um und ging zurück in ihre Hütte. Dort bot sich ihr ein friedliches Bild.
Mutter und Kind lagen im Bett und schliefen selig. Fatuma genoss es still, und für einen Moment vergaß sie all ihre Sorgen und war glücklich. Und in diesem Moment schöpfte sie auch Kraft für die Zukunft und alles sah schon nicht mehr so dunkel aus.
Leise machte sie sich daran, die Hütte wieder aufzuräumen und immer wieder wanderte ihr Blick auf die Schlafenden. Sie hatte eine Familie. Das Glück formte sich zu einer runden Masse und machte ihren Bauch warm. Als sie fertig aufgeräumt und sich den Schweiß vom Körper gewaschen hatte, setzte sie sich ans Fenster und schaute in die Dunkelheit hinaus.

Der Rhythmus der nächsten Tage glich sich. Stillen, miteinander reden, kochen, aufräumen, schlafen. Zwischendurch ging Fatuma zu den Dorfbewohnern, die sie in ihre Hütten riefen, um sie um Rat zu fragen, oder, schlimmer, wenn sie krank waren und dringend Hilfe brauchten. Aber niemand im Dorf und in der Umgebung war wirklich schwer krank, so hatten eigentlich alle eine gute Zeit.
Der Regen hatte die Erde durchfeuchtet, der Wald duftete exotisch und überall wuchsen die Pflanzen, die nur während der Regenzeit das Licht der Sonne erblickten. Saftiges Grün in allen Tönen schmückte den Sokokewald. Aber es war auch nicht zu feucht, sondern wie in alten Zeiten, nachts regnete es und am Tag strahlte die Sonne, zwölf Stunden lang.
Die Giriama in den Dörfern des Sokokewaldes und auch die Menschen draußen in der Steppe, bis hin zu den Akamba-Stämmen in der Nähe des Tsavo-Nationalparks, waren zufrieden, hatten gute Ernten, die verschiedensten Gemüse zu essen, und ab und zu, besonders zu den Feiertagen, Fleisch.
Ziara hatten sie das Kind genannt. Fatuma durfte diesen Namen aussuchen, und Msita war sehr einverstanden.
Ziara heißt in der Sprache der Küstenvölker so viel wie „Besuch".
Irgendwann einmal in der vertrauten Zweisamkeit fragte Fatuma: „Wie soll es nun weitergehen? Was hast du vor, Msita?"
„Immer das Gleiche, Mutter, ich will das Studium beenden, viel fehlt mir nicht mehr – und dann will ich Ärztin werden, eine richtige Ärztin, nicht nur eine Mganga."
Fatumas Herz zog sich zusammen, dass es schmerzte, doch sie ließ sich nichts anmerken.
„Was wird mit Ziara?"
„Ich dachte, du behältst sie hier, erst einmal hier." Sie stand auf und umarmte ihre Mutter.
„Und dann?", fragte Fatuma ganz ruhig.
„Und dann werden wir sehen, Mutter, und gemeinsam überlegen. Dein Rat ist mir wichtig, und wir werden gemeinsam einen Weg finden. Jetzt benötige ich deine Hilfe, und später werde ich für dich da sein."
Fatuma war beeindruckt. Ihre Tochter wies einen Weg, der Sinn ergab und sie, die Ältere, fügte sich.

Nach einem Moment des Schweigens antwortete Fatuma: „Gut, dann stille deine Tochter so lange wie möglich mit Muttermilch, danach stellen wir sie um auf Trockenmilch, die es jetzt in Mombasa zu kaufen gibt. Hast du noch etwas Zeit? Kannst du auch hier lernen?"
„Natürlich, Mutter, ich will doch für sie auch das Beste und ich weiß, wie wichtig die Muttermilch für Ziara ist und ich will sie ihr so lange wie möglich geben."
„Dann werden wir eine Möglichkeit finden, dass du auch hier lernen kannst. Bücher bekommst du auch in Mombasa und vielleicht kann ich dir ja auch ein bisschen helfen, auch wenn ich nur eine Mganga bin."
„Ach, Mutter, ich wollte dich doch nicht verletzen, im Gegenteil, ich bin stolz auf dich, und du siehst doch selbst, wie sehr ich auf deine Hilfe angewiesen bin."
„Es ist gut!", sagte Fatuma. „Reg dich bitte nicht auf, das tut dir und dem Kind nicht gut. Die Ahnen sind uns wohlgesonnen, wir schaffen das alles, mein Kind. Und nun lass uns schlafen gehen."
Nachdem Msita ihr Kind gestillt hatte und Fatuma der Kleinen ein Schlaflied gesungen hatte, legten sich alle drei hin und schliefen fast gleichzeitig ein.
Die Zeit verging schnell. Das Kind nahm an Gewicht zu und beobachte seine Umwelt mit wachen dunklen kleinen Knopfaugen.
Fatuma ging ihrer Arbeit nach.
Besänftigte fast nebenbei die Dorfältesten, gab ein kleines Fest zu Ehren von Msita und Ziara. Der Rat der Alten war mit viel gutem Essen, einer in diesem Jahr überreichen Ernte an Gemüse und Mais beschwichtigt worden. Keiner wagte es wirklich, offen gegen Fatuma und Msita die Stimme zu erheben.
Und wie nebenbei verdiente Fatuma ganz gut. Das war eine Nebensächlichkeit für sie, aber es gab ihr eine große Sicherheit, zu wissen, dass viele Tausend Kenya-Schillinge auf ihrer Bank in Mombasa schlummerten, und mit jedem Mondwechsel wurden es mehr.
Msita ihrerseits saß oft über ihren Büchern, las und lernte auswendig, wiederholte alles laut und leise. Manchmal ging sie mit Fatuma gemeinsam zu den Kranken des Dorfes, sie linderten, sie heilten, sie verteilten Lebensfreude und neuen Mut. Sie hörten manchmal einfach nur zu. Und

sie genossen die gemeinsame Zeit wie noch nie, viel bewusster und intensiver als jemals zuvor.
Und das inmitten des wunderbaren Sokokewaldes, den beide Frauen so liebten. Der Wald, der noch tausend alte Geheimnisse barg. Er gab den Tieren und den Menschen seit Ewigkeiten Schutz und ein Zuhause. Die schönsten Pflanzen zeigten gerade während der Regenzeit ihr buntes Gesicht. Die alten Bäume spendeten den trostbringenden Schatten für Mensch, Tier und die vielen kleineren Pflanzen, und sie kannten die Geheimnisse der Ahnen. So schlich die Zeit dahin.
Langsam gewöhnte sich Ziara auch an die aufgelöste Trockenmilch aus der Flasche, und sie aß auch ganz gerne einmal etwas Kartoffelbrei mit Mohrrüben oder weich gekochte Kasawa.
Fatuma hatte sogar etwas Spinat in der Nähe ihrer Hütte angebaut. Hielt sich neuerdings Ziegen und Hühner, die sie als Dank für die Heilung des Dorfältesten von Bewohnern aus dem Nachbardorf erhalten hatte.
Msita saß wieder über ihren Büchern, Fatuma legte das Baby trocken, und Toto saß auf dem Bett und kratzte sich hinter dem Kopf, wo jetzt so viele graue Haare schimmerten.
„Ich würde im September gern wieder auf die Universität gehen", sagte Msita unversehens.
„Ja, ich habe mir schon so etwas gedacht. Wir werden dich vermissen. Wann kommst du wieder?"
„Ich möchte versuchen, jeden Mond für ein Wochenende hierher zu kommen. Und ihr werdet mir auch fehlen."
„Msita, bitte sei vorsichtig. Vertraue nicht jedem Mann!"
Msita musste schmunzeln: „Aber Mutter, ich werde nicht zwei Mal den gleichen Fehler machen, aber ich darf mich doch weiterhin umschauen in der Männerwelt?"
Fatuma zog den Mund schief und die Augenbrauen hoch. Msita musste unwillkürlich über sie lachen.
„Mutter, ich liebe dich, und ich passe schon auf mich auf. Gut, dass wir darüber gesprochen haben."
Beide Frauen mussten laut lachen, und Ziara wachte davon auf und fing laut an zu schreien.

Toto kam mit dem Nuckel und wollte ihn der Kleinen in den Mund schieben, aber die schrie so laut, dass Toto das Weite suchte.
Msita nahm ihre Tochter in den Arm und Fatuma ging vor die Hütte, um etwas mit der alten Toto zu reden. Diese kam sofort angesprungen und kraulte ihr die Haare auf der Suche nach Läusen.
Bald legten sich alle zum Schlafen nieder.
Und ein paar Tage später saß Msita endlich wieder im Bus nach Nairobi. Sie vermisste ihre Tochter und auch Fatumas mütterliche Fürsorglichkeit. Mit Wehmut erinnerte sie sich an das heimatliche Dickicht des Waldes, die Ruhe dort und die samtenen Grüntöne der Sträucher und Bäume, welche den Augen so gut taten.
Aber sie freute sich auch auf den Atem der Großstadt, auf ihre Freunde an der Universität und im Krankenhaus, wo sie während des Studiums immer gearbeitet hatte. Nun lag noch ein halbes Jahr, vollgestopft mit ihren Abschlussprüfungen und dem Schreiben der Diplomarbeit, vor ihr. Sie war jetzt gut vorbereitet, denn der Ehrgeiz und die Wissbegier hatten sich in sie hineingefressen wie eine Zecke.
Und sie war mit dem Ruhm, den guten Zensuren und der Anerkennung ihrer Lehrer verwöhnt worden. Nur mit ihrem Herzen war sie ungeübt umgegangen. Sie hatte es zu früh und an den falschen Mann verschenkt. Heute konnte sie das nicht mehr verstehen. Die Wunden waren nicht so tief geschlagen, als dass es lange dauern würde, bis sie zugeheilt waren. Zum Glück hatte sie während der Beziehung zu Dr. John Lithimbi nicht alle Freundschaften einschlafen lassen.
Und sie hatte das unendliche Glück, eine wunderbare kleine Familie zu haben. Fatuma hatte ohne Tadel zu ihr gestanden und mit sehr klaren und überlegten Worten die Dorfältesten beruhigt. Einmal mehr wurde ihr bewusst, welche Macht ihre Mutter in ihrem Dorf und darüber hinaus hatte. Sie zeigte es nie offensichtlich.
Aber diese Macht und Kraft war allgegenwärtig geworden. Das hatte Msita in den vergangenen Wochen gespürt. Erst jetzt, in dem heißen, überfüllten Bus nach Nairobi, wurde ihr das alles zur Bewusstheit. Irgendwann einmal, nein, bald würde sie ihre Mutter nach Nairobi einladen.

Dann, wenn sie Ärztin war und ihre eigene kleine Wohnung hatte. Sie wollte ihr die Stadt zeigen, und sie würden gemeinsam mit ihren Freunden essen gehen.
Mit dieser Vision im Kopf schlummerte sie durch das gleichmäßige Rütteln des Busses ein.
Als sie wieder aufwachte, wusste sie im ersten Moment nicht, wo sie sich befand. Ihr Kleid klebte, mit salzigem Schweiß durchtränkt, feucht an ihrem schlanken Körper. Vor ihr nickten die kraushaarigen Köpfe im Takt der schnellen Fahrt über die holprige Straße. Ein vertrautes Gemisch aus Kisuaheli und Kikuju traf ihr Ohr – und da fiel es ihr wieder ein. Sie war auf dem Weg zurück nach Nairobi. Ein Stück Vergangenheit und ihre vier Monate alte Tochter hatte sie schon viele Kilometer hinter sich gelassen. Ihr Herz zog sich für einen kurzen Moment zusammen. Doch jetzt schaute sie in die Zukunft, Prüfungen bestehen und dann – endlich als richtige Ärztin arbeiten – Schmerzen lindern, Menschen heilen. Und vielleicht auch Babys auf die Welt bringen.

Und wieder verging die Zeit. Msita war besessen von ihrem Studium und dem ständigen Auswendiglernen. Freiwillig machte sie Dienste im Nairobi-Hospital. Zusätzlich ging sie in die Pathologie, um noch mehr zu lernen. Nichts anderes tat sie. Einmal in der Woche schrieb sie einen langen Brief an ihre Mutter, in der Hoffnung, dass diese ihn dann innerhalb der nächsten zehn Tage erhalten würde.
Natürlich beendete sie ihr Studium der Medizin mit „Summa cum laude".
Danach besuchte sie für ein paar Tage ihre Mutter und ihre geliebte Tochter. Sie verbrachten eine wunderbare Zeit. Und dann musste Msita zurück nach Nairobi, und wieder ohne ihre Tochter.
Für ein Jahr hatte sie einen Vertrag mit dem Nairobi-Hospital erhalten, als Assistenzärztin, und sie war sehr stolz darauf, denn nur sehr wenige und insbesondere wenig Frauen erhielten diese Chance. Jetzt war sie Ärztin und sie war glücklich. Nun wollte sie Fatuma unbedingt nach Nairobi einladen um der traditionellen Heilerin ihre Welt zu zeigen, die neue Welt. Die so vollkommen anders war als die im Busch. Voller neuer Energie, so empfand sie es jedenfalls. Als Frau konnte sie genauso arbeiten wie die Männer. Und sie war unabhängig. Sie wollte allerdings die Kleinigkeit

nicht wahrhaben, dass sie bei gleicher Qualifikation weniger verdiente als die Männer. Aber erst einmal war sie glücklich und zufrieden. Sie tauchte ein in ihre Arbeit, behandelte ihre Patienten, lernte von den Oberärzten, es gab nicht eine Oberärztin, sie lernte von den Pathologen, es gab nicht eine Pathologin, aber es gab viele Krankenschwestern, und von den älteren lernte sie auch.
Msita war wie ein Sonnenschein im Krankenhaus. Ihre Patienten liebten sie, denn sie war einfühlsam und warm und hatte immer ein persönliches Wort für sie übrig.

Für Fatuma dagegen verlief das Leben immer im Gleichklang, so wie sie es am liebsten hatte, ohne große Veränderungen, in Harmonie mit den anderen Dorfbewohnern und wie sie es empfand, im Einklang mit den Göttern. Sie war glücklich, ihre Enkeltochter bei sich zu haben, und auch sie hatte viele Patienten.
Über die Jahre hatte sie es durchgesetzt, dass auch jeder etwas bezahlte, und war kein Geld vorhanden, dann brachte man ihr Eier, ein Huhn oder auch einmal eine Ziege. In der Zwischenzeit hatte sie schon acht Ziegen. Jeden Morgen und Abend hatte sie etwas Ziegenmilch und konnte oft auch an ihre Kranken etwas abgeben. Auf ihrem Konto in der Stadt häuften sich die Kenya-Schillinge, sie zahlte jeden Monat etwas ein und hob aber niemals etwas ab.
Fatuma, die Buschfrau, war immer noch glücklich, denn sie hatte ja alles, was sie brauchte. Das meiste Glück fand sie in sich selbst. Und aus dieser Kraft heraus die Anerkennung der alten und jungen Menschen in ihrer Umgebung. Sie war über die Dorfgrenzen und die Grenzen des Sokokewaldes hinaus bekannt und berühmt als Heilerin – genannt die Buschfrau.
Sogar viele Weiße aus den Hotels kamen zu ihr wie Pilger und ließen sich beraten, manchmal sogar heilen und verließen mit neuer Kraft und Freude Fatumas Hütte, um in ihre eigene Welt zurückzukehren. Sie zahlten gut für etwas, was sie eigentlich in sich selbst hatten. Fatuma musste es nur ans Tageslicht befördern.
Wie sehr hat sich doch die Welt verändert, dachte Fatuma, und blickte in das Grün des Sokokewaldes.

Die Autorin:

Heike Hodl träumte schon als Kind von Afrika. Eigentlich wollte Sie Tierärztin werden, doch durch einen schweren Verkehrsunfall veränderte sich ihr Leben vollkommen.

Sie studierte dann Psychologie und ging nach dem Studium nach Afrika, wo sie erst für die Weltgesundheitsorganisation und später für eine große Schweizer Firma arbeitete.

Sie sah mit den Augen einer Europäerin, wie die alte Afrikanische Kunst und Kultur mit unglaublicher Schnelligkeit verfiel und immer mehr in Vergessenheit geriet. Die alten Rituale fanden fast nicht mehr statt. Sie ermutigte insbesondere die älteren noch traditionell lebenden Afrikaner mit ihr zu sprechen, ihr deren Geschichten zu erzählen und war beeindruckt von der alten Stammeskunst der rituellen Schnitzer. Sie fing an vieles aufzuschreiben und alte afrikanische Kunst zu sammeln um es der Nachwelt zu erhalten. So wurden auch einige Fernsehsender auf sie aufmerksam und Frau Hodl übernahm die Fachredaktion und Produktionsleitung von Dokumentationen für ARTE (Wilderei), die BBC (Animal-Migration), Tele 5 (Mombasa Weltkulturerbe) und VOX (VOX-Tours Kenya).

Heute lebt Heike Hodl in Mombasa und Berlin.